꿈꾸는 밤

권하은 장편소설

꿈꾸는 밤

자음과모음

차례

1부 ········ 7

2부 ········ 83

3부 ········ 217

작가의 말 · 379

1부

길

"바람 끝이 달라."

수환이 고개를 들어 하늘을 쳐다보았다.

"제법 쌀쌀하지 않니?"

하늘은 구름으로 뒤덮여 구름이 하늘처럼 보이는 흐린 날이었다. 수련도 수환의 눈길을 좇아 고개를 들었다. 동쪽에서 거대한 연기가 피어오르고 있었다. 잿빛 하늘과 대비되는 하얀 연기는 하늘을 떠받치는 구름 기둥처럼 보였다.

"마을이 불타고 있어요."

"그래. 화독내가 난다."

"군인들이 있을까요?"

"글쎄다."

수환은 초점이 맞지 않는 눈으로 자신의 딸이 서 있는 쪽을 물끄러미 응시했다.

"어떨 것 같니?"

"…… 괜찮아요. 별다른 해는 없을 거예요."

수환은 고개를 끄덕이더니 고개를 숙이고 오른손을 더듬었다. 수련이 어깨를 내밀었다. 수환의 부드러운 머리카락이 잔잔한 가을바람에 흔들렸다. 여러 날 수염을 깎지 못해 텁수룩한데도 수환의 인상은 이전과 별로 다르지 않았다. 연기가 피어오르고 있는 마을은 들판 끝에 걸려 있는 것처럼 보였다. 수련의 눈에 보이는 것보다 훨씬 먼 거리가 마을과 그들 사이에 놓여 있었다. 수련은 어깨에 놓인 수환의 손을 한 번 쓰다듬은 후 발걸음을 옮겼다.

우웅.

소리가 하늘 저편에서 희미하게 들려왔다. 수련은 멈칫하며 걸음을 멈추었다. 수환의 고개도 소리가 들려오는 쪽을 향했다. 처음에는 작고 둥글던 소리가 점차 날카로워졌다. 검은 형체가 그 모습을 분명히 드러내자 소리는 하늘을 찢기라도 하듯 흉포해졌다. 형체가 작아질수록 소리는 다시 부드러워지며 둥글게 변하더니 완전히 사라졌다.

"한 대뿐이더냐?"

"네."

"정찰기인가 보군."

넓게 닦인 길은 전차들이 충분히 지나갈 만한데도 파인 자국 하나 없이 깨끗했다. 이만한 길에 전차가 오가거나 폭격을 받은 흔적이 없는 것은 신기한 일이었다. 습기를 머금은 바람이 불어오자 수환이 엷은 미소를 지었다. 그는 눈이 멀어가면서 점차 다양한 표정을 잃어갔고, 전쟁이 시작되자 다른 이들도 수환처럼 표정을 잃어갔다. 수련은 아버지의 얼굴에 잠시 번졌다 재빨리 사라져버린 오랜만의 미소를 저녁노을로 물든 하늘처럼 바라보았다.

길을 처음 떠났을 때, 수련의 검은색 구두와 감색 세일러복이 아직 깨끗하고 수환의 흰 얼굴에 잔털조차 없었을 무렵, 수환은 이토록 먼 길을 오래도록 걷게 될 것을 전혀 알지 못했다. 하지만 수련은 두꺼운 겨울 외투를 챙겨야 한다고 말했다. 수환은 의아해했지만 결국 언제나처럼 딸의 말을 따랐다. 그때만 해도 아직 여름의 해사한 기운이 가득했다.

엉겅퀴와 자갈로 뒤덮인 들판은 황량했으며 바람결에 실려 오는 매캐한 냄새로 자욱했다. 멀리 보이는 산자락에는 잡목들이 지저분하게 뒤엉켜 있었다.

"조용하구나. 정말 조용해."

수환은 고요를 깨뜨리는 것이 아쉬우면서도 딸에게 속삭였다.

"선물을 받은 느낌이야."

수련은 수환의 목소리를 좋아했다. 어린 시절, 열에 들떠 괴로울 때에도 부드럽게 달래는 그의 음성을 들으면 고통을 잊고 편안한 잠에 빠져들었다. 구름에 가린 해가 기울고 있었지만 마을에서 솟고 있는 연기는 여전했다.

"연기가 대단해요. 먹을 만한 게 남아 있을까요?"

"적어도 김칫독에 김치는 남아 있겠지."

두터운 구름층을 뚫고 무거운 천둥소리가 들려왔다. 수환의 콧잔등에 툭, 하고 빗방울이 떨어졌다.

"비가 오시는 모양이다. 마을이 얼마나 남았니?"

"흠뻑 젖지 않으려면 서둘러야 해요."

수련이 손을 잡아끌며 걸음을 빨리하자 수환은 잠시 균형을 잃고 휘청거렸지만 얌전히 따랐다. 한두 방울씩 떨어지던 빗방울이 굵어지는가 싶더니 곧 세찬 빗줄기가 되어 쏟아졌다.

마을에서 솟고 있는 연기는 재색으로 바뀌었다. 빗줄기는 수련의 예상보다 거세서 마을에 도착했을 때 두 사람의 몸은 흠뻑 젖어 있었다. 마을도 타다 만 몇 채의 초가집에서 가느다란 연기가 피어오르고 있을 뿐이었다.

"무엇이 있니?"

수련이 대답하지 않자 수환은 초조한 듯 고개를 두리번거렸다.

"뭐가 잘못됐니?"

"…… 아무것도."

수련은 시커멓게 타버린 감나무에서 시선을 떼며 대답했다. 감나무에는 그을린 시체가 매달려 있었다. 서너 살쯤 된 사내아이와 그 아이의 엄마처럼 뵈는 여자였다. 발가벗겨진 여자는 음부에 죽창이 꽂힌 채였다.

"사람이 아무도 없니?"

"아무도 없어요. …… 아무도."

"모두 피란을 갔나 보구나."

두 사람은 마을 안쪽으로 들어갔다. 수련은 수환의 발이 여기저기 널려 있는 시체들에 걸리지 않도록 애썼다. 수환이 얼굴을 찡그리며 갑자기 우뚝 멈춰 섰다. 그는 예민한 코를 쿵쿵거리며 비와 함께 대지를 적시는 죽음의 냄새를 맡았다.

"비를 피해야 해요."

수련이 그의 팔을 잡아당기며 말했다. 수환은 입을 약간 벌린 채 그녀를 응시하다가 고개를 끄덕였다.

수련은 완전히 불타버린 집들 사이에서 지붕이 절반쯤 남아 있는 기와집을 발견했다. 활짝 열린 대문 사이로 조심스레 안쪽을 살펴보아도 눈을 뜨고 누워 있는 시체 같은 것은 없었다. 마루와 벽, 문짝이 불에 탄 데다 그 위의 지붕도 무너져 내렸지만 방 쪽은 괜찮아 보였다. 아버지와 함께 며칠 동안 들판에서 지샜던 것을 생각해보면 이 정도만 해도 다행한 일이었다. 수련은 겨우 매달려 있는 안방 문을 한옆으로 밀친 뒤 안으로 들어가 보았다. 그리 넓지 않은 방은 벽만 약간 그을렸을 뿐 깨끗했다. 마루에서 본격적으로 시작되려던 불이 비가 쏟아지는 바람에 방으로 옮겨 붙지 못하고 꺼진 것이다. 별다른 생활품이 보이지 않는 고즈넉한 방 한구석에는 무쇠 장식이 달린 오동나무 반닫이가 있었다. 안주인이 어지간히 쓸고 닦았던 모양으로 오래된 그 가구는 반들반들 윤이 흘렀다. 반닫이 안에는 흰색 무명옷들이 반듯하게 개켜져 있었다. 수련은 윗

저고리와 바지, 두루마리 같은 것들을 꺼내어 머리 위로 하나씩 펼쳐보았다. 모두 남자 옷으로 그녀가 입을 만한 옷은 없었다.

수련은 푹신해 보이는 솜이불과 보송한 홑이불 들이 켜켜이 쌓여 있는 벽장에서 홑이불을 한 장 끄집어냈다. 진홍색 잔 꽃무늬가 사방으로 날염된 광목천으로 만들어진 것이었다. 수련은 더러운 손을 젖은 치마에 스윽 닦아낸 뒤 이불을 가만히 어루만졌다. 풀을 먹여두어 빳빳했고 초가을 햇볕에 충분히 말려둔 건초 냄새가 배어 있었다. 그 냄새는 수련으로 하여금 이제는 아득하기만 한 전쟁 전의 어떤 분위기, 자신을 둘러싸고 있던 독특한 공기를 기억나게 했다. 그것은 자신의 탯줄을 끊어주고 첫 목욕을 시켜준 이래 지금껏 키워준 금잔에게서 항상 느껴지던 바지런함과 청결함, 그리고 유쾌한 낙천성 같은 것으로 만들어진 추억이었다. 해 지는 저녁이 되면 금잔은 이런 냄새가 배어 있는 이불을 수련의 방에 구김 없이 펴주었다. 그러고는 수련의 긴 머리를 참빗으로 꼼꼼히 빗질해준 다음 이불에 눕혔다. 금잔은 원체 꼼꼼한 성격이었고, 수련에 대한 지나친 염려도 한몫을 거들어 누워만 있어도 땀이 배어 나오는 한여름 밤에도 이불을 목까지 끌어 덮어주어야 직성이 풀렸다. 조금이라도 시원하게 자고 싶어 하는 수련을 몇 번의 실랑이 끝에 만족할 만큼 이불로 꽁꽁 싸매고 나면, 금잔은 그 옆에 앉아 느긋하게 바느질을 시작했다. 여느 때처럼 금잔이 다리가 너무 아파 이제는 정말 지팡이가 필요하려나 보다고 푸념을 늘어놓고, 허리의 통증 때문에 아침 잠자리에서 일어나려면 방구석을 두 바퀴는 기어야 한다고 중얼거리면, 수련은 드디어 자신이 하루 종일 기다려온 시간이 되었음을 알고 기대에 부풀었다. 아버지와 할아버지가 밤 외출로 집을 비운 그 평화롭고 아늑한 저녁 시간에, 수련은 금잔에게서 금잔 자신의 이야기는 물론이고 수련의 조부모인 세주와 환영, 그리고 아버지와 큰아버지의 어린 시절에 대해 들었던 것이다.

"수련아?"

수련은 얼른 이불에서 손을 떼고 마루 한구석에 우두커니 서 있는 수환에게로 갔다. 수환이 방 한가운데에 자리를 잡고 앉아 어깨에 둘러멘 보따리를 내려놓는 사이 수련은 홑이불과 옷가지를 그의 가까이에 가져다 놓았다.

"젖은 옷을 벗고 몸을 닦으세요. 갈아입을 옷도 있어요. 저는 나가서 먹을 만한 게 있나 뒤져볼게요."

수환은 자신의 오른팔 옆에 놓인 홑이불을 더듬거리다 코에 대고 냄새를 맡아보았다.

"그거요. 할아버지 공장에서 나온 천이에요."

수련이 특별한 비밀을 알려주기라도 하듯 나직하게 속삭였다.

"정말이니?"

수환은 믿기지 않는다는 표정으로 고개를 갸웃했다.

"무슨 무늬가 있니?"

수련은 세 개의 꽃잎을 가지고 있어 작은 왕관처럼 보이는 진홍색 꽃무늬에 대해 자세히 설명했다. 수환의 얼굴에 다시 작고 환한 미소가 번졌다.

"그렇구나. ……그래."

수련은 마루로 나갔다. 거센 빗줄기가 땅거미 지는 마당으로 쏟아져 내리고 있었다. 입을 만한 옷가지를 찾기 위해 들어간 건넌방은 벽지와 장지 모두 새카맣게 타버린 데다 장롱 역시 반쯤 불에 타서 자신이 입을 만한 게 남아 있을 것 같지 않았다. 수련은 건성으로 한 번 둘러본 후 방을 나왔다. 안방 쪽으로 붙어 있는 부엌에는 불길이 거의 미치지 않았다. 부뚜막의 가마솥에 찐 감자가 들어 있고 다른 솥에는 물도 한가득이었다. 부엌에는 안방으로 통하는 나무문이 달려 있었다. 오늘 아침까지만 해도 이 집의 부지런한 안주인은 그 작은 문을 통해 아침밥이 차려진 소반을 식구들에게 건넸을 터였다. 수련은 문을 살짝 열어보았다. 흰옷으로 말끔히 갈아입은 수환이 태평하게 누워 작은 소리로 노래를 부르고 있었다.

> …… 가는 님은 밉상이요 오는 님은 곱상이라네
> 아리아리랑 아리랑 고개는 님 오는 고개
> 넘어 넘어도 우리 님만은 안 넘어요
> 달이 뜨는 아리랑 고개 꽃도 뜨는 아리랑 고개……
> 어찌어찌도 좋았던지요 쪼끔 울었소……

수련은 아궁이 앞에 쪼그리고 앉아 부지깽이로 안을 뒤적거렸다. 아직 불씨가 남아 있었다. 수련은 불쏘시개로 쓸 만한 게 없나 주위를 두리번거렸다. 부뚜막 옆에 반 이상 뜯겨 나간 허룩한 여성 잡지 한 권이 놓여 있었다. 수련은 아궁이 안을 뒤적거려 불티를 일으킨 뒤 누렇게 색이 바랜 잡지를 한 장 뜯어내 조심스레 밀어 넣었다. 종이에 불이 옮겨 붙자 부엌 한구석에 쌓여 있는 나뭇단에서 마른 가지를 꺼내 안아 들었다. 잠시 후 아궁이의 불이 타오르기 시작했다. 수련은 젖은 옷을 모두 벗고 벌거벗은 채로 아궁이 앞에 앉아 불을 쬐었다. 몸의 떨림이 멈추자 젖은 옷가지들을 솥뚜껑 위에 잘 펴 널었다. 찬장 안의 그릇을 꺼내 감자를 몇 개 담아 작은 문을 통해 안방으로 들어갔다. 그녀는 그릇을 수환의 가까이에 내려놓고 그의 손을 잡아 감자 위에 올렸다.

"감자예요."

"이게 웬 거니?"

"군인들이 서두르느라 미처 보지 못하고 남겨둔 모양이에요."

"너는?"

"먼저 드세요."

수환은 감자 한 개를 들고 천천히 씹어 먹었다. 그는 어떤 경우에도 음식을 허겁지겁 먹는 일이 없었고, 그것은 사흘을 내리 굶은 뒤 겨우 입에 넣는 감자 한 알이라 해도 달라지지 않았다. 그의 이러한 성향은 손에 쥔 감자뿐만 아니라 삶 전반에 걸쳐 있어서 그의 아비인 세주는 자신과 전혀 닮지 않은 이런 모습을 볼 때마다 낯선 기분을 느꼈다.

수련은 반닫이를 열어 옷가지를 꺼냈다. 주인이 체구가 작은 사람이었는지 그녀의 여윈 몸에도 어색하지 않게 어울렸다. 수련은 보따리를 끌러 축축해진 여벌 옷과 겨울 외투를 아버지가 벗어놓은 옷가지와 함께 부엌으로 가져갔다. 그것들을 부뚜막에 펼쳐놓은 뒤 고개를 내밀어 하늘을 살펴보았다. 빗줄기가 약해지고 있었다. 수련은 두루마기를 머리 위로 뒤집어쓰고 밖으로 나섰다. 투둑, 투둑, 여전히 빗방울이 떨어졌지만 옷이 젖을 정도는 아니었다. 얼마 안 있으면 밤의 장막이 몇 겹 드리워질 그런 시간이었다. 타다 만 집들 사이에 젖은 빨래 늘어지듯 시체들이 널려 있었다. 집을 떠난 뒤 수련은 수많은 시체를 보아왔다. 시체의 골짜기와 골짜기를 건너 여기까지 오게 된 것이다. 떼로 죽거나 홀로 죽거나 삼삼오오 죽거나 총 맞아 죽거나 매장되어 죽거나 난자당해 죽거나, 이미 썩어가거나 아직 썩기 전이거나 이미 굳어버렸거나 아직 굳기 전의 수많은 그들이 대지를 덮고 있었다. 수련은 그러한 풍경에 차츰 익숙해지자 오히려 편안함을 느꼈다. 무심히 썩다가 흙으로 돌아갈 일만 남은 그들은 죽음으로 인해 더 이상 아무런 피해를 입거나 주지 못하게 되었고 언제 끊어질지 모르는 구차하고 여린 목숨에 대한 두려움에서 놓여났으며 피아 가림 없이 찾아드는 잔인한 운명에 대한 분노와 한탄, 그리고 가슴 찢어지는 슬픔의 대상이 되면서 비로소 인간이 되었기 때문이다. 산 사람이 죽은 사람만도 못한 시절이었고 살아남은 이들은 죽은 이들처럼 될까 봐 겁을 집어먹으면서도 한편으로는 그렇게 되고 싶어 했다. 수련은 시체들 사이를 거닐며 채 감지 못한 눈들을 감겨주고 몸을 바르게 펴주었다. 흘러나온 창자를 쓸어 담아 찢겨 나간 치마로 수습하고 죽은 아이들은 그들의 부모처럼 보이는 이들 옆에 뉘었다.

수련은 열두 살 때 어머니와 헤어졌으므로 제대로 된 굿을 배울 기회가 없었다. 하지만 미희가 바다에 빠져 죽은 이들의 영혼을 달래기 위해 악사들의 연주에 맞추어 너울너울 춤을 추던 순간을 기억했다. 애조 띤 곡조가 하늘과 대지에 울리고 미희의 손과 발이 한 마리 나비처럼 가볍게 팔랑거렸다. 하늘로 승천할 듯 아름다운 그녀의 모습을 바라보는 젊은 악사의 푸른 얼굴과 희고 붉은 띠 펄럭이게 하던 이승의 바람이 서로 뒤섞였다. 시커멓게 일렁이는 깊고 깊은 바다에서 떠돌던 영혼들이 그녀의 인도를 받아 저 갈 곳으로 돌아가는 순간은 파도에 부서지는 햇살 같았다. 미희는 하늘과 하나 되어 보는 이들에게 저 멀리 어디의 문을 살짝 열어 보여주었다. 인간에게는 날아오를 더 높은 곳이 있음을 전율과 함께 확인했던 그때, 수련은 자신의 손을 붙잡고 함께 서 있던 수환의 얼굴이 조금 슬퍼 보인다고 생각했다.

수련은 하늘을 올려다보았다. 비가 완전히 그치면서 천천히 물러나는 먹구름 사이로 핏빛 같은 노을이 검은 하늘에 뒤섞였다. 어디선가 불어오는 청량한 바람이 죽음의 냄새를 또 다른 어딘가로 실어갔다. 수련은 몸을 앞뒤로 흔들며 기억나는 곡조들을 흥얼거리기 시작했다. 이리저리 헤매고 우왕좌왕하던 원혼들이 그녀의 노래 곡조를 따라 구슬프게 일렁거렸다. 뛰어오르는 수련의 발은 깃털처럼 가볍고 두 팔은 대기의 바람을 그러모으는 새의 날개 같았다. 수련은 두 손을 하늘 높이 들어 올려 혼령들이 갈 곳으로 가게 인도했다.

수련이 집으로 돌아왔을 때 수환은 이미 잠들어 있었다. 수련은 부엌에서 감자를 먹으며 아궁이의 불길을 돌보았다. 훈훈한 불길에 깜빡 잠이 든 사이 솥의 물이 적당히 덥혀졌다. 수련은 몸을 닦기 위해 걸치고 있던 옷을 벗었다. 몸 여기저기에는 벼룩에 물린 자국이 발갛게 부어올라 있었다. 벼룩이 문 곳은 물집이 잡혔다 터지며 참을 수 없을 만큼 가려웠으므로 견디다 못해 손톱을 세워 긁은 흉터로 지저분했다. 그녀는 돌아오는 길에 이 집 저 집에 들러 쓸 만한 물건들을 구해 왔는데 그중에는 새것이나 다름없는 빨랫비누도 있었다. 그녀는 더운물에 비누를 부드럽게 푼 후 더께 때와 피딱지로 흉이 진 몸 구석구석을 깨끗이 닦았다. 만족스러울 만큼 몸을 씻고 나자 불을 쬐며 머리와 몸을 말렸다.

구들은 멀쩡한지 방 안이 무척 훈훈했다. 수련은 벽장에서 두툼한 솜이불을 두 채 꺼내 잠자리를 만들었다. 그녀가 수환을 가볍게 흔들어 깨우자 그는 흐릿한 눈을 떴다. 수환은 더듬더듬 수련의 손을 잡으며 어딜 갔다 왔느냐고 다정하게 물었다.

"마을을 돌아봤어요."

"그랬구나."

수환이 몸을 뒤척였다.

"너무 푹신하고 따듯해서 이상해. 요 위에서 자본 게 얼마 만이지?"

"집 떠나고 처음이네요."

"그러게나. 뭐 이럴 때도 있는 거지. ······이럴 때도 있는 거야."

수환은 만족스러운 목소리로 중얼거리더니 다시 잠이 들었다. 수련은 그가 덮고 있는 광목이불을 어루만져보았다. 다리를 절룩이던 세주의 불규칙한 걸음 소리와 공장의 시끄러운 기계음이 들려오는 듯했다. 개천을 메우던 여자들의 웃음소리와 방망이 두드리는 소리, 맑고 차가운 물에 일던 거품이 기억 속에 떠올랐다. 세주의 포플린 공장에서는 예쁜 꽃무늬들을 많이도 찍어냈다. 온갖 색깔의 울긋불긋한 천들이 벨트컨베이어를 따라 천장 꼭대기까지 솟구쳤다가, 대형 롤러에 감겨 빙글빙글 감기고 다시 흘러나오는 모양을 수련은 질리지도 않는지 매일 구경했다. 기술자들이 나염된 천들을 반듯하게 감아 끊고, 거기에 굵은 고딕체로 '진달래'라 인쇄된 상표를 붙이는 날렵한 손놀림은 옆에서 돌아가는 기계와 닮았었다. 여자들이 재봉틀 돌리는 소리와 사내들의 고함 소리가 수억 개의 보푸라기와 함께 공장 지붕으로 비쳐드는 햇살 속을 둥실둥실 날아다녔다. 수련의 기억은 먼지 알갱이 위에 사뿐 내려앉아 널찍한 공장 안을 배회하다 세주와 금잔을 마지막으로 본 부두에 가닿았다.

"아기씨! 아버지 손을 놓지 마!"

금잔의 마지막 외침이 생생했다. 금잔과 함께 서 있던 세주의 훌쩍 큰 키와 마르고 꼿꼿한 몸집은 부두의 깃대 같았다. 그는 피란민들의 아우성과 소란 속에서도 자세를 흩트리지 않고 수련과 수환이 타고 있는 수송선에만 시선을 고정하고 있었다.

마침내 세주가 가족의 피란을 결정했을 때, 그들이 살던 항구도시는 생령이 빠져나가 껍질만 남은 떠돌이 개의 시신 같았다. 떠날 만한 사람들은 이미 모두 떠나버린 도시에서 그들 가족은 거의 마지막에 어쩔 수 없이 피란 보따리를 싸기 시작한 사람들에 속했다. 세주는 공장과 집을 비워둔 채 길을 나서는 것은 미친 짓이라 여겼고 근잔이 피란을 가야 한다고 성화를 할 때마다 인상을 찌푸리며 말없이 땅바닥에 가래침만 뱉어냈다. 세주가 결국 뜻을 굽히게 된 것은 집 주위로 하루가 멀다 하고 떨어지는 포탄이나 인민군이 들이닥치면 모두 죽여버린다는 흉흉한 소문 때문이 아니었다. 그는 그런 이야기들이 사람들의 공포가 부풀려놓은 허깨비 같은 것이라 여기면서도 여자들이 나이를 불문하고 겁탈당하고 있다는 소문만큼은 그럴듯하다고 생각해 "나라도 그러지 않겠어?" 하고 가만히 반문했다. 그는 손녀를 지키기로 결정했고 온갖 연줄을 동원해서 가족이 마지막 피란선에 오를 수 있는 승선증을 구했다.

"흥! 대체 주인어른이 언제부터 집 같은 것을 지켰단 말이오?"

세주가 남아서 공장과 집을 지키겠다고 하자 금잔이 콧방귀를 뀌며 한 말이었지만 그는 결심을 바꾸지 않았다. 당일 새벽, 가족들을 부두까지 바래다주기 위해 일찌감치 일어난 세주는 금잔이 며칠 동안 골머리를 앓으며 수백 번을 끌렀다 싼 묵직한 피란 보따리를 발로 차버렸다.

"이 미련한 여자야! 당장 먹을 양식하고 금붙이만 챙겨 가면 되는 게야. 그럼 어디 가서도 밥은 굶지 않을 터!"

간밤의 대대적인 폭격으로 형태를 알아볼 수 없게 부서진 건물들에서 떨어져 나온 잔해가 거리를 메우고 있었다. 포탄이 만들어 놓은 흉터로 가득한 길에 팔다리가 떨어지거나 배가 열려 창자가 쏟아진 시신들이 누워 있었고, 타다 만 민가에서 피어오르는 희고 검은 연기가 그 주위를 흘러 다녔다. 파괴의 흔적은 이상할 정도로 고요해서 간밤에 벌어진 일조차 침묵 속에 은밀히 이루어진 것 같았다. 금잔은 입을 굳게 다문 채 수련의 손을 더욱 단단히 붙잡았다. 한적하던 길은 부두가 가까워질수록 피란민들의 행렬로 채워졌다. 작은 보따리나 가방을 들고 종종걸음 치는 이들 사이로 자질구레한 세간 틈에 아이와 노인을 태우고 가는 소달구지가 보였다. 무거운 분위기에 눌린 아이들은 칭얼대거나 울지도 않았고 어미의 치맛자락을 붙든 채 거리의 시신들을 무심히 바라보았다. 바다의 짠 내와 비릿한 기운이 강해질수록 거리는 인산인해를 이루어 마음대로 몸을 움직일 수 없었다. 세주는 행여 가족들끼리 손을 놓칠까 봐 가까이 붙어 서라고 연신 소리쳤다. 하지만 모두들 저마다 가족이나 친지의 이름을 부르고 있어 세주의 목소리는 힘없이 흩어졌다. 부두는 이미 그곳에서 밤을 새운 피란민들로 발 디딜 틈도 없었지만 계속해서 사람들이 밀려들었다. 군인들이 겁에 질린 피란민들을 통제하기 위해 안간힘을 쓰고 있었다. 부두에는 그들을 태우기 위한 몇 척의 허술한 목재 수송선과 미군이 보낸 고속 수송함이 대기하고 있었다.

"저기에 얼마나 탈 수 있겠니?"

금잔이 몰려드는 피란민의 수에 비해 턱없이 부족해 보이는 수송선을 보며 한탄했다. 승선증을 지닌 사람들은 종잇조각을 흔들면서 몰려들었고 승선증이 없는 사람들은 없는 대로 절박하게 밀어붙였다. 금잔이 수련의 등을 떠밀며 아비의 손을 놓치지 말라고 외쳤다. 세주는 앞장서서 사람들을 마구잡이로 밀쳐대며 길을 뚫었다. 그는 그들을 몽땅 죽여버릴 수 없는 게 몹시 안타까울 따름이었다. 할 수만 있다면 이것들을 몽땅 죽여버린 뒤 수련을 저 배에 사뿐히 태우련만. 세주는 그렇게 되뇌며 아기를 업은 여자건 지팡이를 짚은 노인이건 가리지 않고 온갖 욕설을 퍼부으면서 발길질과 주먹질을 해댔다. 가족을 이끌고 겨우 배까지 간 세주가 승선증을 내보이자 군인들은 수련을 먼저 태운 뒤 수환이 배에 오르는 것을 도왔다. 세주가 밀려드는 피란민들을 막으며 기를 쓰고 금잔을 배 쪽으로 떠다밀었다. 하지만 그녀는 선뜻 오르지 못하고 머뭇거렸다.

"이런, 젠장! 아주머니, 시간이 얼마 없어요! 어서 타세요!"

군인 하나가 금잔을 향해 소리 질렀다. 창백한 얼굴로 머뭇거리던 금잔이 돌연 몸을 돌려 아이를 업고 있는 젊은 여자에게 자신의 승선증을 쥐여주었다.

"지금 뭐하는 거야, 이 여자야?"

세주가 성을 참지 못하고 고래고래 소리 질렀다.

"가족 한 명이 여기 남는다고 고집이오! 나는 그 양반이 걱정되어 못 가요!"

금잔도 마주 소리쳤다. 세주는 한동안 금잔을 노려보다가 인상을 쓰며 시선을 돌렸다.

"성 아주머니! 성 아주머니!"

수련이 울음을 참지 못하고 그녀를 불렀다. 배가 떠나는 것을 지켜보며 금잔도 끝내 눈물을 흘렸다. 아기씨! 아버지 손을 놓지 마! 금잔의 외침이 아수라장을 뚫고 수환과 수련의 귀에까지 들려왔다. 수련을 붙들고 있던 수환이 감정을 이기지 못하고 부르르 몸을 떨었다. 수련은 눈물로 뿌옇게 흐려진 시야 속에 서 있는 두 사람을 자신이 얼마나 사랑하고 있는지 생각했다. 세상의 모든 것은 잃어버리게 되었을 때야 비로소 그 모습을 확실히 드러냈다.

수송선이 하나둘 부두를 떠나기 시작하자 간신히 유지되고 있던 질서가 급속도로 무너졌다. 피란민들은 어떻게 해서든 배에 오르려고 안간힘을 썼다. 당황한 군인들이 더욱 사납게 소리를 지르며 총검을 휘둘렀지만 파도처럼 밀려드는 인파를 막기에는 역부족이었다. 군인들은 이미 가득 찬 수송선에 한 명이라도 더 태우려고 사람들을 되는대로 욱여넣었다. 인파와 군인들로 막힌 길을 뚫기 위해 사람들이 가시철망을 기어오르기 시작했다. 그들에게서 떨어져 나온 살점이 그물에 걸린 물고기처럼 철망에 너덜거렸다. 살이 찢기면서 피가 흘렀지만 그들은 고통 때문이 아니라 두려움 때문에 울부짖었다. 더 이상 어쩔 수 없을 정도로 수송선이 가득 차자 군인들이 하늘을 향해 총을 쏘았다.

"이곳은 곧 폭파됩니다! 집으로 돌아가시오!"

피란민들이 비명을 지르며 몸부림을 쳤다. 수련은 몸을 웅크린 채 수환을 꼭 껴안았다. 수련에게로 수환의 고통이 흘러들었다. 그는 자신의 무기력 때문에 가슴을 치고 있었다. 언제나 멀찍이 물러나서 세상과 타인의 고통을 지켜볼 수밖에 없는 불쌍한 봉사, 사랑하는 이조차 지키지 못한 오쟁이 진 사내, 한 걸음 내딛을 때마다 어린 딸을 의지해야 하는 천하에 쓸모없는 놈. 수환의 괴로움이 수련에게 스며들어 그녀의 슬픔에 슬픔을 더했다.

대기하고 있던 상륙함에 마지막 군인이 오르자 폭파가 시작되었다. 미련을 버리지 못하고 부두에 남아 있던 피란민들이 보따리를 집어던진 채 이리저리 달아났다. 배에 오른 피란민들은 갑판에서서 생기와 풍요의 장소가 파괴되는 것을 지켜보았다. 그곳에서는 언제나 만선의 기대를 안고 떠나는 배와, 비늘이 빛나는 싱싱한 물고기들을 하나 가득 싣고 돌아오는 배들이 끊임없이 들고 났었다. 연속된 폭음이 신의 노성처럼 터지고 놀란 갈매기 떼들이 하늘 높이 날아오르며 울부짖었다. 바다에 파편이 튀어 폭풍우가 몰아치듯 끝없는 파문이 일고 땅 깊은 곳에서 솟아오른 듯한 연기 기둥이 부두에 울창한 숲을 이루었다. 대기를 찢을 듯한 소음이 들리더니 네 대의 항공기가 연기를 뚫고 도시를 향하여 날아갔다. 바다와 하늘과 땅이 그들에게 길을 열어주기 위해 이를 물고 신음하다가 산산이 부서졌다.

먼 하늘에서 그들이 투하하는 검은빛의 폭탄이 보였다. 폭탄이 떨어지자마자 잿빛이던 도시가 주홍빛의 화염으로 순식간에 불타올랐다. 그 위를 검은 연기구름이 노인의 얼굴에 닥쳐오는 죽음의 그림자처럼 서서히 덮어갔다. 폭파를 지켜보던 피란민들이 흐느끼기 시작했다. 그들의 울음에는 너무 많은 감정이 담겨 있어서, 누군가 눈치 없이 왜 우느냐고 묻기라도 한다면 연기가 맵고 쓰려 그런다고 쏘아붙일 수밖에 없었다. 수환의 공허한 시선은 갈 곳 모른 채 불길과 연기의 숲 사이를 헤맸다.

"아버지는…… 아버지는 어찌 됐느냐? 성 아주머니는?"

수련이 잠시 머뭇거리다 두 분 다 괜찮을 것이라 대답하자 수환은 그제야 마음이 놓이는 듯 힘없이 주저앉았다.

늦은 오후에 배는 다른 부두에 가닿았다. 피란민들은 휘청거리며 배에서 내렸다. 그들은 당장 갈 곳이 없었으며 어디로 가야 할지도 몰랐다. 모두들 옹색한 보따리를 들고 지고, 정처 없이 줄을 맞추어 그곳의 주민들은 이미 피란을 떠나 텅 비어버린 도시 안으로 하나둘 사라졌다.

"어디로 갈 것이냐."

수환이 막막하게 중얼거렸다.

"우리는 남쪽으로 가야 해요."

"그리로 가면……."

그는 한숨을 쉬었다.

"아니다."

수련은 수환의 손을 잡았다.

"어머니도 거기 계세요, 분명히."

그들의 걸음은 느리고 길은 험하였다. 잿빛 하늘에서 끝없이 비가 내려 타오르는 불길을 잡고 그들의 몸을 적셨다. 물에서는 쇳내와 비린내가 났고 어디에서나 연기가 솟았으며 시체가 즐비하여 악취가 진동했다. 그들은 길이나 헛간에서 잠을 잤으며 버려진 밭이 보이면 곡식 낱알이나 시든 채소를 거두어 먹었다. 군대를 피해야 했으므로 때로는 깊은 산속을 헤매야 할 때도 있었다. 인적이 닿지 않을 듯한 산속 마을도 이미 군대의 광폭한 손길이 거쳐간 뒤라 감자 한 알 남은 것 없이 썩어가는 시체만 쌓여 있었다. 수환은 수련이 어디로 이끌든 묵묵히 믿고 따랐다. 그들이 장마와 진격하는 군대를 뚫고 남쪽으로 이동하는 동안 서서히 계절이 바뀌고 있었으며 전세도 달라지는 것이 느껴졌다. 인민군 방어선으로 둘러싸인 항구도시에 미군이 무모하기 짝이 없는 상륙작전을 시도했지만 모두의 예상을 뒤엎고 상대의 허를 찌르면서 보급선을 끊어놓는 데 성공했던 것이다. 조수 간만의 차가 심하고 썰물 때가 되면 온통 개펄로 변하는 늪지 같은 그곳에, 맥아더는 미친 짓이라는 해군 장교들의 비판을 무시하고 막대한 병력을 쏟아 넣었다. 장교들은 인민군 측이 사 킬로미터에 달하는 개펄에 지뢰를 파묻었거나 인근 섬에 충분한 방어 병력을 두었다면 자신들의 시체로 바다를 메우게 될 것이라 걱정했다. 하지만 정작 그들이 해안에 상륙했을 때는 한가로운 갈매기 떼와 보초를 서던 인민군 몇 명이 맞아주었을 뿐이다. 몇 번의 총성이 오가다 보초병들은 순순히 투항했고 그들은 반은 어리둥절하고 반은 환희에 들뜬 채로 항구에 발을 디뎠다. 전쟁 영웅인 맥아더 최후의 전공이자, 전화로 얼룩진 그의 삶에서 가장 빛나는 순간이었다. 피란민들은 서울이 수복되었다는 소식에 길을 거슬러 올라갔지만 수련과 수환은 그와 상관없이 계속해서 남쪽으로 걸음을 옮겼다. 수환의 나직한 노랫소리와 지팡이 두드리는 소리가 황량한 길가에 울려 퍼졌고, 들판에 부는 바람이 두 사람을 스쳐 억새풀 사이에 누인 시신과 폭격에 허물어진 민가를 휘돌았다.

수련은 영원히 끝나지 않을 것만 같은 길 위의 험난한 여정을 생각하다 진저리를 치며 뒤척였고 눈물을 약간 흘렸다. 그리고 작은 소리로 몇 번 한숨을 쉬었다. 하지만 따듯한 목욕으로 인한 나른함과 푹신한 요 위의 편안함을 이기지 못하고 결국 잠이 들었다. 그날 밤 수련은 난잡하고 분주하기만 한 텅 빈 꿈 대신 오랜만에 의미 있는 환시를 보았고, 동이 트자 잠에서 깨어나 그것을 해석해보았다. 그녀는 꿈이 가리키는 상징과 은유를 하나하나 짚으면서 되도록 정확하게 풀려고 애썼다. 꿈은 절망적이지도 않고 희망적이지도 않았다. 화려한 색상과 빛, 그리고 많은 사람이 수련과 그녀의 아버지를 둘러싸고 있었다. 수련은 어쩐 일인지 무척 슬픈 감정을 느꼈으며 현실에 맞지 않는 몽환적인 다채로움이 그녀를 쓸쓸하게 했다.

수련은 부엌으로 들어가 아궁이에 불길을 일으킨 뒤 물을 끓였다. 더운물이 있을 때 다시 한 번 몸을 씻어두고 싶었다. 목욕을 끝내자 마을에서 모아온 것들을 부뚜막 위에 펼쳐놓았다. 성 아주머니는 짐을 쌀 때 언제나 우왕좌왕하다가 결국은 쓸모없는 물건만 잔뜩 챙겼어. 나까지 그럴 수야 없지. 수련은 그렇게 중얼거리며 짐에 넣어갈 것을 신중하게 골랐다. 수련이 보따리를 다 꾸렸을 때쯤 수환이 겨우 잠에서 깨어났다. 그의 늦잠 자는 버릇은 급박하게 돌아가는 피란길에서도 없어지지 않았다. 그를 아는 모든 사람들이 그랬던 것처럼, 수련 역시 아버지의 게으름을 거부감 없이 받아들이고 이해했다. 수련이 따듯한 물을 그릇에 담아 가져가자 수환은 기분 좋은 표정으로 받아 들었다.

"아침 먹고 떠날 거예요."

수환은 고개를 끄덕였지만 수련의 말을 제대로 들었다고는 할 수 없었다. 그는 점점 더 자기만의 세계에 틀어박힐 때가 많아져서 현실에 대한 감각이 점멸하는 등처럼 불안정했다. 수련은 길을 떠나기 전 텁수룩해진 그의 수염을 깎아주리라 생각했다. 마을에서 가져온 물건 중에는 미군 부대에서 흘러나온 면도용 칼도 있었다. 수련은 쌀을 씻어 밥을 안치고 마지막 남은 몇 방울의 들기름으로 달걀 지짐을 부쳐냈다. 마을 닭장은 텅 비어 있었지만 군인들이 서두르다 남겨둔 달걀 두 개를 발견했던 것이다. 김칫독도 몇 개는 그냥 놔둔 채여서 두 사람은 갓 지은 밥에 달걀 지짐과 김치로 모처럼 제대로 된 식사를 했다.

마을은 어제저녁 수련이 대강 정리해놓은 그대로였다. 수환은 몇 걸음 걷다가 주변을 두리번거렸다.

"기운이 맑구나. 굿을 했느냐?"

"네."

"너무 애쓰지 말거라. 예까지 오는 길에 대체 굿만 몇 번이니. 내 잘은 모른다만 그러고 나면 진이 다 빠질 터인데."

가을바람이 불어와 마을의 악취를 살짝 흔들어 가시게 했다. 하늘이 맑았다. 수련은 마을 어귀의 느티나무 앞에 서서 방향을 짚어보았다.

"음…… 당분간 울창한 숲이나 산속은 피하는 게 좋겠고…… 차라리 사방 뚫린 너른 들이 안전해요. 일단 큰길을 따라가도록 하죠."

수련은 손을 내밀어 수환의 손을 잡았다. 두 사람은 천천히 걸음을 옮겨 다시 큰길로 나왔다. 마을에서 멀리 벗어나자 길에는 전차가 지나가며 만들어놓은 바큇자국들이 어지러웠다. 수련은 수환이 움푹 파인 곳에 발이 걸려 넘어지지 않도록 조심했다. 전차가 다닐 만큼 큰길은 드물어서 걷기 편할수록 군대가 만들어놓은 흉터도 깊었다. 트루먼 정부가 소련을 염두에 두고 이 작은 나라의 내전에 참전을 결정한 이래, 그들은 이차대전을 거치면서 보유하게 된 막대한 양의 장갑차와 중화기들을 이곳에 밀어 넣었다. 하지만 대부분이 산악 지형인 이곳에서 그것들은 덩치 큰 고물에 불과했으며 그나마 닦아놓은 몇 안 되는 길까지도 모두 쓸모없게 만들어버렸다.

정오 무렵 수련은 저 앞에서 흰색 도포를 차려입고 갓을 쓴 노인이 뒷짐을 진 채 천천히 걸어오는 것을 보았다. 그의 등은 꼿꼿하며 흰 수염도 단정하게 정리되어 있었다. 노인이 점점 다가오자 수련은 그가 텅 비어 있는 마을에 남은 마지막 사람이며 얼마 전 늙은 부인을 자신의 손으로 직접 묻었다는 것을 알았다. 노인은 떠돌다 죽느니 차라리 자신의 고향에서 굶어 죽으리라 생각하고 있었다. 노인이 지나치며 품위 있는 인사를 건네자 수환도 그에게 안부를 물었다. 수련은 보따리에서 감자 몇 개를 꺼내 노인에게 건넸다. 노인은 단순한 태도로 받아 들었다. 그것은 노인이 이승에서 입에 넣는 마지막 양식일 터였다. 수련은 노인의 뒷모습에서 오래도록 시선을 떼지 못했다. 그로부터 사흘 동안 두 사람은 들판에서 야영을 했다. 해가 지면 적당한 곳에 불을 피우고 두툼한 요를 둘둘 감은 채 나무뿌리에 기대어 잠이 들었다. 수환이 잠이 들면 수련은 하늘의 기운과 별들의 모습을 지켜보았다. 하늘이 보여주는 징조는 너무나 무심했고 별들이 내는 빛은 몹시도 찬란했다. 기쁨과 행복은 한밤의 별빛처럼 잠시 빛나다 스러질 뿐이었으며 고통과 슬픔은 별처럼 세계에 흩뿌려져 있는 것 같았다.

    두 사람이 길에 나선 지 나흘째가 되는 밤이었다. 수련이 까무룩 잠이 들려는 순간 멀리에서 아득한 음악 소리가 들려왔다. 수련은 환청인가 싶었지만 아코디언으로 연주하는 소리는 점점 더 또렷해졌고 노랫소리까지 더해져 헤어진 연인을 그리는 한 여자의 애끓는 심정을 담은 가사가 바람을 타고 흘러왔다. 수련은 수환을 흔들어 깨웠다. 들판 저편에서 붉고 푸른빛이 안개에 휩싸인 채 천천히 다가오고 있었다. 바퀴 구르는 소리가 북을 치듯 노랫가락에 장단을 맞추었고 거기에 동물들이 내는 소음도 간간이 묻어왔다. 수련은 몸을 일으켰다.

울긋불긋한 깃발에 싸인 무리는 천막을 친 마차를 타고 있었다. 그 뒤를 거대한 회색 코끼리 두 마리가 천천히 따르고 있었으며 다른 동물들을 태운 마차도 뒤따랐다. 선두의 마차 몰이꾼이 수련을 발견하고는 마차를 세웠다. 그의 어깨에는 붉은 조끼를 입은 원숭이 한 마리가 걸터앉아 있었다. 노랫소리와 음악이 그치면서 무리 전체가 멈추어 섰다.

"이런 판국에 들판에서 잠을 자다니, 그러다 큰일 나요!"

마차 몰이꾼이 유쾌하게 말했다.

"바로 한 시간 전에 우리는 들판에 널브러진 시체들을 넘어왔소. 여자, 아이, 노인 할 것 없이 한 마을 사람들 모두가 죽어 있었소. 땅을 파는 것도 귀찮았는지 시체를 그대로 버려두었더군. 설마 하니 그런 꼴로 죽고 싶은 건 아니실 테지?"

"우리는……."

수환이 말을 꺼내다가 입을 다물고 딸 쪽을 바라보았다.

"우리를 태워주실 수 있나요?"

수련이 묻자 마차 몰이꾼은 고삐를 쥔 손으로 턱을 긁었다.

"글쎄올시다. 이 마차에 타려면 뭐든 재주가 있어야 하는데."

"그 여자와 당신은 아직 연이 끊어지지 않았으니 가까운 시일 내에 다시 볼 수 있을 거예요. 그리고 당신의 어머니는 무사하시니 걱정 마세요."

"저런!"

그가 놀란 표정으로 외쳤다.

"점쟁이시로군! 내 하나만 물읍시다. 내가 언젠가는 부자가 되어 떵떵거리며 살겠소?"

"당신 팔자에 큰돈은 없어요."

마차 몰이꾼이 한쪽 눈을 장난스럽게 찡긋했다.

"뭐 별로 듣기 좋은 말은 아니지만, 맞긴 하오. 나란 놈은 돈이 손에 들어오면 숨이 막히고 간이 떨려서 가만있을 수가 없거든. 들고 나가 뭐든 싸질러야만 제대로 숨도 쉴 수 있고 마음이 편해지지. 이런 놈이 큰 부자가 된다는 말은 들어본 적이 없소!"

그는 수련에게 뒤에 타라고 손짓을 했다. 그녀는 아버지를 부축해 먼저 마차에 오르게 한 뒤 뒤따라 탔다. 그들이 자리를 잡자 마차 몰이꾼은 고삐를 흔들었고 두 마리의 건장한 암갈색 말들은 고분고분 그의 지시에 따라 출발했다. 마차 안의 사람들은 수련과 수환을 호기심어린 눈으로 훑어보았다. 안에는 호리호리한 몸집을 가진 쌍둥이 소녀와 난쟁이 사내, 평범한 인상의 중년 여자와 허리를 구부정하게 구부린 채 앉아 있는 거인 사내가 타고 있었다.

"네가 점을 치니?"

중년 여자가 잔뜩 궁금해하며 물었다. 수련은 고개를 끄덕였다.

"그런 건 다 엉터리야."

난쟁이가 불쑥 끼어들었다. 아이처럼 보이는 용모지만 목소리는 중년의 남자답게 탁한 데다 갈라져 있었다.

"난리가 터지기 전에 어떤 용하다는 무당이 날더러 금 열 돈에 부적을 쓰면 조상 대대로 붙어 있는 귀신이 떨어져 나가 키가 자랄 거라더군."

"그래 부적을 쓰긴 했고?"

난쟁이 사내가 어깨를 으쓱했다.

"난 키 때문에 그 무당을 찾아간 게 아니야. 대체 내 마누라가 언제 임신을 할 수 있는 건지 그게 궁금해서 갔단 말이야. 내가 이래 봬도 물건 하나는 쓸 만한데, 도통 아이가 생기지를 않았거든."

"오호, 그러서!"

난쟁이 사내는 생각만 해도 불쾌하다는 듯 인상을 쓰며 말을 이었다.

"자기를 왜 찾아왔는지도 모르는 게 무슨 점을 치고 부적을 쓴다는 건지, 원. 게다 그년은 돼지처럼 살이 쪘더군. 그 코끼리 같은 엉덩이나 부적으로 좀 어떻게 하지. 내 다리 짧은 건 귀신이 붙어서이고, 보기에도 숨차게 살이 붙은 건 조상님의 은덕인가? 아무튼 내가 아이는 언제쯤 생기겠냐고 물었더니 그년 말이 부적을 쓰면 일 년 안에 된다는 게야. 해서 미덥지는 않았지만 금을 한 돈이나 주고 부적을 썼어. 아니다 싶었지만 한편으로 솔깃해지는 건 어쩔 수가 없더라고."

"별 효과가 없었나 보군."

가만히 듣고 있던 거인이 불쑥 끼어들었다. 그의 목소리는 마치

1부_길 35

커다란 울림통을 통과해 나오듯 윙윙거리며 울렸다. 그는 쌍꺼풀이 진 크고 예쁜 눈을 가지고 있었지만 턱이 유달리 각이 진 데다 발딛돼 있어 얼굴의 균형을 깨고 있었다. 난쟁이 사내는 흥분을 참지 못하고 손바닥으로 무릎을 쳤다.

"부적을 써온 뒤 일주일 후에 내 마누라가 푸줏간 녀석과 눈이 맞아 그간 모아둔 돈을 몽땅 들고 도망을 갔어. 열 달을 뒤진 끝에 두 연놈을 찾아냈는데, 마누라 배가 남산만 해져 있더군. 에이, 육시랄 년."

중년 여자와 거인 사내가 웃음을 터뜨렸다.

"결국 일 년 안에 임신이 되기는 했구랴."

중년 여자가 킬킬거리며 그렇게 말하자 난쟁이 사내도 씁쓸하게 웃었다.

"결국은 나한테 문제가 있었던 거지. 우리 아버지도 난쟁이였지만 자식을 여섯이나 낳았는데."

"너무 그럴 것 없어. 무자식이 상팔자야. 다른 게 업보인가? 자식이 업보야."

중년 여자가 조용히 말했다: 연신 하품을 하던 쌍둥이 소녀들은 오가는 이야기에 흥미가 없는지 이미 잠들었고, 난쟁이 사내도 입을 다물어버려 마차 안에는 정적이 흘렀다. 수련은 아버지의 어깨에 기대어 잠을 청했다. 그녀는 수환이 머리를 부드럽게 쓰다듬어주자 마음을 놓으며 잠이 들었다.

다시 노랫소리와 그에 맞춘 아코디언 소리가 무리의 뒤쪽에서 들려왔다. 수련은 잠에서 깨어나 한동안 구슬픈 사랑 노래에 귀를 기울였다. 수환을 비롯한 마차 안의 사람들은 여전히 자고 있었다. 수련은 아침 햇살이 마차 안으로 비쳐 들어와 수환의 엷은 주름에 음영을 드리우는 모양을 지켜보았다. 아버지의 피부는 소녀처럼 맑고 얇아서 밝은 햇빛을 받자 투명하게 빛났다. 수련은 이제껏 수환보다 아름다운 얼굴을 본 적이 없었다. 끝없이 계속 굴러갈 것만 같던 마차가 갑자기 멈추었다. 마차 몰이꾼이 안쪽을 향해 소리쳤다.

"일어들 나시게! 도착했어!"

모두들 재빨리 잠에서 깨어났다. 전쟁이 계속되면서 긴장에 익숙해진 사람들은 빨리 잠들었다 빨리 깨어나는 법을 익히게 되었다. 수련은 잠에 취해 몽롱한 수환을 부축해서 마차 밖으로 내려섰다. 마차가 멈추어 선 곳은 자갈과 메마른 흙으로 덮인 벌판이었다. 남쪽으로 보이는 얕은 산봉우리 밑으로 규모가 제법 되어 보이는 도시가 자리하고 있었다. 수련은 그곳에 발을 딛자마자 질펀한 피 냄새와 섬뜩한 기운을 느꼈다. 그 벌판에서는 불과 두 달 전 마지막 방어선을 지키고 뚫기 위한 양측의 치열한 전투가 벌어졌다. 먼저 투입된 군인들이 시체가 되어 그 벌판을 메우고 나면 새로운 군인들이 도착해서 같은 일을 되풀이하고 같은 자리에 누워 시체가 되었다. 바다를 건너 이 땅에 내려와 곧바로 이곳에 투입된 이국의 군인들은 허름한 도시를 지키기 위해 이처럼 많은 사람이 죽어간다는 사실에 놀라면서 자신도 곧 같은 모습으로 죽어갔다. 수련의 눈앞에 펼쳐진 도시는 사실 잿더미와 잔해로 이루어진 거대한 쓰레기장이었지만 그곳에 모여든 피란민들이 임시로 지은 판잣집이나 천막 같은 것들이 부서진 가옥과 건물 사이를 촘촘히 메우고 있었다. 마차에서 사람들이 하나둘 내려와 기지개를 켜거나 굳어진 팔다리를 휘두르며 풀어주었다. 마차 몰이꾼이 수련에게로 다가왔다. 그의 어깨 위에 앉아 있는 원숭이는 너른 벌판이 좋은지 신이 난 표정으로 들썩거렸다.

"우리는 여기에서 당분간 머물며 공연을 할 것이오. 무녀 님은 어디로 가시는지?"

"당분간이면 얼마나요?"

"글쎄올시다. 세상이 하 수상해서리. 이런 시절에 함부로 움직이다가는 개죽음당하기 십상이지 않겠소? 사람들 말로는 전쟁이 곧 끝날 거라던데, 어찌 됐든 여기는 당분간 안전할 것이니 상황을 봐가며 움직여야지요."

수련은 잠시 망설이다가 수환을 흘긋 보았다. 그는 잠자코 수련의 대답을 기다리고 있었다.

"전쟁이 끝나려면 아직 멀었어요. 하지만 당신 말대로 당분간 이곳에 있는 게 좋아요. 당신들의 흥겨운 기운이 이곳을 정화하니 서로에게 좋을 것입니다. 그리고 우리는……."

수련은 생각에 잠겼다. 더 이상 한뎃잠을 자거나 배를 곯는 건 무리였다. 며칠 전의 따뜻한 잠자리는 그간 몸과 마음이 얼마나 지쳐 있었는지를 분명하게 알려주었다.

"우리도 여기에서 당분간 함께 지내면 안 될까요?"

"흠, 안됐지만 여기서 공짜 밥을 먹을 수는 없소."

"저는 점을 치니까 도움이 될 거예요."

그는 턱을 긁적거리며 두 사람을 훑어보았다.

"저이는?"

"제 아버지세요."

"저 양반은 아무 도움도 되지 않겠구먼. 눈이 보이지를 않으니 청소나 잡일을 할 수도 없을 것이고."

"내게도…… 약간의 재주가 있소."

수환이 망설이듯 말을 꺼냈다.

"호! 당신도 점을 치시오?"

"그건 아니지만."

수환은 지팡이를 들어 땅을 두드렸다. 몇 개의 돌멩이가 지팡이에 걸리자 그는 그것들을 지그시 바라보았다. 서너 개의 돌멩이가 조금씩 들썩거리는가 싶더니 천천히 떠오르기 시작했다. 돌멩이는 눈높이까지 둥실 떠올라 동그란 원을 그리며 빙글빙글 돌아갔다. 신기한 광경에 원숭이가 팔을 휘저으며 꺅꺅거렸다. 잠시 후 돌멩이들은 다시 땅으로 천천히 가라앉았다. 몰이꾼의 눈이 휘둥그레졌다.

"이런 재주는 듣도 보도 못했는데. 대체 무슨 속임수를 쓴 거요?"

"그리 신기할 것은 없어요. 나는 아주 작고 가벼운 물건밖에는 들어 올리지를 못해요."

자신에 대해 이야기하는 것이 익숙하지 않은 사람 특유의 어색한 말투로 수환이 말했다. 몰이꾼이 손바닥을 딱 쳤다.

"어찌 됐든 대단한 구경거리요! 자, 날 따라와요. 단장님과 이야기하는 게 좋겠구먼."

몰이꾼은 그들을 무리의 후미 쪽으로 데려갔다. 그의 뒤를 따라가면서 수련은 작고 주름진 눈으로 벌판을 바라보고 있는 코끼리와 눈이 마주쳤다. 수련은 후각을 자극하는 독특한 냄새와 투박해 뵈는 촉감, 그리고 무엇보다 기이할 정도로 긴 코가 이리저리 흔들리는 모양 때문에 그 거대한 동물에게서 눈을 뗄 수 없었다. 코끼리의 회색빛 겉가죽은 생기로 인해 그 무엇보다 다채롭고 아름다워 보였다. 수련은 "모든 만물은 하나의 생기를 함께 나눠 담고 있다"는 어머니의 가르침을 받고 자랐다. 미희는 길가의 풀 한 포기도 인간과 같은 곳에서 비롯되었다고 믿었고, 그것이 대지와 자연, 태고의 근원과 동화하여 호흡하는 무녀의 존재 이유라고 생각했다. 수련은 마을의 떠돌이 고양이와 개 들에게 먹을 것을 주고 다친 상처를 치료해주며 미희가 하던 말을 기억했다.

"모든 만물은 그저 사는 방법이 다를 뿐이다."

수련은 뜨거운 태양열과 시도 때도 없이 쏟아지는 폭우가 번갈아 오가는 울창한 밀림에서 태어나 거칠고 힘겨운 항해 끝에 이곳에 온 그들에게로 다가갔다. 몰이꾼은 물러서라고 소리치려다가 코끼리 란과 문이 낯선 소녀가 접근을 해도 유순하게 서 있자 이상한 기분에 입을 다물어버렸다. 수련은 손을 내밀어 조심스레 그들의 몸을 쓰다듬었다. 학대에 가까운 고된 훈련과 끝없는 이동, 좁은 우리에서 본성을 억누르며 평생을 지내온 그들의 지치고 피곤한 정신이 잠시 수련에게 머물렀다. 몰이꾼이 슬그머니 다가와 수련의 어깨에 손을 올렸다.

"이제 그만 가지요."

그의 말투는 눈에 띄게 공손해져 있었다. 그는 몰이꾼이자 뛰어난 조련사이기도 했고 곡마단의 동물 대부분을 돌보고 있었다. 그는 나름대로 동물과 교감하며 대화하는 법을 알고 있으므로 자신의 예민한 코끼리들이 수련과 방금 무엇을 했는지 눈치챘다. 수련은 몰이꾼을 따라가는 동안 맹수가 낮게 으르렁거리는 소리를 들었으며 단원들이 아침 식사를 위해 불을 피우고 짐을 부리는 것을 보았다. 그들은 하나같이 마르고 날렵해 뵈는 몸집을 가지고 있어서 그 안에 있는 거인 사내와 난쟁이 사내는 란과 문의 거대한 덩치처럼 눈에 띄었다.

"단장님!"

몰이꾼이 한창 짐을 부리면서 부산하게 오가는 사내를 불렀다. 그가 뒤를 돌아보았다. 그는 불혹을 진즉에 넘겼음에도 여전히 풍채가 좋았으며 서글서글한 인상을 지닌 잘생긴 남자였다. 온통 굶주리고 초췌해진 피란민들에게 익숙해져 있던 수련은 그의 건장함이 원숭이 조바의 빨간 조끼만큼이나 부자연스러워 보였다.

"간밤 들판에서 건져 올린 부녀입니다. 우리와 당분간 함께 지내고 싶다네요."

"더 이상 군입을 늘릴 수는 없어. 이런 판국에 어찌 될지 알고."

그는 수련과 수환을 제대로 쳐다보지도 않고 잘라 말했다.

"그게, 재주들이 보통이 아니라서요. 구경꾼들을 모으는 데 도움이 될 듯합니다."

그제야 단장은 그들을 꼼꼼하게 살펴보았다. 아비 쪽은 비록 장님이기는 했지만 수려한 용모를 지녔고 전체적으로 선이 가늘었다. 여자들이 좋아하겠군. 저런 어린아이 같은 남자에게 혹해서 어미처럼 보살펴주고 싶어 하는 여자들이 꼭 있으니까. 단장은 그렇게 생각하며 딸 쪽을 보았다. 수련은 들끓는 이를 견디다 못해 흑단처럼 검은 머리를 귀밑으로 대충 잘라내어 제 나이보다 훨씬 앳돼 보였지만 동시에 노회한 어른에게서만 보이는 초연함이 있었다. 단장은 그녀에 대한 호기심이 일었다.

"딸 쪽은 점치는 재주가 용하고, 아비 쪽은, 이봐요, 한 번 더 보여주시오. 직접 보는 게 제일 낫겠지."

몰이꾼의 말에 수환은 얼굴을 붉혔다. 그는 별로 대단할 것도 없는 재주를 내보인 것에 대해 후회하고 있었다. 수련이 돌멩이 몇 개를 주워 수환의 손에 올려놓았고 그는 그 돌들을 허공에 띄웠다. 단장이 작은 소리로 탄성을 질렀다.

"마술사로군. 내 예전 중국 기예단에서 이런 재주를 본 적이 있지. 그이는 사람까지 들어 올릴 수 있었지만 그러자면 복잡한 장치가 필요했거든. 도와주는 이도 있어야 했고. 당신도 사람을 들어 올릴 수가 있소?"

"제가 들어 올릴 수 있는 것은 작은 물건 정도입니다."

"좀 더 노력하면 재주가 발전할 수도 있지 않을까?"

수환이 곤란한 표정을 짓자 단장은 수련 쪽을 보았다.

"내가 무엇에 대해 알고 싶어 하는 것 같소?"

"그건 이룰 수 없는 꿈입니다. 제때에 포기하는 것도 제때 이루는 것만큼이나 가치 있는 일이에요."

"오!"

그는 새삼스러운 눈으로 수련을 자세히 뜯어보았다.

"보통이 아니시구먼. 나는 숱한 점쟁이를 만나보았지만 모두 듣기 좋은 소리만 얼렁설렁 늘어놓으며 내 주머니를 털어갔지. 현명한 소리는 뜨끈한 술 한잔만큼이나 몸을 덥히고 정신을 차리게 만드는 법. 하지만 당신 말이 틀리길 바라오."

단장은 호탕하게 웃었다.

"이들에게 아침 식사를 내어주게. 단원들에게는…… 임시로 함께 지내게 되었다고 하면 되겠군."

그는 몰이꾼에게 빠른 어조로 지시를 내린 뒤 수련에게 말했다.

"내게 점치는 능은 없지만 사람을 보면 대충 알아지는 게 있소. 당신들은 우리와 오래 있을 사람들은 아니오. 이런 난리 통에 대체 어디를 가려는 거요?"

"만나고픈 사람이 있어요."

"그러시구먼. 가서들 식사해요. 단원들하고 인사도 나누고."

그들이 저만치 걸어왔을 때 몰이꾼이 수련에게 슬쩍 물었다.

"단장이 뭘 알고 싶어 한 거래요?"

"그냥…… 별거 아니에요."

그는 실망한 표정으로 어깨를 으쓱했다. 단원들은 불을 피운 드럼통을 가운데에 두고 빙 둘러앉아 아침을 먹고 있는 중이었다. 철망과 나무 막대를 얹어 만든 불판 위의 커다란 솥에서는 무럭무럭 연기가 솟아오르며 군침 도는 냄새가 풍겨왔다. 단원은 전부 서른두 명이었고 수련과 한 마차에 들었던 여인이 그들 모두의 연장자였다. 몰이꾼은 그녀를 '마담'이라고 불렀다. 그는 마담에게 부녀가 당분간 함께 지내게 되었다는 것을 알렸다. 마담은 고개를 끄덕이더니 곁에 앉아 있던 소년에게 국그릇과 주먹밥을 내오라고 했다. 두 사람은 무리에 끼어 앉아 음식을 받아 들었다. 국에는 고기가 풍성히 들어 있었고 참기름과 소금으로 간한 주먹밥도 맛있었다. 오랜만에 먹는 제대로 된 음식은 수련의 혀에서 미끄러지듯 목으로 넘어갔다. 마담은 두 사람이 먹는 양을 보더니 묻지도 않고 음식을 더 퍼 담아주었다.

"행색을 보아하니 여간 고생한 게 아니구먼. 일단 배를 가득 채워요. 그게 가장 중요하지. 먹고 죽은 귀신은 때깔도 좋다잖수."

마담은 수련의 곁으로 가까이 다가앉았다.

"그래, 길을 떠난 지는 얼마나 되었니?"

"장마 전에요. 살고 있던 곳이 아수라장이 되는 바람에."

마담의 얼굴에 놀란 표정이 떠올랐다.

"용케 무사하다니 운이 좋았네! 하기사 우리들도 당신네들만큼

운이 좋았지. 이 난리 통에 원숭이 조바의 터럭 하나 다치지를 않았으니."

마담은 자신들의 이야기를 들려주었다. 곡마단은 서울에서 전쟁을 맞았다. 국군의 방어선이 너무 빨리 무너지는 바람에 그들은 미처 피란을 가지 못했다. 단장은 잽싸게 인공기를 내걸고 점령군을 환영하는 공연을 기획하였다. 코끼리 란과 문의 커다란 등에는 인공기가 씌워졌고 원숭이 조바도 자그마한 인공기를 흔들며 재주를 넘었다. 한동안 그들의 객석은 인민군 장교와 군인들이 차지했다. 단장은 위대한 혁명을 찬양하는 소극을 공연 중에 끼워 넣었으며 모든 공연 순서 앞과 뒤에 혁명가를 붙였다. 군인들은 혁명가가 울려 퍼지면 자리에서 일어나 발을 구르며 함께 합창을 했다. 살얼음판 걷듯 위험하기는 했으나 적어도 객석을 채울 걱정은 하지 않아도 되는 나름의 호시절이었다. 하지만 전세가 뒤집히면서 다시 국군과 미군이 서울을 점령했다.

란과 문의 등에는 성조기가 씌워졌으며 조바는 붉은 바탕의 별무늬와 파란 줄무늬를 섞어 만든 조끼를 입었다. 그들을 위해 단원들은 떠나온 고향을 그리워하는 구슬픈 노래들을 이국의 언어로 익혀야 했다. 미군은 그들이 예전에 혁명가를 불렀든 인공기를 흔들었든 별로 상관하지 않았다. 부유한 그들의 호주머니에서 나오는 후한 사례금이 곡마단을 먹여 살렸다. 단장은 이동하는 미군 부대를 따라가기로 결정하고 천막을 걷었다.

"얼마 전까지 그들 뒤를 따라다녔지. 그이들은 전쟁이 거진 끝나간다고 믿었어. 자기들 명절인 크리스마스 전에 고향에 가게 될 거라고들 하더구나. 그런데 우리가 따라다니던 부대가 북쪽으로 이동하게 됐단다. 단장은 광대들이 전투에 끼어드는 건 어리석은 짓이라며 그들과 헤어졌어. 하지만 부대를 따라다니던 창녀들은 북쪽으로 함께 갔지. 그 불쌍한 여자들이 모두 무사하길. 아직까지는 그때 떨어진 부스러기로 굶을 걱정은 없지만 공연을 하지 않으면 결국 굶주리다가 모두 뿔뿔이 흩어지게 될 거야. 단장은 이곳에 큰 기대를 하고 있어. 이곳은 피란민들이 모여들고 있는 데다 암시장도 크게 열린다더구나. 여흥을 즐기고 싶어 하는 이들이 많아야 할 텐데. ……누군 죽어 나자빠지는데 살아남은 이들은 또 어떻게든 살 궁리를 해야 해. 사는 게 참 뭔지."

마담의 얼굴에 그늘이 졌다.

"……당신의 아이 일은 안됐어요. 하지만 늦든 이르든 언젠가는 모두 그리운 이들을 가슴에 묻고 살게 되지요."

마담은 수련을 물끄러미 바라보았다.

"나이에 맞지 않는 지혜는 사는 데 도움이 안 돼. 즐거운 일은 항상 바보에게 찾아오기 마련이거든. 넌 그걸 다 어찌 견디니?"

"진실의 크기는 항상 그대로지만 사람의 크기는 제각각이니까요."

"잘나셨네!"

마담이 감탄하듯 외쳤다.

"여기 정말 큰 선생이 계시구먼! 비록 거지꼴이긴 하지만."

수련은 얼굴을 붉혔다. 아버지와 자신이 얼마나 초라한 몰골인지를 깨달았던 것이다.

"며칠 동안 몸을 씻을 수가 없었어요."

"천막을 치고 나면 간이 목욕탕도 만들어질 거야. 그때 씻으렴. 사람들 인생에 이런저런 충고를 늘어놓으며 정작 자신은 거지꼴을 못 면하면 안 될 말이지."

마담은 자리를 털고 일어나다 수련의 곁에 앉은 수환을 흘긋 보았다.

"네 아버지는 때만 벗으면 상당한 미남이겠구나. 여자들이 좋아하겠어."

"나는 눈만 안 보일 뿐 듣거나 말하는 데는 전혀 문제가 없어요. 다음부터는 내게 직접 말해줘요."

수환이 조용히 말하자 마담이 그의 어깨를 탁, 쳤다.

"댁이 너무 잘생겨서 말 붙이기 부끄러웠을 뿐이지 딴 뜻은 없어요. 내 이래봬도 수줍은 소녀가 가슴에 남아 있거든. 앞으로는 조심하리다."

수환이 미소를 짓자 마담도 웃었다. 활짝 웃는 그녀는 자신의 말처럼 해맑은 소녀같았다.

아침을 배불리 먹고 나자 본격적으로 천막을 치는 일이 시작되었다. 석 대 분량의 짐마차에서 철근이 부려지고, 거대한 천막이 풀려 나왔다. 코끼리와 맹수와 원숭이와 곡예사 들에 대한 소문은 전투기보다 빨리 도시로 날아가 부지런한 꼬맹이들 몇이 벌써 구경을 나왔다. 수련과 수환은 시원한 바람이 불어오는 버드나무 밑에 앉아 그들의 노련하고 유쾌한 작업을 지켜보았다. 철근으로 이루어진 커다란 돔 모양의 구조물이 벌판에 세워지는 동안 구경꾼들은 자꾸 불어났다. 콧물 흐르는 꼬마는 물론이고 두루마기 차림에 중절모를 쓴 점잖은 남자들과 아기를 등에 업고 나온 여자들도 있었다. 어른, 아이 할 것 없이 란과 문의 주변을 맴돌며 인심 좋은 단원이 한 번쯤 그들의 등이라도 쓰다듬게 해주길 바랐지만 단원들은 물러서라며 날카롭게 고함을 질렀다. 철근을 어깨에 지고 나르는 거인 사내의 주변에도 호기심 어린 꼬맹이들이 빙 둘러 따라다녔다. 거인은 짐짓 모르는 척하다 갑자기 험악한 표정을 지으며 장난스럽게 소리질렀고, 그때마다 아이들은 비명을 지르며 저만치 달아났다가 다시 그의 주변으로 모여들었다.

높다랗게 세워진 철근 구조물에 날렵한 남자 단원들이 원숭이처럼 오르내리며 철근을 단단하게 잡아 묶고, 그 위에 천막을 덧씌우느라 서로 소리를 질러대며 박자를 맞추었다. 부분적으로 이루어지는 작업을 총괄하여 무너질 염려 없는 튼튼한 구조물로 만드는 일은 단장의 몫이다. 공연장을 세우는 전체적인 과정과 방법을 아는 것은 그가 유일해서, 단장은 멀찍이 떨어진 위치에 서서 쉴 사이 없이 지시를 내리거나 격려를 하기도 하고 때로는 엄한 목소리로 허술한 동작에 대한 질책을 퍼부었다. 그러는 사이 아무것도 없던 황량한 벌판에는 푸른색의 큼직한 줄무늬가 새겨진 곡마단의 천막이 신기루처럼 솟아올랐고, 그것만으로도 일대는 흥겨운 기운이 넘쳐났다. 공연장이 완성되자 단원들은 자신들이 묵을 천막을 만들기 시작했다. 상급 곡예사들과 조련사들은 개인 천막을 사용했지만 수습 곡예사들은 여럿이 한 천막에 들었다. 천막을 치는 한옆으로 빗물을 받아 모을 커다란 물탱크도 설치되었다. 거기에 수도관을 매설한 뒤 드럼통을 반으로 잘라 말뚝 위에 길게 이어 붙인 배수로를 만들었다. 수련이 한창 말뚝을 박고 있는 단원에게 그게 무어냐고 묻자 그는 거기에다 물을 받아서 빨래를 하게 된다고 설명해주었다. 쪼그려 앉지 않아도 돼서 아주 편해요. 앳된 얼굴의 소년은 수줍어하며 말했다.

마침내 모든 작업이 끝난 것은 노을이 불타는 저녁 무렵이었다. 하늘 저편에서 대기를 가르는 굉음이 들려왔다. 미군 정찰기 한 대가 낮게 날아가고 있었다. 그때까지도 남아 있는 꼬맹이들 몇이 비행기를 따라 뛰어가며 헬로! 헬로! 하고 외쳤다.

몇 번의 요란하고 왁자한 거리 홍보 뒤에 곡마단의 공연이 시작되었다. 수련이 점을 치는 자그마한 천막은 공연장 바로 옆에 세워졌다. 점을 치고 돈을 받기는 처음이어서 수련은 그런 일에 필요한 요령을 전혀 몰랐다. 그래서인지 지나치게 솔직하고 가림 없이 일러주다가 손님을 화나게 하거나 실망시키고 끝내는 울리기까지 하는 일이 빈번했다. 단장은 "사람들은 듣고 싶은 소리를 들으러 오는 거지 진실을 들으러 오는 게 아니오. 적당히 운을 맞추어 기분이나 다독여주면 될 것을 왜 그리 요령이 없소?" 하고 타박했다. 옛날 미희에게 찾아왔던 사람들은 모두 근심을 덜고 위로를 받은 표정으로 돌아갔었다. 문턱이 닳도록 드나드는 수많은 사람들 때문에 금잔은 하루 종일 그들에게 대접할 찻물을 끓여대야 했다. 수련은 그때 어머니가 하는 양을 좀 더 잘 봐둘 것을 그랬다고 후회했지만 금잔은 미희가 점을 치는 곳에는 수련이 얼씬을 못하게 했다. 수련이 어떻게든 평범하게 자라기를 간절히 바라서였다.

수련을 찾아오는 사람들은 대개 피란민이어서 헤어진 가족의 생사나 자신의 고향으로 돌아갈 시기 같은 것들을 물어왔다. 수련은 그들 중 많은 이들에게 잔인한 현실을 말해야 했다. 고향으로 영영 돌아가지 못할 이가 태반이었고 가족을 다시는 만나지 못한 채 애끓는 그리움을 가슴에 간직하고 남은 평생 살아야 할 이가 절반이었다. 그들에게 차라리 거짓말을 하고 싶을 때가 많았으나 타고난 고지식함과 무녀로서의 자존심 때문에 차마 그러지를 못했다. 거기에 수련을 더욱 곤란하게 하는 건 사랑 점을 치러 오는 여자들이었다. 사랑에 빠진 여자들은 대개 스쳐가는 인연에 전전긍긍하며 확신 없는 위태로운 관계를 포기하지 못했다. 수련 앞에 앉아, 여자들은 안타까운 마음에 눈물을 짓기도 하고 더러는 인연을 계속 이어가게 해주는 부적을 부탁하기도 했다.

"답답하네요."

수련이 인상을 찌푸리며 그렇게 말하자 마주 앉은 여자의 얼굴이 파랗게 질렸다.

"무슨 뜻인지요?"

"그는 쉽게 마음을 열 사람이 아닙니다. 하지만 상대방에게 최선을 다한다는 것은 어떤 식으로 연이 흘러도 후회는 남기지 않는 법이지요. 당신은 당신의 최선을 다하면 되는 것이고, 그래도 연이 이어지지 않는다면 그것은 그대로 흘려보내야 합니다."

여자가 못마땅한 표정으로 고개를 갸웃했다.

"그런 소리는 누구나 하겠네요. 그러니까 제가 그 남자의 인연이라는 말씀인가요, 아니라는 말씀인가요?"

수련은 헛기침을 했다.

"저…… 지극히 예외적인 경우란 정말 드물고 잘 일어나지 않기 때문에 예외적인 거지요. 당신의 마음을 사로잡는 의심과 미심쩍음은 마땅히 그럴 만하기 때문에 일고 있을 터. 그런 인연에 미련을 두는 것은 현명하지 못한 일이에요."

여자는 수련의 말을 어떻게 받아들일지 결정하지 못하고 머뭇거렸다.

"그러니까, 좀 확실히 말해주세요. 제가 그 남자와 혼인을 할 수 있을까요?"

수련은 결국 그 남자는 오 년 뒤에나 혼인을 하게 될 테지만 그 상대는 당신이 아니라고 말할 수밖에 없었다. 마침내 여자가 부끄러움도 없이 울음을 터뜨리자 수련은 당황해서 어쩔 줄 몰라 했다.

"사실 그 남자는 훌륭한 남편감이 아니에요. 안주하기보다는 밖으로 돌 팔자라 아내 되는 이는 마음고생이 심할 것입니다."

수련이 나름대로 달래려고 내놓은 말에 여자는 아예 소리를 내어 엉엉 울기 시작했다.

곡마단의 공연 중 가장 인기는 마담과 쌍둥이 소녀들이 펼치는 공중 곡예였다. 수련은 마담을 처음 보았을 때 평범한 인상 밑으로 감추어진 정열과 재능이 그녀의 인생에서 무엇으로 형태를 갖추었나 궁금했었다. 마담은 숙련된 곡예사였다. 그녀의 몸은 군살이 없었고 계속해서 육체를 단련한 사람 특유의 유연함을 가지고 있어 움직이는 동작이 소녀처럼 가벼웠다. 마담은 어린 곡예사들의 훈련과 곡예 공연 전반을 맡고 있어서 단원들 모두가 존경했으며 어려운 사람 없는 단장도 그녀에게는 예의를 갖추었다. 공연에 대한 마담의 열정은 아이를 낳고 겨우 사흘 뒤 곡예 무대에 섰다가 평생을 괴롭힐 고질적인 요통과 관절염을 얻게 했다. 결국 태어난 지 두 해 만에 아이가 죽어버린 날에도 그녀는 아침에 아이를 묻고 와 그날 저녁 무대에 섰다. 마담은 자신의 삶이 공중그네를 타고, 재주를 넘고, 멀리 뛰어오르는 것 때문에 가능하다는 것을 알고 있었다. 삶은 언제나 위태롭고 빈약했지만 그것을 잊게 해주는 순간만큼은 충만한 무엇으로 가득 차 있었던 것이다. 그녀는 언젠가 나이와 세월에 무너져 무대에 오르지 못하게 될 것을 마음 깊은 곳에서부터 두려워했다.

수환의 공연은 공중 곡예만큼이나 인기를 누렸다. 그의 공연은 처음에는 아주 단순한 내용으로 짤막하게 행해졌지만 관객들의 대단한 반응을 불러일으키자 점차 시간이 늘게 되었다. 단장은 수환이 들어 올릴 수 있는 무게를 계속해서 시험해보았으며 공연이 거듭될 때마다 그 능력이 조금씩 발전한다는 것을 발견했다. 수환의 공연은 처음에 색색의 공들을 띄워서 단순한 원 모양으로 율동하게 하는 정도에 그쳤다. 하지만 차츰 다양한 형태의 유리잔과 아름다운 그릇 들을 들어 올려 관객석을 향해 날아가게끔 할 수 있게 되었다. 속임수를 의심하던 사람들도 투명한 유리그릇이 바로 자기 머리 위로 날아와 한참을 머물며 떠 있는 것을 보면 감탄을 금치 못했다. 의심 많은 관객들이 아무리 눈을 부릅뜨고 찾아보아도 그릇에 무언가를 매단 흔적을 찾을 수 없었다. 사람들은 그 특별한 아름다움을 보기 위해 몰려들었고 기꺼이 푯값을 지불했다. 단장은 공연 시간을 점점 더 늘려갔지만 문제는 수환의 기력이었다. 그는 공연 시간이 길어지고 들어 올려야 하는 물건이 많아질수록 힘들어했다. 그가 자신의 재주를 내보이는 일은 체력 소모가 대단해서 한 차례 공연이 끝나고 나면 힘겨운 노동을 하루 종일 쉬지 않고 한 것처럼 지쳐 있었다. 그럼에도 수환은 좀 더 무거운 물건을 들어 올릴 수 있도록 끊임없이 연습했는데, 그가 무언가에 그토록 열중하는 것은 태어나서 처음 있는 일이었다.

미희는 수환을 처음 만났을 때 "당신은 고독과 슬픔을 양손에 하나씩 가지고 태어났군요. 문득 외롭고 고독할 때 사람들과 섞이길 원할 것이나 아무도 당신을 원하지 않을 것이며 무언가 의미 있는 일을 하고 싶어 해도 목적과 유용함은 언제나 당신을 스쳐갈 것입니다. 당신의 삶에는 무용, 무가치, 무의미, 게으름, 고독, 낭비가 그림자처럼 따라붙을 거예요. 당신은 결코 장수를 누리지 못할 것이고 부귀영화는 당신에게 맞지 않는 옷이 될 겁니다. 당신은 언제나 가장 소중히 여기던 것을 잃어버리게 되며 항상 그것을 찾아 헤매겠지만 끝내 손에 쥐어보지 못할 거예요"라고 예언했었다. 수환이 좀 더 좋은 말은 없느냐고 묻자 미희가 대답했다.

"당신은 특별한 재능을 타고났어요. 무가치에서 가치가 나오고 무의미에서 의미를 찾아냅니다. 그것이 세상사지요. 이것으로 충분할까요?"

수환은 그때 충분하다고 대답했고 오랫동안 그녀의 말을 까맣게 잊어버리고 있었다. 하지만 공연을 시작하게 되면서 그 예언은 수환의 뇌리에 자주 떠올라 맴돌았다.

단장의 목표는 수환이 중국 기예단의 마술사처럼 사람을 들어올리게 되는 것이었다.

"지상 최고의 퍼포먼스가 될 거야!"

그는 수환을 격려하면서 그렇게 외쳤다. 수환은 그렇게 많은 사람들의 격려와 환호가 자신의 쓸모없는 재주에 쏟아지는 것을 어리둥절해하면서도, 한편으로는 커다란 만족감을 느끼고 있었다. 좀 더 나은 공연을 위해 노력하는 동안 끝없이 솟아오르던 수환의 나른함과 게으름도 뜨거운 태양에 말라가는 샘물처럼 바닥을 드러내, 그는 전에 없이 일찍 일어나 곡마단의 규칙적인 일상에 자신을 맞추었다.

연일 순조롭게 발전해가는 재주와 달리, 수환은 뜻밖의 곤란한 상황에 부딪치게 되었다. 곡예사인 쌍둥이 소녀 중 하나가 수환에게 푹 빠져든 것이다. 이름이 구아—버려진 아이를 주웠다는 뜻으로 단장이 붙여준 것이다. 그녀의 언니 이름은 버려진 아이라는 뜻의 '투아'였다—인 그녀의 나이는 열일곱 살로 갓 피어난 꽃봉오리처럼 싱그러웠다. 구아는 쌍둥이 언니와 함께 어릴 때 곡마단에 버려져 거기에서 자랐다. 하루도 거름 없이 몸을 단련하여 열심히 재주를 익히고, 곡마단이라는 한정된 공간에서 단원들하고만 지내온 그녀들은 순수하고 열정적이었다. 수환은 자신을 향한 구아의 깊은 마음을 본능적으로 감지하고는 당황했다. 그로서는 익숙하지 않은 감정이었다.

수환은 늘 여자들에게 인기가 있었다. 그는 미희가 떠난 뒤에도 자신을 사랑해주는 여자들을 어렵지 않게 만날 수 있었다. 항구도시의 기생들에게 수환은 나름의 명성을 누렸다. 그가 아무 해주는 것 없어도 그녀들은 상관하지 않았다. 곡마단에서도 수환은 예외적인 존재였는데, 여자들에게 그처럼 인기 있음에도 사내들의 시기나 질투를 전혀 받지 않았다. 그렇다 해도 수환과 속을 터놓고 가깝게 지내기를 원하는 사람은 없었다. 수환은 언제나 혼자였으며 간혹 누군가와 가깝게 지내고 싶은 마음이 생겨도 어찌할지 몰라 머뭇거리다 결국은 귀찮아하면서 그대로 포기해버렸다. 수환에게 사람이란 지나치게 변덕스러우며 난감한 존재였다. 그는 복잡한 관계나 타인의 혼란스러운 감정을 감당할 수 있는 사람이 아니었다. 아이처럼 단순한 그가 여자들의 호의를 선뜻 받아들인 것은 그녀들의 감정 역시 단순했기 때문이다. 여자들은 그에게 아무것도 원하지 않았고, 그런 만큼 어떤 것도 기대하지 않았으며, 늘 잠깐 머물다 미련 없이 떠났다.

수환은 곡예사 소녀를 어르고 달래며 타일러도 보았으나 소용없었다. 어느 날 밤 절박해진 구아가 수환의 천막으로 들이닥쳐 배 위에 올라타자 그는 더욱 겁에 질리고 말았다. 수환은 구아가 막무가내로 자신의 옷을 벗기려들자 겁탈당할 위기에 처한 여자처럼 비명을 지르며 천막을 뛰쳐나갔고, 결국 그 일은 단원들 전부에게 알려지게 되었다. 가엾은 구아는 자기보다 더 어린 소년을 사랑하고 있다는 것을 몰랐던 것이다. 당연하게도, 수환은 구아의 어머니나 마찬가지인 마담에게 도움을 청했다.

"오늘부터 당신의 천막에서 함께 자도 될까요?"

"나도 예전에는 꽤 괜찮았지만 지금은 여기저기 허물어지고 있다우. 당신보다 나이도 들었고."

"나는 당신 목소리가 좋아요. 장님에게는 그걸로 충분하지요."

마담은 미소를 지었고 그날로 수환과 합방을 했다. 마담의 몸은 그녀의 말과는 달리 여전히 매력적이었다. 수환은 섬세한 손길로 오랜 고독에 지쳐 있던 그녀의 몸을 다정하게 어루만졌으며 노련한 그녀는 여러 가지 방법으로 수환을 기쁘게 해주었다. 연속으로 두 번의 격렬한 정사를 치른 두 사람은 나란히 누워 마치 오랜 세월 함께 살아온 부부처럼 정답게 이야기를 나누다 편안한 잠에 빠져들었다. 수환은 그날 이후 곡마단의 다른 여자 단원들이나 그를 보러 찾아오는 도시의 여자들에게서 완전히 해방되었으며, 마담도 혼자 잠들던 싸늘한 침상이 사내의 온기로 덥혀지는 기쁨을 누렸다. 하지만 구아의 고통과 슬픔은 누가 보아도 알 수 있을 정도로 깊어서, 단원들은 수환의 처사가 합리적인 결정이었다고 고개를 끄덕이면서도 한편으로는 사내답지 못한 놈이라고 손가락질을 했다.

"구아 같은 아이가 내 배 위에 올라타준다면!"

난쟁이 사내가 한탄을 했다.

"나는 매번 그 아이를 볼 때마다 과연 어느 사내가 첫 남자가 되는 행운을 누릴지 궁금했었지. 아무리 눈이 보이지 않아도 그 버들가지 같은 몸매야 한 번만 더듬어보면 알 것을! 그 비단처럼 매끄러운 피부는 또 어떻고!"

"그런데 마담이라니!"

거인 사내가 어이없다는 듯 말을 받았다. 그는 지극히 말이 없어서 그가 간간이 내뱉는 울림 큰 말들은 진정으로 우러나오는 소리일 때가 많았다.

"네 아비는 정말 눈이 먼 게 분명하구나."

거인 사내는 한쪽 눈을 찡긋하며 수련에게 말했다. 수련은 아버지에 대해 누구보다 잘 알았으므로 투아가 동생 일로 도움을 청하러 찾아왔을 때 별달리 해줄 것이 없었다. 수환으로서는 어쩔 수가 없는 일이었고, 이런 일에 점쟁이의 충고는 아무 소용 없다는 것을 그간의 경험으로 배웠던 것이다.

"알잖아. 구아는 내 말을 전혀 듣지 않을 거야."

수련이 한숨을 쉬며 그렇게 말하자 투아가 근심스러운 얼굴로 물었다.

"단장님은 구아가 계속 저런 상태면 그 애에게 남자를 하나 붙여 주겠다고 했어. 남자는 남자로 잊는 게 제일 좋다는 거야. 단장님은 그냥 하는 말이 없어. 구아에게 더 나쁜 일이 생기지는 않겠지?"

"그럴 수 있긴 하지만 그건 여러 가지 갈래 중 하나야. 내가 읽는 것은 큰 흐름이고, 그 안에서 사람들이 어떤 결정을 내리는가는 전적으로 그 사람의 몫일 뿐 무녀가 끼어들 자리는 아니지. 모든 미래에는 행운과 불행이 공존하고 선택은 사람들이 하는 거야."

"여러 가지를 보게 된다고 좋은 건 아니구나. 막상 너도 할 수 있는 일이 별로 없잖아. 무언가를 달라지게 하는 것도 아니고."

투아가 퉁명스럽게 말했다. 그녀가 동생의 일로 심란하여 모난 심정으로 빈정거린다는 것을 알면서도 수련은 마음이 편치 않았다. 수련은 가끔 수환의 쓸모없는 재주와 자신의 능력이 얼마나 닮아 있나 깨닫고는 놀랐다. 두 사람 다 원치 않는 능력으로 겪지 않아도 될 고통과 외로움을 느껴야 했으며, 그 재주는 아무것도 변화시키지 못하고 원하는 것을 가지게 해주지도 못했다. 수련은 자신의 말이 아버지가 관객석으로 띄워 보내 율동하게 하는 아름다운 유리그릇과 다를 바 없다고 생각했다. 그것들은 감탄의 시간이 지나고 나면 다시 땅으로 내려앉아 다른 그릇과 똑같아졌다.

수련은 손님이 없을 때면 밖으로 나가 떠들썩한 곡마단의 천막을 바라보았다. 휘황찬란하게 불을 밝힌 거대한 천막은 어두워진 하늘을 배경으로 우뚝 서 있었다. 그곳에서는 코끼리 란과 문이 조련사의 구령에 따라 춤을 추었고 난쟁이 사내의 어릿광대짓과 거인 사내의 힘자랑이 웃음과 감탄을 불러왔다. 그리고 예쁜 쌍둥이 소녀들은 공중에서 어지러이 제비를 돌며 관객의 혼을 빼놓았다. 허공을 날아다니는 수환의 유리그릇들과 객석을 뛰어다니며 모자를 내미는 원숭이 조바의 자그마한 손은 한 집 건너 하나씩 초상을 치러야 하는 이 전란의 소용돌이 속에서 유일하게 자기주장을 하고 있는 것 같았다. 비록 포성이 터지고 죽고 죽이는 살육의 광경이 매일 벌어지고 있다 해도 할 수만 있다면 즐겁게 웃으며 박수를 치고 휘파람을 불면서 오늘 하루를 보내야 한다고, 그들이 비록 곡마단의 흥겨운 천막에서 돌아가자마자 자식과 남편의 전사 통지서를 손에 쥐게 된다 해도 그 사실은 달라지지 않을 것이라고 수련은 생각했다.

화려한 불빛이 하나둘 꺼지고 천막 주위로 두터운 어둠이 내려앉게 되면 하루의 공연을 무사히 끝낸 단원들이 분장을 지우고 옷을 갈아입은 뒤 각자의 즐거움을 찾아 나섰다. 수련은 난쟁이 사내가 옷깃에 코스모스 한 송이를 꽂고 거인 사내의 어깨에 올라탄 채 시내로 나가는 모습을 자주 보았다. 두 사람은 자신들이 함께 있을 때 생기는 극적인 효과를 무척 좋아해서 여자를 낚으러 갈 때도 항상 함께했다. 다음 날 아침이면 떠벌리기 좋아하는 난쟁이 사내가 간밤의 무용담을 걸쭉한 입담으로 풀어놓아 단원들은 두 사람이 밤새 무슨 재미를 어떻게 보았나 상세히 알게 마련이었다.

"그러니까 우리가 그 과수댁을 만난 게 시장통에서였지. 여자들이 담벼락에 주욱 앉아서는 광주리에 사과를 담아 팔고 있었어. 가랑이를 있는 대로 벌려서는 넓적다리가 훤히 드러난 데다, 대충 여민 저고리 사이로 젖가슴들을 훌러덩 내놓았지. 근데 다들 어찌나 시들어빠졌던지, 젖가슴은 모두 배꼽에라도 닿을 것 같고 넓적다리까지 바싹 말라비틀어져서 그 사이에 뭐가 있는지 알고 싶지도 않았단 말씀이야. 그런데 저 구석에서 갑자기 번쩍하고 빛이 나는 게 아니겠는가. 한창 젊은 나이의 여자가 광주리에 설익은 사과를 잔뜩 쌓아놓고 앉아 있었어. 달려드는 파리 떼를 손바닥으로 쫓아내느라 허리를 굽힐 때마다 헐렁한 저고리 속의 여물 대로 여문 젖가슴이 살짝살짝 드러났어. 입속의 치아도 튼튼하니 말짱했고 윤기 흐르는 검은 머리는 어찌나 숱이 많은지 뒤로 묶은 머리채가 내 거시기보다도 굵어 뵀단 말씀이야. 하지만 그 여자의 넓적다리에 대면 그것도 다 바다에 오줌 갈기기지. 자네들도 그 탱탱하고 튼실한 다리를 봤다면 그 안의 벌어질락 말락 하는 봉오리에 벌써부터 자네들 거시기가 빨려들어가는 것처럼 느껴질 게야. 그런 여자가 가지고 있는 봉오리야말로 문어 빨판보다 백만 배는 더 힘이 셀 것이 틀림없었지. 우리가 바투 다가서자 여자가 얼른 웃음을 지었어. 이것 좀 보세요, 맛이 아주 좋아요. 그 앵두 같은 입술로 그러는 게 아니겠는가! 하이고, 정말 죽겠더구먼. 그럼요, 얼마나 맛이 좋겠습니까. 큰이(난쟁이 사내는 거인 사내를 '큰이'라 부르고 거인 사내는 난쟁이 사내를 '작은이'라 불렀다)가 넋을 놓으며 대꾸하자 여자가 얼마나 드릴까요, 라고 물었어. 그래 내가 나서며 그랬어.

이녘이 가진 거 몽땅 주시오. 그제야 눈치를 챈 여자가 얼굴을 붉혔어. 내가 그 말을 아주 은밀하고 기름지게 둘러쳤거든."

"아주 기름졌지."

가만히 듣고 있던 거인 사내가 윙윙 울리는 음성으로 맞장구를 쳤다.

"하여간에 우리 둘이 가진 돈을 몽땅 합해서 과수댁의 그 설익은 사과 한 광주리를 몽땅 샀어. 그런 여자는 그만한 가치가 있어."

"가치가 있고말고."

다시 거인 사내가 맞장구쳤다.

"여자가 연신 고맙다고 인사를 했어. 내가 잔뜩 폼을 잡으며 그랬지. 이 사과를 내 당신에게 선물로 주고 싶은데. 뭐, 그 사과를 먹어봐야 시고 떫을 게 뻔했거든. 여자는 그럴 수는 없다고 손사래를 치다가 결국 못 이기는 척 받아들더군. 사실 어찌나 잽싸게 받아 챙기든지 무거운 광주리를 머리에 척, 하고 이는 품이 곡예사 재주넘기 못지않더라고. 무거워 뵈는데, 저 큰이가 집까지 들어다 드리면 어떨까요? 저이가 힘이 아주 장사라오. 댁에 서방님이 기분 나빠하지만 않는다면 말이오. 내 말에 여자가 다른 여자들 눈치를 보며 머뭇거렸어. 그러고는 서방은 전쟁 통에 벌써 죽었지만 그렇게까지 폐를 끼칠 수는 없다고 했어. 그야말로 손바닥이 맞부딪치는 소리가 머릿속에서 딱딱 울렸지. 폐라니, 정 그러시면 큰이가 광주리를 들고 이녘은 나를 머리에 이고 가면 되겠구먼요. 내가 그렇게 말하자 여자가 간드러지는 웃음을 터뜨렸어."

"아주 간드러졌지."

거인 사내가 고개를 끄덕이며 말했다.

"큰이가 광주리를 들고 과수댁까지 가는 길에 그 여자의 사연을 들었지. 서방은 전쟁이 터지자마자 징집이 되어 군대로 들어갔다는구먼. 혼인한 지 겨우 일 년 만에 말씀이야. 이제야 속살을 베어 먹으려는 찰나 들고 있던 곶감을 빼앗긴 거지. 서방은 진즉에 죽어버리고 난리를 피해 늙으신 홀시어머니 모시고 피란을 떠났는데 노인네가 어찌나 구박을 하고 부려먹는지 허리 한번 펴본 적이 없다는구먼. 시어머니는 제가 도화살이 있어 서방을 잡아먹었다네요, 여자가 억울하다는 듯이 한숨을 쉬며 말했어. 그거 참말 억울하겠네요. 노인네 말대로면 이 난리 통에 온통 서방 잡아먹은 여자들 천지겠소. 그러게나 말이에요, 하면서 여자가 울먹거렸어. 이런저런 이야기를 나누다 보니 집이라고 도착은 했는데 다 쓰러져가는 초가삼간, 그것도 방 하나 얻어 시부가 살고 있더군. 우리가 들어서자마자 노인네가 문을 쾅, 하니 열더니만 냅다 소리를 꽥 지르는 거야. 이 썩을 년이 하라는 장사는 안 하고 병신 사내를 둘이나 끼고 집에 들어와! 이 걸레 같은 년! 노인네 목소리가 어찌나 꼬장꼬장 벼락같은지 내 보기에는 직접 나가 장사를 해도 백번은 더 하겠더구먼. 내가 큰이에게 눈짓을 했어. 큰이가 방 안으로 들어가 노인네 입을 틀어막고 팔다리를 꽁꽁 묶었지. 어이구, 그 노인네 어찌나 힘도 장사인지 큰이가 아주 애를 먹었다니까. 과수댁은 파랗게 질려 어찌할 줄을 모르더군. 그래, 내가 그랬어. 기왕 서방 잡아먹은 년이라는 소리 듣는 거, 억울하지나 않게 진짜 한번 해보기나 하면 어떻겠소. 과수댁은 그럴 수는 없네요, 하면서 몸을 뺐지만 어째 점점 방 쪽으로 다가가는가 싶더니 신발 벗고 들어가더군."

모두들 침을 삼키며 난쟁이 사내의 다음 말을 기다렸지만 그는 주위를 둘러보며 느긋하게 담배를 피워 물었다.

"그래서요?"

소년 단원 하나가 궁금증을 참지 못하고 물었다. 난쟁이 사내는 연기를 피워 올리며 이렇게 이야기를 마무리 지었다.

"내 이 말만 하지. 그 여자는 말이야, 타고났어. 그야말로 타고났지."

거인 사내가 덤덤하게 덧붙였다.

"노인네가 그래도 두 눈 뜨고 끝까지 구경하더군."

모두들 왁자하게 웃음을 터뜨리면서 좀 더 자세하게 이야기해달라고 졸랐지만 난쟁이 사내는 그럴 때마다 "이야기는 감칠맛이야. 감칠맛은 적당히 숨겨주어야 제 맛이고" 하며 절대로 도를 넘지 않았다.

그런 난쟁이 사내에 의하면 단장은 "낭만이 없는" 사람이었다. 그를 꽤 오래 알고 지낸 상급 곡예사들도 그가 제대로 된 연애를 하는 것은 한 번도 본 적이 없었다. 그는 언제나 "잔뜩 쌓여 있어 불편해"라는 말과 함께 돈을 주고 여자를 샀지만 같은 여자를 두 번 산 적도 없었다. 그래서 단원들은 단장이 능력이 뛰어나고 예인 기질이 농후하기는 해도 연애 감정은 아예 가져본 적도 없는 불쌍한 사람이라 생각했다. 단장의 아무도 모르는 비밀은 오직 수련만이 달고 있었다. 수련은 그를 처음 보자마자 그가 여자에게는 아무 낭만적인 감정을 품을 수 없다는 걸 알았다. 그의 시선은 아직 덜 성숙한 소년 곡예사들의 호리호리한 몸집과 작은 엉덩이, 그리고 유연한 팔다리에 자주 머물렀으며 그런 것들을 감탄 어린 마음으로 찬찬히 살펴보았다. 하지만 그는 그것이 성적인 의미로 연결된다는 것을 전혀 깨닫지 못하고 있어서 그저 일정한 의식을 치르듯 여자를 찾아 자신의 욕구를 기계적으로 해결해버리고는 이 세상에 자기 마음을 사로잡을 여자는 과연 없는가, 하는 엉뚱한 한탄을 남몰래 할 뿐이었다. 수련은 그에게 충고를 해주고 싶어도 할 수가 없었다. 그는 자신이 남색가라는 사실을 받아들일 준비가 전혀 돼 있지 않았다. 하지만 그런 그도 인생에 딱 한 번 잊지 못할 인연을 만나게 될 것이었다.

"옳은 것 안에는 언제나 순수함이 있습니다. 순수함이 있다고 여겨지면 옳은 것이니 괴로워하지 마세요."

수련은 자신의 미래를 점치러 온 단장에게 그렇게 충고해주었다. 단장은 눈살을 찌푸리며 "역시 소녀시군. 지나치게 순진한 소리요" 하고 말했다. 하지만 그는 그 말을 기억해두었다. 그래서 어둡고 괴로운 정열에 몸부림치며 그 인연을 어찌 풀어야 될지 몰라 전전긍긍할 때 그 말을 자연스레 떠올릴 터였다.

자유로운 어른 단원들과는 달리 한창 재주를 배우고 있는 미성년 단원들은 행동의 제약이 많았다. 한 사람의 곡예사 몫을 해내기 전까진 군대보다 더 엄격한 훈련과 규율에 묶여 있어야 해서 연애라든가 사랑 같은 감정의 사치는 부릴 형편이 못 됐다. 하지만 한창 나이의 십 대들답게 마음에 드는 이성을 보면 가슴 설레며 수줍어하기도 해서 수련 역시 그들 중 몇몇이 몰래 가져다준 사과라든가, 꽃묶음 같은 것들을 받아보았다. 수련은 이제 막 여드름 돋기 시작하는 그들의 과거와 미래가 너무 명료하게 보여 곤란했지만, 그같은 서툴고 풋풋한 감정이 그들 인생에 어떤 의미인지 알았으므로 미소를 지으며 선물을 받아 들었다. 하지만 자신이 그들처럼 누군가를 그저 '웃는 게 예쁘다'는 이유만으로 무조건 좋아할 수 없음을 확실히 알고 있었고, 그러한 자각은 그들을 아주 먼 거리에서 바라보는 바다의 풍경처럼 관조하게 만들었다. 수련은 그들보다는 오히려 몰이꾼이자 조련사인 '장'이 훨씬 더 가깝게 느껴졌다.

장은 성격이 시원하고 다감하여 누구하고도 잘 지내는 사람이었지만 술과 도박을 좋아해 결국 주변에는 아무도 남지 않았다. 그는 몇 잔의 술에 취해 주변인들에게 행패를 부리기 일쑤였고 약간이라도 돈이 생기면 노름판에 뛰어들어 결국에는 입고 있던 옷까지 팔아먹은 뒤 알몸으로 돌아왔다. 단장은 그간 장에게 정신 차리라 충고를 하기도 하고 곡마단에서 쫓아낼 것이라 겁을 주기도 했지만 아무 소용 없었다. 동물을 좋아하는 수련은 곧잘 그를 찾아가 일을 돕기도 하고 이런저런 이야기를 나누었다. 멀쩡할 때의 장은 사람 좋은 호인이었으므로 두 사람은 곧 친해지게 되었다. 동물 좋아하는 사람치고 나쁜 사람이 없지! 수련을 몹시 좋아하게 된 장은 틈만 나면 그렇게 말하며 기분 좋게 웃었다. 수련은 안타까운 마음에 자신이 알고 있는 것들을 장에게 알려주며 부드럽게 타일러보았다. 그러자 장은 란의 등을 문지르면서 유쾌하게 말을 받았다.

"무녀 님! 이놈에게 그런 충고를 해보아도 아무 소용이 없다오. 한순간의 유혹에 넘어가 인생을 꼬지 말라니! 그런 말은 나도 매일 매시간 되뇌고 있어요. 아무 말썽 안 부리고 넘어가는 날이면 내 자신이 자랑스러워서 엉덩이라도 두드려주고 싶어지지. 하지만 말이오, 그럴 때가 또 찾아와요. 무언가 깊은 구덩이에 발이 푹 빠지는 듯한 그런 순간 말이오. 그럴 때면 뭐라 해야 하나, 겁이 나는 것 같기도 하고 뱃속이 텅 빈 것 같으면서 길을 잃어버려 어리둥절한 것 같기도 하고 지루해서 미칠 것 같은데 한편으로는 초조하오. 그럼 나는 또다시 술을 입에 대고 노름판에 뛰어드는 거지. 나는 다른 방법을 모르겠소이다."

곡마단의 다른 단원들이 그렇듯, 장도 어렵고 힘든 유년기와 성장기를 거쳐 이곳에 오게 되었다. 하지만 장의 인생은 앞으로 더욱 험난해질 운명이었다. 수련은 그가 머지않아 곡마단에서 커다란 사고를 저지르고 도망 다니게 될 것임을 알았다. 단장은 자신에게 손해 끼치는 자를 용서하는 사람이 아니므로 그의 복수는 잔인하고 가차 없을 터였다.

"좋은 순간도, 슬프고 괴로운 순간도 결국은 모두 지나가요, 장. 내가 할 수 있는 말은 이것밖에 없네요."

결국 수련은 그렇게 말할 수밖에 없었다. 장은 부지런히 놀리던 손을 멈추고 수련을 바라보았다. 그러다 고개를 숙여 인사했다.
"내 그 말을 잊지 않겠소, 무녀 님."
장은 동물을 다루는 것만큼이나 우는 데에도 탁월한 재주가 있었다. 그는 누군가가 "장, 한번 울어봐요" 하고 말을 하면 그 자리에서 바로 굵은 눈물을 주룩주룩 흘렸다. 소리도 없이, 지체하지 않고 끝없이 흐르는 장의 눈물을 보고 있자면 누구나 괜스레 슬퍼져 함께 울게 되기 마련이었다. 그래서 단원들은 뭔가 가슴 아프도록 울고 싶어지는 날이면 장에게 찾아가 울어달라고 부탁하고는 했다.
"울어봐요, 장."
수련의 부탁에 장의 눈시울이 금세 붉어지더니 커다란 눈물방울이 뚝뚝 떨어졌다. 장이 구슬프게 우는 모습을 지켜보다가 수련도 끝내 눈물을 흘리고 말았다.
그로부터 삼 년 뒤, 장은 개천가 다리 밑에 숨어 차가운 밤하늘을 올려다보고 있었다. 살을 저며낼 듯 불어오는 칼바람에 바싹 여윈 몸피는 당장이라도 얼어서 썩어갈 것만 같았다. 그는 신발조차 신고 있지 않아 진즉에 동상으로 터진 발에서 고름이 흘러나왔다. 심한 고생으로 머리까지 하얗게 세어버려 그는 예순이 넘은 노인처럼 보였다. 그는 무의식적으로 자신의 손가락을 질겅질겅 씹어댔다. 입 안에 무언가를 넣고 씹어본 지가 너무 오래되었던 것이다. 그는 추위를 견디지 못하고 몸을 웅크려 앉았다. 더 이상 도망칠 힘도 없고 갈 데도 없었지만 질긴 숨은 지독한 고통 속에서도 쉬이 끊어지지 않았다. 장은 의식을 잃기 전 마지막으로 수련의 말을 떠올렸다. 결국은 모두 지나가요. 그는 추위와 굶주림으로 그날 밤 숨을 거두었으며 시체는 개천가의 굶주린 쥐들이 조금씩 갉아 먹었다.

　수련이 구아와 투아를 처음 만났을 때만 해도 두 사람의 외양은 구분이 가지 않을 정도로 비슷했지만 한 달이 지난 지금은 누구라도 그녀들을 대번에 구별할 수 있었다. 구아의 얼굴에는 솜씨 좋은 조각가가 특별한 매력을 덧입히기 위해 몇 가지의 흉터를 일부러 새겨 넣은 듯한 흔적이 생겨났다. 그녀의 눈빛은 타오르는 석탄처럼 열정으로 빛났고, 두 뺨은 계속된 불면의 밤이 선사한 창백함과 수심으로 가득했다. 붉은 입술은 깊고 짙은 감정의 색을 덧입어 행여 입이라도 맞추게 된다면 누구라도 그녀의 슬픔에 감염될 것만 같았다. 사랑과 절망에 빠진 구아는 수환이 사랑하는 이들 모두를 미워했다. 그녀는 마담은 물론이고 수련까지도 질투를 해, 수환이 자신의 딸을 다정하게 어루만지는 모습을 시기 어린 눈으로 응시하다가 투아의 품에 안겨 울음을 터뜨렸다. 구아는 철들기도 전에 동생을 보게 된 어린아이가 철없는 질투로 괴로워하는 것처럼 스스로를 괴롭혔다. 수환을 향한 구아의 감정은 뭐라 한 가지로 단정지을 수 없는 세상 모든 형태의 사랑이 마구잡이로 뒤섞여 있는 듯했다. 수환은 그녀에게 얼굴도 본 적 없는 아비이자 손에 닿지 않는 변덕스러운 연인, 미래의 남편, 보호가 필요한 아들, 자상하고 부드러운 오라비이면서 뛰어난 예인이었다. 수환은 그녀의 사랑을 철저한 무시와 외면으로 대했다. 구아를 배려해 빨리 포기하기를 바라는 마음에서 그런 것은 아니었다. 그는 원래 배려심이 무언지를 몰랐고 자신을 부담스럽게 만드는 건 무엇이든 무조건 피하고 싶어 했다.

구아의 사랑이 곡예에까지 영향을 미쳐 공연 중 자꾸 실수를 하게 되자 단장은 계속 그런 식이면 아무 남자나 붙여주겠다며 그녀를 협박했다. 하지만 단장이 미처 손을 쓰기 전에 구아가 먼저 남자 하나를 선택해 몸을 던졌다. 그녀가 고른 남자는 장이었다. 그것은 어리석지만 효과적인 방식의 앙갚음이었다. 그녀는 자신의 고통과 불행에 대한 핑계가 필요했고 그것을 장이 모두 떠안아주었다. 장은 취하면 구아에게 손찌검을 했으며 아무 데서나 옷을 벗겼다. 벌겋게 술이 오른 장이 코끼리 우리 옆이나 마구간에서 구아를 엎드리게 하고 뒤에서 거칠게 정사를 치르는 장면을 거의 모든 단원들이 한 번쯤은 볼 수 있었다. 아침에 물탱크 앞의 빨래터에서 빨래를 하는 구아의 얼굴에는 퍼렇게 멍이 들어 있기 일쑤였다. 장은 마담과 수환의 천막까지 찾아와 행패를 부리기도 했다. 그는 자기 여자를 넘보면 죽여버리겠다는 둥 수환에게 고함을 지르며 주먹을 휘두르다가 그대로 쓰러져 잠이 들었다. 술이 깨고 나면 장은 언제나 울며 용서를 빌었고 구아는 싸늘한 표정으로 그의 얼굴에 침을 뱉었다. 남의 일에 무심한 수환이었지만 상황이 그쯤 되자 구아의 불행에 신경을 쓰지 않을 수 없었다. 그의 공허한 시선은 자주 구아에게 머물렀으며 이전처럼 냉정하게 대하지도 않았다. 구아는 수환의 태도가 변하자마자 장을 눈 깜짝할 사이에 차버렸다. 멀쩡할 때의 장과는 달리 술에 취한 장은 도무지 그 사실을 받아들이지 못했으므로 구아는 수환에게 종종 함께 있어 달라고 집요하게 부탁했다. 자기에게도 책임이 있다고 생각한 수환은 그녀의 청을 거절하지 못했다. 마담은 그 모든 일을 한 발짝 물러나서 지켜보았지만 결국 어느 날 저녁 수련의 천막을 찾아왔다. 수환이 혼자 있기 무섭다는 구아의 부탁으로 그녀의 천막에 가 있을 때였다.

"다들 그런 때가 있어."

마담이 한숨을 쉬면서 입을 열었다.

"이 사람이 아니면 꼭 죽을 것만 같은 그런 거 말이야. 하지만 산다는 건 뜻밖에도 길고, 사람의 마음은 변덕스럽거든. 구아가 그걸 깨달을 때쯤이면 사랑이란 게 하찮게 여길 것은 아니지만 그렇다고 당장 죽을 것처럼 수선 떨 필요도 없다는 걸 알게 될 거야. 무릇 사랑이란 내 손에 머물게 되면 즐기고, 내 손을 떠나게 될 때 잘 보내주면 되는 것이지. 더욱이 그이는 한 여자에게 믿음직한 울타리가 되어줄 사람이 절대로 아니야. 하지만 구아에겐 바로 그런 남자가 필요해."

"하고 싶은 말이 무엇이지요?"

"아버지와 너는 어차피 임시로 머물게 된 거였으니 일이 더 나빠지기 전에 떠나주었으면 해. 구아는 내 딸이나 마찬가지야. 나는 그 애를 보호하고 싶어. 그리고 네 아버지도."

수련은 될 수 있으면 곡마단에서 다가오는 겨울을 넘기고 싶었다. 그녀는 전황에 대해 여러 가지로 점을 쳐보았지만 행방이 묘연한 어머니의 흔적은 찾아낼 수가 없었다. 그때 압록강까지 진격한 국군과 미군은 완전한 승리를 눈앞에 두고 있는 듯했다. 계속된 승리에 도취된 맥아더는 중국과의 전면전은 고사하고 어디까지나 '제한 전쟁'으로 상황을 축소시키고 싶어 했던 트루먼 정부의 여러 중재안을 무시했다. 그는 중국이 전쟁에 개입하게 될 가능성을 묻는 자국 기자의 질문에는 "절대 그럴 리가 없소"라고 일축했으며 실제로 전선의 부대에서 중공군 몇을 포로로 잡았다는 보고를 듣고도 가볍게 무시했다. 이승만 정부는 그저 미국의 북진에 박수를 치며 환호를 보냈다. 그들은 단 하나의 정부, 즉 자신들이 미국의 지원 아래 한반도를 차지하게 될 꿈에 부풀었다. 하지만 그때 이미 대규모의 중공군이 빠르고 조용하게 국경을 넘어 매복을 시작하고 있었다. 그들은 국공 내전에서의 풍부한 전투 경험을 통해 싸움에 익숙해진 노련한 군인들이었다. 수련은 겨울에 이제까지보다 훨씬 더 치열한 전투가 벌어질 것과 북쪽에서 오는 군인들에 대해 알고 있었으므로 마담의 부탁에 고민했다.

"이번 겨울은 이곳에서 넘겨야 해요. 날이 풀리는 대로 떠나겠어요."

마담은 고개를 끄덕였다.

"그이와 구아에게는 내가 잘 얘기하마. 나도 그이를 포기하는 것이니 구아도 이 정도면 물러서겠지."

마담은 수련의 얼굴을 지그시 보다가 말을 이었다.

"이렇게 보니 너랑 그이가 참 닮았구나. 이목구비가 아니라 분위기 같은 것이 말이야. 그러고 보니 넌 우리의 공연을 제대로 본 적이 한 번도 없지? 내가 단장에게 말해둘 테니 내일 하루 일을 쉬고 공연을 보렴. 그이가 대단한 것을 준비해두었거든."

"아! 정말 그래도 되나요?"

수련이 깜짝 놀라며 기뻐하자 마담도 잠시 놀라는가 싶더니 흐뭇한 미소를 지었다.

"너도 정말 어린 소녀구나. 널 보고 있으면 자꾸 그걸 잊어버리게 된단 말이야."

다음 날 아침 수련은 투아에게서 마담과 구아와의 이야기를 전해 들었다. 구아는 완전히 정신이 나간 채로 울부짖으며 천막 안에 있는 모든 것을 닥치는 대로 둘러엎었다. 구아는 한밤중에야 겨우 진정되어 잠이 들었고 투아도 간신히 한숨을 돌릴 수 있었다.

"너와 네 아버지가 떠나고 나면 이 끔찍한 일도 끝나겠지."

투아가 속 시원한 표정으로 내뱉듯 말했다.

"그랬으면 좋겠어. 어리석은 짓은 이제 충분하니까."

수련도 냉정하게 말을 받았다.

수련은 공연 시간이 다가오자 분장실로 향했다. 아버지에게 공연 준비를 돕겠다고 약속해두었던 것이다. 수환은 보이지 않는 눈으로 분장실 거울에 비친 자신의 얼굴을 바라보고 있었다. 수려한 그의 얼굴은 초점 없는 눈으로 인해 '미남'이 아닌 '장님'의 부류에 드는 첫인상을 지니게 되었다. 그는 원래 아름다움에 민감했다. 하지만 지금 그가 유일하게 볼 수 있는 아름다움은 자신이 허공으로 띄우는 갖가지의 유리그릇이 만들어내는 동선뿐이었다. 하지만 삶이란 거저 얻어지는 것이 없으며 그냥 잃는 것도 없는 법이다. 이제 그는 자신의 결핍을 재능으로 메울 때의 기쁨을 알았다.

"네가 오늘 공연을 보게 되어 좋구나."

수련이 수환의 머리를 빗질해주고 있을 때 그가 들뜬 표정으로 말했다.

"오늘 대단한 게 준비돼 있어. 기대해도 좋다."

수련은 포마드를 아버지의 머리에 발라 단정히 넘기고, 턱에 거뭇하게 자란 수염을 깔끔하게 면도했다. 수련이 공연 물품을 챙기는 동안 수환은 단장이 특별히 맞추어준 감색 양복으로 갈아입었다. 분장실로 단원들이 하나둘 들어오면서 주변이 점차 분주해졌다. 그들은 숙련된 손놀림으로 머리를 묶고 분칠을 하고 눈썹을 길게 그리면서 정신을 가다듬었다. 공연 시작 전의 그들은 바늘 끝처럼 날카롭고 예민해서, 수련은 기색을 숨긴 채 한구석에 조용히 앉아 그들이 준비하는 모양을 지켜보았다. 사람의 타고난 기질과 천성은 어떤 식으로든 드러나기 마련이다. 그들은 태어나기 전부터 반짝이는 머리띠에 깃털 서너 개를 꽂고 다리를 벌리거나 구부리며 물구나무서기 하는 꿈을 꾸었다. 장도 이 순간만큼은 술이나 노름이 필요치 않았다.

시중에 도는 여러 가지 소문에는 곡마단이 머지않아 이동해 갈 것이라는 이야기도 들어 있었다. 단장은 더 안전한 남쪽으로 옮겨 갈 생각이었다. 피란민들은 이 기회를 놓치면 다시는 웃고 떠들거나 박수를 치며 발을 구르고 휘파람을 불 일이 없다는 것을 아는 듯했다. 객석은 한 자리도 남김없이 꽉 차 있었다. 손님들의 자리를 안내하는 수습 곡예사 소년이 수련을 위해 제일 앞자리를 비워두어 그녀는 거기에 앉았다. 공연이 시작되기 전에 조바가 무대에 올라 간단한 재주 몇 개를 부리자 분위기는 단숨에 달아올랐다. 마침내 커튼 뒤에서 어릿광대 복장을 한 난쟁이 사내가 모습을 드러냈다. 그는 익살스러운 동작으로 뛰어나오다 크게 넘어졌다. 그가 자신의 짧은 다리를 가리키며 한탄을 하자 관객석에는 요란한 웃음이 터졌다. 조바도 펄쩍펄쩍 뛰며 난쟁이 사내를 비웃었다. 그는 무대 중앙으로 재빨리 뛰어오고 싶지만 늘 무언가 잘못되어 넘어지거나 구르고, 그러다가는 벌떡 일어나 뒤로 넘기를 연속으로 하는 통에 점점 더 무대 가장자리로 밀려나버렸다. 그는 자신의 다리를 더 이상 못 믿겠다는 듯 이런저런 궁리를 하다가 문득 자신의 손을 발견했다. 그는 고개를 몇 번 크게 끄덕이고는 물구나무서기를 했다. 관객들은 그의 선택이 현명하다는 것을 알리기 위해 열렬히 박수를 치며 환호성을 보냈다. 난쟁이 사내는 이제야 좀 걸어볼 만하다는 듯이, 으스대며 물구나무서기를 한 채 원을 그려보기도 하고, 느릿느릿 걸으며 만족스럽게 웃었다. 그러고는 물구나무서기를 한 채 갑자기, 믿을 수 없을 만큼 빠르게 무대 중앙으로 걸어 나왔다. 조바도 난쟁이 사내를 쫓아 함께 물구나무서기를 했다. 관객석에서는 감탄과 함께 우레 같은 박수가 터져 나왔다. 난쟁이 사내가 익살스러운 동작을 몇 가지 더 보여주면서 관객들의 웃음과 박수를 받아내고는, 곧이어 뛰어나오는 곡예사 소년들에게 무대를 내줬다.

소년들은 난쟁이 사내와는 다르게 익살스러운 동작이나 부러 실패를 하는 과장된 몸짓이 전혀 없었다. 그들은 다른 곡예사의 어깨에 올라가서도 멋지게 자세를 유지하고, 서로의 몸을 지지대 삼아 순식간에 인간 조형물을 만들어내기도 했다. 관객들은 그들이 만들어내는 여러 모양의 군집 형태에 감탄하는 것이 아니라 그 완벽한 자기통제에 열광하고 있었다. 그 후로도 여러 곡예들이 계속 이어지며 잠시도 눈을 뗄 수 없게 만들었지만 수련은 점차 다가오는 수환의 공연 때문에 좀체 집중할 수가 없었다. 수련은 수환이 행여 실수라도 하면 어떻게 하나 잔뜩 걱정하느라 입에 막대 다섯 개를 물고, 양손에는 세 개씩의 막대를 든 채 그 끝으로 접시를 돌리는 뛰어난 곡예를 건성으로 보고 말았다.

진행을 맡아 사회를 보던 단장이 과장된 손동작을 섞어가면서 이 세상에서 가장 흥미로운 볼거리, 가장 뛰어난 퍼포먼스, 눈을 의심할 수밖에 없는 최고의 경이, 초자연의 극치를 보게 될 것이라 단언했다. 마침내 수환의 차례가 된 것이다. 관객들은 한껏 부푼 기대감을 환호성과 요란하게 손뼉을 치는 것으로 대신했다. 수련의 손바닥에서는 식은땀이 나고 있었다. 은빛 장막이 천천히 걷히면서 검은 안경을 쓴 수환이 무대에 등장하자 박수와 환호성은 더욱 커졌다. 수환은 절도 있는 동작으로 관객에게 인사를 한 뒤

우아하게 양손을 들어 올렸다. 그의 앞에는 동그랗거나 네모진, 크고 작은 유리그릇들이 다리가 긴 상 위에 가득 놓여 있었다. 수환의 손짓을 따라 꽃 모양의 그릇 하나가 둥실 떠오르더니 뒤이어 유리잔이 떠올랐다. 흥분을 이기지 못한 몇몇 사람의 박수와 감탄이 터져 나왔지만 엄숙한 분위기에 눌려 곧 조용해졌다. 상 위의 유리공과 그릇 들은 수환의 손짓에 따라 줄줄이 떠올라 일정한 운율을 지닌 채 허공에서 움직이기 시작했다. 수환의 손동작들은 몹시 섬세하고 세분화돼 있어서, 정신을 집중해서 보지 않으면 그가 그 많은 유리 물체의 움직임을 일일이 지시하고 있다는 것을 알아채기가 어려울 정도였다. 물체의 움직임이 몹시도 아름답고 일사 분란해 수환이 얕은 재주를 부린다기보다는 자신의 영혼 일부를 물체에 이식하고 나누어주는 것 같았다. 그릇들이 수환의 머리 위를 자유롭게 활공하다가 마침내 관객석을 향해 춤추듯 날아오자, 그들에게서 조용한 탄성이 터져 나왔다. 관객의 머리 위를 유영하는 물체들은 창조주의 영혼을 나누어 받아 새로이 탄생된 생명체, 만들어질 때부터 무리 지어 활공하는 법을 알고 있는 경이로운 피조물이었다. 그것들은 때마침 들어온 저녁 햇빛을 받아 눈부신 반사광을 천막 안에 가득 쏟아냈다. 관객의 머리 위를 한차례 돌아 나온 유리 물체들은 다시 그 영혼의 주인에게로 하나둘 돌아가기 시작해 상 위에 사뿐히 내려앉았다. 수환은 관객이 보내는 박수와 환호성을 받으며 허리를 굽혀 인사했다.

관객의 흥분이 어느 정도 가라앉자 곡마단에서 가장 어린 수습 곡예사 소녀가 무대 위로 올라왔다. 그녀의 나이는 이제 일곱 살로 작고 마른 몸집에 가늘고 유연한 팔다리를 가지고 있었다. 소녀는 머리를 하나로 틀어 묶고, 입고 있는 분홍 공연복에 맞추어 분홍빛 연지를 입술에 발랐다. 뺨에도 분홍빛의 분칠을 하고 있어 마치 생애 첫 무대의 긴장과 부끄러움 때문에 볼을 붉히고 있는 것처럼 보였다. 소녀가 무대 위로 오르는 사이 수습 곡예사 소년들이 수환의 앞에 놓인 상을 들어 치우고 좀 더 크고 길쭉한 상을 내왔다. 소녀는 상 앞에 서서 관객을 향해 그 나이에 맞는 귀엽고 앙증맞은 인사를 보냈다. 관객들은 다시 열렬한 박수와 휘파람으로 그녀를 맞았다. 소녀는 박수가 가라앉자 상 위로 올라가 반듯하게 누웠다. 수환의 양손이 소녀의 몸 위 허공을 탐색하듯 움직였다. 그의 손은 그의 눈보다 정확하고 또렷하게 사물을 볼 수 있는 것만 같았다. 몸의 부피와 크기, 형체를 가늠하던 손이 천천히 위를 향하여 움직이자 소녀가 조금씩 그 손을 따라 들어 올려졌다. 관객석 여기저기서 탄성이 터져 나왔다. 소녀의 몸은 이제 확실히 상 위에 떠오른 상태였고 깊은 잠에 빠진 것처럼 조금도 움직이지 않았다. 다른 곡예사 소녀가 커다란 은빛 고리를 가지고 무대 위로 뛰어나왔다. 곡예사 소녀는 은빛 고리를 소녀의 발쪽으로 끼운 뒤 천천히 이동시켜 머리끝까지 훑어냈다. 그렇게 여러 번을 반복하여 수환의 재주에는 아무 속임수도 없으며 소녀의 몸에 실 한 가닥 매달지 않았다는 것을 관객에게 확인시켰다. 관객석에서는 열광적인 환호와 박수가 터졌다. 수환의 손이 다시 우아하게 움직였다.

반듯하게 누워 있던 소녀의 몸이 천천히 움직여 동그란 모양으로 웅크린 자세가 되었다. 수환의 손을 따라 소녀의 몸이 연속으로 공중제비 돌듯 회전을 시작했고, 점차로 속도가 빨라지면서 나중에는 분홍빛의 공이 허공에서 호를 그리며 연속으로 구르는 것처럼 보였다. 다시 박수가 터졌다. 소녀의 움직임이 멈추더니 허공에 뜬 채 똑바로 서서 관객석을 향해 허리를 굽혀 인사했다. 소녀는 발밑에 보이지 않는 탄탄한 받침대라도 있는 듯 허공에서 자유자재로 팔다리를 움직이며 환호성에 답하고 손을 흔들었다. 소녀가 무대 바닥으로 천천히 내려오더니 수환의 손을 잡아끌어 관객석으로 가까이 다가갔다. 두 사람에게 쏟아지는 열렬한 박수와 환호는 그들이 여러 번의 인사를 마치고 무대 밖으로 사라질 때까지 그치지 않았다. 관객들은 뒤이어 란과 문이 무대 위에 등장할 때까지도 수환이 사라진 쪽을 향해 소리를 지르고 휘파람을 불어댔다. 수련은 자리에서 벌떡 일어나 분장실로 달려갔다.

수련은 분장실에 들어서자마자 아버지를 끌어안았다. 수환의 몸은 땀으로 푹 젖어 있었다.

"굉장했어요!"

수련이 흥분이 가시지 않은 목소리로 외치자 수환은 환하게 웃었다.

"정말이니?"

"그럼요! 그건 너무…… 너무 아름다웠어요."

수환이 의자에 주저앉았다. 그는 지칠 대로 지쳐서 손 하나 까딱할 힘도 없어 보였다. 수환은 마치 이 순간을 위해 태어난 것 같은 기묘한 감각에 사로잡혀 있었다. 자신의 슬픔, 고통, 고뇌가 모두 이 한 순간을 위해 존재했던 것이며 모든 불행이 바로 이 한 지점을 가리키고 있었다는 생각이 들었다. 충족감이란 커다란 절망과 결핍 가운데 생기는 비본질적인 충격 같은 것이다. 충격의 잔상이 사라지고 남은 것은 아무것도 없지만 때로는 그것으로 족했다. 밖에서 요란한 박수와 함성이 들려왔다. 란과 문이 곡예를 마치고 그 커다란 몸을 굽혀 인사를 하고 있었다. 다음은 마담과 구아, 그리고 투아가 펼치는 공중 곡예 순서였다. 수환이 몸을 일으켰다.

"모처럼인데, 나는 괜찮으니 나가서 구경을 하렴. 그녀들의 공연은 대단하다고들 하더구나."

수련은 파리한 수환의 안색을 살폈다.

"아버지와 함께 있을래요."

"음…… 무대 뒤에 수습 곡예사들이 공연을 볼 수 있는 곳이 있다. 나는 거기에서 누워 쉴 수 있을 테고, 너는 공연을 볼 수가 있어. 그리로 함께 가면 되겠다."

수련은 수환의 손을 잡아 뺨에 댄 뒤 웃으면서 크게 고개를 끄덕였다. 무대 뒤에서는 수환의 말대로 수습 곡예사들이 휘장 틈으로 공연을 지켜보고 있었다. 그들은 수환이 들어서자 존경 어린 눈으로 인사를 보냈고, 몹시 지쳐 보이는 그를 위해 얼른 자리를 만들었다. 수환이 그곳에 앉자 수련도 그 옆에 자리를 잡았다.

"마담과 쌍둥이가 공중에 설치된 받침대에서 인사를 하고 있어요. 이제 공연을 시작하려나 봐요."

"마담이 오늘 아침 손목이 저리다고 했는데, 괜찮을지 모르겠구나."

"보기에는 괜찮아요. 그 어느 때보다 좋아 보이네요. 마담이 먼저 시작해요. 기다란 장대를 들고 외줄을 타고 있어요."

줄 위의 마담은 세월 쌓인 몸이 감춰지지 않던 지상에서의 모습과는 완전히 달랐다. 이제 그녀의 나이 든 육신을 지배하는 것은 그 육신만큼의 세월을 먹어버린 나이 든 정신이 아니라, 걸음마를 떼자마자 익혀온 재주에 따라붙은 숱한 노력들이었다. 그녀의 팔은 더할 나위 없이 안정감 있게 장대를 붙들었고, 그녀의 다리는 확신에 차서 좁다란 줄 위를 한 치의 오차 없이 내딛었다. 마담이 이편 받침대에서 저편 받침대로 무사히 건너가자 기다리고 있던 투아가 그녀를 안았다. 박수와 환호성이 터지자 마담이 손을 들어 그들에게 인사했다. 줄 위의 마담은 구아와 투아만큼이나 어리고 예뻐 보였다. 박수가 잦아들자 구아가 공중그네를 타기 시작했다. 뒤이어 마담도 그네를 탔다. 관객들은 기대와 흥분으로 숨을 죽였다. 두 사람은 그네를 타다 너무도 자연스럽게 미끄러져 내려가 양팔로 그네에 매달렸다. 그녀들이 반동을 이용하여 그네를 크게 흔드는 동안 관객들의 머리도 그네를 따라 좌우로 흔들렸다. 마담과 구아는 어느 순간 그네에서 손을 떼고 상대편의 그네로 뛰어들었다. 이제 구아와 마담의 그네가 서로 바뀌었다. 다시 터지는 박수. 투아도 그네를 타고 허공으로 나왔다. 이제 세 사람의 곡예가 펼쳐질 차례였다. 그네를 타던 투아가 위치를 바꾸어 매달리다,

그네에 다리를 걸고 기다리던 구아에게로 한 번의 공중제비를 돈 후 뛰어들었다. 기다리고 있던 구아는 그녀의 손을 단단히 붙잡았다. 어려서부터 단련해온 구아의 완력은 남자 곡예사들 못지않았다. 이제 그녀들은 그네에 함께 매달려 한동안 흔들렸다. 구아는 그네를 더 크게 흔들어 그 반동을 이용해 투아를 반대편 받침대에 무사히 올려놓았고, 안전하게 올라선 투아는 손을 흔들어 관객의 환호에 답했다. 마담의 그네가 크게 흔들리기 시작했다. 그녀의 시간이었다. 마담은 그네에서 손을 놓은 뒤 허공으로 날아들며 두 번의 공중제비를 도는 고난도의 기술을 구사했다. 그네를 흔들며 기다리고 있던 구아가 마담에게로 다가갔다. 회전을 마친 마담이 그녀의 손을 잡으려고 했다.

그것은 순식간의 일이었다. 그리고 아주 미세한 망설임이었다. 구아 자신도 마담의 손을 놓친 것이 자신의 고의인지, 아니면 단순한 실수인지를 확신할 수 없었다. 다른 이들은 실수라고 생각했지만 수련은 구아가 일부러 마담의 손을 놓친 것을 알아챘다. 그 순간 구아의 마음이 밀물처럼 수련에게 밀려왔던 것이다. 구아의 절망은 결정적인 때 마담의 손길과 어긋나는 약간의 오차로 불현듯 나타났다. 수련은 놀라서 소리를 질렀다. 가만히 설명을 듣고 있던 수환이 동시에 몸을 일으켰다. 빠른 속도로 낙하하던 마담의 몸이 한순간 허공에 정지했다. 관객들의 입에서 놀라움의 함성이 터졌다. 수환은 당황하여 어쩔 줄을 몰랐다. 그는 본능적으로 힘을 썼을 뿐, 그럴 생각이 아니었다. 마담의 몸은 둥실둥실 떠다니다 안전

그물 밖으로 벗어났다. 마담은 그물 안으로 되돌아가려는 듯 팔다리를 필사적으로 휘적거렸다. 구아와 투아의 인형처럼 짙은 분장도 그녀들의 얼굴에 떠오른 경악스러운 표정을 가려주지 못했다.

"안 돼!"

날카로운 비명 소리와 함께 마담의 몸이 빠른 낙하를 시작했다. 한계에 다다른 수환의 통제력은 이미 사라져버렸다. 털썩, 소리와 함께 바닥으로 추락한 마담이 움직이지 않았다. 여기저기서 비명이 터져나왔다.

수련에게는 항상 소중한 것을 잃어온 집안의 비극이 되풀이되는 순간이자, 다른 사람의 운명을 뒤틀리게 하는 핏줄의 저주가 모습을 드러내는 순간이기도 했다. 자기도 모르게 신음을 하며 눈을 감아버린 수련의 귓가에 금잔의 한탄이 들려오는 듯했다.

"대체 이놈의 집안은 왜 이리 평범한 게 어려운 것인지!"

2부

금광

 금잔은 수련이 세주의 공장에 가는 것을 못마땅해했다. 얌전한 집 아기씨는 그런 데 가는 게 아니야. 그녀는 험악한 표정을 지으며 그렇게 툴툴거렸다. 금잔은 누가 봐도 알 수 있을 정도로 세주를 싫어했는데, 그 사실이 수련에게는 무척 흥미롭게 느껴졌다. 금잔은 세주가 젊었던 시절부터 함께해왔고, 세주의 두 아들을 키워낸 데다 이제는 그의 손녀까지 돌보고 있는데도 그러하니 금잔의 그런 감정은 그저 '싫다'라는 말로 설명되기 어려운 복잡한 문제임에 틀림없다고 수련은 생각했다.
 수철이나 수환을 안고 찍은 금잔의 예전 사진을 보면 그녀는 작고 날씬했으며 고운 피부를 지닌 예쁜 여자였다. 다만 오목조목 귀여운 이목구비임에도 그 표정이 너무 엄숙하고 근엄해서 이미 나이가 많이 든 늙은 여자처럼 느껴졌다. 수련은 그 사진들을 반복해서 보았으므로 금잔의 주름지고 형태가 허물어진 얼굴에서 예전 젊었던 시절의 아름다움을 찾아낼 수 있었으며, 예전의 젊고 예쁜 사진에서도 나이 먹어 지친 금잔의 얼굴을 알아볼 수 있었다. 그래서 젊었던 금잔이나 지금의 금잔이나 수련에게는 모두 똑같아 보여 그녀의 미와 추, 젊음과 늙음까지도 하나로 보이게 되었던 것이다.

수련이 초저녁부터 잠자리에 드는 것은 금잔에게 빨리 느긋한 휴식 시간을 갖게 해주고 싶어서였지만 그녀의 옛날이야기를 조금이라도 더 오래 듣고 싶기 때문이기도 했다. 좀처럼 잠이 오지 않던 날 밤 수련이 금잔에게 궁금했던 이런저런 것들을 물으며 시작된 그녀의 이야기는 연속되는 연극처럼 일정한 기승전결을 가지고 매일 이어졌다. 그래서 수련은 금잔이 정말로 '찢어지게 가난한' 집 맏딸로 태어났다는 것과 어렸을 때부터 줄줄이 태어난 열두 명의 동생을 돌본 이야기를 들었다. 동생 셋이 전염병으로 죽었을 때 겨우 열한 살이었던 금잔은 직접 그들을 묻어야 했다. 그녀의 어머니는 그때 만삭이었고 아버지는 장돌뱅이라 집에 없었다.

"그때는 그게 힘든 일인지도 몰랐더니라. 굶기를 밥 먹기처럼 하기도 했고 죽은 아이 보는 게 태어난 아이 보는 것처럼 흔해서 동생 셋이 퍼렇게 죽었는데도 그런가 보다 했다. 전염병을 앓았으니 다른 아이들한테 옮길까 봐 내내 노심초사했던 터라 아침에 숨이 끊어진 걸 알았을 땐 차라리 잘되었다고 한숨을 다 쉬었었지.

아직 젖도 못 뗀 어린 녀석 둘하고 겨우 걸음마 뗀 녀석을 지게에 싣고 산을 올라 소나무 울창한 곳에 묻어주었다. 담에 태어날 땐 좋은 곳에 태어나서 오래오래 잘 살아라, 그렇게 말해주고 뒤도 안 돌아보고 산을 내려왔는데, 집에 와 부엌에서 찬밥 한술 떠먹다 눈물이 났다. 울다 울다 보니까 도통 왜 우는지 모르겠더라. 그냥 눈물은 철철 나는데 가슴이 싸늘해져갖고는."

수련이 금잔의 이 말을 이해하게 된 건 좀 더 나중의 일이었다. 세상에는 슬퍼서 울게 되는 일보다 기막혀서 울게 되는 일이 참 많고, 특히 힘들게 살아가는 사람일수록 슬픈 일보다는 기막힌 일들이 많기 마련이어서 금잔이 정말 자신을 잊을 정도로 슬퍼지기란 불가능했던 것이다.

금잔이 기억하는 세주의 젊었을 때 모습은 무섭고 낯선 도깨비 같았다. 두 사람이 처음 만났을 때 금잔은 열다섯 살이었고, 세주는 그녀의 눈에 스물대여섯 살 정도 되어 보였다. 금잔이 세주의 정확한 나이를 모른다는 것은 결국 그의 나이를 아무도 모른다는 뜻이었다.

"마당에서 빨래를 걷고 있을 때였다. 날이 흐린 데다 바람이 심하게 불어서 을씨년스러웠지. 기저귀 한 장이 담 밖으로 날아가 허둥대며 쫓아나갔는데 키가 훌쩍 크고 깡마른 낯선 남자가 빨랫감을 밟고 있었어. 낯빛이 누렇고 머리카락이 숯처럼 시커메서 보통 무서워 보였던 게 아니었지. 거기에 광대뼈랑 콧대까지 도드라져 요즘 보는 코쟁이들 같았어. 그때에는 코쟁이를 본 적도 없으니 그냥 도깨비 같구나, 그렇게 생각했지."

낯선 남자는 빨래를 집어서 금잔에게 건네주었다. 그는 보따리를 등에 진 채 한 손에는 낡고 단단해 보이는 갈색 가죽 가방을 들고 있었다. 금잔네의 보잘것없는 살림살이가 몽땅 들어갈 수도 있을 만큼 커다란 가방이었다.

―마을 이장 댁이 어디냐?

세주의 목소리는 무척 차갑고 냉정했다. 금잔은 겁이 났지만 자신이 직접 안내해주겠다고 했다. 팔이 아프도록 개켜야 할 기저귓감과 끊임없이 어르고 달래줘야 할 동생들에게서 잠시나마 벗어날 수 있으리라는 기대감이 무서움을 이긴 것이었다. 세주는 안내비로 얼마를 원하느냐고 물었다. 금잔은 볼을 붉혔는데, 간단한 길 안내에 돈을 받는다는 생각이 당황스러워서였다. 그런 건 필요 없다고 하자 세주는 공짜로 뭘 해준다는 놈 말은 절대 안 믿는다고 했다.

―그러니 돈을 받고 정확히 가르쳐줘.

세주는 금잔이 빨랫감을 집 안에 두고 올 동안 잠자코 기다렸고 그녀가 다시 나오자 동전을 몇 개 쥐여주었다. 그가 걸음을 옮기자 몸이 기울면서 절뚝이는 모양이 드러났다.

"이장 댁으로 가는 동안 주인어른은 이것저것을 꼬치꼬치 캐물었어. 낯선 사람들이 여길 자주 오지는 않느냐, 이상한 소문 같은 거 들어본 적은 없느냐, 뭐 그런 이해 못 할 묘한 소리만 늘어놨지. 우리 마을은 볼 것 없는 초라하고 시시한 촌구석이었어. 모든 게 평범하고 무던해서 불쑥 나타난 주인어른의 길쭉하고 마른 몸도 길가의 느티나무처럼 여겨질 지경이었지. 이상한 소문은커녕 다리가 셋 달린 암탉이 태어났다가도 다리 하나가 절로 떨어지는 그런 곳이었거든. 내가 그런 건 보도 듣도 못 했다고 하자 주인어른이 갑자기 웃음을 터뜨렸어. 근데 그게 웃는 거라기보다는 금세 발작이라도 할 것처럼 느껴졌지 뭐냐."

금잔은 변명처럼 조심스레 덧붙였다.

"그 웃음소리는 누가 들었어도 기분이 나빴을 거야."

세주는 전혀 웃지 않았다. 그래서 수련은 사람이 웃지 않고도 살 수 있다는 것을 알았다. 수련이 세주의 웃음을 본 건 딱 한 번이었다. 그게 하필이면 그녀로서는 전혀 기억하고 싶지 않은 고통스러운 순간에 터진 것이어서, 수련에게도 세주의 웃음은 금잔만큼이나 기괴하고 불쾌한 것으로 각인되었다. 하지만 세주에게는 그때가 무척이나 만족스러운 순간이었다. 마침내 소원대로 미희를 쫓아낼 수 있었던 것이다. 그러니까 금잔이 세주의 '발작적인' 웃음을 본 순간은 세주의 인생에 몇 안 되는 매우 행복한 순간이었다.

금잔은 세주를 이장 댁까지 안내하고서도 집으로 돌아가지 않았다. 그녀는 호기심이 많은 사람이었다. 호기심에 낯선 남자 뒤꽁무니를 쫓는다는 것은 '다리 셋 달린 암탉이 태어났다가도 다리 하나가 절로 떨어지는' 금잔네 마을에서는 매우 드문 일이었다. 하지만 그 덕에 금잔은 세주가 이 마을에 무슨 일로 오게 되었나를 알게 되었다.

"이장 어른은 칠십이 넘은 완고하고 깐깐한 노인네였느니라. 조상들이 대대로 지방의 말단 관리직을 맡았던지라 자부심이 대단했더랬지. 그래서인지 못 먹고 못 입기는 매한가지인 가난한 마을이었지만 이장 어른을 모두 공경하고 어려워했다. 그때만 해도 그런 게 있었거든. 주인어른 첫인상이 하도 뻣뻣하고 거침이 없어 봬서 내심 걱정이 되었는데, 그만 깜짝 놀랐지 뭐냐. 그냥 이마가 바닥에 닿을 정도로 인사를 해가며 이장 어른에게 어르신, 어르신, 그러는데 목소리는 또 얼마나 상냥하고 달큰한지."

금잔은 방을 나가면서 일부러 문을 살짝 열어두었다. 그러고는 마루에 걸터앉아 두 사람이 나누는 이야기를 엿들었다. 세주는 자신의 이야기를 지극히 겸손하면서도 장황하게 늘어놓았는데, 금잔은 세주를 전혀 모르는 상태에서도 그런 모습에서 어색함을 느꼈다.

―이 몸으로 말씀드리자면 나이 열네 살에 뜻을 세우고 부모 곁을 떠났습지요. 여러 조상님들의 보살핌 덕으로 발길 닿는 모든 곳에서 은혜와 은총을 입었습니다. 물론 나름대로 고생도 많았습니다만, 젊어 고생이야 사서도 한다는 말이 있잖습니까. 물론 제가 겪은 고생이야말로 황금을 주고도 살 만한 그런 고생이었습죠.

금잔의 이야기에 따르자면 세주는 열네 살에 부모 곁을 떠나 압록강 변에서 벌목 일을 하는 먼 친척의 집으로 갔다. 새벽부터 밤까지 나무를 베고 나르는 고된 일이었지만 그는 누구보다 열심히 일했다. 젊은 부인과의 사이에 아직 자식이 없던 먼 친척은 세주를 마치 친자식처럼 귀여워해주었고, 작업장에서의 신뢰도 날이 갈수록 쌓여가 몇 년이 지나자 믿음직한 벌목꾼이 되어 있었다. 모든 것이 잘되어가던 어느 해 여름, 커다란 홍수가 덮쳤다. 불어난 강물에 쌓아놓은 목재들이 휩쓸리게 되자 세주를 비롯한 일꾼 모두가 하나라도 더 건져내기 위해 악전고투를 했다. 그 와중에 친척은 강물에 빠져 죽어버렸고 작업장의 선임들도 다수 죽어버리는 참사가 생겼다. 세주는 다행히 목숨을 건졌으나 친척을 구하지 못했다는 죄책감 때문에 더 이상 그곳에 있을 수가 없었다. 미망인이 되어버린 젊은 부인을 볼 면목이 없었던 것이다. 세주는 목재를 사러 오는 중국 상인들을 통해 황금에 대한 소문을 간간이 듣고 있었다. 어느 가난한 젊은이가 천신만고 끝에 발견한 황금 덩어리의 이야기며 일본인들이 뛰어들어 점차 거대해지고 있긴 하지만 금광 산업은 아직 누구에게나 기회가 열려 있다는 희망 섞인 속삭임에 세주는 여러 날 밤 잠들지 못하고 뒤척였다. 어느 상인은 아예 지도를 펼쳐놓고 금이 집중적으로 발견되고 있다는 산맥이나 지역을 손으로 짚어보기까지 했다. 이곳은 기회의 땅이야. 그런데 정작 너희들은 땅이나 기다가 끝난단 말이야. 중국인의 비웃음이 세주의 가슴에 오래도록 남아 있었다. 결국 세주는 사고 후에 그곳을 떠났다. 젊은 미망인이 그에게 약간의 자금을 마련해주었고 그는 그것으로 자신의 인생에 운을 걸어볼 생각이었다.

 세주는 채굴권을 얻어 직접 금을 찾아 나섰다. 그는 천막에서 먹고 자며 모든 일을 혼자 했다. 단단한 땅을 끝도 없이 파고들어가 어둡고 답답한 굴속에서 새벽부터 밤까지 구슬땀을 흘렸다. 그러던 어느 날 자신의 몸에 묶어두었던 안전줄이 끊어지면서 단단한 바위 굴에 굴러떨어지는 통에 오른쪽 다리가 부서지고 말았다. 체력이 떨어지면서 말라리아까지 걸린 그는 근 한 달간을 고열과 고통에 신음했다. 열이 내리고 정신이 돌아온 날 아침, 그는 홀쭉해진 양 뺨에 더부룩하게 자라난 수염투성이의 얼굴을 거울에 비춰보면서 자신이 무언가를 이겨냈다는 것을 알았다. 자리를 털고 일어난 지 석 달 뒤에 세주는 마침내 얼마간의 금을 채취하는 데 성공했다. 좋은 집 한 채와 약간의 땅을 사 안돈할 정도의 금액이었으나 그는 그것을 밑천으로 본격적인 채굴을 해볼 생각이었다. 세주는 예전부터 관심이 가던 이 마을 일대를 면밀히 살펴보았다. 이 지역은 최근 몇 년에 걸쳐 발견되고 있는 거대한 금맥의 마지막 보루임이 틀림없었다. 세주는 금잔과 만나기 전 산에서 며칠을 야영하며 가능성이 있는지를 확인했다.

"정말 이상했어. 주인어른이 확신에 찬 목소리로 이곳이 바로 이 나라 최고의 부자 마을이 될 겁니다, 하고 말하자 갑자기 모든 게 달라지는 것 같았어. 평생 쇄락해가는 시골 마을에서 조용히 헛기침이나 하며 살아온 칠순 노인네가 그 말을 어떻게 받아들였을까 생각해보렴. 철도가 들어올 겁니다. 학교도 세워야지요. 젊은이들이 모여들고 하루 종일 금방아 소리가 끊이질 않을 겁니다, 하고 주인어른이 열변을 토했지. 주인어른이 너무 흥분해 있어서 나는 저 양반이 낮술에 취하기라도 한 건 아닌가 생각했더랬지."

금잔이 세주에 대한 이야기를 해주기 시작한 건 수련이 열 살 되던 해였다. 그때 수련은 너무 어렸으므로 자신에게 읽히는 진실과 눈앞에 보이는 현실 사이에서 상당한 혼란을 느껴야 했다. 특히나 세주는 수련에게 '진실은 진실이되 그 진실을 어떻게 받아들여야 하는가?' 하는 질문을 던져준 최초의 사람이었다.

세주가 이른 나이에 부모 곁을 떠난 것은 사실이었다. 또한 먼 친척에게 몸을 의탁하고 험한 일을 견뎌낸 것 또한 사실이었다. 세주에게는 원하는 것을 얻기 위해 다른 모든 것을 희생하고 감내할 만한 명약관화한 의지와 집념이 있었고, 그것이 자신의 다른 모든 것을 몽땅 불태우도록 만들었다. 수련은 그가 친척에게 아무런 애정도 품지 않았다는 것을 알았으며 오히려 좁고 답답한 그곳에서 벗어날 날을 지루한 심정으로 기다리고 있었음 또한 알았다. 때 아니게 덮친 홍수는 그에게 재앙이 아니라 호재였으며 그가 거기서 자신의 첫 번째 아이를 만들었다는 것 또한 알고 있었다. 세주가 그곳을 떠났을 때 미망인의 뱃속에 아이가 자라고 있었지만 그는 자신의 아이가 아니라고 매정하게 잘라냈다. 그리고 진심으로 그렇게 믿어버렸다. 세주는 그곳을 도망치듯 떠나야 했으므로 미망인이 마련해줬다던 자금도 그가 훔친 것에 불과했다. 어쩌면 세주는 폭우와 홍수를 틈타 자신에게 거처를 마련해준 친척을 죽였을지도 모른다고 수련은 생각했다. 그의 운명에는 분명 섬뜩한 폭력과 붉은 피가 아주 이른 시기부터 도사리고 있었다. 그는 자신의 육친과 친형제들 사이에서 도망치듯 떠나야만 할 어떤 일을 저질렀을지도 몰랐다. 부러진 다리를 제대로 돌보지 않아 결국 절름발이가 되었지만 세주는 오히려 그 상처를 만족스럽게 받아들였다. 그는 자신의 삶이 멀쩡한 두 다리와는 별로 어울리지 않는다 여겼고, 마침내 절름발이가 되자 비로소 자신의 정신과 어울리는 신체를 지니게 되었다고 생각했다. 하지만 수련은 자신이 읽어낸 것에 대해 침묵했으며 많은 생각을 하지 않기 위해 애썼다. 생각은 필연적으로 판단을 낳기 때문이다.

"우리가 누군가에 대해 판단할 때는 무엇을 위한 것인지 생각해야 해. 네가 내린 판단으로 세상이 조금이라도 좋아진다면 좋겠지. 하지만 입을 다물고 아무 생각하지 않는 게 나을 때가 훨씬 더 많아."

수련은 수없이 많은 이들의 과거와 미래를 읽어낸 어머니가 남긴 이 충고를 결코 잊어버리지 않았다.

"그날 집으로 돌아와서도 좀체 잠을 잘 수 없었단다. 반은 허풍이고 반은 꿈처럼 들리는 낯선 남자의 말이 머릿속에서 계속 맴돌았지. 있을 수 없는 일이라고 생각하면서도 왜 있을 수 없느냐는 의문이 꼬리를 물었어. 나는 아직 어렸고, 세상이 어느 날 갑자기 번쩍하면서 휙 뒤집힐 수도 있다는 꿈같은 이야기를 믿고 싶었어. 이제 조금씩 집안일을 돕기 시작한 여동생들이 어느덧 내 몫만큼 일을 할 수 있게 되면 집에는 더 이상 내가 있을 자리가 없었지. 그런 처지의 여자아이가 갈 수 있는 길이라는 게 사실 너무 뻔했지 뭐냐. 나에게는 누구네 집 종년으로 팔려갈 일만 남아 있었던 거야. 그럼 누구네 집 부뚜막에 붙어 곱사등이처럼 남은 인생을 보내겠지. 밥은 굶지 않았고 비를 피할 지붕과 얼굴 보고 웃을 가족에, 병에 걸려 일찍 죽지도 않았으니 내 팔자가 그리 사납다고는 할 수 없었지만 역시 평생 그렇게만 살다 죽는다고 생각해보면 소름이 돋았지. 오해하지 마라. 난 어머니나 동생들을 미워하지 않았어. 오히려 사랑했지. 하지만 벗어나고 싶었어."

금잔은 세주와 만난 지 사흘 뒤에 그가 야영하고 있는 숲으로 찾아갔다. 세주는 그녀를 받아들였다. 금잔이 세주의 천막을 드나들고 있다는 소문은 곧 온 마을로 삽시간에 퍼졌다. 맏딸을 소처럼 부려먹던 어머니와 밖을 떠도느라 집에는 잘 들어오지도 않던 아버지가 나서서 매를 때리고 밥을 굶기고 머리를 깎았다. 자신들에게 수치를 안겨줬다는 이유 때문이었다.

"어느 날 이대로 있다가는 정말 맞아 죽거나 굶어 죽겠다는 생각이 들더구나. 그래서 아버지가 만취한 틈을 타 한밤중에 도망을 쳤다. 생각해봐라. 머리는 빡빡 깎인 데다 온몸이 멍투성이인 채로 천막 앞에 불쑥 나타낸 내 꼴을. 주인어른이 기함을 하지 않았겠니. 신발도 없이 뛰어오느라 온통 까지고 채인 내 발을 물끄러미 보더니만 자기 이부자리를 툭툭 치더구나. 내가 가서 앉으니까 발의 흙을 털어내주고 상처를 봐주었다. 그러고는 뭐가 뜨듯한 것을 주었는데, 뭔지는 몰랐지만 정말 맛있었어. 그 양반이 전에 어디서 뭘 하고 돌아다녔는지는 몰라도 천막 안에는 낯설고 신기한 물건들이 아주 많았거든. 음식도 생전 처음 보는 것들이어서 나는 이름조차 몰랐단다. 주인어른은 날더러 이젠 가족이 싫어졌느냐고 물었어. 나는 그건 아니라고 했지. 주인어른은 큰 소리로 쳇, 하며 혀를 차더구먼.

―널 짐승 취급하는데도 말이야?

나는 그래도 가족이니 어쩌겠냐고 했어. 주인어른이 미련한 년이라고 욕지거리를 하면서도 내 발을 닦아주고 헝겊을 감아주는데 아주 이상했어. 저 사람이 그래도 날 사람으로 봐주는 건가 싶었지.”

세주는 다음 날 날이 밝자 금잔의 부모를 찾아가 적당한 금액을 치렀다. 그래서 금잔은 세주와 함께 지내게 되었다. 금잔은 세주와 함께 지내게 된 이후로도 자신의 가족들을 종종 찾아가 쌀이며 고기 같은 것들을 들여놔주었다. 세주는 그런 버러지들을 왜 건사하느냐며 타박을 했지만 나중에는 금잔이 하는 일을 모르는 척해버렸다.

금잔과 세주의 관계는 단순하지 않았다. 세주가 금잔을 그녀의 부모에게서 사와 일을 부렸으니 주종 관계였지만 금잔이나 세주나 진심으로 그렇게 생각한 적은 한 번도 없었다. 그렇다고 두 사람 사이에 무언가 낭만적인 감정이 싹튼 것도 아니었다. 세주나 금잔을 아는 누구라도 그런 말을 듣는다면 손사래를 치며 배꼽이 빠져라 웃을 게 분명했다. 금잔이 찾아온 첫날에 세주는 그녀를 품에 안았다. 그녀가 천막을 드나들며 퍼진 낯 뜨거운 소문들은 대개가 진실이었다. 세주는 천성적으로 여자를 좋아했으며 자신에게 굴러들어온 기회를 사양할 정도의 인품을 지니지도 않았다. 금잔 역시 세상에 공짜로 얻어지는 것은 없음을 알고 있었고, 자신이 적당한 대가를 치르지 않고 세주의 곁에 머물게 되었다면 오히려 분개했을 것이다. 그들은 연인인 적이 없었으며 앞으로도 그럴 것이었다. 하지만 세주의 운명에 금잔이, 금잔의 운명에는 세주가 단단한 땅에 깊이 박힌 말뚝처럼 박혀 있었다. 금잔은 어떤 상황에서도— 그가 자신에게 그랬던 것처럼— 세주를 사람으로 대했다.

"주인어른은 늘 폭약을 직접 다뤘고 다른 사람에게는 절대 맡기질 않았지. 하두 몸을 안 돌보고 거칠게 일해서 나는 언젠가 그 양반이 사고로 온몸이 터져 죽을 것만 같았어. 내가 주인어른은 필시 곱게 죽지 못할 거라고 했더니 또 발작하는 것처럼 웃어젖히더라고. 주인어른이 그렇게 웃을 때면 나는 오히려 기분이 나빠졌지 뭐냐. 마을에서 힘쓸 만한 남자들은 모두 불러들인 데다, 소문 듣고 찾아온 인부들도 점점 불어나서 광산 근처에 임시 숙소가 세워졌고 취사를 위한 시설도 갖춰졌지. 나는 인부들의 식사와 빨래 같은 것을 맡았어. 마을에서 일 도와주러 오는 여자들도 내가 감독해야 해서 나는 나대로 몹시 바빠졌어. 대가족을 돌본 경험이 그때 도움이 되었어. 그러니까 뭐든 해서 쓸모없는 일은 없는 거야."

사람들을 돌보고 관리하는 일은 금잔에게 잘 맞았다. 하지만 세주에게는 전혀 맞지 않았다. 인부들은 세주를 미워하면서도 두려워했다. 그는 직접 갱도 가장 깊숙한 곳으로 들어갔고 가장 늦게까지 남았다. 파낸 암석들을 지게에 싣고 마을의 방앗간까지 실어 나르던 인부들을 비롯해서 파쇄기를 돌리는 사람들까지 그곳에서는 잠시도 허리를 펼 수 없었다. 세주가 퍼붓는 폭언과 무자비한 착취가 그들의 등을 무겁게 찍어 눌렀다.

"할아버지가 돈을 많이 주지도 않았다면서, 그 사람들은 왜 부당한 대우를 견뎠어?"

수련의 질문에 금잔은 미간을 찌푸렸다.

"깜찍한 아기씨야, 어서 그런 어려운 말을 배우고 이상하게 생각하는 법을 배운 거지?"

금잔은 이 모든 게 미희의 탓이라고 굳게 믿고 있어서 그녀의 그런 질문은 미희에 대한 원망에 가까웠다. 그런 다음 금잔은 수련에게 어느 정도까지 이야기를 해줘야 좋을지를 골똘히 생각해보는 것이었다.

"나는 아기씨한테 거짓말을 하고 싶지 않아. 아기씨에게는(여기에서 금잔의 미간이 다시 찌푸려졌다) 무언가……(여기에서 그녀는 조금 머뭇거렸다)가 있고, 내가 말하지 않아도 결국 알게 되겠지. 애당초 내가 왜 이런 말들을 주절주절 떠들어대고 있나 몰라."

금잔은 혼잣말을 하듯 덧붙였다.

"이렇게 작은 아기씨한테."

"그건 내가 성 아주머니의 이야기를 듣고 싶어 하기 때문이야. 내가 듣고 싶어 하면 누구나 말을 하게 되는 거야."

금잔은 불에라도 덴 듯 흠칫하면서 정색을 했다.

"……어디 가서 그런 이상한 소리는 절대 하지 말아야 해. 약속이야."

수련이 고개를 끄덕이자 금잔은 반은 수긍하고 반은 체념한 듯한 한숨을 내쉬며 다시 이야기를 시작했다.

"어느 날 저녁에 광산으로 손님이 찾아왔어. 말쑥하게 양복을 차려입은, 얼굴이 창백한 신사였지. 주인어른은 그날 아침부터 누군가를 기다리고 있는 듯했고, 인부들에게 포악도 떨지 않아서 내심 이상하다 생각했더랬어. 나는 시중 때문에 천막을 들락거려서 두 사람의 이야기를 대충 들을 수 있었어. 일본인은 더러운 균이라도 닦아내는 것처럼 손수건으로 연신 입가를 닦아내며 광산에 대한 일들과 채취된 금에 대해 자세히 물었고 주인어른은 굽실거리며 장황하게 대답을 늘어놓았지. 이야기를 맞춰보니 그 일본인이 여러 편의를 봐주는 대신 주인어른이 광산의 수익을 그에게 나눠 주기로 한 것 같았어. 주인어른의 광산에서 이 년 이상 일했다는 증서가 있으면 징용에서도 빠질 수 있다는 게 아니겠니. 일본 신사가 초조한 태도로 더 이상은 곤란하다는 말을 여러 번 반복했고 주인어른은 문제없다고 되풀이했지. 문제는 그 일본인의 태도가 광산의 진짜 주인 같았고, 주인어른은 그저 말 잘 듣는 사냥개 정도로 보인다는 거였어. 일본인은 광산을 휘익 둘러보고는 더러운 꼴이라도 본 양 황급히 돌아가버렸지. 주인어른은 그이가 돌아가자 언제 굽실거렸냐는 듯 표정부터 싹 바뀌어서 생각에 잠겼어.

―성금잔, 넌 어떻게 생각하니?

뭘 말이냐고 되묻자 주인어른은 기분 나쁜 표정을 지어 보였어.

―저 팔자 좋은 일본 놈은 불평을 잔뜩 늘어놓았어. 벌써 일 년

이나 지났는데 왜 자신의 손바닥엔 먼지만 뒹구느냐고 징징거렸지. 저놈은 애초에 땡전 한 푼 보태지 않았어. 종이 몇 장에 도장을 찍어주고 거드름을 피운 게 다란 말이야. 그나마 이제 적당한 보답을 하지 않으면 그 종이 쪼가리들을 찢어버리겠다고 하는 거야. 저놈의 시커먼 뱃속은 내가 알아. 이제 그렇게 해서 이 광산을 통째로 집어삼킬 셈이겠지. 그래 봐야 나 같은 식민지 버러지는 아무 짓도 못 할 거라고 믿고 있단 말씀이야.

나는 그럼 주인어른이 할 수 있는 게 있기라도 하냐고 대꾸했어. 내 말에 주인어른의 이마 핏줄이 툭하니 불거져 나오는 걸 보아하니 아무 대책이 없는 게 분명했지 뭐냐. 나는 주인어른이 정말 이상한 사람이라고 생각했어. 빤히 안 될 걸 알면서도 일을 그렇게 몰아가고 있었으니 말이야."

세주는 한 번도 될 일을 해본 적이 없었지만 그것이 그의 인생을 굴러가게 했다. 지긋지긋한 가족을 뿌리치고 도망쳤을 때, 친척의 젊은 부인과 외진 곳에서 신음했을 때, 깊은 밤 어두운 강물에 자신을 착취하던 친척을 수장했을 때, 젊은 여자와 뱃속의 아이를 버리고 또다시 도망쳤을 때도 그는 모든 것이 잘되어갈 거라고는 생각하지 않았다.

일본인이 다녀가고 며칠 되지 않아서였다. 습기가 차오르는 더운 여름이어서 갱 안에서의 작업은 지옥 밑바닥을 긁는 듯한 고통이었다. 세주의 지독함도 장마철의 끈적끈적함 앞에 잠시 풀어져 인부들에게 약간의 휴식을 준 뒤 자신은 천막 안에서 낮잠을 자고 있었다. 세주가 잠깐 동안의 단잠에서 깨어나자 그의 앞에는 사내아이가 서 있었다.

"애 몰골이 얼마나 굉장했는지 모른다. 생각해봐라. 이제 아홉 살 먹은 꼬마 녀석이 혼자서 그곳까지 찾아온 거야. 어떻게 올 수 있었던 건지 도무지 짐작조차 되지 않았어. 주인어른은 별달리 놀라지도 않고 뿌루퉁한 표정으로 꼬마를 훑어보았지. 사실 꼬마가 얼마나 주인어른을 빼다 박았는지 누가 봐도 두 사람이 혈육이라는 걸 알아볼 수 있었어. 다른 말이 필요 없었던 거지. 아이가 대뜸, 엄마가 죽었어요, 하고 말했어. 당신이 내 아버지라고 그랬어요. 아이가 어찌나 감정 없는 말투로 중얼거리는지 도무지 아이 같지가 않고 한 서른은 먹은 중늙은이 같더구나. 나중에 알고 보니 애가 탈진 직전이라 기운이 하나도 없었던 거지 뭐냐. 하지만 주인어른은 필시 애 같지 않은 게 마음에 들었을 게야. 애들이라면 질색이었으니까. 주인어른이 나를 불렀지. 나는 천막 밖에서 지켜보고 있다 얼른 안으로 들어갔어.

—애를 씻기고 먹을 걸 주어. 그리고.

주인어른은 잠시 생각하다 내뱉듯이 말했어.

—인부 숙소에 아이 침상을 하나 마련하고.

아이는 이와 벼룩이 들끓어서 머리를 빡빡 밀고 약을 잔뜩 뿌려야 했어. 아이 옷이 없어서 일단 어른 옷을 입히고 밥을 챙겨주었더니 몇 숟가락 떠먹다가 구토를 하더구나. 그래서 묽게 죽을 끓여 먹인 뒤 숙소에 데려가는 대신 내 천막으로 데려가 잠을 재웠지.

아이는 한 이틀을 죽은 듯이 잤고 잠이 깨서는 죽 한 냄비를 몽땅 먹어치웠어. 무척 건강한 녀석이었단다. 느이 큰아버지는 말이야."

아이가 어느 정도 기운을 차리자 금잔은 그간의 일들을 물었다. 기차를 타고 떠나온 고향과 그저 하염없이 걸어야만 했던 험한 길의 이야기가 무척 절절해서 금잔은 여러 번 눈시울을 적셔야 했다. 그녀는 이야기를 듣는 내내 불쌍한 것, 불쌍한 것이라고 되뇌었고 그 '불쌍한 것'은 수철에 대한 결코 변하지 않는 인상이 되었다. 그래서 금잔에게는 수철의 키가 장대처럼 커지고, 어깨가 벌어져 거기에 곰이라도 앉힐 수 있을 만큼 넓어지고, 등은 바위처럼 탄탄해지고, 두 눈이 독수리처럼 날카로워졌어도 수철이 늘 '불쌍한 것'이었다.

분명히 수철은 불쌍한 아이였다. 그의 어머니는 의존적인 여자였고 남자가 곁에 없으면 불안해했다. 그래서 남자들이 그녀를 쉽게 다루도록 허락했으며 나중에는 자신이 정말 쉬운 여자가 되어갔다. 그녀는 남자들에게서 돈을 받아 생활을 꾸렸는데 그토록 무수히 몸을 열어주고도 배를 곯아야 했다. 그녀는 자신의 삶을 통제하지 못해서 결국에는 그 삶에 잡아먹혀버리는 불행한 사람들 중 하나였다. 그러므로 수철은 평생 잊지 못할 기억을 가질 수밖에 없었다. 세주가 수철을 철저히 무시했으면 둘 모두에게 차라리 좋았을 것이다. 하지만 수철은 단순한 거지 아이가 아니라 세주의 혈육이었고, 지나칠 정도로 닮은 외모와 비슷한 분위기가 두 사람의 관계를 규정할 수밖에 없었다.

수철은 곧 금잔을 어디든 따라다니게 되었다. 아이는 자신을 든든히 보호해줄 어른이 누구인지 누구보다 빨리 알아채는 능력이 있다. 특히나 수철은 그때껏 한 번도 믿음직한 보호자를 가져보지 못했기 때문에 약삭빠른 눈치꾸러기가 될 수밖에 없었다. 아홉 살 수철에게서 문득문득 느껴지는 진한 피로감, 자아분열, 자괴감, 증오, 집요한 애정의 욕구 같은 무거운 감정은 결코 아이답지 않은 것들이었다. 수철은 어른들의 말에 무조건 허리를 굽히고 복종하면서도 강한 저항심과 굴욕의 감정을 함께 느꼈다. 이러한 양면성은 수철이 아직 어리고 미숙한 탓에 손에 잡힐 듯 선명해서, 어른들에게 짜증과 증오심을 유발해 괜스레 수철의 엉덩이를 걷어차거나 뺨을 갈기게 만들었다. 아이는 아이다울 때 사랑받을 수 있는 법이므로 수철은 광산의 다른 이들에게 불편하고 귀찮은 이해 불가의 존재가 되어버렸다.

"그 불쌍한 것이 하두 이리 채이고 저리 채이다 보니 자꾸 눈치만 늘어나더구나. 느이 큰아버지가 지금도 저리 어둡고 울울한 건 그때 마음고생을 많이 해서 그러는 걸 거다. 하루 종일 내 치맛자락을 붙들고 놓지 않아서 여간 애먹은 게 아니었다. 주인어른이라도 좀 살갑게 대해주면 좋았을 것을, 하긴 그 양반에게 그런 것이 어디 가당키나 하니? 내 치마 뒤꽁무니에 달라붙은 아이를 보면 간혹 인상만 찌푸렸을 뿐 도무지 알은체도 하질 않았어. 이래서는 안 되겠다 싶어서 한 달쯤 지난 뒤에 아이더러 주인어른의 천막으로 저녁밥을 가져다주라고 했어. 그리고 이제부터 주인어른의 밥은 네가 날라야 한다고 일렀지. 이렇게나 저렇게나 자꾸 부딪치다 보면 그래도 지 자식인데, 그런 맘이었거든. 아이가 여간해서는 겁을 먹지 않는데, 주인어른 천막에는 꼭 도깨비라도 있는 것처럼 들어가길 꺼려 했단다. 하지만 아이는 금잔이 그러길 바란다면 좋아, 금잔이 그러라고 하니까 할게, 하면서 얌전히 따랐고 주인어른의 천막으로 들어갔어. 불쌍한 것. 하여간에 그 이후로 주인어른의 태도가 조금씩 변하기 시작하더구나. 무시하는 대신 가끔씩 물끄러미 쳐다보기도 하고, 마을의 우리 집에서 내 동생들하고 놀게도 해주고."

수철이 세주의 천막을 꺼리게 된 것은 금잔 때문이었다. 그는 어둡고 캄캄한 방 한구석에서 남자들과 뒤엉켜 있는 어머니의 희미한 형상을 매일 밤 지켜보아야만 했었다. 수철은 세주의 천막에서 금잔 역시 때때로 어머니처럼 되는 것이 무서웠다. 발이 부르트도록 먼 길을 걸어와 마침내 새로운 곳에 당도하고 새로운 어머니를 만났으되, 이곳 역시 그곳과 크게 다르지 않을지도 모른다는 공포가 그를 천막에서 멀어지게 했다. 수철은 금잔에게서 어머니와 같은 불행의 그림자를 보게 될까 봐 겁을 집어먹었지만 그녀가 씩씩하게 백 명분의 끼니를 책임지면서 세주에게 잔소리를 퍼붓고 자신을 살뜰하게 보살피는 모습에는 그런 그늘이 전혀 없었다. 그녀 자신은 전혀 의식하지 않았지만, 어린 수철을 안심시킨 것은 금잔의 자상함이 아닌 건강함이었다. 금잔은 수철이 자신의 어린 동생들과 어울려 아이다운 놀이에 열중할 수 있도록 배려했다. 금잔의 곁에서 보살핌을 받으며 아이들과 술래잡기를 하고 놀던 그때가 수철에게는 가장 행복한 시절이었다.

　세주는 희미한 자기애와 강렬한 자기혐오를 함께 지니고 있는 사람이었다. 그러므로 수철이 틀림없는 자신의 자식이라는 것을 확인할 때마다 세주의 가슴속에는 약간의 뿌듯함과, 그 뿌듯함을 뒤엎는 격렬한 혐오가 솟아올랐다. 세주는 수철을 가까이 두었지만 안아주지 않았고, 지켜보기는 했지만 웃어주지 않았다. 그는 수철을 염려하거나 걱정하지도 않았다. 사실 세주는 수철을 몰래 죽여버린 뒤 묻어버리면 어떨까 자주 생각해보았다. 세주는 그러한 망상을 한가한 시간에 심심풀이로 떠올려보곤 했으며 자신이 자식에게 그 정도로 아무 미련이 없다는 것을 확인할 때마다 기이한 만족감에 젖곤 했다.

*

　"나는 그 여자를 처음 본 순간부터…… 뭐라고 해야 하나."
　금잔은 미간을 모으고 적당한 표현을 찾기 위해 애썼다.
　"마치 백치 같은 여자였어. 그러니까, 정말 백치였다는 뜻은 아니야. 말랑말랑하고 뽀얀 청포묵 같아서 나도 모르게 조심하게 되었어. 내가 조금만 거칠게 굴면 확 부서지거나 손에서 미끄러져 없어질 것 같았지. 그럼 너무 아깝겠다, 그런 생각이 들었단 말이다. 그래. 백치라기보다는 순수하고 착했다는 게 맞는 표현일 거야. 한

번 보고 나면 다시 보고 싶어지는 그런 여자였어. 이상했지. 그렇게 뛰어난 미인도 아니었는데."

환영은 건강이 좋질 않아 부모가 집안의 땅을 돌보고 있는 소작인에게 잠시 맡겨 마을에 머물게 된 여자였다. 소작인을 통해 금잔에게 광산을 구경시켜달라는 청을 넣어 서로 만나게 되었다. 금잔은 환영을 보자마자 그녀에게 매혹되었다. 환영은 몸이 병약했으나 그녀에게서는 음울한 기운이 아니라 건강한 이의 보호 본능을 자극하는 어떤 매력이 흘러나왔다. 금잔은 누구보다 건강한 사람이었으므로 그런 그녀가 환영에게 곧바로 이끌린 것은 어찌 보면 당연한 일이었다.

환영은 온유하고 사랑 많은 부모에게서 태어나 아낌없이 굄을 받았으며 그녀의 가장 친한 친구라고 할 수 있는 오라비 역시 그녀를 누구보다 사랑했다. 보는 이의 시선을 잡아끄는 가녀린 몸과 새하얀 피부는 그녀에게 축복이자 저주였다. 환영을 항상 좌절시켰던 호흡기의 질환이 그녀를 아름답게 만들면서도 신체의 자유를 구속했던 것이다. 환영은 결혼 적령기를 지나 있었지만 가족들은 물론이고 본인조차 자신이 결혼을 할 수 있으리라고는 생각하지 못했다. 환영이 남자에 대해 알고 있는 것은 그녀의 친우인 오라비를 통해서 어렴풋이 짐작만 하고 있는 게 전부였다. 환영의 오라비인 환수는 그녀의 삶에 가장 큰 영향을 끼친 사람이었다. 의학전문학교를 졸업하고 시립 병원에서 일하고 있던 그는 집 밖으로 움직이는 게 쉽지 않은 자신의 몸 약한 여동생에게 바깥세상의 여러 일들을 이야기해주었다. 환영의 세계는 모두 환수의 세계이기도 했다. 그는 자신이 여동생에게 집착하고 있다는 것을 자각하고 있었고, 해가 갈수록 그녀의 존재가 점점 더 무거워졌다. 오랜 고민 끝에 환수는 환영이 시골에서 요양하도록 결정을 내렸다. 그는 나중에 이 결정을 뼈를 깎는 듯한 고통 속에서 후회하게 되었다.

마을과 광산은 그리 멀지 않아 보통의 건강한 사람이 다니기에는 무리가 없었다. 하지만 환영의 체력으로 자주 산을 오른다는 것은 힘든 일이어서 금잔은 그녀가 보고 싶어질 때면 수철을 데리고 직접 마을로 내려가곤 했다. 그때마다 환영은 두 사람에게 글자와 간단한 수셈을 가르쳐주었다. 금잔은 처음으로 자기 이름을 썼을 때의 기쁨을 기억하고 있었으며 글자를 완전히 깨우친 날 광산으로 돌아오면서 본, 모든 사물에 커다랗고 삐뚤삐뚤한 글자들이 둥둥 떠다니는 모습을 수련에게 설명하면서 미소를 머금었다. 두 여자는 곧 수철의 영특함에 깜짝 놀라게 되었다. 수철은 환영이 가르쳐주는 지식을 엄청난 기세로 빨아들였으며 조금이라도 더 배우고 싶어 해 광산으로 돌아가는 것을 못내 아쉬워했다. 마음 착한 환영은 금잔에게 당분간 수철을 자신이 데리고 있으면 어떻겠냐고 했다.

"서울 우리 집에서 넉넉한 생활비를 보내오고 있으니 아이 한 명 데리고 있는 것은 그리 어렵지 않을 거야. 나도 소일거리가 생기고 외롭지 않아 좋아. 나는 지금껏 혼자 지내는 시간이 너무 많았거든, 하고 그 착한 여자가 말해주었어. 그런데 그 말을 가만히 듣고 있던 수철이가 갑자기 구슬프게 울지 뭐냐. 우리가 당황해서 대체 왜 우느냐고 물어도 아이는 눈물방울을 뚝뚝 떨어뜨리며 고개를 흔들어대기만 했어. 설마 그럴 리는 없겠지만 느이 아버지랑 떨어지기 싫어서 그러냐고, 그럼 광산으로 돌아갈까 물어도 점점 더 크게 울 뿐인 거야. 환영이가 우는 아이를 가만히 안아주자 차츰 울음이 멈추었어. 도통 영문을 모르겠지만 하여튼 아이는 그날 환영이네 집에 남았고 나만 광산으로 돌아왔지."

금잔은 이야기를 멈추더니 잠자리에 누워 있는 수련을 가만히 넘겨보며 속삭이듯 물었다.

"아기씨는 그때 큰아버지가 왜 울었다고 생각해?"

그것은 금잔의 마음에 오래도록 남아 있는 의문임에 틀림없었고, 오랜 세월 가슴에 간직하게 된 것은 수철이 처음으로 솔직한 감정을 드러낸 순간이어서였다.

"큰아버지는 다른 사람에게 자신이 필요하니 곁에 있어달라는 소리를 난생 처음 들어본 거야. 그건 무척 가슴 떨리고 기쁜 순간이 아니었겠어?"

수련의 말에 금잔은 고개를 갸웃하며 옅은 신음 소리를 흘렸다.

"나도 수철이에게 나름 잘 대해주었는데."

"성 아주머니는 내내 너무 바빴고, 큰아버지는 자기가 성 아주머니에게 짐이 될지도 모른다고 걱정했을 거야. 큰아버지는 착한 아이였어."

금잔의 눈가에 눈물이 글썽였다.

"아기씨 말이 맞아. 느이 큰아버지는 착한 아이였고말고. 그런데……."

금잔은 조금 훌쩍이다가 쿵, 하고 코를 들이마셨다.

"나는 가끔 후회가 돼. 다 내 잘못인 것만 같단 말이야."

"괴로워하는 건 좋은 일이야. 어머니는 좋은 결과를 내는 사람이 좋은 사람이 아니라 좋지 않은 결과에 괴로워하는 사람이 좋은 사람이라고 했어. 그러니까 성 아주머니는 좋은 사람이야."

"이렇게 어린 아기씨가 대체 무슨 말을 하는 거야!"

금잔이 한탄하듯 외쳤다.

"대체 이놈의 집안은 왜 이리 평범한 게 어려운 것인지!"

비록 말은 그렇게 했지만 수련은 금잔이 자신에게서 위로받았음을 알았다. 그녀는 못 이기는 척 때때로 자신의 오래된 의문과 답답함을 수련에게 물었으며 위안을 구하기도 했다. 금잔의 괴로움은 환영, 즉 수련의 할머니에 대한 것이었다. 금잔은 수철을 환영에게 맡김으로써 여러 괴로운 일들을 겪어야 했던 것이다.

환영은 수철의 공부를 위해 환수에게 자주 편지를 써 필요한 책들을 부탁했고, 환수는 부탁받은 것은 물론이고 다른 교재들까지 꾸려 보내주었다. 그는 여동생이 마음을 쏟고 있는 영특한 아이에 대해 궁금증이 커져가자 생면부지의 아이를 직접 보러 내려갈 생각까지 하게 됐다. 하지만 사실 그러한 것은 핑계에 불과했으며 자신이 직접 떠나보낸 여동생이 몹시 그리운 것뿐임을 알고 있었다. 그래서 환수는 여러 달이 지나도록 동생의 편지에 애정이 담긴 살뜰한 답장만을 부지런히 보냈을 뿐 한번 내려가볼 엄두를 내지 못했다.

그 시절은 수철에게 개안開眼의 시기였다. 그에게 세상은 무작위적이고 운명적이어서 자신의 의지나 능력으로는 어찌할 수 없는 지긋지긋한 천형에 다름 아니었다. 너무 이른 나이에 목격한 삶의 무게 때문에 거의 짜부라질 뻔했던 그를 구원한 것은 세상의 지식이었다. 그는 어려움을 이겨내고 성공한 많은 위인들의 위대한 업적과 전사들의 싸움터에 매료되었으며 세상이 '성취'될 수도 있다는 것을 알게 된 흥분으로 잠을 이루지 못했다. 수철은 가련한 눈치꾸러기에서 벗어날 유일한 길이 환영이 무한대로 제공해주는 책들 속에 있다는 것을 간파했다. 그는 환영에게 서울의 신식학교에 대해 들었으며 그에 대한 여러 가지를 상상하는 것만으로 황금 궁전에 입장이라도 한 것 같았다. 수철은 책을 읽고 공부하는 시간 외에는 주로 몽상에 젖어 몸이 떨릴 정도의 기쁨을 느끼고는 했다. 그래서인지 수철은 환영과 그녀의 친척들에게 마음이 여기 없는, 공허한 아이라는 인상을 주었다. 환영은 열에 들뜬 듯한 수철의 태도가 지나치게 많은 공부 탓이라 여겨 일주일에 한 번은 광산으로 돌아가는 게 어떻겠냐고 제의했다. 수철은 전혀 그러고 싶은 생각이 없었음에도 두 눈을 내리깔고 환영의 말을 공손히 받아들였다. 수철은 환영에게 착하고 얌전하며 예의 바른 아이로 비쳐지는 것이 자신의 인생에서 얼마나 중요한지를 본능적으로 꿰뚫고 있었다.

"일이 있었단다."

금잔이 한숨을 쉬면서 말을 꺼냈다.

"느이 큰아버지가 오랜만에 광산으로 돌아온 날 저녁이었어. 책보따리를 잔뜩 짊어지고 왔는데, 그게 주인어른 눈에 띈 거야. 주인어른이 그날 뭘 잘못 먹었는지 갑자기 벼락처럼 화를 내며 그 책들을 발로 차고 찢어버렸어. 느이 큰아버지가 울고불고 매달리며 그러지 말라고 했지만 소용없었어. 오히려 엉덩이를 걷어차이고 뺨을 얻어맞았지.

―이 건방진 애송아! 네까짓 게 이런 걸 끼고 있다고 뭐라도 될 줄 아니? 네 녀석은 더러운 네 어미처럼 평생 엉덩이를 흔들며 그 값으로 살아가게 될 거야! 뭣하면 여기서 네 녀석 밥값을 벌어도 좋아. 다들 여자가 궁한지라 네 녀석의 앙상한 엉덩이라도 대주면 좋아할 거다.

정말 그렇게 말했어. 주인어른이 말이다. 수철이의 얼굴이 새파랗게 질렸어. 주인어른은 책들을 몽땅 집어 올리더니 갱 쪽으로 절뚝거리며 뛰었어. 그러고는 폭약을 집어 책 더미 가운데에 내던지지 뭐냐. 아이가 책 더미로 뛰어드는데도 눈 하나 깜짝 않고 심지에 불을 붙였어. 나는 제정신이 아니었단다. 어서 그런 기운이 났는지 황소처럼 버티는 수철이를 끌어내 반대쪽으로 함께 몸을 던졌어. 금방 폭음이 터지면서 책들이 폭파되고 잘게 부서진 종잇조각들이 사방으로 흩어져 내렸어. 내가 벌떡 일어나 주인어른을 향해 마구 소리를 질렀지. 주인어른은 눈도 하나 깜짝 않고는 자기 천막으로 들어가버리더구나. 나는 도무지 알 수 없었어. 주인어른은 내게서 수철이가 마을에 머물며 공부하게 되었다는 얘기를 들었을 때만 해도 아무 관심 없어 했거든. 그런데 왜 갑자기 그런 미친 짓거리를 했는지 지금도 모르겠어. 하마터면 느이 큰아버지가 그때 황천 갈 뻔하였다. 하여간에 수철이와 주인어른이 지금처럼 척을 지게 된 것도 그때부터니라. 나는 주인어른의 천막 안으로 뒤쫓아 들어갔어. 더 이상 참을 수가 없었지. 주인어른에게 저 불쌍한 것을 계속 떠돌이 개 취급했다가는 우리 둘이 쥐도 새도 모르게 사라져주겠다고 했어. 나는 당신이 치른 값의 열 곱절만큼은 일을 했으니 아무도 그것에 대해 불평할 수는 없을 거라고 했지. 그때만큼은 우리 부모가 간장 종지만 한 종자들이었다는 게 고마웠지 뭐냐. 주인어른에게 날 팔아먹은 값이 어찌나 쥐꼬리만 한 금액이었는지 내가 그렇게 큰소리쳐도 될 만했거든. 주인어른은 그저 어깨를 으쓱했어. 나는 주인어른이 벌써 좀 전의 사건은 아무래도 좋은 일로 말끔히 치워버렸다는 것을 깨달았어. 그때의 주인어른은 그런 일이 다반사였어. 성질에 안 맞는 인부를 개 패듯 두들겨 패놓고는 다음 순간 곧바로 다정하게 등을 두드렸지.

—진정해라. 나는 그저 저 녀석이 뭐라도 되는 것처럼 거들먹거리는 게 눈꼴시었을 뿐이야.

주인어른의 태연한 말이 나를 기가 막히게 했어. 아무 소리 못 하고 천막을 나오면서 기분이 몹시 울적해지고 말았지. 밖으로 나와 수철이를 찾으니 어디에도 없었어. 그대로 환영이에게 돌아가 버린 거였어."

세주가 환영의 집으로 불쑥 찾아간 것은 가을이 끝나갈 무렵이었다. 세주는 갑자기 수철이 지낸다는 곳과 그를 가르치는 선생에 대해 궁금해했고 금잔에게 길 안내를 하라고 했다. 그의 변덕이야 하루 이틀 일이 아니었으므로 금잔은 불안해하면서도 앞장을 섰다. 금잔은 수철을 대하는 세주의 태도에 분명 아비다운 온정이 느껴지는 순간이 있음을 알았고, 그런 만큼 두 사람의 관계가 조금이라도 좋아지기를 간절히 바랐다.
　세주는 환영에게 더없이 깍듯했다. 평소의 험한 작업복을 벗고 말쑥한 양복에 중절모를 쓰고 있는 그는 제법 신사처럼 보였다. 환영은 수철이 매우 영특한 아이라고 칭찬하면서 그토록 예의 바르고 착한 아드님을 두어 기쁘시겠다고 했다.
　"수철이가 당신을 많이 닮았네요. 제발 좀 더 잘 대해주세요. 그 아이는 그럴 만큼 좋은 아이예요, 라고 그 여자가 부드럽게 말했어. 그 말을 듣고 주인어른의 굵은 눈썹이 꿈틀거렸어. 환영이의 말이 너무 진솔해서 오히려 주인어른을 조롱하는 것처럼 들렸거든. 주인어른이 그 여자의 창백하고 말간 얼굴에서 다른 낌새가 있나 유심히 살펴보았지만 그런 건 찾을 수 없었지. 그 여자에게는 '저 사람은 이럴 것이다' 같은 태도가 전혀 없었어. 왜 사람이라면 누구나 다 그런 것이 있지 않니. 주인어른이 당황해하는 모습을 구경하는 것은 꽤 재미있었어. 멀쩡한 여자가 바보 같은 소리를 천연덕스럽게 하는데도 화가 나는 게 아니라 그저 마음이 풀어져버리는 모양이었어. 주인어른은 마지못해 수철이의 머리를 한 번 쓰다

듣었고, 물론 수철이는 뱀이라도 닿은 것처럼 질색을 했지만, 아무튼 주인어른은 환영이와 함께 산책을 했어. 나는 주인어른이 영 어색하게 구는 꼴을 보고 싶지 않아 수철이와 함께 집에 남아 있었어. 환영이와 나란히 절뚝거리며 걷는 주인어른의 모습을 보고 있자니…… 뭐라고 표현해야 할지 모르겠구나."

금잔이 인상을 쓰며 골똘한 생각에 잠겼다.

"두 사람은 그런대로 잘 어울렸고 무엇보다 환영이가 무척 수줍어하면서도 좋아하는 듯 보였어. 그때까지는 전혀 몰랐는데, 어떻게 보면 주인어른도 나름 괜찮은 남자였지 뭐냐. 하여간에 뭐든 잡아먹을 것 같은 수컷이었으니까 말이다. 게다 그 양반이 마음만 먹으면 누구보다 달큰하게 굴 수도 있지 않겠니. 하지만 왜 그렇게 마음이 불안한지. 꼭 뭔가가 잘못되어가는 것 같았어."

금잔이 불길한 생각에 잠겨 있을 때 수철이 말을 꺼냈다. 그는 금잔에게 서울의 학교로 진학을 하고 싶다는 소망을 비쳤다. 그간 수철은 환영의 마음에 들기 위해 필사적이었으며 사실 그건 별로 어려운 일이 아니었다. 환영은 오랜 고독과 상처 없는 순진무구함으로 인해 누구라도 기꺼이 사랑할 준비가 되어 있는 사람이었다. 수철이 스스로 굴욕을 느끼면서까지 환영에게 알랑거리지 않았어도 그녀는 기꺼이 수철을 돕고 사랑했을 것이다. 하지만 이런 것을 알 리 없는 수철은 환영의 투명한 애정을 제대로 알아보지 못한 채 스스로를 꾸미고 위장함으로써 자신의 일그러진 정신에 또 다른 상처를 더했다.

환영은 좀 더 넓은 곳에서 공부를 하고 싶어 하는 수철을 위해 환수에게 장문의 편지를 썼다. 자신이 돌보고 있는 총명한 아이에게 길을 열어주고 싶으니 만일 기회가 된다면 오라버니가 직접 이곳에 내려와 아이를 만나보고 결정해달라고 부탁했다. 환영은 환수 역시 수철을 마음에 들어 하리라 아무 의심 없이 믿어서 환수가 상경하는 길에 아이를 함께 딸려 보낼 계획이었다. 그러기 위해서는 세주의 허락이 필요했으므로 수철은 그가 이 일을 모두 망쳐버릴지도 모른다는 두려움에 떨었다. 수철은 아이다운 천진함으로 자신의 소망이 얼마나 열렬한지, 또한 포부는 얼마나 원대한지를 금잔에게 정신없이 설명했다. 금잔은 완전히 넋이 나간 채 이야기에 빠져들었다. 그것은 금잔이 가지고 싶었으나 한 번도 가져보지 못한 것에 대한 이야기였다. 금잔은 무슨 일이 있어도 수철을 돕겠다고 단단히 약속했다.

"광산으로 돌아가는 길에 주인어른의 안색을 살펴보았지만 도통 무슨 생각을 하고 있는지를 모르겠더구나. 내가 속을 떠보느라 환영이에 대해 이것저것 물어봐도 주인어른은 좀체 속을 드러내지 않았어. 기분이 좋은지 나쁜지조차 알 수 없었지. 주인어른이 그럴 때는 머릿속으로 뭔가 복잡한 계산을 하고 있을 때였어. 그런데 주인어른 계산속은 대개 시커멨으니 별로 좋은 생각을 하고 있는 건 아닌 게 분명했어. 그 양반은 차라리 길길이 날뛸 때가 훨씬 알기 쉽고 속 편했지. 나는 수철이가 정말 영특한 모양이라고 운을 떼어보았어.

─그래. 그 녀석이 그 순진해빠진 여자를 완전히 구워삶았더군. 너도 그렇고 그 여자도 그렇고 완전히 속고 있는 거야. 그 녀석은 천성이 뱀 같고 사악한 녀석이야.

내가 그런 어린애한테 무슨 되도 않는 말이냐고 펄쩍 뛰자 주인어른은 새끼 뱀도 뱀이라고 이죽거렸어. 나는 더 이상 참을 수가 없었어. 걔는 길에 내다버려도 주인어른 아들인 줄 알고 사람들이 찾아다 줄 겁니다. 누가 봐도 주인어른 자식이고, 여기서 주인어른 체면도 있는데 언제까지 거지 아이처럼 내버려둘 생각인가요. 그 애가 그렇게 끔찍이 싫으면 멀리 떼어내면 되잖아요, 하고 말했지. 그랬더니 글쎄 주인어른이 선선히 고개를 끄덕이지 뭐냐.

─뭐, 언제까지 내 주위를 굴러다니게 놔둘 수는 없겠지. 그 녀석이 자라는 모습을 계속 지켜보아야 한다는 건 분명 굉장히 역겨운 일이 될 거야.

나는 할 말을 잃고 입을 다물어버렸어. 주인어른이 환영이 앞에서는 절대 그런 식으로 말하지 않을 것이라는 생각이 들었지. 그러니까 어쩌면 두 사람은 인연일지도 모르겠다고 생각했어. 주인어른은 그날 이후로 가끔씩 환영이를 찾아갔어. 환영이가 오래 걸을 수 없었기 때문에 주인어른이 인력거꾼을 특별히 부르고는 했지. 두 사람은 인력거를 타고 근처의 경치 좋은 곳을 돌아다녔어. 그건 참 보기 좋은 모습이었지 뭐냐. 하얀색 양산을 받쳐 쓴 어여쁜 환영이와 신사 비스무리해 보이는 주인어른이 나란히 앉아 있는 모습 말이다. 두 사람을 태운 인력거가 지나가면 모두 일손을 멈추고 한참을 구경했어. 우리 마을에서는 좀체 보기 힘든 구경거리임에 틀림없었지. 수철이는 주인어른의 신사 연하는 태도를 두고 구역질이 난다고 했어. 나는 그런 나쁜 말을 쓰면 안 된다고 따끔하게 혼냈지만 조금 비위가 상하는 것도 사실이었어."

금잔의 이야기에는 당연히 있을 법한 질투의 감정이 빠져 있었다. 금잔은 한순간의 질투를 극복한 뒤에는 다시 비슷한 감정에 휘둘리지 않았다. 정확히 하자면 금잔의 감정은 질투라기보다는 환영처럼 낭만적인 연애를 해보지 못한 데서 오는 부러움에 가까웠다. 하지만 환영이 그런 시간을 보낸 뒤에 피로를 이기지 못하고 반드시 며칠씩 앓아누울 때마다 금잔의 부러움은 측은함으로 바뀌었다. 금잔은 세주와의 잠자리를 정당한 거래 정도로 여겼으며 자신은 갚을 만큼 갚았으니 기꺼이 자유를 누려도 괜찮으리라 마음 편히 생각했다. 그것은 온당한 셈법이었으며 결국엔 그 온당함이 그녀 자신과 그녀의 삶을 보호해주었다.

별다른 소득 없이 정체 상태였던 광산에서 커다란 가능성이 발견된 게 그즈음이었다. 인부 하나가 캐낸 암석에는 이 년 동안 찔끔찔끔 발견돼온 것보다 많은 금이 박혀 있었고, 추출을 해본 결과 완벽에 가까운 순도를 지니고 있었다. 세주는 더 많은 폭약을 써서 더 깊이 굴을 팠으며 인부들을 한계까지 몰아붙여 암석을 파내도록 했다. 지게에 암석을 지고 가는 인부들의 기다란 줄이 폭약 터지는 소리와 함께 하루 종일 끊이지 않았으며 마을 한가운데에 지어진 거대한 방앗간에서는 하루 종일 파쇄기가 돌아가고 공이 찧는 소리가 요란하게 울려 퍼졌다. 갱 안에서의 작업이 터무니없이 길어지자 산소가 부족해 기절을 하는 사람들이 속출했다. 인부들은 감독관이 지켜보는 데서 변을 보아야 했다. 간혹 금이 발견되면 몰래 집어삼킨 뒤 변을 보아 찾아내는 인부들 때문이었다. 세주의 체벌은 가혹하고 가차 없어 소맷부리에 금가루라도 묻히려면 목숨을 걸어야 했다. 세주의 인생에서 그처럼 활기차고 행복한 순간은 없었다. 세주는 새벽부터 밤까지 환각을 선사하는 약에 취해 춤이라도 추고 있는 듯했다. 그는 간절히 원하던 무언가를 마침내 손에 쥐기 직전이었던 것이다.

환수가 찾아온 것은 첫눈이 내리던 날이었다. 그가 마음을 바꿔 여동생을 찾아오기로 결정한 것은 그녀의 편지에서 이전에는 느낄 수 없었던 기운을 감지해서였다. 그는 뭐라 딱 꼬집을 수는 없었으나 마냥 낯설고 불길해서 좀체 기분을 가라앉힐 수 없었다. 환수는 하루에도 몇 번씩 마음을 뒤집으며 번민과 갈등을 계속하다가 결국에는 자신의 우유부단함에 지쳐버리고 말았다. 환수는 만일 환영의 병이 악화되어 자신의 곁을 떠나버리게 되면 견디지 못할 것을 알고 있었고, 그 반대로 어떻게든 견뎌낼 것을 두려워하기도 했다. 그간 별다른 어려움이 없었던 환수는 그런 식의 아픔이나 슬픔에는 전혀 면역이 되어 있지 않아 닥쳐올 미래의 고통을 피하고 싶어 했다. 하지만 환수는 환영의 숨이 다하는 날까지 그녀와 가장 가까운 사람은 자신임을 의심해본 적이 없었으므로, 혹시 그렇지 않을지도 모른다는 가능성 앞에서 상당한 혼란을 느꼈다. 가벼운 감기를 앓고 있어 바깥출입이 어려운 환영의 부탁을 받고 수철과 금잔이 기차역까지 마중을 나갔다.

"첫눈부터 눈발이 너무 드세서 기차가 제시간에 도착하지 못했어. 그래서 수철이와 함께 한참을 기다려야 했지 뭐냐. 추운 것도 추운 거지만 수철이는 너무 긴장을 하는 바람에 결국 먹은 걸 몽땅 토해내고 말았어. 애가 볼이 벌건 게 열까지 오르는 것 같기에 먼저 돌려보냈지. 수철이가 힘이 주욱 빠져서 그분은 틀림없이 나에게 실망할 거야, 그분이 날 형편없는 놈이라고 생각하면 어쩌지, 그러는 것을 그 양반은 필시 대단한 신사일 것이니 그럴 리가 없다고 달래주었어. 불쌍한 것. 수철이가 돌아간 뒤에 텅 빈 역사에서 눈보라가 치는 것을 구경했단다. 끝이 보이지 않는 기찻길을 보고 있자니 마음이 술렁거렸어. 하기사 나는 그렇게 지루하고 조용한 시간을 가져본 적이 한 번도 없지 않겠니. 그때 기회만 된다면 다른 아무것도 돌아보지 않고 길을 따라 끝까지 가보고 싶다 생각했어."

금잔의 말에 수련은 가슴이 아팠다. 그로부터 몇십 년이 흐른 뒤에도 그녀가 여전히 세주와 그 가족을 돌보고 있기 때문이었다. 금잔은 아직껏 길을 따라 끝까지 가보지 못했으며 그럴 만한 기회도 만나지 못했다.

"사방이 어둑해질 때쯤 겨우 기다리던 기차가 도착했단다. 그때쯤에는 눈발도 그쳐서 온통 새하얗게 눈이 쌓였지. 짐을 이고 진 사람들 몇이 내린 뒤에 마침내 기다리던 사람이 내려섰어. 그 남자는 누가 보아도 환영이와 남매라는 것을 알 수 있게 생긴 사람이어서 나는 단박에 알아볼 수 있었지. 환영이의 오라비가 사방을 둘러보았는데, 내 보기에는 마중 나온다는 사람을 찾는 게 아니라 사방 천지 뒤덮인 눈을 구경하는 것 같았어. 나는 금세 나서는 대신 조금 더 기다렸어. 눈 내린 풍경을 구경하는 남자라니, 희귀한 광경이었지 뭐냐. 볼만큼 봤다고 생각했는지 그니가 누굴 찾는 것처럼 두리번거리더구나. 나는 앞으로 나서서 내 소개를 했어. 그런데 그 사람이 나를 보고 너무 놀라는 바람에 나도 덩달아 놀라고 말았지.

―환영이의 편지를 읽고 훨씬 나이가 많은 분이라 멋대로 오해하고 있었습니다.

그니가 당황하며 말했어. 사실 그때 내 나이는 겨우 열여덟 살이었고, 환영이보다 훨씬 어렸지만서도, 환영이는 내 정확한 나이를 몰랐고 그건 주인어른도 마찬가지였어. 사실 환영이가 멋대로 나를 자기와 동갑이라 생각했기 때문에 우리는 쉽게 친구가 될 수 있지 않았겠니. 하지만 그니의 말투로 미루어 보건대 그니는 나를 마흔 가까운 여자로 생각한 게 틀림없었어. 나는 그런 오해가 별로 기분 나쁘지 않았어. 사실 나도 내가 마흔 가까이 된 여자처럼 느껴졌는데, 다른 사람인들 안 그랬겠니? 게다, 자기보다 훨씬 어려 보이는 나한테도 깍듯하게 대하는 것을 보니 기분이 나쁘려야 나쁠 수가 없었지. 내가 가방을 받아 들려고 하자 그니가 괜찮다면서 펄쩍 뛰더구나. 그니가 나를 숙녀 취급해주어 조금 부끄러워지고 말았어."

그 무렵의 금잔은 예쁘고 귀여운 아가씨였다. 환영의 병적인 창백함과는 전혀 다른, 복숭아꽃처럼 화사한 동그란 얼굴에 귀밑까지 기른 칠흑같은 까만 단발머리를 하고 있었다. 나이보다 어려 보일 수 있는 귀여운 얼굴을 하고도 그녀는 항상 제 나이보다 많아 보였다. 경험의 길이보다는 경험의 두께가 사람을 성숙시키는 법이다. 역 주변에는 인력거꾼들이 손님을 태우기 위해 기다리고 있었다. 금잔에게는 마을까지의 거리가 충분히 걸을 만한 거리였으나 환수에게는 상상도 할 수 없는 일이었다. 환수는 인력거 하나를 부른 뒤 금잔을 먼저 태웠다. 두 사람이 나란히 앉자 인력거는 눈 쌓인 겨울 길을 달렸다. 어느덧 달이 떠오르고 있었다. 인력거의 바퀴가 구를 때마다 희뿌연 눈보라가 일었다. 지리에 밝은 인력거꾼이 삼나무 숲으로 나 있는 지름길로 접어들었다. 바람이 불자 눈을 뒤집어쓰고 있는 거대한 삼나무들에서 눈가루가 흩날렸다. 고요하고 아름다워 혼령들조차 숨을 죽이는 밤이었다. 환수는 조용히 앉아 흘러가는 풍경을 감상했고, 금잔은 그런 그의 모습을 지켜보았다. 수련은 이 장면을 마치 그림으로 본 듯 선명히 떠올릴 수 있었다. 아마도 실제보다 훨씬 더 아름답게 윤색되었을 이 과거의 한 조각은 금잔에게 너무도 확실한 형태로 남아 있어서 그녀의 다른 과거 전부를 흐릿하게 만들기 충분하였다.

"꽤나 늦어버렸지만, 식구들 모두가 잠들지 않고 깨어 있었어. 남매가 서로 손을 맞잡고 미소를 짓는 모습은 정말이지 흐뭇했어. 뭐, 수철이도 그렇고 나도 그렇고 가족이라면 서로 물어뜯을 궁리만 하는 종자들이라 알고 있지 않았겠니. 수철이는 잔뜩 흥분해서는 자리 가지도 않고 주위를 맴돌고 있었어. 그니는 아이를 부르더니 가방 안에서 책을 한 권 꺼내 주었어. 그리고 오래전에 죽은 중국 시인의 시집이라고 설명해주었어.

—여기에는 훌륭한 시들이 많이 실려 있단다. 내가 어렸을 때 아버지께서 물려주신 거야. 한자를 열심히 공부한다면 앞으로 이 시들이 갖고 있는 아름다움을 음미할 수 있을 게다.

수철이는 공손히 받아 들더니 소중하게 품에 껴안았어. 나는 너무 늦었으니 그만 가서 잠자리에 들라고 했지. 수철이는 더 남아 있고 싶어 하는 것 같았지만 군말 없이 자신의 방으로 물러났어. 나도 그만 슬슬 물러나주는 게 좋을 것 같더구나. 오랜만에 만났으니 남매간에 얼마나 할 이야기가 많겠니. 내가 광산으로 돌아간다고 하자 환영이가 너무 늦었으니 자고 가라고 붙잡았어. 안 될 말이었지. 주인어른이 무슨 변덕을 부릴지 모르는 판에 내가 맘대로 외박을 해서야 쓰겠니. 그때 그니가 조금 머뭇거리다가 가방에서 무언가를 꺼내서는—작은 상자였는데 그걸 나에게 건네주었어.

나이가 많으실 거라 생각하고 있었기 때문에. 내가 포장을 풀어 보기 전에 그니가 재빨리 말했어.

—지나치게 점잖은 모양이라 좀 그렇습니다만 쓰기에 괜찮을 듯싶습니다.

상자를 열어보니 보라색 자개 나비가 장식되어 있는 고상한 느낌의 손거울이었어. 나는 난생처음 선물이라는 것을 받아보기도

했고, 또 여자들이 쓰는 화사한 물건을 가져본 적도 없었던 지라 얼마나 기뻤는지 몰라. 그이들하고 함께 있는 것은 정말 즐거웠어. 내 주변엔 늘 험악한 인부들이나 우악스러운 여편네들밖에는 없었거든. 많이 배운 이들은 뭐가 달라도 다르다고 한참을 감탄했지 뭐냐. 하지만 나중에 보니 그이들이 특이한 거였어. 이상하게도 머릿속에 뭔가가 꾸역꾸역 많이 들어 있는 사람은 또 뭔가가 똥구녕으로 꾸역꾸역 빠져나오지 않겠니. 그래서 결국은 머릿속이 텅 빈 사람들이랑 하는 짓이 똑같아지는 거야.

광산으로 돌아온 건 한밤이었어. 당시 주인어른은 새벽 일찍부터 저녁 늦게까지 하루 온종일 엉덩이에 불이라도 붙은 것처럼 광산 여기저기를 쫓아다니고 있어서 그 시간이면 정신없이 곯아떨어졌어야 해. 하지만 멀쩡히 깨어서 나를 기다리고 있더구나. 주인어른은 눈을 가늘게 뜨고 담배를 태우면서 내가 어디를 갔다 왔는지 물었어. 그건 참 우스운 짓이었지 뭐냐. 나는 분명 환영이의 오라비가 서울에서 내려온다는 것과, 수철이와 함께 그니를 마중하러 역으로 갈 거라고 분명히 얘기했는데 말이다. 그래서 나는 어딜 갔다 왔는지 몰라 묻냐고 퉁명스럽게 되물었어. 사실 나는 주인어른 속을 뻔히 넘겨짚고 있었지. 환영이의 오라비가 대체 어떤 작자인지 너무 궁금해서 한가하게 잠이나 잘 때가 아니었던 거야. 나는 주인어른이 바라는 대로 줄줄 털어놓을 생각은 없었어. 어차피 주인어른도 곧 그니를 만나 어떤 사람인지 알게 될 터인데, 내가 이러니저러니 미리 말해보았자 무슨 소용이 있겠니. 내가 입을 굳게 다물고 있자 주인어른이 담배를 비벼 끄더니 일어섰어.

─좋아, 성금잔. 내 직접 만나보지. 어차피 그리 변변한 놈도 아닐 테지만.

나는 다른 건 몰라도 그니와 만날 땐 될 수 있는 대로 멀찍이 서라고 일러줬지. 주인어른이 그니 옆에 나란히 서 있다가는 정체가 몽땅 들통 날 거요. 비교가 되도 그리 될 수는 없을 테니까 말입니다, 라고 하자 주인어른이 콧방귀를 어찌나 세게 뀌던지 콧물이 다 튀었어. 나는 대체 환영이와 어쩔 셈이냐고 물었어. 환영이는 몸이 약하니 주인어른 곁에 있다가는 명줄이 줄게 될 것 같아 걱정이라고 했어. 그런데 글쎄 그 양반이 또 기분 나쁜 웃음을 터뜨리지 뭐냐.

─맞는 말이야. 그 여자는 내 곁에서 말라죽을지도 몰라. 하지만 그런 모습을 보는 것도 괜찮지 않겠니.

나는 아무리 생각을 해보아도 그게 대체 무슨 심보에서 나오는 소린지를 모르겠더구나. 하지만 말인즉슨, 결국 환영이와 연을 맺겠다는 것이었어. 마침내 두 사람이 만난 건 일주일 뒤였어. 주인어른이 나를 통해 먼저 그니를 초대했고 그니가 받아들였지. 주인어른이 워낙 험하게 먹고 자고 했으니 사실 광산에는 손님을 접대할 만한 장소가 없었어. 주인어른의 천막 안에 난로가 있기는 했지만 추위에 익숙하지 않은 사람에게는 한데나 마찬가지였거든. 근데도 부득불 그니를 광산으로 부른 주인어른 속셈을 알 수가 없었어. 그이는 광산을 먼저 둘러보았는데, 무척 놀라는 눈치였어. 인부들은 모두 노예 꼴이나 다름없었어. 감독관이 그들에게 채찍을 휘둘러댔으니까. 하필이면 한겨울이었던지라 인부들은 모두 헐벗은 것처럼 보였어. 깊은 굴속에서 곡괭이질을 하려면 얇게 입을 수밖에 없었으니 말이다. 주인어른은 그니의 좋지 못한 표정을 뻔히 보면서도 그래, 선생, 내 광산을 둘러보신 소감이 어떠시오, 하고 뻔뻔스레 물었단다. 그니는 얼른 대답하지 않고 어떻게 말해야 좋을지를 재보는 것 같았어. 하여간에 신중한 사람이었지. 그래서 그니가 하는 말에 무척 놀라고 말았단다.

당신은 징용을 미끼로 사람들을 착취하고 있다 들었어요. 사람을 저리 대하는 건 같은 사람으로 할 짓이 아닙니다. 솔직히 당신은 일본인들보다도 더 악질이에요, 라고 얘기하더구나. 주인어른 앞에서 그런 얘기를 대놓고 한 사람은 그니가 처음이었어. 하지만 주인어른은 얼굴색 하나 바뀌지 않고 눈썹만 씰룩이더구나. 그러더니 생각을 좀 해보시오, 라고 태연히 운을 떼었어.

―선생은 일본 놈들한테 감정이 단단하신 것 같소만, 나는 사실 그놈들을 뼛속까지 이해할 수 있소. 그놈들이 이곳에서 하는 짓은 아주 자연스러운 일이외다. 사람이란 게 원래 그렇단 말이오. 사람이 하는 일에 사람으로 할 짓이 아니란 말을 갖다 붙이는 건 참으로 우습고 역겨운 일이 아니겠소? 그러니 나는 그놈들이 특별히 나쁘다고는 생각해본 적이 없어요. 게다, 어떤 일에든 봐줄 만한 구석은 있는 법이오. 일본 놈들이 만들어준 철도 덕분에 선생도 귀여운 동생을 보러 이곳까지 쉽사리 오지 않았소. 선생이 졸업했다는 학교도 일본 놈들이 세운 것이라 알고 있소. 그리고 나를 보

시오. 나라고 해서 인부들보다 특별히 호의호식하는 게 아니오. 적어도 나는 양심이라는 게 있거든. 나도 못지않게 고생하고 있으니, 내 입으로 직접 말하기는 좀 뭐하지만, 내가 그리 나쁜 인간이라고 할 수는 없지 않겠소? 떠도는 소문이야 뭐라든지 말이오.

주인어른이 말을 마치며 자신의 궁색한 천막 안을 휘 둘러보았어. 나는 그제야 주인어른이 왜 그니를 광산으로 초대했는지 깨달았단다. 하여간에 속셈이 빤히 보였지."

뜻밖에도 환수는 그런 세주를 싫어하지 않았다. 오히려 세주가 자신의 예상보다 훨씬 흥미롭고 복잡한 인물임을 간파했으며 그런 그에게 매력을 느끼기도 했다. 하지만 그가 갈 데 없는 악당이며 지극히 무책임한 사람인 것도 틀림없는 사실이었다. 환수는 그가 환영의 상대로 터무니없다고 판단했으며 굳이 그런 생각을 숨기려고 하지 않았다. 세주 역시 환수를 싫어하지 않았다. 세주는 환수에게서 생소하고 역겹지만 인정할 수밖에 없는 특성들을 발견했으며 자신이 마주하고 있는 그 남자 앞에서 스스로를 절제하지 않으면 자신이 비참해질 것임을 재빨리 알아차렸다. 그러므로 세주는 환수가 몹시—싫은 것이 아니라—불편했다. 환영에게서 어렴풋이 느껴지던 불편함의 정체를 그는 환수에게서 확실히 깨닫게 된 것이다. 즉 그들과 함께 있을 때의 세주는 자신이 형편없는 놈이라는 자각과 함께 조금이라도 그들과 비슷해지기 위해 끊임없이 애를 써야만 하는 가련한 존재였다. 세주에게 그런 자각이 얼마나 달갑지 않은 일이었는지는 누구라도 알 수 있을 것이다.

금잔은 환영이 세주를 어떤 식으로 바라보고, 어떻게 생각하고 있는지를 잘 몰랐다. 금잔의 이야기 속 환영은 순진무구하고 백치 같으며 지극히 수동적인 밋밋한 여인이었다. 하지만 이 견해는 환영이 가지고 있는 여러 성질 중 일부에 불과했다. 환수는 여동생에 대한 자신의 영향력을 의심해본 적이 없었다. 그러므로 그가 세주에 대한 솔직한 의견과 두 사람의 인연에 분명한 반대 의사를 환영에게 내비쳤을 때, 그녀의 완강한 거절 앞에서 놀라고 당황했다. 환수는 이전에 그랬듯 그녀를 설득하고 달래면서 결국은 자신의 의견에 동조시킬 수 있을 것이라 믿었다. 하지만 환수 역시 병약한 여동생에 대해 알지 못한 부분이 있었다. 바로 그녀의 공허와 지독한 외로움, 그런 만큼 자신의 삶에서 일탈하고 싶은 욕구가 그것이었다. 환영은 금잔이나 환수의 우려처럼 세주에 대해 잘못된 환상을 가지고 있지 않았다. 또한 환수의 오해대로 자신의 능력을 과대평가해서 자신이 세주를 변하게 할 것이라 믿고 있지도 않았다. 환영은 원래 총명했으며 본질적으로 자신의 오라비와 매우 비슷한 성정을 지니고 있었다. 하지만 그녀는 한 번도 오라비와 같은 기회를 얻어보지 못했고 다양한 경험을 해보지도 못했다. 위축되고, 옭아매지고, 활동을 억제해 간신히 이어지고 있는 불균형이 그녀의 삶 전반을 파먹고 있었으며 아무리 많은 사랑과 유복함에 둘러싸여 있어도 그것은 결코 변하지 않았다. 그런 그녀가 세주에게서 자신과의 접점을 발견한 것은 어찌 보면 당연한 일이었다.

 "그니는 다시 광산에 오지 않았어. 주인어른도 아무 일 없었던 짓처럼 행동했지. 광산은 하루 종일 눈이 돌아가게 바빴지만 그동안 주인어른은 그래도 짬을 내서 환영이를 보러 가고는 했어. 하지만 그니와 만난 후부터 주인어른은 아예 광산에서 한 발자국도 나가지를 않았어. 인부들이야 죽을 맛이었지. 당시에 주인어른은 그림자만으로도 그이들 숨을 막히게 했었단다. 하루는 내 숙소로 인부 하나가 찾아왔어. 나이가 쉰 가까이 돼가는, 인부들 중 가장 나이가 많은 아저씨였어. 그래서 모두들 '아재'라고 불렀단다. 아재는 삼대독자인 외아들의 징병을 피하기 위해 자신이 대신 광산에 와 일을 하고 있었어. 나이가 많았지만 기골이 장대해서 두 몫의 일을 해냈고 심성이 바위 같아 인부들 모두가 어려워하고 따랐어. 독사 같은 감독관 녀석도 아재에게만은 함부로 채찍을 휘두르지 못했지. 감독관 녀석은 정말 딱 그 자리에 맞는 녀석이어서 사람을 쥐어짜고 굴리는 데는 따라갈 자가 없었어. 시골에서 농사짓다 올라온 제일 어수룩한 놈을 감독으로 앉히기에 주인어른이 뭘 잘못 먹었나 했거든. 그런데 완장 채우고 채찍 쥐어주니 어찌나 알아서 잘하는지 말이다. 어찌 됐든 그 녀석도 아재만큼은 껄끄러워했지. 아재는 일이 곱절은 힘들어지고 있으니 식사량을 좀 더 늘려줄 수 없겠느냐고 물었고 나는 최대한 노력해보겠다고 했어. 하지만 아재는 내 대답을 듣는 둥 마는 둥 하면서 생각이 다른 데 가 있는 것 같았어. 나는 할 말이 있으면 하라고 했어. 만일 주인어른에게 들어가야 할 말이면 알아서 전해주겠다고 했지. 아재는 평소처럼 느릿하게 말을 꺼냈어.

─이제 조금 있으면 이 년의 기한이 끝나는 것을 너도 알 거야.

나는 고개를 끄덕였어. 봄이 되면 이 년의 계약 기간이 끝나게 되지만 솔직히 그들 중 계약을 연장할 사람은 아무도 없었어. 필요한 증서를 손에 쥐었는데, 뭣하러 그런 푼돈에 노예살이를 계속하겠니.

─그런데 인부들이 불안해하고 있다. 물론 나도 그렇고. 지금쯤이면 서서히 일을 마무리해야 할 판국에 오히려 일을 더 벌이고 있어. 다른 인부들을 채용한다는 소리도 못 들었어. 네 주인에게 줄 것을 주고 끊을 것을 끊지 않으면 후회할 일이 생길지 모른다고 말해다오. 그는 네 말이라면 귀담아듣는 듯하니 가장 확실한 경고가 될 거라 생각한다.

아재의 말에 가슴이 옥죄는 것 같았어. 그건 매일 정신없이 살다보니 그 매일이 무엇으로 이루어져 있는지 까먹고 살다가 갑자기 확, 하고 정신이 들었을 때 느껴지는 불안 같은 거였지. 주인어른이 인부들을 어떻게 할 요량인지는 몰라도 그 양반 뜻대로 순조롭게 풀리지 않을 것임은 분명했어. 또한 인부들도 원하는 것을 손에 쥐게 될 것 같지가 않았고. 주인어른은 만사를 오히려 망쳐먹는 사람이었으니까 말이다. 그래서 나는 아재, 나도 잘 모르겠지만, 만에 하나 일이 잘 안 되면 어쩔 셈입니까, 라고 물었어. 아재는 뼈마디가 툭 튀어나온 커다란 손을 자신의 가슴에 가져다 댔어.

─글쎄다. 그걸 누가 확실히 알겠니. 하지만 우리는 여기에서 이 년을 제대로 사람대접도 못 받고 노예살이를 했어. 그게 그저

낟 좋은 일 시킨 것에 불과하다면 무슨 일인들 못 일어나겠어. 우리가 납죽 엎드려 있는 건 모자라서가 아니라 원하는 게 있어서야. 저 불쌍한 감독관 녀석은 몰라도 네 주인은 잘 알고 있을 것이다. 그는 영악할 정도로 사람을 꿰뚫어 보고 있으니. 내 걱정은 그자가 애꿎은 우리들까지 자기 인생에 말아 넣을까 봐서야. 죽으려면 혼자 죽어야 하는데 그자는 도무지 그럴 사람이 아닌 것 같아서 말이다.

나는 어찌 돌아가는 일인지 알아보겠다고 약속했어. 아재는 내 어깨를 다정하게 두드렸지. 그러고는 자기 아들 이야기를 했어. 가진 건 없지만 건강하고 착한 녀석이라고. 내가 그러냐고 하자 아재가 한숨을 쉬며 말했어.

─금잔아. 저런 자 옆에 있다가는 너도 좋은 꼴 못 볼 것이다. 세상이 이리 흉흉해도 좋은 남자가 있다. 어딘가에는 반드시 있어. 너는 좋은 여자야. 그러니 좋은 꼴을 보고 살아야지.

나는 별로 할 말이 없어서 그저 연신 고개만 끄덕였단다. 내가 무슨 말을 할 수 있었겠니."

환수는 예정보다 오랫동안 머물러야 했다. 가벼운 감기에서 시작된 환영의 병세가 악화된 탓이었다. 환영이 바깥출입을 아예 하지 못했으므로 금잔은 바쁜 시간을 쪼개 될 수 있는 대로 자주 그녀를 찾아갔다. 건강도 건강이었지만 환영은 세주가 발길을 끊은 것 때문에 몹시 예민하고 불안정한 상태였다. 금잔은 쌓인 눈처럼 새하얀 얼굴로 이부자리에 앉은 채 문밖을 멍하니 내다보던 환영의 모습을 안타까운 심정으로 바라보았다.

"일을 서둘러 마치고 마을로 내려간 날이었어. 수철이가 대문 밖으로 나와 바들바들 떨고 있더구나. 날이 몹시 추웠거든. 내가 추운데 왜 나와 있느냐고 묻자 수철이는 울상을 지었어. 안에서 남매가 싸우고 있다는 거였어. 나는 수철이에게 일단 안으로 들어가자고 했지만 그 애는 연신 고개를 가로저었어. 괜히 어정거리다 자기에게 불똥이 튈까 봐 걱정되었던 거야. 불쌍한 것. 수철이는 세주가 나쁜 거야, 그 자식 때문에 나는 학교도 가지 못하게 될 거야, 라고 울먹였어. 나는 아버지에게 그럼 못쓴다고 혼냈지만 수철이는 주인어른이 자기를 미워해서 일부러 이러는 게 틀림없다고 소리 질렀지. 그 불쌍한 것은 환영이와 주인어른이 잘못되면 자기한테도 아무 희망이 없다고 여겼던 거야. 마침 수철이 주려고 지은 누빔 옷을 가져갔던 차라 아이에게 둘러준 뒤 나만 집 안으로 들어가 보았어. 환영이는 자기를 위해 특별히 지은 별채에서 머물고 있었는데, 장지문을 통해 두 사람이 나누는 이야기 소리가 또렷이 들려왔어. 환영이가 답지 않게 높고 큰 소리로 말하고 있었고, 오라버니의 목소리 역시 격앙돼 있었어. 오라버니는 아무것도 몰라요. 나는 단 하루를 살아도 사는 것처럼 살고 싶어요. 그런데 모든 것이 날 숨 막히게 해요, 라고 환영이가 소리쳤어. 잠시 정적이 흐르더니 그니의 목소리가 들려왔어.

　—네 곁을 끝까지 지켜줄 사람은 나야. 나는 네 가족이고, 그건 우리가 죽는다 해도 변하지 않는 거야.

　그러자 환영이가 천만에요, 그 사람이 내 곁에 있을 거예요. 나도 그 사람 곁에 끝까지 있을 거고요. 오라버니도 언젠가는 장가를 가서 아내를 얻고 자식을 낳을 거예요. 오라버니가 끝까지 곁을 지킬 사람은 오라버니의 아내와 자식들일 거라고요. 그럼 나는 어떻게 해요? 나는 이렇게 평생 혼자서 외롭게 방구들만 지다 죽고 싶지는 않아요, 하면서 흐느꼈어. 오라버니가 안아주려고 했는지 환영이가 뿌리치면서 실랑이하는 소리가 들려왔어. 하지만 결국 환영이는 오라버니의 품에 고개를 묻고 한참을 울었단다. 나는 너를 떠나지 않아. 절대로. 오라버니가 계속해서 그렇게 되뇌었어. 환영이가 진정이 되자 오라버니는 조금 더 달래주다가 조용히 방문을 열고 나왔어. 그니는 밖에 서 있는 나를 보더니 무척 놀라더구나. 그러고는 방 쪽을 힐긋 보더니 환영이가 간신히 잠들었으니 오늘은 만나지 않는 게 좋겠다고 했어. 나는 돌아가려고 했지만 오라버니가 붙들었어. 그니는 광산이 돌아가는 사정과 요즘 주인어른이 어찌 지내고 있는지를 물었어. 나는 최대한 솔직하게 말해주었어.

―나는 이제 곧 경성으로 돌아가야 합니다. 시간이 별로 없어요.

그니가 몹시 지친 목소리로 말했어.

―그래서 실례를 무릅쓰고 묻습니다. 사람들이 광산의 주인에 대해 많은 이야기를 해주었어요. 그게 모두 사실입니까?

나는 어떻게 대답을 해야 할지 몰라 한참을 머뭇거리다가 소문이 사실일 수는 있지만 전부일 순 없는 법이라고 말했단다."

환수는 금잔과 세주의 관계에 대해 확실히 알고 싶어 했다. 세주는 광산의 다른 여자들과도 관계를 맺고 있었기 때문에 소문은 음탕하고 문란한 데다 점잖은 사람들이 귓속말로 소곤거린 뒤 고개를 흔들어야 하는 그런 종류의 이야기를 담고 있었다. 환수는 여동생의 삶이 자신의 예측 범위를 넘어서는 지점으로 움직이고 있음을 통감했으며 그 때문에 마치 몸의 일부가 떨어져 나가는 것 같은 고통을 느끼고 있었다. 환수는 그때까지 여자를 알지 못했다. 그는 정식으로 혼인을 한 뒤에야 여인을 안을 수 있다고 배웠고, 성장 환경에서 제공한 완고한 도덕 기준을 별다른 저항 없이 받아들였다. 그럼에도 불구하고 적당한 계기가 있었다면 그 역시 여동생과 같은 열정으로 어떤 여인이든 사랑할 수 있었을 터다. 하지만 그에게는 그럴 기회가 없었다. 지나치게 청결하고 정돈된 삶이 그를 수도승처럼 만든 것이다. 그런 면에서 그는 병약하여 자유롭지 못한 여동생과 몹시 닮아 있었다. 그에게는 억눌린 욕망과 금욕적인 절제가 뒤섞여 있어 여동생을 향한 깊은 애정은 간혹 지나친 집착으로 변하고는 했다.

"주인어른이 광산에서 한 발자국도 움직이지 않는 꿍꿍이가 뭔지 내 잘 알았지. 그 양반은 환영이가 자기에게 버림받았다고 여기면 어찌 될지 알고 있었고 그런 여동생을 지켜보는 오라버니는 어찌할지 다 알고 있었어. 그 속을 뻔히 알면서도 환영이가 다 말라 죽어가게 생겼으니 한번 가보라고 간청했지만 주인어른은 들은 척도 하지 않았어. 지독한 양반 같으니. 오라버니가 광산으로 다시 찾아온 것은 보름 뒤였어. 얼었던 개울물이 처음으로 풀리고 그 밑에서 잠들었던 개구리가 졸린 눈을 비비며 어리둥절해하던 날이었지. 주인어른은 갱 안에 있다가 전갈을 전해 듣고 한참 후에야 어슬렁거리며 나왔어. 그동안 오라버니는 주인어른의 천막에서 하염없이 기다려야 했어. 두 사람은 천막에서 한 시간 정도 이야기를 나누었어. 나는 일부러 그곳엔 얼씬을 안 했단다. 오라버니가 주인어른에게 고개를 숙이고 몸을 낮출 것을 생각하니 가슴이 아팠지 뭐냐. 오라버니는 천막에서 나오자 나를 찾았어. 그니는 마을까지 함께 가서 오늘 하루 환영이와 함께 있어줄 수 있겠느냐고 물었어. 주인어른도 허락했다기에 나는 얼른 따라나섰어. 오라버니의 얼굴은 몹시 창백하고 슬퍼 보였어. 그간 쌓였던 눈이 녹고 있어 나뭇가지에서는 맑은 물방울들이 떨어져 내렸어. 그니가 발을 멈추더니 소나무 가지로 손을 뻗어 물을 받아 입술을 축였어. 하기야 입이 탈 만도 했지. 오라버니가 먼저 말을 꺼냈어.

―나는 두 사람의 혼인을 허락했어요. 경성의 부모님께도 전갈을 넣었습니다. 두 분은 사정을 잘 모르는지라 무척 기뻐하고만 계시지요.

나는 주인어른이 뭐라더냐고 물었어.

―광산의 일이 바빠 당장은 어렵다고 했어요. 환영이에게 어울리게끔 모든 것을 완벽하게 준비하고 싶다더군요. 그 좁고 더러운 천막에서 신부를 맞이할 수는 없지 않겠느냐고 되묻는데 할 말이 없었어요.

오라버니의 얼굴이 더욱 창백해지는가 싶더니 입술을 깨물었어.

―당신의 주인은 병약한 신부를 맞는 대신 집이라도 한 채 지어

달라고 해야 이치에 맞는다고 했어요. 하지만 자신은 양심과 동정심이 있는 사람이니 우리 가족은 운이 좋다고 하더군요. 그는 정말로 무언가를 바라서 그런 말을 하는 게 아니었어요. 그저 자신이 하는 말에 내가 상처받는 걸 즐기는 것뿐이었지요.

오라버니가 정확히 본 거였지. 주인어른은 그니를 모욕하고 굴욕을 느끼게 하면서 그 순간을 만끽하고 있었던 거야.

―나는 다음 주에 집으로 돌아갑니다. 그때 수철이도 함께 데리고 갈 거예요. 환영이가 간절히 원하는 일이기도 하고, 아이 스스로도 열심이니 내가 할 수 있는 일을 할 생각입니다. 당신도 그때 함께 올라갔으면 해요. 당분간 수철이를 돌보아주면서 정말 원하는 일이 무엇인지 천천히 생각해봐요. 당신은 아직 어리고 총명하니 얼마든지 기회가 있어요. 틀림없이 경성에서 좋은 기회를 잡을 수 있을 겁니다. 필요하다면 내가 당신의 주인에게 돈을 치르겠어요.

너무 갑작스러운 제안에 나는 할 말을 잃었단다. 하지만 그니가 굉장한 이야기를 해주었다는 것쯤은 알 수 있었지."

환수는 혼인을 허락한 이상 환영을 위해 할 수 있는 모든 일을 하기로 결심했다. 그는 금잔과 세주의 관계에 대해 고민했으며 세 명이 함께 있는 것은 두 여자 모두에게 좋지 않다는 결론을 내렸다. 그는 세주와 그의 여자들에 대해 염려와 고민을 하다가도, 자신이 이 일로 결코 느낀 적 없으며 앞으로도 느낄 필요 없을 것만 같던 온갖 불쾌하고 저속한 감정에 사로잡혀 있음을 깨달았다. 그럴 때마다 그는 스스로에게 서글픔과 실망을 느꼈다.

"나는 쉽게 결정을 내리지 못했어. 그건 참 이상한 일이었지 뭐냐. 광산을 떠날 수만 있다면 좋아서 춤이라도 출 줄 알았는데 말이야, 막상 그럴 기회가 생기니까 왜 이리 망설여지고 걱정되는 것이 많던지. 오히려 수철이는 별로 걱정이 되지를 않았어. 그 아이는 앞으로 환영이의 부모님과 오라버니 곁에서 자라날 텐데 무어가 걱정이었겠니. 하지만 나는 환영이만 주인어른 곁에 남겨두고 떠나가는 것이 절대 해서는 안 되는 일처럼 여겨졌어. 왜 그랬는지 몰라. 나는 오히려 두 사람에게 방해가 될 수도 있었는데 말이다. 하지만 떠나고 싶은 마음이 굴뚝같으면 같을수록 나중에 후회하게 될 거라는 속삭임이 점점 더 커져만 갔어."

금잔은 깊은 한숨을 쉬었다.

"어쩌면 나는 그때까지 나 자신만을 위해서 무언가를 해본 적이 별로 없어서 그냥 겁이 났던 것이었는지도 모르겠구나."

금잔은 두 사람의 혼인 뒤로 결정을 미루었다. 환수와 수철이 떠나던 날 금잔은 건강을 회복한 환영과 함께 역으로 배웅을 나갔고 기차가 아주 작게 되어서 보이지 않을 때까지 열심히 손을 흔들었다. 좀 더 시간이 흐른 뒤에 수련은 그때의 금잔을 서글픈 심정으로 떠올릴 수 있었다. 기차를 따라 달려가고 싶은 마음 반, 남아서 자신이 할 수 있는 일을 해야만 한다는 마음 반, 언젠가는 정말 떠날 수 있지 않을까 하는 희망 반, 절대로 이곳을 떠나지 못할지도 모른다는 두려움 반. 금잔이 환수를 따라가지 못한 것은 겁이 나서가 아니었다. 금잔은 소심한 사람이 아니었으며 그때껏 한 번도 소심해본 적이 없었다. 다만 금잔의 운명에는 너무 많은 인정과 이해와 의무감과 책임감이 뒤엉켜 있어 그녀가 뛰어오르려고 할 때마다 단단히 붙잡아 주저앉혔다.

떠나기 전날 밤 수철은 금잔의 배려로 세주와 잠깐 만나 저녁밥을 함께 먹었다. 세주는 마치 처음 보는 아이가 우연히 자기 앞에 앉아 있기라도 하는 것처럼 굴었고 수철은 그 괴로운 시간을 말없이 견디었다. 두 사람은 저녁 식사가 끝나자 지루한 수업 시간이 끝난 소학생들처럼 허둥지둥 일어나 냉랭한 인사를 주고받은 뒤 속 시원한 심정으로 헤어졌다. 다음 날 수철은 환수의 옆자리에 앉아 흘러가는 창밖 풍경을 바라보면서 금빛 견장이 달린 군복을 입고 백마 위에 앉아 벌판을 달리는 늠름한 자신의 모습을 상상하고 있었다.

경성으로 돌아간 환수는 세주의 광산이 그대로 흐지부지 폐광되기를 기대했다. 그리고 봄이 오기만을 간절히 기다리고 있던 인부들도 그랬다. 하지만 그해 초 세주에게 대운大運이 찾아왔다. 그 운은 그의 인생 전반을 뒤덮고 흔들어버릴 그런 것이었다.

"굴 안이 전부 번쩍번쩍했단다. 눈이 부셔서 제대로 뜰 수가 없었지."

금잔은 기억을 더듬으며 고개를 갸웃했다.

"좀 과장된 건지는 몰라도 하여간에 그랬어. 굉장했지. 내 평생 그런 대단한 구경은 해본 적이 없었어. 주인어른이 무릎을 꿇고 두 팔을 높이 들어 올렸어. 뭐, 다들 그랬지만 그 양반도 한 정신이 나간 것처럼 보였어. 주인어른은 평생 밥에다가 금가루를 뿌려 먹고 금증이에 밑을 닦아도 될 것 같았어. 그때 그런 걸 봐선지 몰라도, 난 지금도 값나간다는 금붙이나 금 장신구 같은 걸 봐도 도통 감흥이 없어. 하기사 금산을 보았는데, 그런 것 따위가 눈에나 차겠니. 그건 그렇고 주인어른이 불편한 다리를 끌고 일어섰을 때 그 양반 눈가에 눈물이 맺힌 것을 보고 말았지 뭐냐. 그 모습은 정말…… 기괴했어. 기괴했고말고.

―성금잔, 이것 봐라.

주인어른이 내 어깨를 두드리며 소리쳤어. 그래서 네, 보고 있습죠. 보고 있고말고요, 하고 대꾸했지. 하지만 주인어른은 계속해서 날더러 이걸 좀 보라고 되풀이해 말했어. 하여간에 제정신이 아닌 게 분명했어. 주인어른, 평생 금을 엿처럼 깨 먹어도 되겠네요, 라고 하자 그 양반이 웃음을 터뜨렸어. 왜 그 발작하는 것 같은 웃음 말이다. 난 저 양반이 웃다가 기어이 숨이 넘어가겠구나 싶었어."

세주의 행복과 환희는 정말로 웃다가 숨이 넘어갈 만한 것이었다. 살면서 그만한 행운을 가지는 사람은 극소수에 불과하고, 그중에서 또 아주 극소수만이 그 행복을 제대로 통제할 수 있게 된다. 그러므로 그들 대부분은 차라리 그만한 행운과 기회가 찾아온 바로 그 순간에 웃다 숨이 넘어가는 게 나을 뻔했다는 회한을 가지고 살게 되는 것이다.

"많은 것이 달라지기 시작했어. 정신이 하나도 없었지. 주인어른에게 끊임없이 손님들이 찾아왔어. 평소에는 구경하기도 힘든 귀하신 나리들부터 인근의 한다하는 한량들도 한 번씩은 다들 찾아왔던 것 같아. 모두들 도움을 주지 못해 안달이었고 또한 모두들 뭐든 뜯어먹을 게 없을까 야단이었지. 정말로 두 눈 크게 뜨고 정신을 단단히 차리고 있어야 했어. 주인어른이 호락호락한 성격이 아닌 게 그때만큼은 다행이었지 뭐냐. 어느 날 밤이었어. 말울음이 길게 울려 잠에서 깨어났지. 밤에는 아직 한겨울처럼 추웠기 때문에 두꺼운 담요를 몸에다 칭칭 감고 밖으로 나가 보았어. 주인어른의 천막 앞에 드세 보이는 말 세 마리가 묶여 있었어. 한밤중에 손님이 찾아오는 일은 없었기 때문에 무슨 일인가 했어. 천막 쪽으로 다가가 조심스레 말들을 쓰다듬어보았지. 건강한 한창때의 수놈들이었지만 몹시 지쳐 보였어. 필시 먼 거리를 달려온 게 분명했어. 어쩔까 망설이고 있는데 천막이 펄럭이더니 안에서 주인어른이 나왔어. 마침 날 깨우러 나오는 길이었지. 주인어른은 세 사람 분의 식사와 넉넉한 길양식을 부탁했어. 내가 누구냐고 묻자 주인어른은 어깨를 으쓱하더구나.

―만주에서 온 이들이다. 독립군이라고 하는군.

나는 놀라서 그이들이 여기를 왜 왔느냐고 물었어. 생각해봐라. 주인어른하고 독립군이라니, 안 어울려도 그렇게 안 어울릴 수가 없지 않겠니. 주인어른은 인상을 찌푸리더니 가래침을 타악, 하고 뱉었어.

―글쎄다, 성금잔. 저 녀석들이 이 먼 데까지 왜 왔는지를 정말

모르겠다면 차라리 가마솥에 네 머리를 처박은 뒤 삶아서 밥 대신 가져와라. 그럼 네 머리라도 쓸모가 있겠지.

　주인어른의 말투로 보아하니 심기가 잔뜩 불편했어. 나는 주인어른이 대체 어쩔 셈인지 몹시 궁금했지. 나는 항상 밥을 넉넉하게 지었기 때문에 솥 안에는 세 사람이 충분히 먹을 밥이 남아 있었어. 그 무렵 광산에는 고기와 쌀이 떨어지지를 않았어. 지금도 그렇지만, 그 시절에 쌀밥과 고깃국을 그렇게 배불리 먹을 수 있다는 건 대단한 일이어서 인부들도 감지덕지 했단다. 나는 밥을 꾹꾹 눌러 담고 고깃국을 한 대접씩 퍼 담아 상을 차렸어. 그러고는 자루 하나에 엿과 말린 고기, 굳힌 떡을 담아 함께 들고 갔지. 천막 안에는 세 명의 남자가 주인어른을 빙 둘러싸고 앉아 있었어. 나는 독립군이라는 걸 그때 처음 보았는데, 세 사람 다 어찌나 험상궂게 생겼던지 거친 인부들하고도 잘 지내온 내가 그만 기가 죽었지 뭐냐. 사실 천막 안은 분위기가 그리 좋지를 못했어. 세 사람 다 화가 나 있었고 주인어른은 비위가 잔뜩 틀어진 얼굴이었어. 그래도 내가 들어서자 제일 어려 보이는 젊은이가 일어나더니 음식을 받아 들었어. 그이는 무척 수줍었는지 나를 제대로 쳐다보지도 못하고 시선을 피하면서 고맙다고 인사를 했어. 그러는 걸 보니 그냥 덩치만 큰 어린아이 같았단다. 주인어른은 일단 밥을 먹고 이야기하자고 했어. 셋 다 무척 허기진 상태였는지 두말도 없이 숟가락을 집어 들더구나. 그럴 때는 그저 조용하게 쥐죽은 듯 있어야 하느니라. 그래야 쫓겨나지 않고 원하는 걸 보고 들을 수 있게 되거든. 나는 천막을 나가지 않고 슬그머니 구석에 자리를 잡고 앉았어. 셋다 며칠은 굶은 것처럼 허겁지겁 음식을 입에다 쑤셔 넣는 거하며, 너덜너덜한 옷차림하며 무척 궁색하고 거친 생활을 하는 게 훤히 보였어. 수염이 텁수룩한 남자가 식사를 먼저 끝내고 소맷부리로 입을 쓰윽 닦았어. 그러자 다른 두 사람도 남은 밥을 허겁지겁 입에다 쑤셔 넣더니 황급히 숟가락을 내려놓았어. 그걸로 보아 수염 난 이가 상급자인 게 분명했어. 그 남자가 주인어른에게 결정을 했느냐고 묻자 주인어른은 태우던 담배를 비벼 끄며 입을 열었어.

—생쥐가 겁에 질려 호랑이 발을 물 수는 있겠고 싸릿대도 나무이긴 하오만은 그렇다고 호랑이가 생쥐에게 물려 죽거나 싸릿대가 아름드리나무가 되지는 않는 법이거든. 그게 바로 자연의 이치요. 자연의 흐름을 거스르는 건 하늘의 뜻에 거하는 일이나 마찬가지외다.

주인어른이 잔뜩 위엄 있는 척하는 양을 보고 있자니 어찌나 뱃속이 근질거리던지. 그 양반은 금이 쏟아져 나오면서 배에 힘주는 법을 빨리도 터득했단다. 아무튼 수염 난 이가 말했어.

—누구에게나 그릇에 맞는 할 일이 있는 법. 그것 역시 자연의 이치지. 당신 같은 이가 명분이 무언지 알 리 없지만 그래도 할 일이 따로 있지 않겠소. 나중에 후회하지 않으려면 지금 해야 할 일을 하시오.

글쎄올시다, 라고 주인어른이 느릿느릿 대꾸했어. 세상이 흉흉하니 별별 놈들이 다 명분을 내세워서 말이오. 내가 듣자 하니 만주나 연해주에서는 도적질이나 비럭질을 하는 놈들까지 독립이니 뭐니 한다더군. 내가 지금껏 살아온 세월이 그리 짧다고는 할 수 없는데 말이오, 살다 보니 절대 변하지 않는 사실이 하나 있다는 것을 알게 됐소. 사람이 둘 이상 모인 곳에서 명분을 말하는 건 변소에서 밥을 먹겠다는 것이나 다름없단 말이외다.

두 젊은이가 얼굴이 시뻘게지면서 벌떡 일어섰어. 수염 난 이가 그네들을 제지하더니 자리에 앉으라고 타일렀어.

—우리는 이 자리에서 당신을 죽여버릴 수도 있소. 금산을 놔두고 그냥 죽으면 억울해서 눈이나 감기겠소?

수염 난 이의 말에 글쎄 주인어른이 코웃음을 쳤어.

—어디 한번 해보시오. 내 피가 식기도 전에 당신네들 목에 포승줄이 걸릴 거요.

더러운 배신자 놈, 이라고 젊은이가 내뱉었어. 그러고는 동포의 피를 빨아먹는 놈이라고 욕설을 퍼부었지.

—그러게. 그래도 그게 도적질이나 비럭질보다는 낫지 않겠소? 당신들 면상을 보아하니 비럭질에는 아주 도가 튼 것 같소만.

세 사람이 동시에 장검을 뽑아 들고 주인어른을 향해 겨누었지. 그이들한테서는 비릿한 냄새가 났어. 사람의 목을 따고 배를 갈라본 이들이 풍기는 그런 무서운 냄새 말이다. 난 그길로 주인어른과 함께 황천 가는 줄 알고 맥이 다 풀렸단다. 하지만 주인어른은 미동도 하지 않았어. 숨 막힐 것 같은 정적이 흘렀지. 하지만 수염 난 이가 피식 웃음을 터뜨렸어. 그니한테서는 세상사에 통달한 듯한 여유로운 느낌이 났지. 그니가 칼을 다시 꽂아 넣더니 자리에 앉았어. 두 젊은이도 멈칫하면서 다시 자리에 앉더구나. 다른 건 몰라도 수염 난 이가 부하들에게 상당한 신망을 얻고 있는 것만은 틀림없었어.

─무엇이든 영원한 건 없소. 언젠가 당신은 저잣거리에서 돌을 맞게 될 거고 당신의 이름은 자손들에게 수치가 될 거요. 하지만 우리를 돕는다면 방패막이가 되어주겠소. 어떻소? 만일을 위해 대비책 세우는 정도야 손해날 것 없지 않겠소?

수염 난 이의 말에 나도 모르게 연신 고개를 끄덕였단다. 그렇고말고. 금이야 평생 써도 남아돌 판인데, 대비책 정도 세운다고 누가 뭐랄 것이니? 하지만 주인어른은 일언지하에 거절을 했단다."

세주는 상식적인 사람이 아니었다. 그는 자신에게 유리한 대로 움직이는 게 아니라 자신이 원하는 대로 움직였다. 독립군이 내건 대가들 중 어느 것도 세주의 마음을 움직이지 못했다. 세주는 저자에서 돌을 맞거나 자손들에게 수치가 되는 것을 두려워하는 사람이 아니었다. 그는 산더미 같은 금을 두고 당장 죽는 것에도 별다른 감흥이 없었다. 그에게 독립군이란 변소에서 밥을 먹으려 드는 지저분하고 몰염치한 종자들에 불과했으며 그들의 요구를 받아들이는 걸 오히려 굴욕이라 생각했다. 그에게 국가니 민족이니 하는 것들은 사람이 둘 이상 모인 집단에 불과했으며 자신이 원하는 것을 얻기 위해 그들에게서 적당히 힘을 빌려 쓰고 있을 뿐이었다. 세주는 일본 제국의 안위나 혹은 그 끝에 대해 한 번이라도 생각해본 적이 없었다. 그는 일본 놈이나 우리나라 놈이나 이놈이나 저놈이나 다 마찬가지라고 생각하는, 일종의 평등주의자였다.

　세주는 그 자리에서 죽을 수도 있었다. 하지만 금잔이 본 인상대로 세주를 찾아왔던 독립군은 신중한 사람이었다. 그는 세주나 금잔에게 칼부림을 하는 대신 길양식만 받고 순순히 물러났다. 금잔은 뒤따라나가 그들이 말에 오르는 모습을 지켜보았다. 수염 난 이는 슬쩍 미소를 지으며 금잔에게 인사한 뒤 싸늘한 초봄의 밤하늘을 올려다보았다. 금잔은 그가 보고 있는 것이 하늘 저편의 무엇인지 궁금했다. 그가 짤막하지만 단호한 목소리로 기합을 넣자 말이 앞으로 달려 나갔다. 두 명의 젊은이도 그 뒤를 따랐다. 말발굽 소리와 흙먼지가 달빛에 젖은 밤을 조용히 흔들었다. 금잔은 그들의 모습이 보이지 않을 때까지 그대로 서 있었다. 그들이 머물다 간 자리에서 먼 곳의 황토빛 바람이 느껴져서였다. 수염난 이는 적어도 쓸모없는 피를 흘리게 하지 않았고 그것만으로도 더 나은 대접을 받을 만한 사람이었다. 하지만 세주는 끝내 그에게 작은 금 부스러기 하나도 쥐여주지 않았다. 수염 난 이는 평생을 흙먼지와 모래바람 속에 살다 갈 운이었다. 그의 손에서는 무거운 쇠와 금속이 떠나지를 않았으며 어깨에는 수많은 이들의 목숨이 얹혀 있었다. 비참하고 열악한 상황, 굶주림과 고난, 궁지에 몰린 도망자의 신세가 그에게 주어졌지만 그 속에서도 그는 마음속의 불씨를 꺼뜨리지 않았다. 많은 이들이 세주의 말대로 자긍심과 명분을 잃은 시대였다. 하지만 그는 자신의 말안장에서 토벌대에 의해 최후의 숨을 거두기까지 간직한 순정한 영혼 그대로 이 세상을 떠났다.

"혼인 준비를 위해 환영이가 서울로 돌아갔어. 그래서 주인어른과 함께 기차역으로 배웅을 나갔단다. 차창 밖으로 고개를 내밀고 손을 흔드는 환영이의 얼굴이 어찌나 어여뻐 보이던지, 역이 다 환해지는 것 같았지 뭐냐. 주인어른도 제법 어엿하고 점잖게 그 여자를 배웅했어. 역을 나와서 주인어른은 인력거 하나를 잡아탔어. 그러고는 인근에 있는 호수 이름을 댔단다. 그곳은 풍치가 아름다워 예부터 양반님네들이나 높으신 나리들이 배 띄워놓고 놀던 곳이었지. 뱃놀이라도 할 생각이냐고 묻자 주인어른은 그저 가보면 알 것이라고 했어.

―자, 봐라. 성금잔.

호수에 도착하자 주인어른이 푸른 호수와 그 주위에 펼쳐진 숲을 가리켰어. 이제 막 새순이 돋아난 나무들에서는 꽃이 피어오르고 있었고 새들이 지저귀는 소리가 요란했어. 보기에는 무척 좋은 풍경이었다만, 나는 저 양반이 대체 왜 저러는가 싶었어. 그래서 네, 보고 있네요. 그런데 무슨 변덕으로 봄나들이를 나오신 겁니까, 라고 묻자 주인어른은 혀를 찼어.

―앞으로 우리가 살 곳을 보여주고 있는 게 아니냐?

주인어른은 호수를 껴안듯이 기다란 두 팔을 벌렸단다.

―나는 여기에다 집을 지을 거다. 천황이 살아도 될 만한 집을. 네 방도 활개를 치고 사방으로 돌아다니면서 자도 될 만큼 널찍하

게 만들어주마.

 주인어른의 표정은 꿈이라도 꾸고 있는 듯했어. 주인어른이 그런 걸 생각하고 있는 줄은 몰랐기 때문에 조금 놀랐지 뭐냐. 환영이랑 연을 맺고 싶어 하는 거나, 대궐 같은 집을 짓겠다고 하는 거나 모두 주인어른과는 별로 상관이 없는 일 같았단 말이지."

 거대한 저택은 세주의 백일몽 속에서 가장 자주 되풀이되어 나타나는 징표요, 이상향이었다. 평생을 떠돌았으며 늘 어딘가로 가고 싶어 했던 그도 부표처럼 일렁이는 삶에서 멀미를 느끼고, 환영이와 같은 여인에게서 구원을 받고 싶어 하고, 그림 같은 대저택에서 안락을 누려보고 싶다는 소망을 품고 있었던 것이다.

 "공사가 시작되었어. 주인어른은 제일간다는 일본인 건축사를 불러들였단다. 왕족 나리 누구의 집을 지은 이라던데, 주인어른은 그 왕족의 집이랑 똑같이 지어달라고 했어. 아니지. 그보다 훨씬 더 크게 지으라고 했지. 돈은 얼마가 들어도 좋아. 주인어른이 그렇게 큰소리를 땡땡 치면 건축사의 주문 목록이 한 열 곱절은 늘어나는 것이었어. 주인어른은 광산의 경비를 위해 사병을 고용했고—아닌 척했지만 독립군에게 죽을 뻔한 것이 아무래도 걸렸던 모양이지 뭐냐—집을 짓거나 금을 관리해야 하는 일들에는 관청의 도움과 허가가 필요했기 때문에 더 많은 일본인 관리가 들락거리게 되었어. 주인어른이 저택을 짓는 일로 정신이 하나도 없을 무렵 일전에 다녀갔던 일본인 신사가 다시 찾아왔단다. 이번에는 혼자가 아니라 일본군 장교를 달고 왔어. 나는 계급장을 볼 줄 모르니 어느 정도 높은 사람인지는 몰랐지만 주인어른 표정을 보아하니 보통은 아니겠구나 싶었단다. 그네들은 아주 꼼꼼하게 광산 구석구석을 살펴보았어. 이전에 더러운 똥 피하듯 달아난 것과는 사뭇 다른 태도였지. 그리고 나서는 주인어른의 천막에서 오랫동안 이야기를 나눴어. 나는 주인어른이 부르지 않았지만 무슨 이야기가 오가는지 궁금해서 근처를 얼쩡거리고 있었거든. 하지만 세 사람 모두 어찌나 작은 목소리로 이야기를 하는지 내 귀에는 한마디도 들리지를 않았단다. 그네들이 천막에서 나오다가 나랑 딱 마주쳤어. 관리처럼 보이는 일본인은 흰 수건을 입가에 누른 채 불쾌한 표정으로 나를 쏘아보는데, 장교는 흥미로운 눈초리로 내 몸 구석구석을 살폈어. 장교가 날더러 귀엽다고 하자 관리는 못마땅했는지 심하게 인상을 찌푸렸어. 뒤따라 나온 주인어른이 그 꼴을 보더니 나를 찢어 죽일 듯 노려보지 뭐냐. 나는 잘못한 것도 없는데 공연히 몸이 오그라들고 손발이 저렸단다.

─이 애는 하녀가 아니라 내가 돌보고 있는 친척 아이오. 내달에 혼인을 치르게 되어 있소.

주인어른이 내 어깨에 손을 얹더니 딱 잘라 말했어. 장교는 아쉽다는 표정으로 나를 흘긋 쳐다보더니 어깨를 으쓱했어. 관리는 뭐가 됐든 빨리 이곳을 벗어나고 싶었는지 어서 가자고 장교를 재촉하더구나. 두 사람이 탄 군용차가 광산을 떠나자마자 주인어른이 내 머리통을 후려쳤단다.

─귀 밝은 척은 혼자 다 하고 돌아다니더니, 너는 소문도 못 들

은 게냐, 이 멍청한 것아.

나는 뒤통수가 너무 아파 눈물이 다 찔끔 나왔단다. 대체 무슨 소믄 말입니까, 라고 묻자 주인어른은 고약한 표정으로 침을 탁 뱉었지.

—여자들이 전쟁터로 끌려가고 있다. 여자 구경한 지 오래된 시커먼 놈들한테 둘러싸여 대체 무슨 짓을 당할지 상상이나 한번 해보려무나. 누런 군복만 비치면 잽싸게 숨는 것이 상책이란 말이다.

나는 그이들이 대체 왜 찾아온 거냐고 물었어. 설마하니 광산을 통째로 달라기라도 합디까, 라고 하니 주인어른이 네 머리도 돌아갈 때가 있기는 하는구나, 하는 거였어.

—저놈들이 가져온 산더미 같은 서류에는 여러 가지로 셈이 되어 있다. 이것저것을 더하고 빼고 어찌고저쩌고 하니 나는 저치들에게 금 몇 덩어리만 받고 이 광산을 넘겨줘야 한다는군. 저 일본 놈은 발도 넓고 아는 치도 많아. 함께 나눠 먹자고 덤벼드는 놈들이 모두 힘을 보태니 나 같은 놈이야 상대도 안 된다고 여기는 것이겠지.

그래서 나는 참으로 뻔뻔한 것들이네요, 했어. 그러자 주인어른이 내뱉듯이 말했어.

—무어, 그럴 것도 없지 않느냐. 나 같아도 저놈들 입장이었으면 그리 했을 테니.

그럼 순순히 이 광산을 내줄 생각입니까, 놀라서 물으니까 주인어른은 말없이 담배만 태웠어. 나는 대체 저 양반이 무슨 수가 있어 저리 태평한가 싶었단다. 계약 기간이 끝나가자 주인어른은 인부들에게 넉넉한 양식과 삯을 내주기 시작했어. 뺨 치고 어르는데 주인어른을 따라갈 사람이 없었단다. 광산을 나가고 싶다 한들 주인어른이 선뜻 그러라고 하는 것도 아니었고, 그만한 일자리를 구하기가 무척 어려운 시절인 데다 광산에서 일하고 있는 동안은 매서운 징용을 피할 수 있었으니 계속 광산에서 일할 수밖에 없었느니라. 그곳에서 일하던 사람들 모두가 형편이 고만고만해서 말이다. 나는 인부들이 약속대로 증서를 받을 수 있는가 불안해하더라는 이야기를 해보았어. 주인어른은 내 말에 콧방귀만 뀌었을 뿐 다음 일에 대해서는 아무 말도 해주지 않더구나.

주인어른이 공사장엘 여러 번 데려가주어 나는 그 궁궐 같은 집이 지어지는 과정을 세세히 볼 수 있었단다. 아기씨가 그 집을 직접 보지 못한 것은 정말 유감이야. 유감이고말고. 집 위에다가 또 집을 짓기에 나는 어떻게 된 영문인지를 몰랐어. 지금이야 그게 이 층을 올리는 거라는 걸 알지만, 그때야 내가 무슨 수로 알았겠니. 벽돌로 모양을 만들고 그 위에 회반죽 같은 걸 꼼꼼히 발랐는데, 마르고 나니 건물이 온통 하얗게 빛났어. 호수 일대 대지를 모두 주인어른이 사들여서 땅을 고른 뒤 나무들을 이리 옮기고 저리 옮기고 새로 사다 심고 했단다. 주인어른은 마음이 온통 새집에 가 있는 듯했어. 광산 돌아가는 일은 다른 사람들에게 맡긴 채 매일같이 공사장에 가서 건물이 올라가는 것을 지켜보았지."

대저택이 완공된 것은 여름이 끝나갈 무렵이었다. 수련은 그 집을 직접 본 적은 없지만 사진을 통해 내부 구조까지 알고 있었다. 대저택은 유럽 어느 나라의 왕궁을 본떠 지은 작은 궁전이었다. 돔 형식의 지붕이 인상적인 이 층의 흰색 건물은 중앙 부분이 발코니로 돌출되었고, 두 개의 커다란 기둥이 상층부를 떠받치고 있었다. 일 층과 이 층 벽면 전체에 빙 둘러 나 있는 커다란 창들에는 저택 앞의 호수와 숲의 그림자가 어른거렸다. 실내의 바닥에는 모두 단풍나무를 깔고 방마다 페치카를 만들어 겨울 추위에 대비 했다. 정문부터 현관까지 이르는 먼 길은 모두 대리석으로 닦여 저택 주인의 재력을 과시하고 있었다. 뜻밖에도 세주가 원한 집은 화려하기보다는 고상한 품격을 지니고 있었다. 그가 마침내 저택의 안주인을 맞아들인 것은 초가을의 화창한 날이었다.

세주와 환영의 결혼식은 저택의 정원에서 치러졌다. 인근과 중앙의 높은 인사들, 유지들이 모두 초대되었고, 환영의 친인척도 상당한 터라 호수 일대가 온통 잔치 분위기에 휩싸였다. 금잔이 진두지휘하여 마련한 잔치 음식들이 마을의 모든 이들과 멀리에서 찾아온 객들에게까지 아낌없이 나누어졌다. 사람들이 사흘 동안 먹고 마신 술과 떡과 고기가 저택 앞의 호수를 메우고도 남았다. 환수와 함께 아버지의 결혼식에 참석하기 위해 온 수철은 몇 달 동안 몰라볼 정도로 부쩍 자라 있었다. 환수와 지내는 동안 그를 비굴한 아이로 보이게끔 했던 불안정함이 많이 사라져 있었고 제법 양가댁 도련님 같은 의젓한 분위기가 풍겨 금잔을 기쁘게 했다. 하지만 세주는 다른 사람의 시선조차 아무 상관없는 듯 내내 자신의 아들을 완벽하게 무시했다. 그리하여 수철은 아버지의 곁에 도착한 지 겨우 두어 시간 만에 완전히 자신감을 잃고, 다시 몸을 움츠리며 눈치를 살피는 가련한 존재로 되돌아갔다.

"나는 신식 결혼식을 그때 처음 보았는데, 환영이가 너무 긴장을 했는지 유난히 얼굴이 파리하였단다. 흰 저고리에 폭이 넓은 흰 치마를 두르고 면사포를 쓴 환영이는 무척 아름답기는 했지만 누가 봐도 신부의 건강에 문제가 있다는 것을 알 수 있었지. 사람들은 주인어른이 왜 병약한 신부를 맞이하는지 모르겠다고 수군거렸어. 신방을 차리자마자 홀아비가 되게 생기지 않았느냐고들 했다. 예로부터 남 말하기 좋아하는 사람들은 어디든 차고 넘치는지라 결국에는 오라버니의 귀에까지 들어갔단다. 오라버니는 결혼식 내내 울울하고 서글픈 표정이었어. 식이 끝나고 잔치가 벌어지자 신랑과 신부가 사람들 사이를 돌아다니며 인사를 했어. 주인어른이 환영이를 배려해서 조금 쉬게 해주었으면 좋았으련만, 너무 자기 좋을 대로 끌고 다니더니 끝내 환영이가 쓰러지고 말았지 뭐냐. 잔치 분위기가 삽시간에 가라앉았고 오라버니는 얼굴이 파랗게 질렸느니라. 오라버니가 동생을 돌보겠다고 나서자 주인어른이 딱 잘라 거절을 했단다. 내 식구 일에 간섭하지 마라는 주인어른의 말에 오라버니는 표정이 굳은 채로 다시 자리에 앉을 수밖에 없었어. 주인어른은 하인을 시켜 환영이를 저택 안으로 들여보냈고 자기는 잔치에 남아 계속 부어라 마셔라 했다. 나는 잔치를 책임지고 있으니 환영이가 걱정되어도 들여다볼 형편이 아니었어.

오라버니는 수철이를 불러 환영이에게 가보라고 이른 뒤 거푸 술잔만 들이켰다. 나는 좋은 날에 무슨 사단이라도 나는 게 아닌가 걱정이 되어 잠시라도 마음을 놓을 수가 없었어."

결혼식 날에 대한 금잔의 이야기는 이것으로 끝이었다. 하지만 경사스럽고도 불안하여 소란스러운 그날 밤, 수련은 네 사람에게 각자 가슴 깊이 숨겨둔 이야기가 하나씩 있다는 것을 알았다.

수련이 반복해서 보고 또 본 결혼식 날 사진 속의 세주와 환영은 잘 어울리는 한 쌍처럼 보였다. 환영의 얼굴은 흰 면사포로 가렸음에도 아름다움이 충분히 느껴졌다. 그녀는 흰 저고리에 고상하지만 소박해 뵈는 진주 브로치를 달고 있으며 손에 든 꽃다발도 청초했다. 세주는 검은색 모닝코트에 흰 장갑을 끼고, 진회색의 줄무늬 바지를 입고 있었다. 그런데도 세주는 금잔의 말처럼 신사로 보이지는 않았다. 짙게 그늘이 질 정도로 움푹 팬 눈과 거친 콧대가 주는 강렬한 느낌 때문이다. 신랑 신부의 뒤로는 하얀색으로 빛나는 대저택이 위압적으로 서 있었다. 적어도 사진 속에서는 불길한 기운이나 그날의 복잡한 감정들이 전혀 보이지 않았다. 그리하여 수련은 지나간 한때의 정경을 담은 그 기이한 그림 조각을 만지작거리며 전부인 것 같으면서도 기실 아무것도 아닌 삶의 외형에 대해 생각해보는 것이다.

그날, 환수는 마음속에 일렁이는 감정의 소용돌이가 곤혹스럽고 낯설어 어찌할 바를 몰랐다. 몇 달 만에 다시 본 세주는 기억 속의 모습보다 훨씬 더 이해하기 어려운 복잡함과 난폭함으로 가득

했으며 그 옆의 환영은 금방이라도 꺼질 듯 위태로워 보였다. 끝까지 이 혼인을 막지 못한 자신의 무능함과 절망으로만 치닫는 불길한 예감 때문에 환수는 난생처음으로 이성을 잃고 있었다. 그는 자신의 온화함을 만든 것은 정신적인 강함이 아니라 상황의 안정감에 불과했다는 것을 깊이 통감했으며 그런 스스로에 대한 실망과 불신으로 거듭 쓴 술잔을 비울 수밖에 없었다. 사방에서 왁자하게 떠들어대는 소리와 흥을 돋우는 노랫소리가 들려오는 가운데 그는 어지러이 취하고 흔들리며 슬픔에 잠겼다. 해가 지고 밤이 깊어지자 저택의 주인이 마침내 술자리를 떨치고 일어나 신방으로 향했다. 신방의 불이 꺼졌을 때쯤 환수는 인사불성이 된 것처럼 보였으나 정신은 온전한 채였다. 겨우 짬이 난 금잔이 불행해 보이는 그의 곁에 앉아 부드러운 말로 위로라도 해주었을지 모를 일이다. 사실 세주에 대해 금잔만큼 잘 아는 이가 누가 있을 것이며 그에게도 인간적인 면이 있음을 강조하기에 그녀만큼 적당한 사람이 누가 있겠는가. 환수는 자신의 여동생이 이제 곧 치르게 될 미지의 무엇이 무엇인지를 알고 싶었다. 남매는 이제껏 모든 것을 함께 나눠왔던 것이다.

 금잔은 환수의 손을 잡고 등이 밝혀진 떠들썩한 정원을 가로질러 저택의 자기 방으로 데리고 갔다. 두 사람의 뒷모습은 쓸쓸해 보이기도 하고 다정해 보이기도 했다. 방 안은 불이 꺼진 채지만 크게 뚫린 창으로 정원의 불빛이 비치고 있었다. 환수는 벌써 후회의 심정으로 금잔의 얼굴을 내려다보았다. 금잔의 표정에는 조금의 망설임이나 불안함도 없었다. 금잔이 새처럼 가볍게 환수의 목에 팔을 두르고 몸을 기대어오자 환수는 그녀의 허리를 안아 올렸다. 환수는 금잔이 자신의 속내를 알면서도 기꺼이 팔을 둘러주었음을 깨달았다. 금잔이 그에게 입 맞추자 그는 그녀의 따듯한 품으로 파고들었다. 정원에서는 기생의 청아한 노랫소리가 들려오고 있었다. 이것은 금잔의 기억, 한때의 과거, 수련이 조금만 더 스스로의 능력을 자제할 줄 알았더라면 결코 보지 않았을 그녀의 비밀이었다.

  이 층에 마련된 아름다운 신방에서는 환영이가 또 다른 절망감에 휩싸인 채 누워 있었다. 새신랑은 잠깐 들어와 신부의 몸 상태를 살펴본 후 다정한 위로의 말 한마디 없이 방을 나가버렸다. 그는 잔치에서 자신과 눈이 마주쳤던 다른 여자의 품으로 가고 있는 중이었다. 세주는 환영을 안고 싶은 욕망이 전혀 없음을 스스로도 기이하게 생각했다. 그는 그녀를 아내로 맞이하고 싶었지만 품에 안고 싶지는 않았다는 것을 이제 막 깨닫고 있었다. 세주는 으레 그래야 한다는 생각으로 환영을 안는 것이 그녀에게 지극히 온당치 못한 일이라 여겼다. 그는 자신 안의 이상한 감정에 당황하여 낯선 여인을 안고서도 초조함을 가라앉히지 못했다. 긴긴밤, 환영은 이 모든 일을 겪고도 자신의 옆에는 여전히 아무도 없다는 것에서 슬픔을 느끼고 있었다. 그녀는 자신의 손을 들여다보았다. 어렵고 무서운 남편은 냉정하게 돌아서기 전 자신의 오른손을 뜨겁게 쥐어주었고 말로 전할 수 없는 수백 개의 감정을 손바닥 안에 남겨놓았던 것이다. 이것은 세주가 드물게도 과거의 기억에 사로잡혀 있는 순간 수련이 읽어낸 그의 비밀이었다. 세주는 진솔한 감정에 흔들린 그 순간을 절대로 인정하고 싶어 하지 않았다.

대저택

저택은 언제나 안개에 휩싸여 있었다. 깊은 밤 검고 어두운 호수에 자욱이 깔리다, 뿌옇게 빛나는 백색 저택으로 흰개미 떼처럼 몰려드는 물안개. 밤은, 저택을 가득 채운 사치스러운 세간들을 어둠 속에 감춰버리고 네 사람을 감도는 불안한 기운만을 남겨놓았다. 동이 트기 직전에야 돌아온 세주가 절룩거리며 서성이는 불규칙한 소리가 고요한 저택 안을 두드리고, 희미한 불빛에 흔들리는 그의 그림자가 흰 벽을 잘라낼 듯 음습하게 뒤덮을 때면, 각자의 방에서 얕은 잠에 뒤척이던 세 사람은 그마저도 온전히 누리지를 못하고 깨어나는 것이다.

"혼인 후에 주인어른은 무척 침울해졌어. 광산에서 그렇게 금이 쏟아져 나오고, 그림처럼 예쁜 신부가 집을 지키고 있는데도 노상

사흘 굶긴 시어미 상이었느니라. 좀체 집에 붙어 있지를 않았는데, 어디 나가서 뭘 하고 쏘다니는지 매일 새벽녘이나 돼야 집으로 돌아왔단다. 그러고는 잠도 안 자고 꼭 정신 나간 사람처럼 집 안을 서성거렸지. 안된 건 환영이었어. 마음이 허해서 그런가, 환영이는 오라버니가 서울로 돌아가려고 할 때마다 몸저누웠어. 때문에 오라버니는 그 집을 지긋지긋해하면서도 좀체 떠나지를 못했단다."

한숨이 섞인 금잔의 말에서는 짙은 안개와 함께 흩어지는 모래 가루가 보이는 듯했다. 모든 것을 자신의 손안에 쥐게 된 완벽한 충족감 앞에서, 오히려 세주는 불행했다. 자신의 아름다운 저택을 멀리에서 바라볼 때는 꿈이었으되, 막상 벽 안에 갇혀 그곳 역시 다른 곳과 다르지 않음을 깨달아야 하는 건 현실이었다. 세주가 여전히 여인들과 음탕한 소문에 휩싸이면서 깊고 깊은 저택 안에까지 정염의 수치와 모욕이 흘러들었다. 저택의 대리석에 앉은뱅이처럼 굳어진 환영에게도 소문은 실뱀처럼 얽혀 들어 귓속에 독을 끓여 부었다. 하녀들의 비웃음과 하인들의 걸쭉한 농지거리 속에는 환영의 싸늘하고 외로운 침상과 함께, 가림 없이 온갖 여자들에게 손을 대면서 오직 자신의 부인만을 병균처럼 피하는 세주의 기행이 출몰했다. 환영의 슬픔과 외로움이 깊어지고 절망이 거듭될수록 곁을 지키는 환수의 시름 역시 깊어질 수밖에 없었다. 환영의 두려움과 악몽의 근원은 바로 외로움이었으며 그로 인해 자신의 오라비를 붙잡아 기생충처럼 파먹게 되는 일이었다. 환영은 가장 두려워하던 것을 피해 최악의 선택을 감수했지만, 결국엔 그 두려움에 정면으로 마주치게 되었다.

　세주는 존재만으로 저택의 공기를 증발시켰다. 그의 절룩거리는 발자국 소리는 지반을 뒤흔드는 폭음爆音이었고 그의 탁한 목소리는 다른 사람들의 명랑한 목소리를 앗아갔다. 새벽 일찍 몸단장을 마친 세주가 주목 지팡이를 휘두르며 저택에서 나간 후에나 작은 웃음소리가 집 구석구석에서 흘러나오곤 했다. 세주는 안주인인 환영을 아무짝에도 쓸모없는 짐짝처럼 대했으며 자신의 그런 마음을 굳이 숨기려고 하지 않았다. 그들의 동거 생활 중 가장 불행했던 것은 환영이 아니라 환수였다. 그는 병약하고 아름다운 여동생으로 인해 그녀와 함께 구금된 듯 살아갔다. 그는 그녀의 곁을 떠나고 싶었지만 그러지 못했다. 환영이 앙상하고 뜨거운 손으로 그의 손을 쥔 채 습윤한 눈으로 쳐다볼 때면, 환수는 자신의 여동생이 비현실적인 몽롱한 환영幻影처럼 느껴졌다. 부러 때를 맞추는 듯한 환영의 급환을 꾀병이라고 할 수는 없었다. 그녀는 그런 요령을 몰랐지만 오랜 투병 생활은 그녀에게 원하는 것을 얻게 하는 그녀만의 독특한 방식을 체득하게 만들었다. 환영은 어렸을 때부터 많은 염려 속에서 마음껏 응석을 부리며 자랐다. 주변인들의 환영에 대한 사랑은 그녀의 건강이 악화될 때마다 더욱 강화되었다. 환영의 병세는 그녀의 정신이 약해질수록 기승을 부렸으며 애정과 관심에 목마를 때마다 세를 불려나갔다. 환영에게 쏟아진 사람들의 애정은 자연스러운 것이기도 했지만 그녀 자신의 능력으로 얻어낸 것이기도 했다. 신랑의 외면과 병약한 몸으로 궁궐 같은 저택에서 마음 둘 곳 몰라 쩔쩔매는 환영에게 그녀의 오라비는 어쩔 수 없는 그림자가 되어갔다. 아침에 눈을 떠서 밤에 눈을 감는 순간까지, 두 사람은 아무의 눈치도 보지 않고 그 어떤 구속도 없이 완전히 하나가 되어 서로를 바라보았다. 그들은 남은 평생 백색 감옥에 갇히도록 천형을 받은 수인囚人이자 세계에 마지막으로 남은 여자와 남자 같았다. 두 사람이 입을 다문 채 고요와 적막 속에 앉아 창밖으로 시선을 돌려 호수의 물결을 따라 일렁이는 숲의 검은 그림자를 지켜보는 모습은 금잔에게나 다른 고용인들의 눈에 아름다운 저택의 고상한 장식물처럼 느껴졌다. 환영이 앓아누워 상아 같은 흰 이마에 구슬땀을 흘리고 열에 들뜰 때면, 환수는 그녀의 온몸을 주무르고 쓰다듬으며 다정한 위로를 속삭여주었다. 환수는 여동생의 외로움을 이용해 그녀를 사랑했으며 환영은 오라비의 애정을 이용해 자신의 외로움에서 도망쳤다.

"환영이가 임신을 한지는 아무도 몰랐다. 몸이 여윈 데다 배도 작아서 환영이가 아무 말 하지 않으니 알 도리가 없었지. 내가 눈치를 챈 건 근 여섯 달이 되어서였어. 그나마도 내 어머니가 새끼들을 낳고, 낳고 또 낳고 하는 것을 젖 떼자마자 계속 보다 보니 임부의 품신이 눈에 익어서였단다. 오라버니에게 슬쩍 물어보아도 모르고 있는 게 분명했어. 오죽 마음이 편치 않으면 저리 숨기나 싶어 그 길로 광산에 달려갔다. 주인어른은 그 대궐 같은 집을 놔두고 너덜너덜한 천막에 웅크리고 있더구나. 천막 안으로 들어서자마자 대뜸 주인어른, 왜 여기서 궁상인 겁니까, 하고 따져 물었지. 주인어른은 그저 어깨를 으쓱했어. 나는 수철이가 동생을 보게 되었다고 했어. 꼼짝도 않고 뚱하니 있던 주인어른이 침상에서 천천히 몸을 일으켰어. 주인어른은 정말이냐고 되물었는데 도통 믿어지지 않는다는 말투여서 열이 났지 뭐냐. 주인어른은 눈살을 찌푸린 채 내내 말이 없이 무언가를 골똘하게 생각했어. 어찌나 인상을 쓰고 앉았는지 얼굴이 주글주글한 게, 다림질하기 전의 홑이불 같았지. 주인어른이 갑자기 벌떡 일어났어.

―자아, 성금잔. 집으로 가자. 가서 그 여자에게 축하한다고 전해줘야지.

내가 말을 한 적이 있나 모르겠는데, 주인어른은 꼭 한 정신 나간 사람처럼 보일 때가 가끔 있거든. 그때가 바로 그랬지. 하여간에 그날 저녁 주인어른은 혼인 후 처음으로 저녁상 앞에 앉았단다. 환영이와 오라버니는 한겨울 냇가 조약돌처럼 땡땡 굳어서는 밥숟가락도 뜨는 둥 마는 둥 그랬는데 그 양반 혼자 신이 나서 연거푸 술잔을 입 안에 털어넣었어. 식사가 끝나갈 무렵 주인어른이 환영이를 부드럽게 불렀어. 근데, 너도 알다시피, 주인어른에게 그런 것이 어울리기나 하든? 환영이가 흠칫 놀라면서 주인어른을 뚫어지게 바라보았어."

금잔은 말을 멈추고 미간에 잔뜩 주름을 잡으며 잠시 생각에 잠겼다. 그녀의 표정은 도저히 풀어낼 수 없는 복잡한 문제 앞에서 고개를 갸웃거리며 난감해하는 어린 학생 같았다. '사실'이라고 금잔이 여전히 생각에 잠긴 목소리로 말을 이었다.

"난 그날 저녁의 일들을 소상히 기억하고 있단다. 그럴 수밖에 없는 것이, 그날 이후 정말 많은 것들이 달라졌거든. 하지만 어째서 그런지는 이해할 수가 없었어. 도무지 이해할 수가 없었지."

세주는 자신의 부인에게 아이를 가진 것이 정말이냐고 물었다. 환영이 들고 있던 은젓가락이 마룻바닥에 요란한 소리를 내며 떨어졌다. 식당에는 무거운 침묵이 흘렀다. 금잔은 새 젓가락을 꺼내 들고 환영의 자리에 놓아준 후 떨어진 젓가락을 집기 위해 허리를 굽혔다. 환영의 무릎 위에 환수의 손이 놓여 있는 것이 보였다. 그 손은 잔가지가 폭풍에 떨듯 안쓰럽게 떨리고 있었다. 환수의 손은 환영에게 무언가를 묻기라도 하는 것처럼 그녀의 무릎 위를 발작적으로 배회했다. 환영의 새하얀 손이 오라비의 손을 잠시 쥐었다가 놓았다. 금잔은 허리를 펴고 환수의 표정을 슬쩍 살폈다. 발작을 일으킬 것만 같던 손과는 달리 환수의 얼굴은 그저 차갑고 냉랭했다.

세주가 갑자기 웃음을 터뜨렸다. 그의 웃음소리가 점점 더 커져 갈수록 오누이의 침묵은 무거워져만 갔다. 금잔은 무언가 잘못되었다는 것을 막연히 알았지만 무엇이 잘못된 건지는 끝내 알 수 없었다. 세주가 상 위의 그릇들이 마룻바닥에 와장창 소리를 내며 떨어지는 것에도 아랑곳하지 않고 미친 듯이 팔을 휘적거리며 웃는 동안 두 사람은 돌처럼 굳은 채 그런 그를 지켜보았다. 세주가 여전히 껄껄 웃어대며 자리에서 일어났다. 그의 몸이 취기를 이기지 못해 비틀거렸다. 세주가 몸을 시계추처럼 흔들면서 술잔을 높이 들었다. 그러고는 내 아이가 곧 태어난다! 내 아이가, 하고 소리를 질렀다. 환영이 자리에서 일어났지만 세주가 그녀의 어깨를 억지로 잡아 눌렀다. 놀란 환영이 작게 비명을 지르자 환수의 얼굴이 더욱 창백해졌다. 그 애를 내버려두시오, 하고 환수가 말했다. 세주가 고개를 돌려 그의 얼굴을 노려보았다. 그러고는 곧 몸을 흔들며 킥킥댔다. 세상에, 이럴 수가. 이럴 수가. 세주가 계속해서 그렇게 중얼거리자 환영이 질끈 눈을 감고 입술을 꼭 깨물었다. 환수가 금잔에게 환영을 방으로 데려다 달라고 부탁했다. 금잔이 환영을 일으켜 부축하는 동안에도 세주는 계속해서 키들거리며 이럴 수가. 하고 중얼거렸다.

"환영이를 부축해주느라 몸을 바짝 대고 보니 제법 배가 나온 게 확연히 보이더구나. 그렇게 되도록 아무도 눈치를 채지 못했다는 게 이상할 정도였지. 환영이는 몸이 아픈 게 아니라 충격을 받은 것처럼 보였어. 비틀거리며 멍하니 몇 발자국을 걷다가 갑자기 발걸음을 멈췄어. 그러고는 커다란 눈으로 날 물끄러미 바라보았어. 그이에게 말한 게 금잔이야? 라고 환영이가 물었어. 나는 간신히 고개를 끄덕였는데, 내가 무언가 엄청난 잘못을 한 것처럼 느껴졌기 때문이었어. 환영이가 내 얼굴에 자신의 얼굴을 바짝 갖다 댔어. 그러고는 작은 목소리로 말했어. 주제넘은 짓 하지 마. 알아들어? 환영이의 목소리에는 힘이 하나도 없었지만 칼처럼 날이 서 있었어. 그러고는 내 팔을 잡은 채 그대로 기절을 했어. 그날부터 환영이가 몹시 앓았단다. 물론 그전부터 자주 아프고 몸도 성치 않기는 했지만 이번에는 뭔가가 달랐어. 사람 몸에서 진이 다 빠진 것처럼 느껴졌달까, 아무래도 심상치가 않았느니라. 나는 밤낮으로 환영이의 곁에 붙어 있었어. 몸이 불덩이처럼 뜨거워 계속해서 물수건을 갈아주고 팔다리를 주물러주었어. 그렇게 열이 나는데도 계속 춥다고 해서 벽난로에 하루 종일 불을 피워 올렸단다. 환영이의 살갗은 하얗다 못해 파래 보였어. 신음 소리 한 번 없었지만 그 여자가 죽어간다는 건 누가 보아도 알 수 있었어. 뱃속의 아이가 무탈한 게 오히려 이상할 정도였지. 오라버니는 매일 아침 환영이의 상태를 살펴보고는 말없이 방을 나갔어. 환영이의 곁에 있으려고도 하지 않고, 별다른 말도 없었지만 제정신이 아닌 건 분명했어. 주인어른은⋯⋯."

금잔이 말을 멈추고 한숨을 길게 쉬었다.

"주인어른은 내내 집에 있었어. 밖으로 나가 떠도는 것을 그만두기는 했지만 그렇다고 환영이에게 살갑게 구는 것도 아니었단다. 그냥 자기 방에 틀어박혀서 매일 부어라 마셔라 술만 퍼마시고 있었느니라. 오라버니는 오라버니대로 자기 방에서 숨소리조차 내지 않고 있었으니 그저 가만히만 있어도 숨이 턱턱 막혀올 지경이었어. 집안의 고용인들도 저도 모르게 큰 소리를 내면은 움찔하며 주위를 살피거나 누가 그러라고 하지 않았는데도 발꿈치를 들고 걸어다녔지. 바늘 하나 떨어지는 소리까지 들릴 정도로 조용해서 오히려 머릿속은 와글와글 시끄러웠어.

오라버니는 내게 서울로 돌아갈 것이라고 했어. 이곳에서의 체

류가 생각보다 너무 길어졌어요. 오라버니가 그렇게 말했지. 나는 환영이가 출산을 할 때까지만 있어달라고 통사정을 했어. 환영이가 오늘내일 하는데도 떠나겠다는 것이나, 오라버니의 얼굴이 도통 살아 있는 사람 같지가 않게 푸르죽죽한 것이나 뭔가 심상치 않았는데도 나는 무작정 그니를 붙잡았어. 오라버니는 내 간청에 괴로운 표정으로 고개를 저었지만 결국 떠나지를 못하고 그대로 머물렀단다. 그때 그니가 떠나도록 했어야 했는지도 모르겠구나. 그랬다면……."

 금잔은 말을 멈추고 다시 한 번 한숨을 내쉬었다. 금잔은 환영이 아닌 자신을 위해 그를 붙잡았다. 금잔은 환수가 떠날 때 함께 떠나고 싶어질까 봐 무서웠으며 결국 떠나지 못하고 다시 저택에 남겨질 것이 무서웠다.

 "어느 날 밤이었다. 주인어른의 방에서 시끄러운 고함이 들려왔어. 그러고는 누군가와 다툼을 하는 듯한 웅얼거림이 이어졌단다. 환영이가 내내 앓다가 겨우 잠이 든 터라 혹여 놀라 깨기라도 할까 봐 마음이 불안했지. 나는 주인어른 방 앞으로 살금살금 가 보았어. 살짝 열린 방문 사이로 불빛과 소리가 새어 나오고 있었어. 복도에는 온기가 전혀 없어 추위로 몸이 떨리다 보니 이가 떡떡 부딪칠 정도였지. 어이구! 말도 마라. 그놈의 집 크기도 컸지만 온돌이 없다 보니 춥기도 무지 추웠단다. 추위에 약한 환영이는 겨울이 닥치자 고양이 새끼마냥 벽난로 주변을 떠나지 못했어. 주인어른도 그런 집에서 살아본 적이 없으니 보기에만 번듯하게 덜컥 지었겠지, 설마 알고서야 그리 지었겠니? 어쨌든 주인어른은 오라버니와 말다툼 중이었어. 소리를 지른 건 주인어른이 아니라 오라버니였어. 오라버니가 얼굴을 일그러뜨린 채 그런 게 아니라고 되풀이해 소리를 질렀어. 당신은 완전히 오해하고 있어요. 그렇지가 않단 말이오, 하고 오라버니가 고집스레 말했어.

—당신이야말로 오해하고 있어. 이거만큼 재미나고 진기한 구경거리가 어디 있담. 당신과 당신 여동생이 함께 있는 모습만 보아도 너무 재미있어서 웃음이 다 나올 지경이란 말이오. 이제야 말이지만 나는 사실 그 여자는 나 같은 파렴치한이 손도 댈 수 없는 여자라고 믿었어. 그야말로 웃기는 거지. 아무렴! 이 세상에 그런 게 어디 있을라고. 옛날 내 애비라는 작자가 먹을 걸 달라고 조르던 굶주린 어린 아들을 두들겨 패며 한 말이 있지. 네 잘못이 뭔지 아니? 바로 없는 걸 찾으려고 한 거야! 그때는 애비라는 작자를 죽이고 싶었는데, 지금 생각해보면 두고두고 되새길 만한 훌륭한 가르침 아니던가. 이 세상에 있지도 않은 걸 찾다가는 결국 나처럼 더러운 꼴을 보게 되니까 말이야!

주인어른의 말이 끝나자 오라버니가 털썩 주저앉았어. 몸을 제대로 가누지 못하는 것을 보니 상당히 취해 있는 게 분명했어. 오라버니는 계속해서 아니야, 라고 중얼거렸고 주인어른은 진저리가 난다는 듯 발치에 침을 뱉었어. 그러고는 자기가 아는 욕설이란 욕설은 몽땅 퍼부어댔지. 오라버니가 머리를 바닥에 처박더니 구슬프게 울부짖었어. 그리 비참한 오라버니의 모습을 보고 있자니 가슴이 찢어지는 것 같더구나. 나는 차마 더 이상 지켜보지 못하고 환영이의 방으로 돌아왔어.

그 일이 있고 나서 며칠 뒤였어. 고용인들 중 가장 나이 어린 계집아이가 내 방에 들어와 나를 깨우는 게 아니겠니. 나는 두어 달이나 계속되고 있는 환영이의 병간호에 너무 지쳐서 완전히 곯아떨어졌었지 뭐냐. 아주머니, 하고 계집아이가 울먹이듯 나를 불렀어. 깜짝 놀라 잠에서 깨어나 보니 사방이 어두웠어. 계집아이가 들고 온 등잔불이 일렁대며 그 아이의 겁에 질린 얼굴을 비추고 있었지. 무슨 일이니, 내가 묻자 계집아이가 울음을 터뜨렸어. 쉬잇, 조용히, 달래주는데 밖에서 와글와글 시끄러운 소리가 들려왔단다. 군인들의 묵직한 군홧발 소리와 고함 소리, 실랑이 소리가 뒤섞여 조용한 집 안을 망치처럼 두드려대고 있었어. 무슨 일이니, 내가 다시 묻자 계집아이가 말했어. 군인들이 젊은 선생님을 끌고 가려고 해요. 당시 고용인들은 오라버니를 모두 젊은 선생님이라고 불렀단다. 나는 기겁을 하고 일어나 밖으로 뛰쳐나갔어.

누런 군복을 입은 일본군 몇이 오라버니를 포승줄로 묶고 있었어. 오라버니는 자다가 끌려나온 터라 잠옷을 입은 채였어. 그니의 얼굴이 얼마나 하얗게 질려 있었는지. 잠에서 깬 고용인들이 빙 둘러선 채 겁에 질려 그 모양을 구경하고 있었지만 감히 아무도 군인들을 막아서지 못했지. 나는 주인어른의 방으로 뛰어갔어. 내가 정신없이 문을 두드리자 주인어른이 들어오라고 했어. 그런데, 그 목소리가 참말 태연했지 뭐냐. 주인어른의 방에서는 술 냄새가 진동을 했어. 고용인들이 주인어른을 너무 무서워하는 통에 그 방 청소는 내 책임이었는데, 그간 환영이에게 붙어 있느라 제때 치우지를 못해 난장판이었느니라.

주인어른, 여기서 뭐하시는 겝니까. 오라버니가 군인들에게 끌려가고 있어요, 하자 주인어른이 흥, 하고 콧방귀를 뀌었어. 그러고는 끌고 갈 만하니 끌고 가겠지, 그러지 뭐냐.

—그게 대체 무슨 소리입니까.
—끌고 갈 만한 이유가 있으니 끌고 갈 것이란 말이다.
—대체 어디로요?
—그걸 내가 어찌 알아.

그때 가느다란 비명 소리가 들렸어. 뒤를 돌아보니 환영이가 부풀어 오른 배를 잡고 유령처럼 서 있었어. 지독한 양반! 이라고 환영이가 부르짖었어. 주인어른은 눈을 가늘게 뜬 채 그런 환영이를 훑어보았지. 그 눈초리가 얼음장보다 차가웠지 뭐냐. 환영이가 비틀거리며 걸어오더니 주인어른의 발밑에 몸을 내던지듯 꿇어앉았어. 환영이는 주인어른의 발에 자기 얼굴을 비벼댔어.

—용서하세요! 제발! 이렇게 빌게요!

그런데 주인어른이 카악, 하고 가래침을 환영이 얼굴에 뱉었단다. 환영이가 벌에라도 쏘인 듯 경기를 일으키며 몸을 떨었어. 정말 그럴 때면 아무리 나래도 주인어른에게 오만 정이 다 떨어져버렸지. 환영이가 바닥에 엎드린 채로 울음을 터뜨렸어. 그때 환영이의 사타구니에서 양수가 터져 흘러나왔어. 겨우 여덟 달밖에 안 되었는데. 아이가 나오려고 해요, 주인어른! 내가 소리를 지르자 주인어른은 갑자기 술이 달아난 얼굴이 되었어. 멍청하게 바라만 보고 있기에 내가 빨리! 하고 소리쳤어. 주인어른은 그제야 환영이를 안아 들고서 휘적휘적 내달렸지.

나는 일 층으로 달려가 계집아이에게 산파를 불러오라고 했어. 군인들에게 막 끌려 나가던 오라버니는 내 말을 듣더니 무슨 일이냐고 외쳤어. 양수가 터졌다는 내 말에 오라버니가 몸을 뒤채면서 힘겨운 저항을 했어. 군인들이 당황해서 잠깐 뒤로 물러서는 틈을 타 오라버니가 내게로 달려왔어. 환영이를 부탁해, 라고 오라버니가 말했어. 그리고 아이를……, 아이를 잘……. 오라버니는 감정이 북받치는 듯 보였어. 어디로 가세요?라고 물었지만 오라버니는 힘없이 고개를 가로저었어. 군인들이 곧 오라버니의 몸을 잡아끌었고 밖에서 대기하고 있던 군용 트럭 뒤에 거칠게 쑤셔 넣었단다. 나는 마지막으로 트럭에 올라타려는 군인을 붙잡고 어디로 데려가느냐고 다급하게 물었어. 그는 앳되어 보이는 청년이었는데 눈물 콧물로 범벅이 된 내 꼴을 보더니 잠시 머뭇거리더구나. 그는 운전석 쪽을 흘긋 쳐다본 후 경성으로 가는 기차를 탈 겁니다, 하고 재빠르게 속삭였어. 경성? 거기는 왜요? 라고 물었지만 그는 더 이상 대구해주지 않고 트럭에 올라타버리고 말았어. 나는 한동안 트럭을 따라 정원을 달렸지만 이 층 환영이의 방에서 날카로운 비명 소리가 터져 나왔어. 하는 수 없이 다시 저택 안으로 달려갔단다.

환영이의 방은 화로처럼 뜨거웠어. 주인어른이 세상에서 제일 큰 불덩이를 피워 올리기라도 할 것처럼 벽난로에 장작을 자꾸만 집어넣고 있었지 뭐냐. 환영이가 손을 휘저으며 소리를 질렀어. 주인어른은 부지깽이를 들고 서 있다가 흠칫 놀라며 그만 떨어뜨리더구나. 철커덩, 쇠막대기 부딪치는 요란한 소리가 환영이의 비명에 묻혔어. 주인어른은 몹시 놀라는 것 같았어. 환영이는 그림처럼 곱고 조용하기만 해서 어찌 보면 반 시체나 다름없었단다. 근데, 그 여자가 죽는 순간에야 살아 있는 것처럼 느껴졌으니 그럴 법도 하지 않겠니? 나는 얼른 달려가 그 여자의 손을 잡아주면서 외쳤어. 조금만 참아요! 저 여자가 죽는 건가? 라고 주인어른이 내게 물었어. 나는 이 물색없는 양반아! 쓸데없는 소리 말아요! 하고 소리를 질렀어. 환영이의 사타구니를 열어보았더니 아이가 곧 나오게 생겼지 뭐냐. 환영이의 몸이 산통 때문에 파도치듯 꿈틀거렸어. 날 죽게 해줘. 차라리 죽는 게 나아! 환영이가 소리 질렀어. 우리 어미도 애 낳을 때마다 차라리 죽는 게 낫다고 그리 소리를 질러대더니만 아이를 무려 열다섯 명이나 낳고 지금도 잘 살고 있어요, 라고 내가 말해도 환영이는 도무지 귀에 들리지 않는 것 같았어. 때마침 계집아이가 방으로 뛰어들었단다. 나는 산파가 어디 있느냐고 물었어. 그랬더니 그 멍청한 계집아이가 바들바들 떨면서 아주머니는 집에 안 계세요. 건너 마을 감나무 집 여자가 다섯째 아이를 낳는 데 가셨데요, 하는 게 아니겠어. 주인어른이 끄응 하고 신음을 했어. 그러더니 계집아이의 멱살을 잡고서 그 가엾은 것을 마구 흔들어대는 거야. 주인어른이 건너 마을이든 어디든 가서 산파를 데려오지 못하면 멱을 따버릴 거라고 고래고래 소리질렀어. 새파랗게 질린 계집아이가 오줌을 지릴 지경이 되었지. 나는 주인어른에게 그럴 시간이 있으면 썩 나가서 의사든 뭐든 아무나 데려오라고 했어. 주인어른은 계집아이를 내려놓더니만 비틀거리며 방을 나갔어. 하여간에 그 양반이 그때 제정신이 아니었단다.

환영이는 통증을 이기지 못하고 구역질을 하기 시작했어. 구토물이 앞자락에 쏟아지고, 장에 남아 있던 대변이 흘러 방 안에는 고약한 냄새가 진동을 했어. 나는 대변과 토사물을 치우고 환영이의 사타구니 밑으로 깨끗한 천을 새로 깔았어. 환영이가 정신이 없는 와중에도 진저리를 치며 말했어. 더러워. 나는 환영이의 땀을 닦아주며 산통이 지나치면 누구나 그리 되는 것이니 놀라지 말라고 타일렀어. 똥오줌이 별건가요, 다들 배 속에 담아서 났다가 배 속에 담은 채 죽소. 그래도 환영이는 머리를 쥐어뜯으며 더럽다고 계속해서 소리를 질러댔어. 그러더니만 갑자기 내 손을 힘껏 쥐는 게 아니겠니.

─미안해. 내가 심한 말을 했어. 내가 너한테 그러면 안 되는 건데.

나는 마음 쓸 것 없다고 했어. 주제넘은 짓 말라던 말이 마음에 걸렸던 게 분명했어."

금잔이 말을 멈추고 눈물을 닦았다. 금잔이 이야기를 하며 가끔씩 눈시울을 붉히곤 할 때마다, 그녀의 슬픔이 바닷가 모래에 스미는 파도처럼 수련의 가슴에 스며들었다. 그럴 때면 수련은 작은 손으로 금잔의 거친 손을 꼭 잡은 채 가만히 쓰다듬어주었다.

세주가 산파와 의사를 데리고 돌아온 건 한 시간 정도 뒤였다. 의사는 자다가 불려나온 듯 눈가에 눈곱이 붙어 있었다. 야속한 시간이 흐르고 있었다. 아이가 살아날 가능성이 점점 줄어드는 만큼 환영의 수명도 줄고 있었다. 이제 환영은 비명을 지를 힘조차 남아 있지 않아 이를 악물고 마지막 남은 힘을 쥐어짜고 있었다. 세주가 데려온 의사는 가망 없다는 듯 고개를 가로저었다. 세주는 의사에게 악담을 퍼부은 뒤 그를 방에서 내쫓았다. 그러고는 금잔을 밀쳐내고 환영의 곁에 앉아 손을 잡아주었다. 너무 늦은 것은 세주였다. 환영은 그토록 바라던 남편의 손길을 느낄 만한 힘도 남아 있지 않았던 것이다. 모두들 아이는 세상 구경도 해보지 못한 채 어미와 함께 죽을 것이라 여겼다. 하지만 환영은 산파의 고함에 맞추어 마지막 힘을 냈다. 그 힘은 죽음을 앞둔 어미의 생명과 호흡을 건 것이자 복중 아이의 삶을 향한 의지로 빚어낸 것이었다.

"정말 이상한 일이었어. ……이상한 일이었고말고. 갑자기 방 안이 환해지는 듯했다. 벽난로의 불길이 크게 타오르고, 전등도 더 밝게 빛났어. 환영이의 마지막 비명 소리와 함께 아이의 가냘픈 울음소리가 들려왔어. 산파가 양수에 푹 젖은 아이를 꺼내들고 웃음을 터뜨렸어. 그러고는 주인어른에게 태를 끊으라고 했지. 주인어른이 몸을 일으키느라 환영이의 손을 놓으려는 순간 환영이의 침상이 부웅 뜨는 듯 보였지 뭐냐. 나는 설마 하고 눈을 비빈 뒤에 다시 한 번 보았다. 내가 너무 피곤해서 헛것을 보나 했거든. 하지만 이번에야말로 침상이 허공으로 둥실 떠오르는 게 확실히 보였어.

침상뿐만이 아니었어. 방에 있던 의자들과 커다란 푸른색 화병과 도자기들과 갖가지 가재도구들과 오물로 더러워진 천들까지 몽땅 떠오르고 있었어. 산파는 나이 육십을 바라보는 뚱뚱한 여자였는데, 그 여자가 갓 태어난 작은 아기를 안아 든 채 천천히 허공으로 떠오를 때의 표정은 아마 평생 잊지 못할 것이다. 환영이의 손을 잡은 채 둥실거리던 주인어른도 처음에는 꿈이라도 꾸는 것처럼 어리둥절해하더니만, 바닥에서 족히 한 자는 떠오른 내 발을 보고서야 기겁을 하더구나. 그 와중에도 나는 아기가 건강은 한 건지, 환영이는 괜찮은 건지 걱정이 되어서 팔다리를 휘적거리며 그쪽으로 가보려고 애를 쓰던 게 지금도 선명하게 기억나. 산파가 정신이 번쩍 났는지 갑작스레 비명을 질러대고, 주인어른은 입 닥치라고 산파에게 고함을 질러대는 동안에도 아기는 탯줄에 매달린 채로 계속 가냘프게 울어댔어. 침상에 누워 조금도 움직이지 않는 환영이의 주위를 화병에서 흘러나온 새빨간 동백꽃이 핏방울처럼 떠다니고 있었단다. 그 꽃은 그날 아침 내가 정원에서 따다 꽂아둔 것이었다. 환하게 타오르던 불길이 서서히 잦아들었어. 전등의 불빛도 다시 희미해졌지. 그러면서 모든 것이 서서히 내려앉았단다. 지금 생각해보면 허공에 떠 있던 건 아주 잠깐이었지만, 그땐 몇 시간은 족히 흐른 듯했어."

아기가 울어댔지만 환영이는 죽어 있었다. 모두 나가라고 세주가 쇳소리를 질렀다. 금잔과 산파와 시중을 들던 계집아이와 갓 태어난 아기 모두가 세주에게 쫓겨났다. 금잔은 방을 나서기 전 세주가 환영이의 시신을 부둥켜안는 것을 마지막으로 보았다. 그녀는 아기를 깨끗이 씻긴 뒤 준비해둔 푹신한 침상에 누이고 젖어미로 고용된 여자를 불렀다. 아기가 완전히 잠이 들자 금잔은 저택을 나섰다. 어느새 눈발이 흩날리고 있었다. 온 천지가 잿빛이었다. 하나둘 날리던 눈송이가 점점 드세지더니 나중에는 어디가 어디인지 알아볼 수조차 없었다. 눈보라가 매서운 바람과 뒤섞여 쏟아지고 있으니 기차가 제시간에 도착하지 못할 거야, 라고 금잔은 생각했다. 그녀는 어떻게 해서든 환수를 다시 한 번 보고 싶었다. 역까지의 십 리 길을 달려가면서 그녀는 힘이 드는지도 몰랐다. 별도 달도 없는 밤이었지만 흰 눈에서 발하는 뿌연 빛이 그녀를 인도했다. 금잔은 태어나면서부터 지금껏 보아온, 평야에서 불쑥 솟아난 거친 산들의 친근한 모양을 보면서 두려움을 달랬다.

옳거니. 저 산에서 호랑이가 마지막으로 모습을 보인 게 십오 년 전이었어. 어머니가 예전에 젖몽오리 부풀던 소녀 시절, 나물 캐러 들어갔다 낮잠을 자던 녀석과 마주쳤다고 했지. 해사한 봄볕에 꾸벅꾸벅 졸던 녀석이 나물바구니 옆구리에 끼고 온 댕기머리 계집아이를 지그시 쳐다보았다고 했다. 황금빛과 검은빛으로 물결치는 아름다운 호랑이 곁에는 작고 귀여운 아기 호랑이들이 뛰어놀고 있었어. 어머니는 나물바구니를 내팽개치고 걸음아 날 살려라 도망을 쳤지. 다음 날 새벽 문밖에는 어머니가 버려두고 온 바구니가 놓여 있었다지. 어머니는 아이만 퍼질러 싸놓고 안방에 누워 불평불만 늘어놓은 둔감하고 게으른 여자지만, 그때 호랑이의 호박색 눈에서 신령님을 보았다고 했어. 혹시 누가 알겠어. 그때 어머니가 도망치지 말고 호랑이의 눈에서 산신을 만났다면 지금과는 조금 다른 사람이 되었을지. 거친 숲, 천년의 나무, 초원을 뛰놀던 조상님네들의 맑고 깊은 샘들이 모두 그 눈에 담겨 있었을 터지만, 어머니는 감히 그것들을 바라보지 못했던 거야. 만일 내게 그런 기회가 온다면. 나라면 호랑이를 따라 태백의 깊은 산 험난한 바위굴에 들어가 이 지긋지긋한 곳을 하찮게 지나가는 인생의 한때로 치부하며 산신령이 되었을 것이건만.

　금잔이 역에 도착한 것은 동이 터 오르는 새벽이었다. 무릎까지 차오르던 눈은 그쳐 있었다. 매서운 바람 때문에 금잔의 양 볼은 잘 익은 석류처럼 붉었다. 흰색 누비옷을 껴입은 잡역부들이 부지런히 선로 위의 눈을 치우고 있었다. 환수는 군인들 틈에 둘러싸인 채였다. 그는 잠을 자다 끌려 나온 차림 위로 모직 코트만 걸치고 있어 추위에 덜덜 떨고 있었다. 금잔은 밤새도록 십 리 길을 달려왔다고 매달렸지만 군인들은 그녀의 접근을 막았다. 금잔을 알아본 환수의 얼굴에는 체념과 두려움, 절망이 뒤섞여 떠올랐다. 지난밤에 도착했어야 할 기차가 느릿느릿 역으로 들어섰다. 검은빛 기차에서 뿜어져 나오는 연기가 흰 눈으로 뒤덮인 역사에 안개처럼 흩어졌다. 군인들에게 이끌려 기차에 오르기 전 환수의 시선과 금잔의 시선이 마주쳤다. 금잔의 눈물을 본 환수는 고개를 숙였고 곧 기차 안으로 끌려 들어갔다. 굉음과 함께 기차가 서서히 출발을 하자 금잔은 창가에 어렴풋이 비치는 환수의 그림자를 쫓아 달렸다.

기차가 그녀의 시야에서 완전히 사라질 때까지.

환수는 경성에 도착한 후 간단한 절차를 거쳐 일본의 탄광촌으로 끌려갔다. 거기에서 노역을 하다 일본이 중국과 전쟁을 시작하면서 군대에 의사가 부족해지자 군의관으로 참전하게 되었다. 탄광촌의 감독관인 일본 장교가 환수의 총명함과 훌륭한 성품을 아깝게 여겨 적당한 기회가 생기자 노역에서 빼내준 것이었다. 그렇게 해서 환수는 후에 남태평양의 일본군 주둔지까지 흘러가게 되었다. 세상이 불타고 있었다. 많은 남자들이 총검을 든 채 싸우다 죽어갔다. 그보다 많은 여자와 아이들이 슬픔과 비참한 죽음에 내몰렸다. 거대한 불과 폭음이 땅과 하늘을 흔들었다. 죽음, 죽음, 죽음. 그는 그 작은 섬에서 자신의 인생 전부가 뒤집히는 참혹한 일들을 겪어야 했다.

수련은 전쟁을 직접 겪어보기 전에는 환수가 보고 들은 일들이 거대한 하나의 덩어리로 느껴졌다. 땅을 붉게 적시는 피와 이국의 푸른 하늘을 뒤덮은 요란한 총성, 무더운 열기에 시도 때도 없이 덮치는 폭우, 그리고 무참히 죽어가는 여자와 아이들이 한꺼번에 어우러져 검고 어두운 밤 천지를 진동시키는 천둥소리처럼 그녀의 영혼에 우릉거렸다. 하지만 이후로 그 막연했던 풍경의 일부가 완전히 새롭고 명확하게 뚜렷한 인상을 남기며 무시로 떠올라 그녀의 친할아버지가 느낀 절망과 두려움에 완전히 감응할 수 있게 되었다. 그곳에서는 아이의 배가 갈려 창자가 흘러나오고, 아기에게 물리던 여자의 젖이 잘려나가고, 강제로 부역에 끌려간 남자들이 땅벌레처럼 혹사당하다 그대로 기진해서 죽어갔으며, 동굴 속에서 개처럼 묶인 여자들이 발정한 군인들의 욕망을 받아들이기 위해 하루 종일 사타구니를 벌리고 있어야 했다. 그곳에서 환수는 처음으로 손에 피를 묻혔으며 세주와 자신을 이해하게 되었다. 인간이 저지른 짓은 온전히 인간의 것, 그러므로 인간은 불타고 피 흘리며 신음하는 부서진 세상과 똑같은 존재였던 것이다.

장례 내내 침착하던 세주는 환영의 관이 땅속에 묻히는 순간 아이처럼 울음을 터뜨려서 금잔을 비롯한 모두를 놀라게 했다. 세주는 금세 눈물을 그치고 나머지 장례 절차를 묵묵히 마쳤지만 그날 이후 뭔가가 달라져버렸다. 그는 피곤하다는 말을 자주 중얼거렸으며 실제로 몹시 피곤해 보이기도 했다. 모든 것이 귀찮고 버거운 듯 보이던 세주는 새벽 일찍 일어나 밖으로 나갔으며 밤에는 방에 틀어박힌 채 산더미 같은 서류들을 뒤적거리다가 벽난로에 그 서류 중의 일부를 불태웠다. 금잔이 무엇으로 그리 바쁘냐고 슬쩍 물어보자 세주는 귀찮은 것들을 정리하고 있다고 대꾸했다. 금잔은 종이가 불타오르는 난로 가에 앉아 골똘히 생각에 잠겨 있는 세주를 불안한 심정으로 지켜보았다. 어두운 방 한구석에서 밝은 주홍빛의 불빛이 어른거릴 때마다 세주의 매부리코와 깊숙한 눈매와 창백한 뺨에는 어떤 열광적인 생각들이 차례로 떠오르다 가라앉는 것 같았다. 세주는 환영의 장례 이후로 술은 한 방울도 입에 대지 않았다.

세주는 매일 아침 아기를 조심스레 안아보았으며 한참 동안 뚫어져라 바라보았다. 매사에 흥미를 잃은 그의 유일한 관심사는 아기뿐인 것 같았다. 아기는 자신을 안고 있는 험상궂은 사나이와 눈을 맞추며 예쁘게 웃었다. 세주는 백일이 되자 아기에게 수환이라는 이름을 붙인 뒤에 아기를 안아 허공으로 던졌다. 그 모습을 지켜보던 금잔의 크고 날카로운 비명이 채 사라지기도 전에 아기는 둥실 떠올랐다가 천천히 세주의 품 안으로 다시 내려왔다. 아기였을 때의 수환은 자신의 능력을 조절하지 못해서 주위의 물건들을 천장까지 띄웠다가 그대로 떨어뜨리고는 했다. 금잔은 아기 방에 있는 무게 있거나 깨질 만한 물건들을 모조리 치웠지만 잠을 자다 깬 아기가 자신의 요람을 띄워 둥실거리게 하는 것을 막을 수는 없었다. 아기는 딸랑이나 색색의 헝겊을 공중에 띄워놓고 흔들며 놀았다. 수환이 태어났을 때부터 앞을 보지 못한 것은 아니었다. 그는 시력을 아주 느리게, 점차적으로 잃어갔다. 특징적인 뛰어난 능력으로 인해 다른 능력이 퇴화되는 것은 그리 이상한 일이 아니지만 수환처럼 필요치 않는 능력으로 인해 필요한 다른 능력을 잃는다는 것은 잔인했다. 그래서인지 수환은 언제나 자신의 특별함을 열등함으로 인식했다.

"어느 날 밤이었어. 아기와 함께 자고 있는데 주인어른이 깨우더구나. 내가 무슨 일이냐고 묻자 주인어른은 할 말이 있으니 따라오라고 했어. 그 양반은 나를 데리고 저택의 지하로 내려갔어. 집을 지을 때 주인어른은 당신 방에 지하실로 내려가는 입구를 만들고 거기에 열쇠를 채웠단다. 그 입구라는 것도 그냥 벽처럼 보이게 만들어서는 잘 모르는 이들이 보면 문이 달려 있다는 것도 알 수 없었지 뭐냐. 해서 주인어른 말고는 아무도 지하실에 내려가 본 적이 없었지. 주인어른이 등잔을 든 채 앞장을 섰어. 어찌나 깊이 팠던지 계단을 한참이나 내려가야 했어. 주인어른이 지하에 만든 방은 생각보다 무척 작았단다. 주인어른이 등잔을 내려놓더니 바닥에 꿇어앉아 덮여 있는 흙을 살살 치웠어. 그랬더니 나무로 만든 작은 문이 나타났어. 주인어른이 열쇠꾸러미를 쩔렁이더니 문에 붙어 있는 자물쇠를 땄어. 그곳에는 누런 금덩어리들이 쌓여 있었어. 나는 어리둥절해서 이걸 왜 보여주는 겁니까, 라고 물었어. 주인어른은 만에 하나 일이 잘못되면 이걸 네가 가지고 있어야 한다, 라고 말했어.

―일이 잘못되다니요?

―네가 두 눈 크게 뜨고 잘 보고 있다가 틀렸다 싶을 때 이것들을 꺼내서 수환이와 함께 잽싸게 도망치라는 것이다. 뭣하면 서울 수철이한테 가 있어도 좋아.

―아이고, 주인어른! 도통 무슨 말인지 알 수가 없네요. 대체 뭐가 잘되고 뭐가 틀렸다 싶다는 겁니까?

―멍청한 것아! 그러니까 두 눈 크게 뜨고 만사를 잘 살피라는 것이다!

주인어른은 그렇게 말하면서 열쇠 꾸러미를 내게 던졌어. 나는 대체 어딜 갈 거냐고 캐물었지만 주인어른은 아무 말도 해주지 않왔어. 다음 날 아침이 되자 주인어른은 벌써 나갔는지 보이지 않더구나. 하녀 아이들은 지들끼리 소곤거리다 내가 다가가면 말을 뚝 멈췄어. 나는 부엌에서 잔심부름을 하는 어린 계집아이를 불러서 간밤에 무슨 일이 있었느냐고 물었어. 그 아이 하는 말이 성 아주머니, 사람들이 그러는데 주인어른이 광산 사람들을 팔았대요. 그래서 모두 멀리멀리 끌려갔대요. 사람들이 주인어른은 벼락을 맞아 죽을 거래요. 아니면 귀신들이 쥐도 새도 모르게 주인어른을 잡아갈 거래요. 그러는 게 아니겠니. 나는 설마 싶었단다. 하지만 뭔가 짚이는 게 있었지. 나는 그길로 광산에 달려갔어. 폐광이라도 된 것처럼 개미 새끼 한 마리 없이 텅텅 비어 있었어."

달도 없어 짙은 어둠에 싸인 불길한 밤, 인부들이 낮의 고된 노동에 지쳐 깊은 잠에 빠져 있을 때 군용 트럭 몇 대가 들이닥쳤다. 그들은 이제 한 달 뒤면 완전한 자유를 얻어 두둑한 보수를 받고 각자의 고향으로 돌아가 그리운 가족을 만나게 될 터였다. 허나 머나먼 고향 땅 익숙한 풀냄새를 꿈꾸던 그들은 시끄러운 고함 소리와 함께 단잠에서 억지로 불려 나와 총검의 위협을 받으며 머리에 손을 올린 채 일렬로 트럭에 태워졌다. 불길한 두려움에 사로잡힌 인부 한 명이 대열에서 이탈하여 도망을 쳤다. 곧 총성이 터지고 달아나던 인부는 고꾸라졌다. 그것을 본 다른 인부들은 신음 소리조차 내지 못하고 시키는 대로 말없이 트럭에 올랐다. 그중 유달리 덩치 큰 인부가 자신의 옆에 있던 군인의 총을 잡아챈 뒤 개머리판으로 머리를 내리쳤다. 그는 자신에게 달려드는 군인 둘을 가볍게 내던지고 광산 밖으로 달려 나갔다. 군인들이 일제히 총을 쏘자 그중 한 발이 장정의 넓적다리를 꿰뚫었다. 그는 잠시 비틀거리다 다시 달리기 시작했다. 어둠이 그의 커다란 몸을 완벽하게 가려주었고 친숙한 숲이 그를 숨겼다. 군인들은 그를 얼마간 뒤쫓다가 늪처럼 깊은 숲에 겁을 집어먹고 추적을 포기했다. 그들은 나머지 인부들을 서둘러 태운 뒤에 광산을 떠났다.

금잔이 몇 년간 동고동락한 인부들의 걱정으로 잠들지 못하는 동안, 현해탄을 건너는 배 안의 화물칸에서는 광산의 주인에게 배신당한 사내들이 이를 갈고 바닥을 치며 울부짖었다. 삼백여 명에 달하는 그들은 세주와 얽힌 악연으로 인해 억울하고 잔인한 운명에 휘둘릴 터였다. 그들 중 부역지에 도착한 뒤 삼 년 안에 죽은 이가 백 명이었으며 다른 백 명은 그로부터 삼 년 뒤에 죽었다. 나머지 백 명 중 일흔 명이 끝내 고향에 돌아오지 못했으며 그로부터 이십여 년이 흐른 뒤에 간신히 고향 땅을 밟은 이가 서른 명 남짓이었다. 그들 중 불구가 된 이 열 명, 남은 평생 두려움과 불안에 사로잡혀 외로이 산 이가 열 명, 자손을 보고 마침내 입을 열어 자신들의 억울한 삶을 증언하게 된 이가 여덟 명이었다. 한 명은 광산에서 끌려가던 날 밤 죽었으며 나머지 한 명이 같은 날 무사히 도망친 '아재'였다.

"그 일이 있은 후 주인어른은 꼭 누구를 기다리기라도 하는 것처럼 오늘 집으로 찾아온 이가 아무도 없더냐고 매일 물어보았어. 대체 누가 와야 되는 것이냐고 되물어도 주인어른은 혀를 차며 고개를 흔들 뿐이었지. 그렇게 두 계절이 지나가고 한봄이 된 어느 날이었어. 이른 아침 일어나자마자 주인어른이 할 말이 있다며 날 불렀어. 나는 주인어른이 사람처럼 안 보여서 아예 입을 닫고 살았기 때문에 무슨 얘기인지 궁금하지도 않았지.

─성금잔. 네 속을 뻔히 다 안다. 아무렴. 내가 네 속을 모를까! 하지만 내 말을 들어보면 내가 그리 나쁜 놈이 아니라는 걸 알게 될 걸. 그럼! 나야말로 양심이 오장육부에 제대로 달려 있는 놈이지.

헌데 주인어른의 말을 들어보니 더욱 기가 막히고 코가 막혔어!"

세주의 말인즉슨 이랬다. 그는 아무리 자기래도 광산의 인부들을 넘긴 일이 몹쓸 짓이라는 것쯤은 알고 있노라고 했다. 해서 그는 스스로 하늘에게 자신을 벌줄 기회를 주기로 했다. 일이 잘되면 자신이 저지른 짓은 깨끗이 용서받은 것이니 인부들에게 남은 빚이 없는 것으로 생각할 것이며, 만일 일이 잘못된다면 그에 해당하는 벌을 받을 것이니 역시 자신이 저지른 일에 대한 적절한 대가를 치르는 것이므로 남은 빚이 없다는 논리였다.

"광산을 통째로 먹으려 든다는 일본인을 기억하지? 주인어른은 그 인간을 직접 죽인 뒤에 일이 어찌 돼가나 지켜볼 작정이었다는 거야. 주인어른은 시시때때로 경성에 올라가 그 일본인이 살고 있는 거리를 면밀히 관찰하고 몰래 그 남자의 뒤를 하루 종일 쫓아다니고 했단다."

세주는 적당한 때가 되자 망설임 없이 결행일과 장소를 정했다. 그는 시각으로는 그믐밤이 아닌 보름밤을, 장소로는 으슥한 뒷골목이 아니라 취객 한두 명이 지나가다 살인 장면을 목격할 수도 있는 한적한 거리를 골랐다. 대신 세주는 턱에 가짜 수염을 붙이고 떠돌이 비렁뱅이에게서 돈을 주고 산 누더기 옷을 입기로 했다. 그는 이 '공정성'에 많은 주의를 기울였다. 자신의 살인이 너무 허술하면 자신과 자신의 삶에 미안한 일이 될 것이며 너무 완벽해서는 자신이 저지른 악행에 대해 미안한 일이 될 것이기 때문이었다.

세주가 초저녁부터 몸을 숨기고 일본인을 기다리던 거리에는 나무로 피리를 깎아 파는 장사치가 가스등 밑에서 판을 벌리고 있었다. 장사치는 자신이 만든 피리로 애조 띤 가락을 연주하며 손님을 부르고 있었고, 지나가던 사람들은 발걸음을 멈춘 채 그의 연주를 들었다. 석 달 동안 그 거리를 살펴보았을 땐 한 번도 보지 못한 장사치의 출현은 세주의 운을 불길한 쪽으로 몰고 가는 듯했다. 옳거니. 내가 저지른 짓에 대해 이런 식으로 되갚음을 당하는 모양이구면. 세주는 흥겨운 춤곡으로 변한 피리 소리를 들으며 그렇게 생각했다. 그는 장사치가 판을 치우기 전에 일본인이 그 거리에 나타난다 해도 계획대로 할 생각이었다. 날이 저물자 거리를 지나가는 사람들이 하나둘 줄어들고 있었지만 피리 장사는 여전히 불 밝힌 등 밑에 앉아 있었다. 평소 같으면 일본인이 근처의 요리점에서 저녁 식사와 함께 한두 잔의 술을 걸치고 그 거리에 나타나야 할 시간이 되었는데도 그는 모습을 보이지 않았다. 세주는 밤하늘에 둥실 떠오른 보름달을 보며 어찌해야 하나 고민했다. 그는 일본인 대신 피리 장사라도 죽일까 생각했다. 세주에게는 어차피 그 일 전부가 운을 두고 벌이는 노름판에 불과했던 것이다. 하지만 장사치가 판을 걷고 피리들을 챙겨 거리를 떠났다. 이제 거리는 텅 빈 채 스산한 바람만 불고 있었다.

 일본인은 그날 저녁 본국에서 찾아온 반가운 손님을 맞아 평소의 규칙을 깨고 조금 더 많은 술과 여흥에 시간을 보내고 있었다. 그는 몇 년 동안 세주의 광산을 완전히 차지하기 위해 본국의 중앙 정부와 끈을 대고 치밀한 물밑 작업을 벌이고 있었는데, 그날 찾아온 손님은 마침내 그가 원하던 완벽한 서류를 가져왔던 것이다. 그 서류에 의하면 세주는 임시 고용 노동자에 불과했으며 그 광산에서 나는 금덩어리와 거기에서 떨어지는 부스러기 하나라도 가질 아무런 권리가 없었다. 일본인은 평소의 조심성과 결벽한 태도를 모두 잊고 한껏 술과 흥분에 취했다. 그가 귀한 손님을 기생 품에 맡겨둔 채 고급 요정에서 빠져나온 시각은 세주가 기다림과 초조함에 지쳐 살인 계획을 거의 포기하고 있던 차였다.

 마침내 얼근하게 취한 일본인이 거리에 모습을 드러냈다. 세주는 그 생쥐 같은 얼굴을 보자마자 맹렬한 열기와 활력이 핏줄을 타고 온몸에 도는 것을 느꼈다. 세주는 그를 위해 특별히 큼직하고 날카로운 돌을 자신의 광산에서 골라 비렁뱅이의 누더기 외투 호주머니에 넣어두었다. 일본인은 자신의 코앞으로 수염이 텁수룩한 비렁뱅이가 절룩거리며 다가왔을 때도 별다른 경계심을 가지지 않았다. 겁을 집어먹기에는 거리가 너무 번화했으며 밝았던 것이다. 세주는 일본인에게 바싹 다가가 이를 보이며 웃었다. 그제야 일본인은 낯익은 느낌에 놀라 비렁뱅이의 얼굴을 자세히 들여다보았다. 자아, 네가 그리 원하던 광산의 돌멩이다! 세주는 이렇게 외치며 호주머니에서 돌을 꺼내들고 일본인의 머리에 내리쳤다. 그가 비틀거리며 넘어지자 세주가 그의 몸에 올라타고 계속해서 돌로 그의 머리통을 내리찍었다. 그가 고통으로 꿈틀거리며 별다른 저항도 하지 못하는 동안 세주는 돌멩이로 일본인의 눈과 코, 입술을 거푸 찍어 내려 완전히 뭉개버렸다. 세주는 분이 풀릴 때까지 돌을 내리쳤으며 마침내 주변을 돌아볼 여유가 생긴 것은 일본인의 숨이 완전히 끊어진 뒤였다.

  세주는 냉정하고 침착하게 일본인의 몸을 뒤졌다. 좀도둑의 소행처럼 보이기 위해 그의 지갑을 훔칠 생각이었던 것이다. 하지만 뜻밖에도 일본인의 품 안에서 서류 다발을 찾아냈다. 세주는 몇 장을 대강 훑어보다가 부아가 치밀자 다시 한 번 일본인의 뭉그러진 얼굴을 몇 차례 내리찍었다. 세주는 그의 값비싸 보이는 외투와 가죽 구두, 지갑을 훔쳐낸 뒤 그 자리를 떠났다. 세주는 피로 얼룩진 비렁뱅이의 외투와 돌을 개천에 버린 뒤 피가 튄 손과 얼굴을 닦았다. 훔쳐낸 물건은 거지들이 모여 사는 다리 밑에 놓아두었다. 세주는 그 길로 집에 돌아왔고 스스로 정한 날까지 아무 문제가 생기지 않는다면 자신은 모든 책임에서 자유로워질 것이라고 맹세했다. 그리고 그가 금잔에게 말을 꺼낸 봄날 아침이 바로 그 맹세의 날이었던 것이다.

  "나는 사람 운이 그리 마음대로 되는 것이면 내가 주인어른 곁에 아직도 이러고 있겠습니까, 라고 대꾸했어. 조만간 무슨 일이 생겨도 생길 것이니 두고 보시오. 주인어른은 절대 곱게 죽지 못할 것이오, 라고 했지. 내 언젠가는 귀신들이 그 양반을 잡아가고야 말 것 같았다. 암, 신령이라는 것이 정말 있다면 설마하니 주인어른을 그냥 내버려두겠니. 그러니 그 밤 도깨비가 불쑥 찾아왔을 때 드디어 올 것이 왔구나 했다."

금잔은 그 이야기를 하면서 기억이 생생한 듯 진저리를 쳤다.

"그 밤, 보름달이 휘영청 떠서는 온통 환했어. 수환이의 다섯 돌이 지나고 온 봄일 것이다. 호수 주변의 벚나무에서 벚꽃이 흐드러지게 피고 소쩍새가 심란하게도 울었어. 나는 수환이를 품에 안고 이리 뒤척 저리 뒤척거리고 있었어. 아이 입에서는 달콤한 냄새가 났고 통통한 양 볼은 복숭아꽃 같았어. 수환이만 아니었다면 환영이가 죽었을 때 아무리 나라도 주인어른 곁을 떠났을 것이다."

벚꽃이 만개한 봄밤에 도끼를 손에 쥐고 저택에 침입한 도깨비. 그는 세주와는 또 다른 맹세로 절치부심, 그날만을 기다려왔다. 팔척장신의 그는 저택을 경비하던 사병 둘의 머리를 도끼로 단번에 쪼갠 뒤 철문을 타 넘었다. 이곳으로 오기 전 광산에 먼저 들러 인부들을 일본군에게 넘기던 감독관의 머리를 쪼갠 터였다. 침입자를 알아채고 저택의 사냥개들이 요란하게 짖어대며 덤벼들었다. 개들이 날카로운 이빨을 정강이에 박았지만 아재는 개들의 목을 비틀어 숨통을 끊었다. 다른 사냥개들이 꼬리를 말고 주춤대며 낑낑거렸다. 저택 곳곳에서 불이 켜지고 힘깨나 쓴다는 사내들이 몽둥이를 들고 쫓아 나왔다. 장신의 사내는 도끼를 쥔 손에 침을 뱉은 뒤 그들이 달려들길 기다렸다.

아재가 순사와 군인들을 피해 거지꼴로 간신히 고향에 돌아간 것이 그 밤으로부터 일 년 전이었다. 고향에서 농사짓고 있으리라 믿었던 자신의 외아들은 전쟁터로 끌려 나가 생사도 모른 채였고, 아내는 계속된 기근에 먹고살 길이 막막하자 목을 매달아 자진했다. 외아들의 실종과 남편의 도주가 늙은 여자의 마지막 희망을 꺾은 것이다. 아재는 옷을 찢고 상투를 자른 뒤 복수를 맹세했다. 그는 자신에게 숨이 붙어 있는 한 세주와 가솔들의 머리터럭 한 올도 남기지 않겠다고 하늘을 향해 부르짖었다.

"나는 겁에 질린 수환이를 안아 들고 창밖을 내다보고 있었어. 그때 저택에서 기거하던 장정만 스물이 넘었는데, 아재가 달빛 아래 서서 벼락처럼 고함을 지르며 그네들을 종이 인형처럼 집어 내던졌지. 어이구, 머리는 산발을 하고, 얼마나 맘고생이 심했던지 그새 하얗게 세어 있었어. 어째 눈에서 붉은빛 같은 것도 어른거리는 게, 정말 영락없는 도깨비였지. 나는 수환이가 그 모양을 보지 못하게 하려고 얼른 내 등에 들쳐 업은 뒤 꽁꽁 싸맸단다. 성 아주머니, 답답해요. 그 어린 것이 칭얼댔지만 나는 도깨비가 왔으니 꾹 참으라고 했어. 아재는 도끼를 휘두르며 저택으로 점점 가까이 다가왔어. 주인어른이야 도끼에 찍힌다 해도 할 말 없는 양반이지만 그 어린 것이야 무슨 죄니. 나는 주인어른의 방으로 달려갔어. 주인어른은 한가롭게 담배를 태우며 밖에서 벌어지는 일을 구경하고 있더구나. 주인어른! 도깨비가 왔어요! 드디어 하늘이 주인어른을 벌주려는 모양이오! 내 말에 주인어른은 그저 어깨를 으쓱했어.

─글쎄다. 어찌 됐든 내 책임은 아니야.

주인어른의 뻔뻔한 말이 끝나기가 무섭게 창밖에서 괴성이 들려왔다. 부리나케 내다보니 아재가 하인 녀석들의 머리통을 도끼로 수박 쪼개듯 쪼개고 있지 뭐냐! 주인어른이 내 등에 업혀 있는 수환이를 물끄러미 바라보았어.

─정말 닮지 않았니?

그럼요, 지어미를 쏙 빼다 박았지요. 나는 창밖의 끔찍한 광경을 보지 않으려고 애쓰며 간신히 대답했어. 목소리가 덜덜 떨려 나왔지.

─멍청한 것. 지아비를 쏙 빼다 박았지, 저게 어딜 봐서 지어미를 빼다 박았니?

주인어른, 그런 말이나 할 때가 아니긴 합니다만, 당장 목이 떨어져도 말이야 바로 해야지요. 수환이는 주인어른 닮은 곳이 눈을 씻고 찾아봐도 없네요. 내 말에 주인어른이 웃음을 터뜨렸어. 그러더니 다시 수환이를 뚫어져라 바라보았단다.

─도통 이해할 수가 없어. 이 아이의 어미를 묻을 때 함께 묻히고 싶었네. 물론 그런 생각은 순식간에 사라졌지만. 하여간 그렇다 해도 내가 왜 그랬는지 아직도 이해할 수가 없고말고. 더한 일도 숱하게 겪어왔지만 그런 멍청한 생각은 해본 적이 없었는데 말

이야. 게다, 나는 이 아이의 아비도 그리 싫어한 건 아니야. 아니지. 솔직히 말해서 나는 그 녀석도 꽤나 좋아했던 게 틀림없어. 그런데 그 여자가 막상 임신을 해버리자 두 사람을 죽여버리고 싶었지 뭐냐. 그때를 생각해보면 지금도 불쾌하기 짝이 없네. 사실 난 그 여자에게 불알이 달려 있어도 아무 상관이 없었는데 말이야. 결국 나란 놈도 저기 저 밖에 있는 수많은 시시한 놈들 중 하나였던 게지. 이 아이의 아비를 사지로 보내면서 통쾌하고 기뻤다는 게 제일 끔찍하구먼. 대체 그 여자가 내게 뭐라고 그런 기분이 든 게지?

그때나 지금이나 나는 절대로 환영이를 욕할 생각은 없어. 환영이는 좋은 여자였어. 그건 틀림없는 사실이고말고! 만일 수환이가 주인어른의 아이가 아니라 해도 누가 그 여자를 욕할 수 있겠니? 아래층에서 현관문이 박살나는 소리가 들려왔어. 내가 비명을 지르자 아이가 울음을 터뜨렸지. 여자들의 비명 소리가 저택에 길고 음산하게 울려 퍼졌어. 아재의 천둥 같은 고함이 들려왔어. 이 쳐죽일 놈아! 지금 당장 나오지 않으면 이것들을 깡그리 죽이겠다! 아래로 내려가 보고 싶었지만 등에 업은 수환이 때문에 이도 저도 못 한 채 발만 동동 굴렸단다.

아이고, 주인어른! 저이가 여자들까지 모조리 죽이려나 보오. 저기엔 어린 계집아이도 있어요. 주인어른이야 도끼에 골이 터져도 할 말이 없다지만 저것들은 대체 무슨 죄요? 가서 저 애들 좀 구해주시오! 그래야 주인어른 황천 갈 때 걸음이라도 가볍지 않겠소?

내 말에 주인어른이 혀를 차더구나.

―못된 것. 넌 어찌 내 생각은 눈곱만치도 안 하니?

주인어른이 그렇게 말하며 책상 서랍에서 총을 꺼내들었어. 나는 깜짝 놀라 그걸로 저이를 죽일 생각이냐고 물었어. 주인어른이 소리쳤어.

―저놈이 비록 여기서 살아 나간다 해도 사는 게 사는 거겠니? 차라리 내 손에 죽는 것이 저놈 속도 편할 테지. 내가 그리 사리분별 없는 놈은 아니거든!"

세주가 문을 박차고 밖으로 나갔다. 금잔은 지하실에 묻어둔 금덩어리를 꺼내야 할 때가 바로 지금인가 잠시 고민하다가 고개를 흔들고는 세주를 따라 나갔다.

"어이구, 말도 마라. 이 층 난간에서 아래층을 내려다보니 봉두난발을 한 아재가 피범벅이 된 도끼를 휘두르며 괴성을 질러대고 있었어. 여자들은 너무 겁에 질려 찍소리도 못 내고 한구석에 모여 있었고. 어린 계집아이가 훌쩍훌쩍 우는 것을 보고 있자니 애가 탔단다. 아재의 기세를 보니 정말 몽땅 죽이고도 남을 것 같았지 뭐냐.

―내 여기 있다!

주인어른이 총을 휘두르며 크게 소리를 질렀어. 주인어른에게 그나마 한 가지 봐줄 점이 있다면 어떤 때건 절대로 기가 죽는 법이 없다는 것이었지. 아재가 핏발 서린 눈으로 우리를 올려다보았어. 네 이놈! 아재가 피를 토하듯 고함을 쳤어. 어이구! 벼락이 그렇게 무시무시할까! 아재가 이 층으로 달려왔어. 주인어른이 날더러 방 안으로 들어가 있으라고 했지. 일이 잘못되면 알지? 주인어른이 소리쳤어. 일이 되어가는 모양이 궁금했지만 아이 생각을 하니 어쩔 수가 없더구나. 나는 주인어른 방으로 물러나 문틈으로 지켜보았어. 성 아주머니, 도깨비가 왔어요? 수환이가 잔뜩 겁에 질린 목소리로 물었어. 나는 쉬잇! 조용히 하지 않으면 도깨비가 잡아갈 거야, 라고 했어.

계단을 사납게 달려 올라온 아재가 이 층 복도에 발을 딛자마자 총성이 울렸어! 아재가 비틀거리다 다시 멀쩡하게 도끼를 휘두르며 달려들었어. 요란한 총성이 또 한 번 터졌지만 아재는 잠시 비틀거렸을 뿐 바로 주인어른 코앞으로 다가와 있었지. 주인어른이 총을 겨누자 아재가 무시무시한 고함을 지르며 도끼 자루를 휘둘렀어. 주인어른의 총이 도끼날 끝에 맞아 아래층으로 떨어졌단다. 아재가 한 손으로 주인어른의 목을 덥석 잡았어. 힘이 얼마나 장사인지 주인어른의 두 발이 바닥에서 떨어져 버둥댔어.

―넌 네가 죽는 이유를 알고 죽어야 한다!

아재가 목쉰 소리로 부르짖었어.

―인부 이백아흔아홉 명의 목숨과 내 외아들의 목숨, 내 늙은 마누라의 목숨이 네 한 목숨 때문에 헌 짚신짝이 되었다! 먼저 네놈의 사지를 토막 내겠다! 그리고 눈알을 뽑고 코를 베고 혀를 뽑을 것이야! 피부 거죽도 벗겨내 숨이 붙어 있는 한 가장 끔찍한 고통을 맛보게 해주마!

쯧! 사실 그이가 숨통을 틀어쥐지만 않았더라면 주인어른이 그 말에 그럴싸하게 대꾸하는 것을 들을 수도 있었는데 말이다. 가엾게도 주인어른은 불알 뽑힌 수탉마냥 캑캑 소리밖에는 낼 수가 없었단다. 아재가 도끼를 쳐들었어. 등에 업혀 있던 수환이가 작게 흐느꼈어. 나는 두 손으로 눈을 가렸단다. 주인어른이 죽는 꼴을 차마 지켜볼 수가 없었지. 그런데 주인어른 팔 한 짝 떨어지는 소리도 없이 한참이나 너무 조용했어. 살짝 눈을 뜨고 밖을 내다보니 이상한 일이 벌어지고 있었지 뭐냐.

 아재가 도끼를 손에 쥔 채로 천장을 둥실둥실 떠다니고 있었어. 그이의 영문을 몰라 하는 어리둥절한 얼굴을 보고 있자니 꼭 어린 아이처럼 순진해 보였단다. 주인어른! 빨리! 내가 고함을 지르자 그제야 주인어른은 계단 아래로 뛰어 내려갔어. 아재의 몸이 서서히 아래로 내려오고 있었기 때문에 누가 먼저 도착하느냐가 문제였지. 아재는 발이 바닥에 닿기도 전에 팔다리를 버둥거리며 도끼를 휘둘러대고 있었어. 주인어른이 간발의 차로 먼저 일 층에 도착했어. 주인어른이 구르다시피 달려가 총을 집어들었지. 주인어른이 사뿐히 내려앉은 아재를 향해 총을 쏘았어. 이번에는 총알이 아재의 배에 가서 박혔어. 아재가 쓰러지면서 도끼를 떨어뜨렸어. 주인어른이 아재의 머리통에 다시 한 번 총을 쏘려고 하자 아재가 마지막 힘을 짜내 창문으로 몸을 던졌어. 유리창이 산산조각 나면서 아재의 온몸에서 피가 뿜어져 나왔단다. 아재는 그 지경에도 몸을 일으켜 도망을 쳤어. 주인어른이 아재에게 총을 쏘려다 말고 그냥 팔을 내리더구나. 주인어른이 아재의 등에 대고 소리를 질렀어. 잘 가라! 내가 베푼 아량을 잊지 말거라! 그러고는 큰 소리로 웃음을 터뜨렸지."

 일이 그렇게 마무리되었으므로 금잔은 지하실에서 금덩이를 꺼내지 않아도 되었다. 하지만 건강하기 그지없던 수환이 그날로 앓아누워 오래도록 고열에 시달렸다. 아이는 멀건 죽조차 넘기지 못했으며 열꽃이 핀 얼굴로 시름시름 앓았다. 의원이 몇이나 다녀갔지만 모두들 연유를 알아내지 못한 채 고개만 가로저었다. 세주가 죽어가던 아이의 방에 들른 것은 그 밤으로부터 한 달이 지난 뒤였다. 금잔의 눈물과 한숨이 그 작은 방에 가득 차 무겁게 내려앉아 있었다. 세주는 눈을 뜰 기운조차 없어 뵈는 아이의 손을 조심스레 잡았다. 한때 터질 듯 통통했던 볼 살은 찾아볼 길 없이 야위어버린 아이의 얼굴에 세주가 입술을 대었다.

 "걱정 말거라. 이 아이는 아직 죽을 운이 아니니."

 그걸 주인어른이 어찌 안답니까. 금잔이 앞치마에 코를 팽하니 풀며 울먹거렸다. 주인어른 업보를 이 불쌍한 것이 다 지고 가려나 보오. 어이구, 하늘도 무심하시지! 금잔이 더 이상 참지 못하고 엉엉 소리를 내어 울자 세주가 혀를 찼다.

 "겨우 나 같은 녀석의 목숨이나 살리자고 이 어린 것이 그런 능을 타고났을 리는 없지 않겠니?"

 세주는 아이에게 다시 한 번 입을 맞춘 뒤 자리에서 일어나 방을 나갔다. 다음 날이 되자 세주의 말이 마치 예언이라도 된 듯 아이의 열이 떨어지고 거칠던 기맥도 가라앉았다. 그날 저녁 아이는 적으나마 암죽을 받아 삼키며 금잔에게 희미한 웃음을 보여주었다.

금잔은 이번에는 기쁨에 넘쳐 울음을 터뜨리고 말았다.

수환의 건강이 완전히 회복된 장마 무렵, 저택으로 불청객이 한 명 찾아왔다.

"이름이…… 이와키였어. 그래. 이와키. 콧수염을 팔자八字 모양으로 길러서 끝에 초를 칠해 뻣뻣하게 굳힌 멋쟁이였지. 그는 몹시 예의 바르게 행동했단다. 척 보기에는 공부를 많이 한 학자처럼 보였는데, 뜻밖에도 형사 나리라기에 깜짝 놀랐지. 나중에 알고 보니 그 이와키라는 양반은 나름대로 유명한 사람이었어. 당시에 일본 관리들의 암살 사건이 참 많았느니라. 이와키가 범인들을 잡아들이는 데 대단한 공을 세운 터라 이름을 떨치고 있었던 게지. 주인어른의 짓이 해결될 기미 없이 질척거리자 사건이 그 양반에게 넘어갔던 거였어. 죽은 이도 고위 관리였으니 말이다."

이와키는 총명한 데다 끈질긴 성정을 타고난 자였다. 그는 자신의 직업에 대해 치밀한 장인 정신과 흔들림 없는 자부심을 가지고 있었으며 그것은 그를 잉태하고 키워낸 왜족의 가장 큰 특성이기도 했다. 왜족의 호전성, 군사적 강대함, 황실에 대한 맹목적 충성심 등 당시의 일본 제국을 건설한 여러 성질 또한 그 근본은 이 두 가지 정신에 줄기를 대고 있었다. 그들은 잘못된 방향으로 나아갈 때조차 치밀하고 엄격했으며 무의미하게 죽어가면서도 자부심을 잃지 않았다. 방향을 잃은 장인 정신과 헛된 자부심이 가져온 혼란! 이와키라는 자야말로 그러한 왜족의 한 전형, 다른 시대에 태어났더라면 명석하고 뛰어난 직업 수사관에 그쳤을 그가, 제국의 시대에 태어나 식민지로 파견되어 식민지인들에게 잊지 못할 악명을 오래도록 떨치게 되었다.

　피 묻은 비렁뱅이의 옷이 개천에서 발견되고 피살당한 일본 관리의 물건 역시 거지 떼에서 나오자, 수사는 주로 인근 거지들을 잡아들여 자백할 때까지 두들겨 패는 식으로 진행되었다. 하지만 매와 고문을 이기지 못하고 거짓으로 자백한 거지들은 일본 관리의 생김새는커녕 죽은 시간이나 죽인 방법조차 알지 못해서 수사관들이 일일이 알려주어야 하는 상황이 벌어졌다. 문제는 수사관들이 애써 일러준 살해 시간이나 피살자의 인상착의를 거지들이 자꾸 까먹어서 금세 엉뚱한 소리를 늘어놓는 것이었다.

　"너 이놈, 말해봐라. 네가 일을 저지른 시간이 몇 시더냐?"

　"네, 나리. 그게, 저녁 먹고 바로였으니까요."

　"저녁을 몇 시에 먹었더냐?"

　"그게…… 시간 맞추어 끼니를 먹은 게 하두 오래돼나서 기억이……."

　"아홉 시경 아니더냐!"

　"어이구, 그렇구면요. 아홉 시."

　그렇다 해도 본국에서 일본 관리의 암살자에 대한 엄중한 수사를 통해 제국의 권위를 세우라는 공문이 오지 않았더라면 사건은 그대로 종결되었을 것이다. 때마침 식민지를 방문했던 일본의 요인에게 폭탄이 날아와 그가 숨을 거두는 사건이 벌어졌던 것이다.

폭탄을 던진 청년은 그 자리에서 체포되었고 혹독한 고문 끝에 사형됐지만 그 일로 일본 제국에 대한 저항심이 나라에 들불처럼 번져갔다. 그들은 어설픈 거지 떼로는 아무도 만족하지 못하리라는 것을 깨닫고 사건을 이와키에게로 넘겼다.

　단순 강도 사건으로 보기에는 무리가 있는 사건의 잔혹성이 이와키의 특별한 관심을 끌었다. 그는 형태조차 남지 않은 피살자의 얼굴과 무기로 쓰인 단순한 도구에서 강한 집념과 의지를 읽었다. 이와키는 사건에 얽혀 있는 정신적인 측면을 파악하기 위해 다른 수사관들과는 달리 거리를 떠나 죽은 관리의 집과 사무실을 이 잡듯 뒤졌다. 그는 그가 남긴 산더미 같은 서류들을 한 장도 남김없이 가져와 밤을 새면서 연구했다. 그는 서류 뭉치에서 고인이 생전에 만난 사람들의 이름과 갔던 장소를 발견하여 일일이 기록했다. 그는 연대별로 적힌 정확한 사실을 기반으로 일본 관리가 했던 말과 행동들을 추측해내는, 상상력이 다소 필요한 작업을 덧붙여 진행했다. 수많은 이들의 이름과 다양한 장소가 나타났다 사라지고 다시 나타났다. 죽은 관리는 살아 있는 동안 대개 단조롭고 지루한 말과 행동을 끝도 없이 반복해서 인내심 강한 이와키조차 지루함에 혀를 물 지경이었다. 그는 의심할 바 없는 충실한 공무원이었으며 그토록 깊은 원한을 살 만한 그 어떤 사건이나 인물과도 얽힌 적이 없는 것처럼 여겨졌다.

　이와키가 '이세주'라는 광산주의 이름을 서류 더미에서 발견해낸 건 소득 없는 작업이 두어 달 계속되고 있을 때였다. 서류에서도 느껴지는 광산주의 복잡한 여러 면이 이와키의 주목을 끌었다. 광산주는 일본 관리의 손바닥에서 놀아나는 듯 보이면서도 철저하게 자신의 이득을 챙기고 있었으며 정작 관리는 그토록 애를 썼지만 별다른 이득을 보지 못하고 있었다. 흥미를 느낀 이와키는 금광에 관련된 서류만을 따로 분류해내 그들의 첫 만남부터 마지막 만남까지를 일목요연하게 정리하기 시작했다. 이세주는 입지전적인 인물이었으며 원하는 것을 가지기 위해 물불을 가리지 않는 자여서 평생 책상물림일 관리의 작은 담으로는 상대가 되지 않아 보였다. 이세주가 마음먹기에 따라 일평생 관리를 그런 식으로 조리해가며 안락한 부를 추구할 수도 있을 터였다. 허나 그것만이 아니야. 이와키가 중얼거렸다. 광산주가 관리에게 내놓은 제안은 그럴 필요까지는 없음에도 불구하고 언제나 아슬아슬할 정도로 위태해서 그 자신의 모든 것을 허물어뜨릴 위험을 항상 감수하고 있었다. 이와키는 이세주라는 인물에 대해 좀 더 알아볼 요량으로 관공서에 있는 그에 관련된 서류를 전부 검토했다. 그는 관리가 죽은 시점에 이세주가 광산의 인부들을 전부 징용에 넘겨버린 것을 발견하고 탄성을 질렀다. 무언가 아귀가 맞추어지고 있는 듯한 느낌이었던 것이다.

죽은 관리의 광산에 대한 서류에는 커다란 빈틈이 있었지만 분명한 것이 하나 있었다. 그것은 관리의 광산에 대한 집착, 그리고 이세주라는 광산주에 대한 철저한 무시였다. 이와키는 관리가 그의 작은 담으로는 생각지도 못할 뜻밖의 수확을 얻어낸 뒤 흐뭇해

하는 모습을 떠올려보았다. 때마침 거리 수사관들이 외투의 주인을 찾아내는 성과를 올렸다. 이와키는 큰 기대를 하고 비렁뱅이를 만났지만 거의 실성하여 횡설수설하는 그에게서 무언가 제대로 된 것을 건져내기는 어려울 것이라 판단했다. 하지만 다른 수사관들은 중요한 단서를 찾아내기 위해 그 운 없는 비렁뱅이를 혹독하게 고문했다. 이와키는 동료들의 비효율성에 고개를 흔들며 자신의 서류 더미로 돌아왔다.

이와키에게는 단순한 외적 현상을 통해 복잡한 내면을 파악할 수 있는 예술가적인 기질이 있었다. 그는 서류에 적힌 지극히 사무적인 몇 줄에서 죽은 관리와 이세주의 관계를 상당 부분 정확히 추측해냈으며 죽은 이의 탐욕과 헛된 야심까지를 모두 읽어냈다. 하지만 이와키가 아무리 예술가적인 상상력과 총명한 머리를 움직여 이세주라는 인물에 대해 연상해보려고 해도, 그는 뿌연 안개에 휩싸인 것처럼 본심을 내놓지 않고 꼬리를 감추어버렸다. 이와키는 세주가 관리를 죽일 만한 사람인 동시에 전혀 그렇지 못한 사람이기도 할 것이라는 자신의 모호한 결론에 만족할 수밖에 없었다. 해서 그가 직접 세주를 만나러 저택을 찾아온 것은 자신의 심증을 굳힐 만한 결정적인 무엇인가를 찾아내길 기대해서이기도 했지만, 이세주라는 인물에 대한 개인적인 호기심도 상당 부분 작용한 것이었다.

이와키는 세주가 지은 대저택의 아름답지만 쓸쓸한 분위기에 매료되었다. 그는 호수를 바라보며 그곳의 뛰어난 풍치와 몽환적인 느낌의 물안개를 감상했다. 그는 이세주에게 고상함이라는 특성을 추가하고는 작은 기쁨을 느꼈다. 그는 저택의 주인이 돌아오기까지 근엄한 인상의 품위 있는 젊은 여자에게 접대를 받았다. 이와키는 금잔이 하녀도 아니며 그렇다고 부인도 아닌 것에 고개를 갸웃했다. 그녀의 똑바르고 강직한 눈에 거짓은 없었지만 이와키는 그녀에게서 쓸 만한 정보는 거의 얻지 못했다.

세주는 이와키를 보자마자 지금껏 자신이 만났던 사람들과는 전혀 다르다는 것을 알아챘다. 그는 금덩이로 구워삶을 만한 사람이 아니었으며 위협한다 해서 통할 사람도 아니었다. 물론 거짓말이 통할 상대는 더더욱 아니었다. 아부한다 해서 달라지지도 않을 것이므로 세주는 자신에게 두 가지 길밖에는 없다는 것을 직감했다. 그에게 솔직하게 털어놓고 순순히 잡혀가든지, 아니면 죽여버린 뒤 또 한 번 운에 모든 걸 걸어보든지. 하지만 세주는 또 다시 자신의 손에 피를 묻힐 생각을 하자 몹시 피곤해졌다. 어쩌면 환영이 죽은 이후로 계속된 우울한 피로감이 드디어 그의 발목을 잡은 것인지도 몰랐다. 세주는 솔직한 태도로 이와키와 오래도록 이야기를 나누었다. 그동안에도 그는 계속해서 마음이 바뀌고 있어서 이와키의 명운은 수십 번도 더 뒤집혔다 제대로 돌아오고는 했다.

"용감하시군. 이 외진 곳에 혼자 오다니. 나는 당신을 죽여버릴 수도 있소."

"내가 여기 온 것은 본청에서도 다들 알고 있어요."

"나는 그런 것에 상관하는 사람이 아니오."

"압니다. 하지만 내가 특별히 당신의 미움을 살 만한 사람도 아니지 않습니까."

"나는 그런 것도 별 상관이 없지."

세주는 이와키에게 술을 한 잔 건넸고 그는 고개를 숙여 인사한 뒤 받아 마셨다.

"날 잡아가 입을 열 때까지 고문이라도 할 것인가?"

"필요하면 그럴 수도 있습니다만, 당신에게는 필요치 않기를 바랍니다."

이와키는 세주와 술잔을 기울이며 몇 달간 심리적인 추적을 통해 확신을 얻게 된 과정을 설명했다.

"사실 당신은 죽은 관리의 옹졸한 협박이 가소롭지만 했지요. 그를 처음 보았을 때부터 무시하고 경멸했습니다. 그런 자에게 격렬한 증오심을 품고 잔인하게 죽였다는 혐의는 당신의 이런 성정과 모순됩니다. 게다 당신은 필요하다면 그를 적당히 구워삶을 수도 있었을 테고요. 그럼에도 제가 당신을 범인이라고 확신한 건 당신의 또 다른 일면 탓입니다. 당신은 사람들의 증오와 욕심을 부추겨 더욱 크게 자라도록 합니다. 당신은 그것 때문에 괴롭지만 한편으로는 진심으로 즐기고 있어요. 당신은 관리의 욕심을 적당한 선에서 조절하는 대신 그대로 방치해 결국은 광산을 통째로 집어 삼키려는 헛된 욕심을 심어주었습니다. 저는 결국 당신이 이런 파국을 원한 것이라고 밖에는 생각할 수 없어요. 제 말을 인정하십니까?"

말없이 듣고 있던 세주가 살인 혐의를 별다른 저항 없이 받아들이자 이와키는 개인적인 호기심에서 물어보았다.

"왜 당신은 혐의를 피하기 위해 당신이 강구할 수 있는 모든 수단을 써보지 않는 겁니까?"

"글쎄올시다. 그냥 만사가 귀찮고 피곤하오."

이와키는 세주에게 예의를 갖추어 수갑을 채웠으며 시종일관 깍듯하게 그를 대했다. 저택의 주인이 수갑을 찬 채 일본 형사에게 끌려 나가는 광경은 오래도록 하인들의 입에서 입으로 전해져 인근에 짜하게 떠돌았다. 사람들은 간혹 세주가 몹시 겁에 질려 있었다고도 했고 넋이 나가 있더라고도 했지만 그건 모두 틀린 말이었다. 세주는 계속해서 "젠장 할, 피곤하군, 너무 피곤해"라고 중얼거렸으며 잔뜩 인상을 찌푸렸을 뿐이다.

세주가 붙들려간 후에, 금잔은 환영의 부모에게 장문의 편지를 써서 상황을 알렸다. 그녀는 아드님과 따님의 일로 몹시 낙담하신 줄은 알고 있지만 최선을 다해 외손자의 아비를 도와주길 간곡히 부탁했다. 그녀는 한참을 고민하다가 수철에게도 편지를 썼다. 일이 어렵게 되어가고 있으나 흔들리지 말고 공부에 매진하라는 당부를 적었다.

나는 무식한 시골 여자라 어쩌할 바를 모르고 발만 동동 구르고 있구나. 게다 아이를—네 동생인 수환이 말이다. 얼마 전에 네게 사진을 보내주었지—돌보아야 해서 경성으로 갈 짬이 없다. 네가 아비의 일을 자세히 알아보고 내게 상황을 알려주면 고맙겠다. 미우나 고우나 그 양반은 네 친아비야. 너는 공부도 많이 했고 그만큼 생각도 깊을 테니 넓은 아량으로 이해해주리라 믿는다.

그리고 정확히 한 달 후에 지극히 냉정하면서 은근한 조롱기가 감춰지지 않는 수철의 편지가 도착했다. 수철은 편지에 환영의 아버지와 세주를 만나고 왔으나 그는 구제의 여지가 없는지라 재판을 통해 사형을 피하게 되면 그나마 운이 좋은 것이라고 썼다. 또한 광산의 소유권 역시 잃었다는 불행한 소식을 전하게 돼 지극히 유감이라고 했다.

아시다시피, 전 그자의 소유는 금싸라기 한 줌 탐하지 않았습니다. 애초에 내 것이 아니라 생각했기 때문에 재판부에서 온정을 베풀어 내게 남겨준 광산의 지분 일부도 모조리 국가에 헌납할 생각입니다. 덕분에 저는 본국의 어떤 학교에든 진학할 수 있는 자격을 얻었습니다. 제 앞날을 충분히 고려해서 가장 신중하고 현명한 선택을 할 것입니다. 아비가 내게 베풀어준 유일한 기회이니 감사하게 생각해야겠지요?

금잔은 수철의 편지를 고이 접어 넣으며 한탄을 했다. 시골에서 이러고 있을 것이 아니라 수환과 함께 서울에 올라가보아야 하는 게 아닐까 생각했지만 저택을 비워둘 수도 없는 노릇이었다. 하지만 금잔의 갈등도 어느 날 밤 벌어진 일로 인해 깨끗이 해결되었다.

"그 큰 저택에는 나와 수환이만 남아 있었단다. 낮에는 그나마 괜찮은데 밤만 되면 온갖 귀신들이 찾아와 떼로 울어대는 통에 도무지 잠을 잘 수가 없었어. 수환이가 심하게 앓고 난 뒤에 더 이상 물건을 띄우며 놀지 않게 되어 그나마 다행이었지. 아이가 깊은 잠에 빠져 색색거리며 자는 동안 그 숨소리를 듣는 게 유일한 위안이었어. 아무리 원한에 찬 귀신들이라도 아직 죄를 모르는 아이는 지켜주는 것이 틀림없고말고. 때문에 매캐한 연기 냄새가 맡아졌을 때도 조금 놀라기는 했지만 겁이 나진 않았어. 나는 방 밖으로 나가보았어. 일 층 한구석에서 불길이 활활 타오르고 있었어. 어이구, 아기씨는 불이 얼마나 빨리 번지는지 상상도 못 할 거야. 저 정도 불이면 내가 어떻게 끌 수도 있지 않을까 생각하는 사이 글쎄, 목재며 가구며 덧씌운 천에 얼마나 쉽사리 옮겨붙던지! 꾸물거리다가는 그대로 수환이랑 통구이가 될 지경이었어. 무언가 챙겨 나가야겠다는 생각은 했지만 하두 정신이 없어놔서 뭘 챙겼는지도 몰랐단다. 하여간 두 팔 하나 가득 닥치는 대로 집어들고 수환이와 함께 저택을 빠져나왔어. 밖으로 나왔을 때는 그 당당하던 저택이 활활 불타오르고 있었어."

금잔은 백색으로 빛나던 성이 허무하게 전소되는 것을 지켜보았다. 차갑고 쓸쓸하고 아름다웠던 저택은 주홍빛의 거대한 불덩이가 되어 마지막으로 빛나고 있었다. 수환의 손을 잡은 채 망연히 서서 몰락의 과정을 지켜보던 금잔은 지붕에서 피어오르는 거대한 회색 연기기둥에서 팔척장신의 검은 형체를 얼핏 보았다. 그는 하늘을 향해 듣는 이의 가슴이 아프도록 구슬피 울부짖었으나 지붕으로 번진 화마에 곧 휩싸였다. 밤새도록 불타던 저택이 새벽 무렵 시커먼 잿더미로 변할 때까지 꼼짝 않고 자리를 지키던 금잔은 수환이 작은 목소리로 배가 고프다고 말하자 긴 한숨과 함께 그곳을 떠났다. 수환이 그 저택을 다시 찾은 것은 그로부터 십여 년의 세월이 흐른 뒤였다.

"어이구, 글쎄 내가 저택에서 가지고 나온 게 수환이 요하고 사과 두 알하고 떡 두 덩어리하고 내 치마저고리하고 반짇고리하고 수환이 옷 몇 가지가 전부 아니겠니. 이 미련한 년이 왜 그런 허접쓰레기만 챙겨 나온 것인지. 이놈의 반짇고리는 그때부터 지금까지 내가 주욱 끼고 다닌 거란다. 하지만 아무리 정신이 없어도 열쇠 꾸러미만큼은 단단히 챙겨 나왔고말고. 그때야말로 주인어른이 말한 '일이 잘못되어가는 상황'이었으니 금덩어리를 꺼내야 할 때가 된 것이었어. 하지만 함부로 움직일 수가 없었단다. 인근 삼백 리의 거지들이 몽땅 모여들어 부자의 타다 만 세간 중 뭐 건질 만한 것이 없나 득시글거렸거든. 사실 그네들 중 환영이의 금붙이며 장신구 같은 것을 건져간 사람들도 있고, 불길을 피한 가재도구도 제법 남아 있어서 거지들은 물론이고 먹고살기 어려운 인근 마을 사람들까지 심심찮게 찾아와 잿더미를 뒤적거렸어."

금잔은 적당한 때가 되길 기다렸다가 어둑해질 무렵 저택이 타고 남은 자리를 찾아갔다. 그녀는 세주의 방이 있던 자리를 정확히 기억해냈으며 그 위에 쌓여 있는 시커먼 목재와 철골 같은 것을 밤새도록 혼자서 들어냈다.

"말도 마라, 내 허리가 고장 난 게 바로 그때부터라니까."

금잔은 동이 틀 무렵에야 지하실로 들어가는 입구를 발견했다. 문이 타고 그을리기는 했으나 마지막에 본 모습 그대로 단단히 잠겨 있었다. 금잔은 아래로 내려선 뒤 조심스레 문을 닫고 계단을 내려가 지하 금고에 다다랐다. 세주는 지하실에 자신이 이곳으로 올 때 들고 온 커다란 여행용 가죽 가방을 놓아두었다. 금잔은 금덩어리를 꺼내 그 가방에 차곡차곡 채워 넣었다. 금덩어리는 조금도 남거나 모자람 없이, 가방에 딱 맞을 만큼의 개수만 숨겨져 있었다. 금잔이 진땀을 흘리며 지하실 밖으로 나왔을 때는 이미 아침이어서 그녀는 혹시나 하고 가슴을 졸여야 했지만 다행히 아무와도 마주치지 않았다. 다녀갈 만한 사람들은 이미 몇 차례나 다녀가 몽땅 휩쓸어 간 뒤였던 것이다. 금잔이 수환과 임시로 지내던 초가집으로 가는 길에 마주친 두어 명의 아낙들은 최근에 연이어 생긴 불행에 대해 야단스러운 걱정의 말을 건네느라 금잔이 머리에 이고 있는 무거워 보이는 낡은 가죽 가방에는 신경도 쓰지 않았다. 그녀는 이후로도 내내 그 가방에 금덩어리를 넣고 다녔지만 아무도 그 안에 금이 들어 있으리라고는 생각조차 하지 못했다. 금잔은 원래 담이 큰 사람이었으며 무엇보다 재물에 초연했다. 그녀가 자신의 손에 있는 것을 별반 대단하게 생각지 않았으므로 다른 사람의 눈에도 전혀 대단한 물건처럼 보이지 않았던 것이다. 금잔이 수환의 손을 잡고 가죽 가방을 머리에 인 채 서울로 가는 기차에 오른 것은 한 달 뒤였다. 그녀는 전날 밤 부모가 살고 있는 집 부뚜막에 금덩어리 두 개를 몰래 두고 왔다. 그것으로 금잔은 자신을 태어나게 해준 그들과 완전히 이별했다. 금잔은 생전 처음으로 역에서 배웅하는 입장이 아닌, 아는 이들의 배웅을 받으며 홀가분히 고향을 떠났다.

*

금잔의 서울 생활은 환영의 집을 방문하는 것으로 시작되었다. 외아들을 사지로 보낸 것이 사위임을 모르는 노부부가 금잔을 따듯하게 환영해준 것과는 달리, 그 사이 완전히 장성한 수철은 서먹하게 굴었다. 어색하기는 금잔도 마찬가지였으나 그보다는 늠름하게 자란 수철에 대한 대견함과 자랑스러움이 더 컸다. 금잔은 또한 환수가 보내온 몇 통의 편지를 읽으며 기쁨의 눈물을 흘렸다. 노부부는 아들에게서 마지막으로 편지를 받은 게 너무 오래전 일이라며 걱정에 잠겨 있었다. 그들은 금잔에게 함께 지내자는 친절한 제안을 했지만 그녀는 어쩔 수 없이 거절해야 했다. 그들의 집은 세주가 수감되어 있는 형무소와 너무 먼 거리에 있었던 것이다.

금잔은 세주의 옥바라지를 위해 형무소와 가까운 곳에 있는 깔끔한 한옥을 한 채 구입했다. 필요한 세간과 생활에 필요한 여러 가지 것들을 구입하고 주변이 정리가 되자 그녀는 수환과 함께 서울 이곳저곳을 구경했다. 금잔은 난생처음으로 전차라는 것을 타보았으며 양과자점에서 풍기는 달콤한 냄새를 맡아보았다. 그녀는 숙녀들의 화려한 옷차림과 아름다운 얼굴에 넋을 잃었으며 신사들의 말쑥한 모습에 부끄러움을 느꼈다. 환하게 불을 밝힌 요리점과 주점, 극장과 양장점 등을 오가는 그들의 모습은 그녀의 눈에 요지경처럼 보였다. 서울의 화려한 모습에 어느 정도 익숙해지자 금잔은 뒷골목을 메우고 있는 가난과 궁핍, 그리고 출정가를 부르며 전쟁터로 떠나는 젊은이들의 앳된 모습이 눈에 들어왔다.

금잔의 세월은 수환과 함께 흘렀다. 그녀는 수환을 키우는 일에 온 정성을 기울였다. 수환은 너무 말이 없어 어떨 때는 하루 한마디도 하지 않고 지낼 때가 있었다. 아이는 해가 드는 마루에 앉아 작은 인형이나 색색의 헝겊 조각을 띄우며 놀았고 금잔은 그러한 수환의 능력을 아이의 대단찮은 놀이 정도로 생각했다. 실제로 수환은 어린 시절 앓고 난 이후 일정한 무게 이상의 물건은 더 이상 띄우지 못하게 되어서 금잔의 그런 판단이 영 틀린 것은 아니었다. 정작 금잔의 걱정은 수환의 시력이 점점 떨어지고 있다는 것이었다. 아이가 얼굴을 바짝 가까이 대지 않고서는 글자를 전혀 읽지 못하자 결국 안경점에 데리고 가야 했다.

수환은 침묵과 흐릿한 시야를 통해 다른 사람이 짐작하는 이상의 것을 보고 들었다. 수환은 금잔의 손을 붙든 채 가보았던 모든 곳을 기억했으며 시력이 점점 떨어져 결국 암흑밖에는 남지 않게 되었을 때도 어린 시절의 풍경을 통해 세계를 재구성했다. 그는 점차 흐려지는 자신의 시력처럼 기억마저 흐려지지 않도록 모든 것을 자신의 가슴에 차곡차곡 채워 넣은 뒤 정금 같은 순수로 자물쇠를 채웠다. 그래서인지 수환은 아무리 나이를 먹어가도 금잔의 손을 붙잡고 다니던 소년의 정서를 잃어버리지 않았다. 그는 점차 자신의 특별한 능력이 주던 유희의 기능이 더 이상 필요 없게 되자 그것을 자신의 삶에서 지우기 위해 애를 썼다. 그에게 그 능력은 어린 시절 가지고 놀던 나무 팽이 같은 것으로 상자에 담긴 채 다락 깊숙한 곳에 처박혀야 할 쓸모없는 물건이나 마찬가지였다. 수환의 그런 면은 금잔의—무시무시할 정도의—평범함에 융화된 결과이기도 했다. 금잔은 수환의 재능이 먹고사는 일에 도움을 주지 못하는 한 신경 쓸 가치가 없는 하찮은 것이라 여겼고, 그러한 생각은 알게 모르게 수환에게도 영향을 주어 그가 자신의 재주를 빠르게 잊어가도록 했다. 해서 수환이 열 살이 되었을 쯤에는 시력이 나쁘기는 해도 얌전하고 곱상한, 지극히 평범한 도련님이 되어 금잔을 기쁘게 했다.

수환은 십 대 중반이 되면서 흐릿하게 뭉개진 듯한 형태와 명암 정도만 구분할 수 있게 되어 수업을 따라가는 것이 불가능해졌다. 금잔의 온갖 정성과 간구에도 불구하고, 수환은 결국 학교를 포기해야 했다. 수환은 생활에 전혀 필요 없는 재주는 가졌으면서 정작 가장 필요한 기능이 없는 자신의 불균형에 대해 좌절과 슬픔을 느꼈다. 한동안 실의에 빠져 자신의 방에서 꼼짝 않고 두문불출하던 수환은 완전히 시력을 잃어버리기 전에 될 수 있는 대로 많은 빛과 형태를 자신의 시야에 담아두기로 결심했다. 그는 지팡이를 구입하였고—그것을 처음 보았을 때 금잔은 그만 대성통곡을 하고 말았다—어깨에 멜 수 있는 가벼운 가방을 하나 만들어달라고 금잔에게 부탁했다. 금잔이 감색 무명으로 정성껏 만들어준 가방 안에 그는 길양식과 약간의 돈과 갈아입을 옷 몇 벌을 챙긴 후 금잔을 다정하게 안아주고 여행을 떠났다. 화사한 진달래가 지천으로 핀 한봄이었다.

  수환은 제일 먼저 자신의 고향에 가보기로 했다. 그는 대저택의 쓸쓸한 아름다움이 그리웠으며 그것이 불타던 날 밤의 슬픔도 생생히 기억했다. 비록 자신이 태어난 집은 없어졌지만 안개가 몰려드는 호수의 풍경을 다시 한 번 보고 싶었다. 수환은 지팡이를 짚은 채 서두르지 않고 천천히 길을 가며 하늘과 산과 나무와 논과 밭과 들꽃과 들풀과 날벌레와 그것들을 밝히는 봄빛을 즐거이 감상했다. 그는 다리가 아파오면 길가에 앉아 농가에서 산 감자나 양파를 먹었으며 운이 좋을 때는 마음 좋은 아낙이 집어준 주먹밥을 먹을 때도 있었다. 어려운 시절이었으나 그는 결코 굶주리는 법이 없었고 길 위에서 험한 일을 당하지도 않았다.

  수환은 고향에 도착하자 자신이 그곳을 막연히 그리워만 했을 뿐 별로 아는 것이 없음을 알게 되었다. 몇 년 사이 훌쩍 자라버린 그를 아무도 알아보지 못했으며 시절에 기죽고 생활에 찌든 그곳 사람들은 낯선 외지인을 불편해했다. 한때 세주의 소유로 악명이 높았던 광산은 최근 금 생산량이 급격히 줄면서 겨우 명맥만 유지하고 있었다. 세주가 감언이설로 약속했던 마을의 번영은 더 이상

파낼 게 없어진 금광처럼 빈껍데기만 남아 스러져버렸다. 수환은 대저택과 그 주변의 아름다운 풍경을 보고 자랐으나 이제 그곳은 헐벗고 굶주리며 퇴락해 있었다. 저택이 있던 자리에는 엉겅퀴와 억새풀이 가득했으며 그 사이로 드문드문 보이는 대리석 조각과 부서진 주춧돌이 한때의 부귀영화를 희미하게나마 짐작케 할 뿐이었다. 수환은 추억과 현실의 간극에 대해 생각했으며 마침내 완전히 시력을 잃어버리게 되면 현실과는 동떨어진, 전혀 다른 세계에서 살게 될지 모른다는 두려움을 느꼈다.

  고향을 떠나 한동안 산과 계곡, 너른 들을 찾아다니던 수환은 바다가 보고 싶어졌다. 수환이 남쪽 지방의 바다에 도착한 것은 초여름의 일로, 바다는 흐릿한 그의 시선으로도 충분히 크고 넘칠 만큼 일렁였으며 매혹적이었다. 여관에서 며칠을 묵은 뒤에도 그곳을 떠나기가 망설여지자 수환은 아예 작은 어촌에 방을 하나 얻었다. 말이 없는 중년의 어부와 그만큼 말이 없는 그의 아내가 살고 있는 집이었다. 수환은 검고 거칠며 억센 그들의 모습과 생선을 말리느라 늘 비릿한 내가 떠도는 검박한 그곳이 마음에 들었다. 셋 다 말이 없는 사람들이라 집 안은 늘 고요했으며 파도치는 소리만이 규칙적으로 들려왔다. 어부는 새벽 일찍 바다로 나갔고 그의 부인 역시 갯벌에서 하루 종일 일했다. 수환은 아침잠이 많은 사람이어서 항상 정오 무렵에야 눈을 떴으므로 그가 일어나 보면 집은 이미 텅 비어 있었다. 수환은 머리맡에 놓인 소박한 밥상 앞에 앉아 바다를 바라보며 천천히 식사를 했다.

수환이 여느 때처럼 느지막이 일어나 늦은 아침을 먹고 바닷가를 거닐고 있을 때였다. 고깃배들이 들고 나는 선창에서 시끄러운 소란이 벌어졌다. 수환은 자신의 고요한 명상을 깨는 소동을 무심하게 바라보았다. 거칠기는 해도 늘 침착했던 어부들이 흥분해서 소리를 지르고, 근처의 아낙들도 모두 뛰어가 웅성거렸다.
　"어이! 거기 젊은이!"
　초로의 어부가 수환을 향해 소리를 지르며 다급히 손짓했다. 수환은 일순 귀찮은 생각에 무시해버릴까 생각했으나 모여 있던 사람들이 모두 자신을 쳐다보고 있자 할 수 없이 선창 쪽으로 걸음을 옮겼다.
　"혹시 이 여자를 아시는가?"
　바닷가에 떠밀려온 시체는 하얗게 퉁퉁 부어 있어 금방 솥에서 쪄낸 두부처럼 보였다. 수환은 안경을 추어올리며 눈을 가늘게 뜨고 여자의 인상을 살펴보았지만 설령 아는 사람이라 해도 누군지 알아볼 수 없을 것이었다. 수환은 고개를 가로저었다. 검은 얼굴의 어부가 한숨을 쉬며 말했다.
　"흉한 일이다."
　"어떡하지요?"
　젊은 어부가 걱정스레 말을 받았다.
　"굿이라도 해야 않겠나."
　늙은 어부의 말에 여자들이 소곤거렸다. 수환은 그 소동에 싫증이 났으므로 조용히 자리를 떠났다. 저녁이 되어 집으로 돌아온 어부는 저녁상을 앞에 두고 낮의 일에 대해 말했다. 그는 여자의 시체가 점점 더 커지더라면서, 그대로 두었다가는 구척장신이 되게 생겼다고 했다.

"머리카락과 손발톱도 자라고 있어. 모두들 흉조라고 걱정하네."

"굿을 한답니까?"

"마침 용한 무녀가 이 근처에 와 있다더군. 한다 하는 양반들이 모두 가서 점을 친다던데, 오늘 사람을 보내 기별을 넣었어. 워낙 흉한 일이니 그분이 와주시면 좋겠구먼."

수환은 저녁을 먹은 후 자신의 방으로 돌아와 심심풀이로 작은 물건들을 띄우며 놀았다. 그는 금세 피곤해졌고 그대로 잠이 들었다. 다음 날, 수환은 파도가 철썩이는 규칙적인 소리에 무언가 잡스러움이 섞여 있는 것을 느끼며 잠에서 깨어났다. 꽹과리와 북소리군. 수환은 빨라졌다 느려지기를 반복하는 원시적인 장단에 귀를 기울이다가 호기심이 생겼다. 그는 말린 생선과 된장, 보리밥이 차려져 있는 밥상을 그대로 둔 채 바닷가로 나갔다. 이 마을 사람들은 물론이고 인근의 다른 곳에서도 굿을 보기 위해 몰려들어 해변은 수많은 사람들로 득실거렸다. 소란을 무엇보다 싫어하는 수환은 사람들에게서 멀찍이 떨어져 굿판을 구경했다. 흰옷을 입은 악사들이 흥겹게 연주를 하고 있었고, 사람들이 빙 둘러서 있는 한가운데에 방울을 흔들며 춤을 추고 있는 붉은 옷의 무녀가 보였다. 수환은 그녀의 가볍고 우아한 움직임을 별생각 없이 지켜보다가, 점차 완전히 몰입해서 보게 되었다. 수환의 안개 낀 듯한 뿌연 시야에 붉은 나비 한 마리가 팔랑이며 어지러이 날아다녔다. 무녀의 손과 발이 움직이는 대로 놀듯 쉬듯 하던 영혼은 잠시 후 그녀의 손짓을 따라 푸르게 빛나는 바다 저 끝으로 한줄기 빛과 함께 사라졌다. 일순 사람들의 소란과 번잡스러움도 함께 사라지고, 일대는 갓 비질을 끝낸 깨끗한 마당처럼 정갈해졌다. 굿을 끝낸 무녀가 미소를 지으며 주위를 둘러보다가 멀리 서 있던 수환과 눈이 마주쳤다. 그녀는 한동안 꼼짝도 하지 않고 수환을 보았으며 그녀가 보고 있는 동안 수환 역시 몸을 움직일 수 없었다. 북을 치던 악사가 다가와 질투와 선망에 들떠서 전해준 무녀의 초대를 받았을 때, 수환은 그 모든 일이 너무 자연스러워 놀라고 말았다. 그가 그녀의 춤을 보고, 시선을 받고, 초대를 받게 되는 것은 마치 오래전부터 정해져 있던 일 같았다. 수환은 집으로 돌아와 마루에 걸터앉아 잔잔한 바다를 보며 뛰는 가슴을 진정시키기 위해 애를 썼다. 그는 무녀를 만나기로 한 저녁이 되기에는 너무 많은 시간이 남아 있다는 것에 절망하며 난생 처음으로 시간이 더디 가는 것에 초조함을 느꼈다. 수환은 마당을 서성이면서 그녀의 초대가 과연 무슨 의미인지 생각해보려 애를 썼지만 온갖 억측과 망상이 뒤엉키더니 끝내는 새카맣게 타버려 본래의 형태조차 알아보지 못하게 되고 말았다. 그럼에도 시간은 언제나처럼 흘러 해가 기울자 수환은 부엌에서 몸을 씻고 가장 좋은 옷을 꺼내 입은 뒤 집을 나섰다. 그는 지팡이를 짚고 가는 것이 보기에 별로 좋지 못할 것이라는 데 생각이 미쳤다. 하지만 어두워지는 길을 생각하니 별다른 선택의 여지가 없었다. 수환은 허세를 부리는 사람이 아니었으나 그 순간만큼은 자신이 초라하게 느껴졌다. 무녀가 묵고 있는 곳은 인근에서 가장 많은 고깃배를 가지고 있는 부유한 선주船主의 집이었다. 수환은 오가며 그 집을 본 적은 있으나 안에 들어가보지는 못했다.

 수환이 선주의 집에 도착한 것은 암청색 하늘에 드문드문 별이 떠오를 때였다. 우아하게 지어진 솟을대문 양쪽으로 불을 밝힌 등이 걸려 있었다. 수환이 문을 두드리자 잠시 후에 구척장신의 대머리 사내가 문을 열어주었다. 체격이 어찌나 크던지 그의 몸은 대문에 꽉 차고도 남았다. 그는 수환을 위아래로 훑어보더니 아무 말 없이 턱짓으로 따라오라는 시늉을 했다. 안으로 들어서자 일본식으로 꾸며진 아름다운 정원이 보였다. 드문드문 세워진 등불 주변을 나방과 하루살이들이 날고 있었다. 수환은 대머리 사내를 뒤쫓다가 너무 긴장해서인지 두어 번 발이 걸리며 비틀거렸다. 사내가 팔을 붙들어주려고 했지만 수환은 그의 손을 정중히 거절했다. 으리으리한 본채를 지나 작은 대문이 하나 더 있었고 그 문을 넘자 아담하게 지어진 별채가 보였다. 여기저기 불을 밝힌 등 때문에 어둡지는 않았으나 이상할 정도로 조용했다.

 "아직 기도 중이시라오."

 대머리 사내가 뜻밖의 부드러운 음성으로 말했다. 수환은 잠자코 고개를 끄덕였다. 사내는 수환을 혼자 둔 채 안쪽으로 사라졌다. 수환은 작기는 하지만 모든 것이 조화롭게 꾸며진 마당에 서서 불빛이 새어 나오는 별채를 멍하니 바라보았다. 아주 짧은 시간이었는지 영원처럼 긴 시간인지 잘 분간이 안 갈 정도로 혼란스러운 시간이 흐른 뒤에 작은 몸집의 여자가 안쪽에서 나왔다. 그녀는 수환에게 들어가보라고 조용한 목소리로 말했다. 수환은 한숨을 내쉬었다.

  수환은 그녀의 방에 들어서자마자 어지러움을 느꼈다. 짙은 향 냄새와 단정하게 깔려 있는 비단 침구 때문이었다. 미희는 깨끗이 빗질한 길고 검은 머리를 늘어뜨린 채 속이 훤히 비쳐 보이는 속옷을 입고 있었다. 그녀의 아름다움, 총기, 그리고 음탕함이 수환을 꼼짝 못하게 사로잡았다. 수환은 어찌할 바를 모른 채 미희가 내민 손을 붙잡았고 거기에 입을 맞추었다. 방울을 쥐고 흔들던 미희의 가늘고 긴 손가락이 수환의 입술을 어루만졌다. 수환이 긴장으로 참고 있던 숨을 한꺼번에 내쉬자 미희가 작은 소리로 웃었다. 미희는 수환의 윗도리를 열어 그 안의 매끈한 몸에 가만히 손을 댔다. 차가운 손가락이 목덜미와 가슴, 그리고 탄탄한 배를 탐색하듯 어루만지자 수환은 온몸에 소름이 돋으면서 치밀어 오르는 열기로 인해 가벼운 현기증을 느꼈다. 수환은 옷을 벗어 던져버린 뒤 생전 처음 느껴보는 열락에 몸을 맡겼다. 처음 여자와의 정사를 치른 수환은 뜻밖에도 자신이 그 방면에 재능이 있음을 깨달았다. 그는 미희가 원하는 것이 무언지, 어떻게 하면 그녀를 기쁘게 할 수 있는지를 본능적으로 알았으며 앞으로 알게 될 수많은 여자들에게도 그러했다. 그의 멋지고 큼직한 남성은 중년이 되어서도 언제 어디서든 쉽사리 발기했고 사정도 얼마든지 원하는 때에 맞출 수 있었다. 그날 이후 수환은 매일 해지는 시간이면 선주의 집으로 향했다. 가끔씩 미희가 외출했다 밤새 돌아오지 않을 때도 있었으나 그는 개의치 않고 그녀의 방에서 느긋하게 뒹굴거렸다. 그는 자신과 미희의 일이 별다른 사건이 없는 작고 조용한 어촌 마을에서 은밀한 이야깃거리가 되고 있는 것을 전혀 몰랐지만 설령 알았다 해도 달라지는 것은 없을 터였다. 수환은 언제나 자기만의 단조로운 세계에서 평안과 여유를 누렸다. 두 사람은 한 달 동안 그 집에서 머물다가 미희가 임신을 하자 함께 서울로 왔다.

"어이구, 말도 마라."

금잔은 고개를 절레절레 흔들며 미희와의 첫 만남을 기억했다.

"그때 수환이 나이가 겨우 열여섯이었더니라. 그냥 여행 간 줄 알았지 설마하니 장가들러 간 줄 생각이나 했겠니? 게다 그렇게……."

금잔은 적당한 말을 고르기 위해 눈살을 찌푸렸다.

"그렇게…… 평범치 않은 여자를 신붓감으로 데려올 줄이야. 나도 언젠가 수환이가 예쁘고 참한 색시에게 장가를 들어 살뜰한 보살핌을 받고 귀여운 자식들도 낳게 되기를 간절히 바랐지만 말이다. 설마 무당을 집안에 들이게 될 줄은 정말 몰랐지 뭐냐."

무엇 하나 부족함 없이 다 해주고 싶은 것이 금잔의 소망이었건만 혼인식도 필요 없다는 수환과 미희의 말에 금잔은 크게 실망해야 했다. 대신 그녀는 정성껏 신방을 꾸몄으며 미희의 배가 불러오자 곧바로 아기 옷을 만들기 시작했다. 미희가 수련을 낳던 날은 한봄인데도 눈이 내렸다. 잔뜩 흐린 하늘에서 하루 종일 진눈깨비가 쏟아졌으며 미희는 새벽부터 밤늦게까지 진통에 시달렸다. 수련은 세상으로 나와 첫 숨을 내쉬는 게 어지간히 싫었던 모양으로 미희를 오래도록 괴롭혔으며 태어나면서 어머니를 잃은 수환을 두려움에 휩싸이게 만들었다. 마침내 수련이 좁디좁은 산도를 마지못해 빠져나와 힘없는 첫울음을 터뜨리자 금잔은 안도의 한숨을 내쉬었다. 세주의 집안에 처음 있는 평범한 출산이었던 것이다. 금잔은 대문에 숯을 내걸고 쇠고기를 듬뿍 넣은 미역국을 한 솥 끓였다. 그녀는 미희가 출산 후의 피곤함으로 지쳐 잠이 든 사이 수련의 몸을 깨끗이 씻겼으며 미리 만들어둔 배내옷을 입혀주었다. 그렇게 해서 금잔은 세주의 손녀까지 돌보는 처지가 되었다.

3부

공장

　수철은 어린 수환의 손을 잡고 상경한 금잔을 오랜만에 만났을 때, 늘 그랬듯 두 사람에 대해서는 새카맣게 잊어버린 상태였다. 하지만 환영의 장례식 날 보았던 세주의 모습은 반대로 그가 서울에서 보낸 시간을 완전히 잊어버리게 만들었다. 그는 세주와 마주하자마자 땟물 흐르던 비참한 어린 시절이 통째로 자신을 뒤덮어버리는 것을 어쩔 수가 없었다. 그는 장례식 내내 치밀어 오르는 희미한 욕지기와 비참함을 간신히 참아야 했다. 금잔의 깊고 따뜻한 애정도 견디기 어려운 것은 마찬가지였다. 옛날 금잔의 치맛자락에 붙어 다니던 시절만큼 떠올리고 싶지 않은 기억도 없었으나, 그를 위하는 금잔의 모든 행동이 그 시절을 다시 불러오는 듯했다. 수철은 비탄에 잠긴 노부부와 함께 서울로 돌아와서야 겨우 악몽에서 벗어나는 것 같았다. 그는 별채 하나를 통째로 쓰던 환수의 거처로 곧 옮겨 갈 수 있을 것이라 기대했으나 그런 기회는 영영 오지 않았다. 노부부는 언제 돌아올지 모르는 환수를 위해 그곳을 비워두었다. 노부부에게 수철은 영원히 자신의 집 방 한 칸을 빌려 쓰는 총명한 학생에 불과했으며, 자식들이 각별히 아꼈으므로 자신들에게도 특별한 존재일 뿐이었다. 수철은 노부부가 수환을 끌어안고 한참 우는 모양을 싸늘하게 바라보았으며, 만난 지 한 시간도 안 되어 그 세 사람에게서 자연스러운 가족의 분위기가 생겨나자 비참해졌다. 수철에게는 항상 비참함이 따라다녔고 아무리 애를 써도 거기에서 벗어날 수가 없었다. 그는 차갑고 어두운 자신의 골방으로 돌아와 벌렁 드러누운 채 가슴을 들쑤시는 통증이 어디에서 왔는지를 쓰라린 심정으로 헤아려보았다. 수철은 낯선 사람을 처음 만날 때면 무의식적으로 양손을 감추었다. 자신이 아직도 손톱 사이에 때가 낀, 더러운 손을 가진 천덕꾸러기처럼 느껴져서였다. 거리에서 우연히 아름다운 아가씨와 스쳐지나갈 때나 학우들 중 세련된 멋쟁이 앞에 설 때도 그의 손은 여지없이 등 뒤에 가 있었다. 그는 자신의 모습이 초라하게 느껴질수록 더욱 큰소리를 치며 대범하게 굴었지만 열등감으로 인해 얼굴이 붉어지고 말까지 더듬게 되는 것은 어쩔 수 없었다. 그는 자신이 옛날 막막한 심정으로 기차를 타던 어린아이 시절에서 단 한 뼘도 자라지 못했다는 것을 깨달았다.

수철의 이중생활은 거뭇한 털들이 사타구니에 솟아오르면서 자연스럽게 시작되었다. 그는 꿈에서 어머니가 뱃사람 둘과 한꺼번에 관계하는 것을 본 뒤 첫 몽정을 하였고, 그길로 사창가에 달려가 몸 선이 허물어지기 시작한 중년의 창녀 한 명을 샀다. 그 후로 수철은 몸에 불길이 타오르고 피가 끓어오를 때면 거리낌 없이 사창가로 달려가 가장 늙고 추한 퇴물 창녀들을 싼값에 샀다. 그녀들은 하룻밤을 공치는 대신 일을 할 수 있다는 기쁨에 수철이 무슨 짓을 하든 개의치 않고 원하는 대로 해주었다. 가끔씩 도가 지나쳐 수철을 상대했던 여자가 앓아눕거나 심한 하혈을 할 때에도 포주는 그냥 모른 척해 버렸다. 그녀들에게 기꺼이 돈을 지불하는 사람은 수철뿐이었던 것이다.

늙은 창녀의 품에서 빠져나오면 수철은 마치 여자가 몸치장을 하듯 환수의 행동거지나 말투, 걸음걸이 같은 것들을 다시 몸 전체에 뒤집어썼다. 어린 날 처음 본 순간부터 환수는 수철에게 하나의 완벽한 이상형으로 자리 잡았다. 하지만 보는 눈이 날카로운 이들에겐 과장이 지나쳐 다분히 연극적으로 보이는 몸짓이나 말투, 표정을 지어내는 수철이 갈데없는 서툰 어릿광대처럼 보였다. 그들은 수철의 예의 바른 행동에서 느껴지는 불쾌함과 짜증스러움의 정체가 무엇인지 몰라 곤란해하다가, 결국 그가 별로 매력적인 사람은 못 된다는 다소 애매한 결론에 도달했다. 그다지 세련된 축에 들지 못하는 순박한 학우들조차도 수철이 늘 자신들을 무시하는 동시에 호의를 얻고자 애쓰는 이중적인 태도를 보이자 불편한 마음에 그를 멀리하게 됐다. 어떤 학우는 그의 뒤에서 "성공을 위해서는 물불 가리지 않을 천박한 놈"이라 조롱했으며 어떤 학우는 "그 자식은 아무리 애써보아야 갈데없는 촌놈이지"라고 비웃었다. 수철은 자신이 정신적인 불안정함을 교묘히 숨기는 데다 사교에 능란하고 사람들을 휘어잡는 매력을 지니고 있다 믿고 싶었으나 사실은 거칠고 서투르며 지극히 이기적이기까지 한 외톨이에 불과했다. 그러다 보니 그의 태도는 더욱 갈피를 잡지 못해 어떤 때는 지극히 겸손하게 굴다가도 어떤 때는 열등감을 있는 대로 드러내며 주변 사람들을 공격했다. 수철은 자신이 친우라고 믿었던 ― 착각했다는 것이 올바른 표현일 것이다― 사람들에게까지 조롱과 비웃음을 당했고, 그러한 사실은 소문을 타고 돌고 돌아 결국 그의 귀에까지 들어오곤 했다. 수철은 타인에 대해 둔감해지는 방법으로 스스로를 보호했으며 철저한 무시와 경멸로 맞섬으로써 인간관계의 균형을 맞추었다. 차라리 그가 자신의 상처를 위장하는 대신 노골적으로 드러냈더라면 혐오감 대신 연민을 얻을 수도 있었을 것이다. 하지만 수철은 언제나 불쌍한 놈이 되느니 혐오스러운 인간이 되는 쪽을 선택했다. 삶에는 무수한 선택의 순간이 있고, 그때마다 사람은 아주 작고 사소한 이유들에 의해 역시 작고 사소한 선택을 하게 된다. 그러한 선택이 쌓이고 쌓여 결국은 더 어렵고 힘든 선택을 해야만 하는 순간과 그 선택을 감당해야만 하는 순간을 맞게 되는 것이다. 삶이란 사소한 선택이 겹치고 겹쳐 무게를 더하는 과정이며, 선택을 내릴 때 영향을 미쳤던 사소한 이유들이 역시 중대한 무게를 지니게 되는 과정이기도 하다. 수철이 쌓아왔던 작은 선택들은 적절한 때가 되자 삶을 규정하게 되는 선택을 강요하게 되었고, 그는 자신이 사소한 이유로 쌓아 올린 무게를 이기지 못하고 말았다.

금잔이 서울에 정착한 지 얼마 안 되었을 때의 일이었다. 그녀는 수환과 함께 외출했다 집으로 돌아가고 있었다. 안경 덕분에 한결 시야가 밝아진 수환이 금잔의 치마꼬리를 흔들며 어두컴컴한 골목 안쪽을 가리켰다. 그곳에서는 거미처럼 마른 소녀가 중늙은이와 몸값을 흥정하고 있었다. 불쌍한 거지 아이는 어디에나 흔했지만 그 소녀한테서는 왠지 더 불행한 냄새가 났던지라 금잔의 마음이 크게 흔들렸다. 소녀는 대단한 미인이었고, 바로 그 때문에 저 아이가 제대로 된 부모만 만났더라면 하는 안타까운 마음이 절로 들었던 것이다. 금잔이 수환의 손을 잡고 가까이 다가가 보니 중늙은이는 얼마 안 되는 몸값에서도 돈을 깎고 있었다. 금잔은 늙은이에게 부끄러운 줄 알라며 소리쳤다. 지나가던 사람들이 무슨 일인가 쳐다보자 늙은이는 삽시간에 사라져 마치 요술을 부리는 것 같았다. 금잔은 소녀의 이목구비를 감탄하는 마음으로 뜯어보았다. 그녀는 서울에 와서 멋쟁이 숙녀들을 많이 보았지만 화려하고 세련된 옷차림을 걷어내 보면 정말 예쁜 여자들은 드물었다. 비록 뒷골목에서 몸을 팔고 있었지만 소녀는 인형처럼 예쁜 데다 품위까지 있어 보였다. 하지만 금잔 때문에 손님을 놓친 소녀의 입에서는 광산의 인부들도 돌아앉을 만한 상소리가 마구 튀어나왔으므로 금잔은 그 기괴한 부조화에 놀라고 말았다. 거리를 지나쳤던 수많은 사람들 중 오직 어린 수환과 금잔만이 그녀가 가지고 있는 아름다움을 알아보았다. 소녀는 지나치게 말라 있었고 더러웠다. 게다 태연히 자신의 몸을 헐값에 내놓아, 사람들은 그녀의 미모에 깜짝 놀랐다가 곧 자신의 눈을 의심하면서 저런 아름다움이 이런 시궁창에 피어날 리 없다는 상식에 따라 고개를 돌려버렸던 것이다. 금잔은 그 소녀를 어떻게든 도와주고 싶은 마음에 자기와 함께 가서 집안일을 거들면 먹여주고 재워줄 테니 어쩔 것이냐고 물었다. 소녀는 자기를 만만히 보고 이용해먹을 생각은 하지도 말라며 오히려 으름장을 놓았다. 금잔이 아무리 아름다움의 위대한 힘 앞에서 잠시 눈이 부셨다 한들 예의도 모르는 계집아이를 달래가며 호의를 베풀 생각까지는 없었다. 금잔은 마침 사 들고 가던 찐빵 봉지를 소녀의 손에 쥐여주고 수환과 함께 골목을 나왔다. 얼마 후 수환이 금잔의 손을 잡아 흔들며 뒤쪽을 가리켰다. 금잔이 흘긋 돌아보니 소녀가 게걸스럽게 찐빵을 뜯어 먹으며 그들의 뒤를 따라오고 있었다. 소녀는 금잔이 바라보자 걸음을 멈추고 딴청을 했다. 그렇게 그들은 집까지 함께 왔다.

   금잔이 이름을 묻자 소녀는 시무룩해서 자기 이름은 이상하고 예쁘지도 않다고 했다. 그녀의 이름은 '대전'이었다. 평생 남의 소작만 부쳐 먹던 아비가 언젠가는 큰 밭을 갖고 싶어 딸에게 붙인 이름이었다. 금잔은 소망을 담은 이름이 어째서 이상하냐고 물었다.

   "너야말로 네 아비의 소망인 셈이지 않니?"

대전은 결국 날 팔아먹었는데요, 뭐 라고 심드렁하게 대꾸했다.

"어떤 사람은 내 이름을 듣더니 네가 그래서 몸을 팔게 된 것이야, 라고 비웃기까지 했어요. 오죽 큰 밭이면 이리 많은 씨를 받아들일까, 하면서요."

그런 후 소녀의 입에서는 기구한 팔자 이야기가 줄줄이 흘러나왔다. 눈물 콧물 흘리며 대전의 이야기를 듣던 금잔은 이렇게 만난 것도 인연이니 그녀가 어엿하게 제 몫을 하고 살아가도록 힘껏 도와야겠다고 결심했다. 금잔은 대전을 불쌍히 여겨 처음 얼마간은 먹고 싶다는 것 먹이고 깨끗한 옷도 사주면서 푹 쉬도록 했다. 하지만 그렇게 몇 날이 지나도 대전은 스스로 몸을 움직여 금잔의 일을 도울 생각을 하지 않았다. 그녀는 내킬 때면 수환이와 잘 놀아주다가도 금세 싫증을 느껴 아이를 혼자 내버려두곤 했다. 철없는 아이였던 수환도 그녀에게 실망해 차츰 놀아달라는 소리를 하지 않게 되었다. 대전이 조금씩 살이 붙고 제대로 된 옷을 입자 감추어져 있던 미모에 빛이 나기 시작했다. 금잔의 심부름으로 외출이라도 할라치면 모두의 시선이 모였으며 대전은 생전 처음 받아보는 관심에 환희를 느꼈다. 대전은 망상에 잠긴 채 오랜 시간을 거울 앞에서 보냈고 그러다 지치면 잠을 자거나 부엌을 뒤져 맛난 음식을 찾아 먹었다. 금잔이 대전에게 내어 준 방은 청소를 하지 않아 먼지가 수북한 데다 온갖 쓰레기들이 굴러다녔다.

금잔은 예쁜 소녀의 변덕스러운 비위와 도에 지나치는 요구를 나름대로 맞추어주었다. 일생 스스로 몸을 움직여 생활을 꾸려온 금잔에게 그런 대전의 행동은 이해 불가의 영역이었던지라 도무지 어떻게 다뤄야 할지를 몰랐던 것이다. 하지만 만족을 모르는 그녀의 욕심이 한이 없자 어느 날 불러 앉혀놓고 분명하게 잘라 말했다.

"넌 이곳에 일을 돕는 조건으로 있는 것이야. 공짜로 무얼 얻으려는 생각만큼 흉한 것도 없어. 그러니 내일부터 게으름일랑 그만 부리고 집 안팎 청소랑 부엌일을 거들도록 해."

대전은 눈썹을 찌푸리며 못마땅한 표정을 지었다.

"성 아주머니는 다른 사람들과 좀 다르다고 생각했어요. 정말 마음이 넓고 인품이 훌륭한 분이라 생각했는데, 겨우 이 정도에 서운해하시는 걸 보면 그런 것도 아닌가 봐요. 하긴 세상사가 다 그렇지요, 뭘. 내일부터 내 밥값은 제대로 할 테니 그만하세요."

금잔은 놀라움에 할 말이 없어 그저 쓴입만 다셨다. 그녀의 말을 듣고 있자니 자신이 정말 간장 종지만 한 인간처럼 느껴졌던 것이다. 대전은 자신의 말대로 다음 날부터 일찍 일어나 금잔을 돕기 시작했다. 이런저런 일을 시키고 살림을 가르쳐본 금잔은 의외로 머리가 빨리 돌고 손이 잰 대전에게 깜짝 놀랐다. 금잔이 칭찬하자 대전 스스로도 자신이 잘하는 일이 있다는 것을 신기해하면서 금세 헤헤거렸다. 그녀는 기분이 좋을 때면 늘 그렇듯 금잔에게 착착 감기며 아양을 부리고 수환에게도 살갑게 굴며 온갖 놀이를 함께해주었다. 그럴 때의 대전은 사랑스럽기 그지없어 그녀에 대해 실망과 불만을 쌓아가던 금잔의 굳은 마음도 눈 녹듯 풀어져버렸다.

대전은 앞으로 열심히 일을 배우고 돕겠다고 다짐을 해서 금잔을 기쁘게 했다. 성 아주머니는 제게 특별한 분이세요, 저는 아주머니를 위해서 뭐든 열심히 할 거예요. 그녀의 이 약속은 석 달 정도 지켜졌다.

　대전은 어느 정도 일이 손에 익자 지루함과 권태를 느꼈다. 그녀는 금잔에게서 받는 모든 것들이 항상 부족하고 미흡했으므로 자신이 해야 하는 힘든 일들이 몹시 부당하게 느껴졌다. 대전은 차츰 일어나는 시간이 늦어졌으며 자진해서 하는 일도 하나둘 줄어만 갔다. 나중에는 금잔이 시키는 일 정도만 마지못해 겨우 해내는 정도가 되어 결국 게으름을 부리며 자신의 욕구만 채우려드는 처음으로 돌아가버렸다. 금잔은 대전과 함께 지내려면 한도 없이 베풀면서 감사 받으려는 생각 자체를 아예 포기하는 성인의 마음가짐을 가져야 됨을 깨달았다. 아니면 끝도 없는 잔소리와 분노를 끓여 붓다가 자신조차 둔감하고 이기적인 사람이 돼가거나. 금잔은 자신이 성인의 재목은 결코 될 수 없음을 대전 때문에 확실히 알게 되었지만 그렇다고 잔소리와 짜증으로 세월을 보내고 싶은 마음도 없었다. 금잔은 앞뒤 재지 않고 덜컥 낯선 아이를 집안에 끌어들인 후회로 가슴이 쓰려왔으나 이미 때는 늦어 있었다. 그녀는 불만에 찬 대전이 알아서 나가주었으면 하고 은근히 바라면서도 여전히 그녀의 게으름을 받아줌으로써 그럴 가능성을 스스로 없애고 있었다. 금잔은 수를 부려 대전을 쫓아낼 만큼 영악하지 못했고, 그렇다 해서 갈 곳 없는 아이를 대놓고 쫓아낼 만한 사람도 못되었으니 그야말로 진퇴양난에 빠진 셈이었다.

그즈음 수철은 금잔을 한번 찾아가보아야겠다고 생각했다. 그녀를 보고 싶거나 어린 동생이 걱정되어서가 아니라, 가족이 지척에 살고 있는데도 한번 찾아가보지 않는 것은 주변 사람들에게 좋지 못한 인상을 남기게 될 것이라 생각해서였다. 그래서 그는 어느 날 오후 불쑥 금잔의 집을 찾아갔다. 수줍음이 많은 수환은 금잔의 뒤에 숨은 채 낯설기만 한 자신의 형을 물끄러미 보았다. 수환의 눈에 수철은 기억조차 희미한 아버지와 놀랄 정도로 비슷해 보였으므로 더욱 어렵게 느껴졌다. 기쁨에 넘친 금잔이 저녁상을 차리기 위해 장을 보러 가야겠다며 대전을 불렀다. 부엌에서 물일을 하던 대전이 젖은 손을 앞치마에 닦으며 나오다가 마루에 앉아 있는 수철을 보았다. 수철의 훤칠함은 단번에 대전의 마음을 사로잡았고, 대전의 뛰어난 미모는 대번에 수철의 시선을 끌었다. 그녀는 수철이 이제껏 상대해왔던 늙은 창녀들과는 비교도 할 수 없을 정도로 아름다웠으나 동시에 그녀들만큼 천박했다. 수철은 첫눈에 대전의 부조화에 매료되었다. 하지만 그는 재빨리 그녀에게서 시선을 떼고 옆에 얌전히 앉아 있는 수환의 머리만 쓰다듬었다.

대전은 식사 준비로 분주한 금잔을 도우면서 수철에게 계속해서 노골적인 시선을 보냈다. 하지만 그가 자신에게 아무 관심도 없는 것처럼 보이자 쓰라린 실망감을 맛보았다. 수철이 금잔의 말동무를 해주며 수환과도 한참 놀아준 뒤 돌아가기 위해 일어선 것은 날이 어둑해져서였다. 수철은 대문을 나서기 전 그의 시선을 한 번이라도 잡아보기 위해 주변을 맴돌던 대전에게 처음이자 마지막으로 짤막한 시선을 던졌다. 그 시선은 너무도 확실한 유혹과 호의를 담고 있어서 대전은 그 뜻을 알아채고 기쁨에 얼굴을 붉혔다. 수철이 떠난 뒤 대전은 쌓인 저녁 설거지도 내팽개친 채 슬그머니 집을 나갔다. 골목 어귀에서 그녀를 기다리던 수철은 대전을 으슥한 뒷골목으로 끌고 갔다. 대전의 탄력 있는 질은 늙은 창녀들의 헐렁한 그것과는 완전히 다른 방식으로 수철의 성기를 조여왔다. 그가 성급한 절정에 달했을 때 대전이 몸을 뒤틀며 음탕한 욕설을 내뱉자 수철은 더 이상 참지 못하고 그대로 사정했다.

한 여자에게 몰두하는 것은 그답지 않은 일이었으나 대전을 품에 안고 싶은 욕망이 시도 때도 없이 자신을 사로잡자 수철은 금잔에게 자신이 그녀를 데리고 있겠다고 했다. 잔심부름하는 아이가 필요하다는 수철의 말에 금잔은 고민하다가 결국 허락했다. 대전은 자신의 통제력 밖에 있었던 것이다. 수철에게 가기 위해 금잔의 집을 나서던 날 아침, 대전은 마치 세상을 다 얻은 듯했으나 수철은 금잔과 달리 호락호락하지 않았다. 수철은 대전을 욕망했으므로 그녀의 게으름과 욕심을 적당히 눈감아주기는 했다. 하지만 그뿐, 그것이 영원히 지속되지 않을 것임을 대전이 확실히 알게끔 함으로써 아무것도 기대하지 못하게 했다. 절망에 빠진 대전은 수철을 속여 임신을 하는 자충수를 두었다. 그녀가 그토록 어려 순진한 구석이 남아 있지 않았다면 감행하지 못했을 어리석은 짓이었다. 수철은 불같이 화를 냈다. 그는 그때껏 여자를 때려본 적이 없었으나 결국 분을 이기지 못하고 대전을 두들겨 패고 말았다. 수철은 대전의 배를 걷어차면서 아이가 그대로 죽어버리길 은근히 기대했다. 그는 오래전 세주가 자신의 어미에게 한 것처럼 내 아이가 아니라고 윽박질렀다. 그는 세주와 마찬가지로 자기를 닮은 자식이 이 세상에 생겨난다는 것을 받아들일 수 없었다. 그가 말과는 달리 자신을 정말로 사랑하는 것이라 굳게 믿어왔던 —아니면 단지 자신을 그렇게 속여왔던— 대전은 절망감에 빠졌다. 그녀는 금잔에게로 몸을 피했다. 수철의 아이를 임신했다며 찾아온 대전을 금잔이 어떤 심정으로 맞았을지는 하늘만이 알 일이었다. 배 안의 아이는 수철의 발길질에도 여린 숨을 연명해 그녀에게 구역질과 어지럼증 같은 임신 초기의 증상을 겪도록 했다. 금잔은 유달리 심한 입덧을 겪어 자리에 누워버린 대전의 시중까지 들어야 하는 처지가 되었다.

금잔이 수철을 불러 어쩔 것이냐고 물었을 때 수철은 눈물을 글썽이며 말했다.

"제가 그만 실수했습니다. 그러니 마땅히 책임져야지요. 대전이도 그간 힘들게 살아온 아이니 더 이상 고생해서야 되겠습니까. 게다 내 아이를 가졌으니 말입니다. 진학을 포기하고 곁에 있어주겠습니다."

금잔은 일단 노부부에게도 알리는 것이 좋겠다고 말했다. 그동안 자식처럼 돌보아주셨으니 마땅히 아셔야 된다는 그녀의 말에 수철은 얌전히 고개를 끄덕였다. 예전에 세주는 도망침으로써 이 문제를 해결했지만 수철은 안락한 환경과 보장된 미래를 버리고 도망칠 생각이 눈곱만큼도 없었다. 그렇다고 자신의 말처럼 책임질 생각도 아니었다. 벼랑 끝에 몰린 수철은 창녀들에게 스쳐가듯 얻어들은 이야기를 기억해냈다. 뒷골목의 한 노파가 이런 문제를 감쪽같이 해결해준다는 것이었다. 여러 명의 여자가 그 노파에게 시술을 받아 뒤탈 없이 아이를 유산시켰다. 그 일은 출산과 마찬가지라 피를 많이 쏟고 고통스럽기는 하지만 미역국을 먹으며 며칠 푹 쉬면 괜찮다는 것이었다. 수철은 수소문을 해 그 노파의 주소를 받아 들었다. 그리고 금잔이 집을 비운 틈을 타 찾아가서 대전을 구슬렸다. 방금까지 입덧이 심하다며 마실 물까지 금잔에게 떠다 바치게 한 대전이었건만, 고급 요리점에 데려가준다는 수철의 말에 뛸 듯이 기뻐하며 화사한 외출복으로 갈아입었다. 수철은 그녀의 팔뚝을 단단히 붙잡고 미리 기별을 넣어둔 노파의 집으로 데려갔다. 대전이 뭔가 잘못되었다는 것을 깨달았을 때는 이미 높다란 침상에 팔다리가 묶인 뒤였다.

  노파가 사용하는 도구는 모두 더러웠으며 그녀의 손톱에는 때가 끼어 있었다. 거미줄처럼 얽혀 있는 굵은 주름과 검은 반점을 두꺼운 분칠로 가리려고 애썼으나 그 시도는 노파를 더욱 추해 보이게 할 뿐이었다. 노파는 담배를 태우며 아직 임신 초기이니 큰 위험은 없을 것이라고 했다. 노파가 얼룩진 수술용 가위와 겸자를 대전의 사타구니 밑으로 밀어 넣으려고 하자 대전이 몸부림을 치며 비명을 질렀다. 그녀는 수철에게 한 번만 용서해주면 멀리 떠나서 다시는 나타나지 않겠다고 애원했다. 수철은 한순간 망설였다. 노파의 행색으로 보아 무사한 여자보다는 소리 소문 없이 죽어간 여자가 훨씬 더 많을 것이었다. 저 빌어먹을 할망구의 손에서 살아남은 여자들은 순전히 운이 좋았을 뿐이야. 수철은 그렇게 생각하며 식은땀으로 축축해진 이마를 문질렀다. 하지만 어딘가에서 자신의 아이가 살아가게 된다는 사실, 더구나 저런 여자 밑에서 자라게 될 것이라는 사실이 떠오르자 그의 망설임은 흔적도 없이 사라져버렸다. 계속하시오. 수철이 노파에게 말했다.

피가 끝도 없이 쏟아졌다. 노파는 피에 젖은 목화솜 뭉치를 계속해서 갈아댔다. 대전은 수술 도중 고통을 이기지 못하고 까무러쳤다. 지켜보던 수철은 구역질이 치밀어 오르는 것을 겨우 참았다. 그의 등에서 식은땀이 흐르고 있었다. 수술은 삼십 분 정도 걸렸지만 수철에게는 삼십 년은 족히 흐른 것만 같았다. 그의 첫 아이는 그렇게 산산이 쪼개져 핏덩이로 죽어갔으며 대전은 수술이 끝난 지 열두 시간 만에 숨을 거두었다. 그녀의 피는 멈추지 않았고 나중에는 침상 전부를 피로 물들이는 것도 모자라 바닥으로 흘러넘쳤다.

수철은 금잔에게 "대전과 함께 외출했는데 갑자기 하혈을 심하게 해 급히 병원으로 데려갔으나 미처 손쓸 새도 없이 죽어버렸다"고 알렸다. 금잔은 의심 없이 그 말을 믿었다. 대전의 부모가 출생신고를 하지 않아 사망신고도 할 필요가 없었다. 대전은 공동묘지에 묻혔으며 이름 석 자 새긴 조그만 비석이 욕심 많던 그녀가 마지막 가진 전부였다. 수철도 사람인지라 대전의 죽음에 가책을 느꼈다. 하지만 그보다는 해방감이 훨씬 더 컸다. 그는 거리낌 없는 심정으로 일본의 군사학교에 입학하기 위한 짐을 꾸렸다. 수철은 장교가 되기로 결심을 굳힌 상태였다. 수철은 미련 없이 현해탄을 건너는 배에 몸을 실었으며 항구에서 배웅하는 노부부와 금잔의 눈물 따위는 거들떠보지도 않았다.

*

수련은 돌이 지나자마자 시시때때로 무열을 앓았다. 미희는 열이 펄펄 끓는 수련의 이마를 차가운 손으로 짚어보며 짤막한 기도를 해주었고 그걸로 딸에 대한 관심을 거두었으므로 금잔이 아니었다면 수련은 그 모든 고통을 혼자 치러내야 했을 것이다. 금잔은 찬 물수건을 쉴 사이 없이 갈아주면서 열이 내릴 때까지 수련의 머리맡을 지켜주었다. 그녀 덕분에 수련의 첫해는 무척이나 따뜻하고 포근했으며 유년기의 대부분을 그러한 안정감 속에서 보낼 수 있었다. 나중에 수련은 자신의 유년기를 돌이켜보며 미희가 수환을 아이의 아버지로 선택한 것은 금잔의 존재까지 감안한 것이 틀림없다고 생각했다.

수련은 걸음마를 떼고 불분명하게나마 의미 있는 단어를 말할 수 있게 되자 깊은 밤 찬바람이 부는 마당에 벌거벗은 채 나가곤 했다. 체온의 급격한 하락으로 금세라도 심장이 멈출 것 같은 느낌, 허나 지금 당장 죽어도 좋을 것이라는 후련함은, 아직 그것을 제대로 언어화시키지 못하는 수련의 미숙한 두뇌에서 참기 힘든 거대한 감정의 소용돌이로 뒤바뀌었다. 어린 날의 수련은 추위나 더위, 배고픔이나 갈증 같은 인간적인 욕구가 답답한 족쇄처럼 여겨졌으며, 밤이면 파도처럼 덮쳐오는 곤한 잠도 벗어던지고픈 굴레에 불과했다. 수련은 허약한 본능이 지시하는 정반대의 행동으로 그 답답함에서 벗어나고자 버둥거렸다. 그녀는 배가 고플수록 음식을 멀리하고, 잠이 쏟아질수록 깨어 있었으며, 추울수록 맨몸으로 떨치고 나가 몸과 마음이 허기와 피로, 추위에 익숙해지기를 소망했다. 금잔은 수련의 이상행동이 가지는 의미를 전혀 이해하지 못해서 "대체 아이가 밥을 먹지를 않아! 이를 어째!"라고 한탄하거나, 잘 시간이 되었는데도 눈을 말똥말똥 뜬 채 꼼짝도 않는 수련 때문에 쩔쩔매었다. 수환은 어린 딸을 부드럽게 달래거나 안아주면서 조금이라도 먹이고 재우려 애썼지만 미희는 그냥 내버려두라고 했다.

"저 아이는 아직 사람이 무언지 잘 모를 뿐이에요. 불과 얼마 전까지 누리던 영혼의 자유로움을 기억해내고 갇히기 싫어 애를 쓰는 것이지요. 사람이란 유한한 몸에 무한의 영혼이 담긴 그릇. 몸과 영혼이 별개의 것이 아닌 이상 저 아이 역시 자신의 몸을 받아들이게 될 거예요."

금잔이 여전히 미심쩍어하자 미희는 자신도 어렸을 때 그랬지만 지금은 이리 잘 자고 잘 먹고 있으니 된 것 아니냐고 웃으면서 되물었다. 금잔은 머리를 흔들며 아이에게 보약을 지어 먹이겠다고 대꾸했다.

수련은 머리가 여물어갈수록 미희가 점점 더 어려워져만 갔다. 다른 사람과는 달리 어머니의 속을 보기가 쉽지 않았으며 더군다나 그녀의 미래를 점치기란 거의 불가능했다. 수련은 혀 짧은 소리가 제법 말꼴을 갖추어가자 많은 말들을 쏟아냈는데, 금잔을 물끄러미 쳐다보면서 "성 아주머니 팔자에 서방은 없어. 그러니 헛된 기대일랑 접어요"라고 말했다가 그녀에게 엉덩이를 얻어맞았으며, 수환에게는 언젠가 여자들 때문에 사단이 날 거라 말한 뒤 한동안 그의 방에 출입을 금지당했다. 미희는 수련이 옆집 아주머니를 붙들고서 그리 박색인 데다 몸까지 차가우니 남편이 딴 계집을 여럿 보는 거라고 지껄여대는 것을 우연히 듣고 나서 처음이자 마지막으로 회초리를 들었다. 수련이 고통을 참지 못하고 끝내 울음을 터뜨리자 미희가 엄하게 말했다.

"아프냐? 아플 것이다. 이 고통을 잘 기억해라. 세 치 혀로 남의 가슴을 이렇게 아프게 할 수도 있다."

그날 밤 수련은 어떻게든 어머니에게 복수하고 싶은 마음에 기를 써서 겨우 미희의 안으로 들어갈 수 있었다. 수련은 미희의 기억들을 아주 약간 들춰 볼 수 있었지만 그에 대해 결국 아무 말도 하지 못했다. 말로 하기에는 그녀의 삶이 너무 슬프고, 또한 계속 슬플 것이기 때문이었다. 수련의 눈에 비친 미희는 차갑고 냉정하여 아무에게도 곁을 주지 않는 사람이었다. 가족에 대한 그녀의 사랑은 전혀 짐작치 못한 때 불쑥 튀어나왔다가 곧 흔적도 없이 사라져 바위처럼 굳세고 단단한 내면 밑으로 숨어들었다. 미희의 삶을 이루는 것은 커다란 공허였다. 그러므로 그녀의 본질 역시 정처 없는 공허였다. 미희는 타인과의 관계를 별로 중요하게 생각하지 않았다. 그녀는 너무 많은 것을 보아 결국 아무런 기대를 걸지 않게 된 사람이었으며 홀로 있는 순간만이 가치 있다고 여기게 된 외로운 사람이기도 했다. 그녀가 수환과 부부의 연을 맺은 것은 그래야만 한다는 의무감 반, 세상의 연에서 위안받고자 하는 기대 반이 뒤섞여 있었다. 하지만 미희는 혼인을 치르고 나서도 혼자 살 때와 다름이 없었으며 가족과의 관계를 위해 스스로를 변화시켜야 한다는 생각조차 하지 않았다. 그러기에는 그녀 자신이 너무 크고 무거웠다. 그녀는 수환이 내킬 때만 자신을 필요로 했던 것처럼 자신이 내킬 때만 가족을 찾았다. 그녀는 가족과 함께 행복했으나 그 행복은 순간에 불과하다고 여겼으며, 영원의 가치를 지니지 못하는 한 지키기 위해 노력해야 할 필요가 없다고 생각했다. 미희가 가족과 지낸 마지막 몇 년이 그녀의 삶에서 가장 힘든 시기였다. 미희는 자신의 본질과 전혀 맞지 않는 생활이 자신을 좀먹고 있다 생각했으며 그럴수록 가볍고 감각적인 관계에 집착했다. 수련은 미희의 내면에서 발견한 것들이 그녀만의 것이라고 생각할 수 없었다. 어머니의 안에 있는 것들은 자신 안에도 도사리고 있는 것이었으며 앞으로 더욱 분명한 형태를 갖춰 그녀처럼 스스로를 괴롭히게 될 것이었다. 다른 사람에게는 그저 있는 듯 마는 듯 감추어져 있는 것이 미희의 내면에서는 끊임없이 소용돌이쳤고, 그럼에도 그녀는 그러한 혼란을 다스려 조금 더 가치 있는 무엇으로 상승시키고자 노력하고 있었다. 어머니의 그러한 점은 가장 인간적인 동시에 탈속적인 것이어서 진정으로 존경받을 만하다고 여겨졌다. 수련은 여전히 미희가 어렵고 야속했으나 처음으로 그녀에게 자식으로서의 애정을 느꼈다.

 수련이 무럭무럭 자라는 동안 태평양전쟁이 계속되면서 모든 게 부족해져만 갔다. 일본이 전쟁 물자를 충당하기 위해 식민지를 통째로 벗겨내자 사람들은 하루를 넘길 양식도 없어 팔 수 있는 건 모조리 내다 팔았다. 금잔은 외로이 살고 있는 환영의 부모를 살뜰하게 챙겼지만 계속된 환란과 전선에 나가 있는 자식 걱정으로 급격하게 병약해진 그들은 한 해를 사이에 두고 나란히 세상을 떠났다. 수환은 그들 노부부가 자신을 그토록 아끼는데도 오히려 그 애정을 버거워해 자주 찾아가지 않았다. 그들이 죽었을 때도 별로 슬프지 않아 수환은 하염없이 우는 금잔에게 오히려 미안함을 느껴야 했다. 수련 역시 노부부에게 사랑을 담뿍 받았으나 수환처럼 애정을 느끼지 못했다. 어린 무녀에게는 진실과 동떨어진 채 살아온 그들이 아무런 매력도 없었던 것이다. 수련의 눈에 그들은 이곳저곳을 배회하는 무해하고 무탈한 허깨비처럼 보였다. 그녀에게는 아주 어린시절부터 허깨비들이 찾아와 말없이 주변을 어슬렁거리거나 한참을 곁에 있다 홀연히 사라졌다. 가끔씩 그들은 수련을 향해 창백한 팔을 내밀 때도 있었고, 구슬픈 소리로 흐느껴 어린 수련의 마음을 아프게 했다. 하지만 수련은 곧 그들의 슬픔과 고독이 세상에서 이미 한 번 지나가 사별해버린 것의 잔상일뿐이며 만물이 끊임없이 새로워지는 현실의 흐름과 상관없는 유령에 불과하다는 것을 알게 되었다. 그후로 그들의 희미한 형상과 연약한 울부짖음은 수련에게 아무런 감정의 동요를 일으키지 못했다. 이미 사라져버린 것이 다시 존재할 수는 없으되 아직 존재하면서 벌써 사라져버린 듯 될 수는 있었다. 마치 자신의 조부모처럼. 그래도 죽기 직전까지 아들 걱정에 눈을 감지 못하겠노라고 울던 그들에게, 미희가 아들은 무사히 살아 돌아올 것이라 따뜻하게 축복해주며 마음 편하게 세상을 떠나도록 해주었다.

 노부부의 무덤에 덮은 흙이 채 마르기도 전에 두 개의 핵폭탄이 일본 본토에 떨어졌다. 천황의 항복 선언과 그들의 통곡, 한반도의 만세 소리가 동시에 터져 나왔다. 별별 일을 다 겪은 금잔이었지만 그런 그녀로서도 어느 날 갑자기 세상이 뒤집히는 것을 직접 보는 것은 흔치 않은 일이었다. 드디어 해방이 되었다는 소식에 금잔이 제일 먼저 한 생각은 '그럼 우리 수철이는 어쩌냐'는 것이었다. 수철은 원하던 대로 군사학교를 우수한 성적으로 졸업하고 장교로 임관되어 당시 중국 전선에 나가 있었다. 흥분과 기쁨을 이기지 못해 거리로 뛰어나온 인파 속에서 금잔은 근심에 싸여 만세 한 번 제대로 부르지 못하고 집으로 돌아왔다. 수환과 미희 역시 해방이 되었다는 소식에 별다른 반응을 보이지 않았으므로 집은 온통 들끓는 듯한 거리 분위기와는 아무 상관없었다. 금잔이 미희에게 수철의 일을 슬쩍 묻자 그녀는 "인간사 큰 흐름을 따라가는 법이지만 만사가 제자리를 찾기까지는 많은 어려움이 따르지요. 반드시 그리될 일도 그리되지 않게 되는 경우가 훨씬 더 많습니다. 성 아주머니의 근심을 모르는 바 아니지만 괘념치 마세요"라고 했다. 금잔은 그녀의 알쏭달쏭한 말에 고개를 흔들며 '끙' 소리와 함께 부엌으로 들어가버렸다.

 그로부터 얼마 후, 마침내 세주가 기나긴 옥고를 끝내고 집으로 돌아왔다. 형무소에 갇힌 항일운동가들이 선별적으로 풀려나면서 세주도 자유를 얻은 것이다. 그가 범행을 저지른 지 너무 오래되어 당시의 사건을 자세히 기억하는 이가 아무도 없었고 남은 것은 그에 대한 사무적인 기록뿐이었다. 세주의 범행 기록과 공판 기록을 훑어보던 담당 관리는 세주가 별다른 항일운동 전력이 없는 것에 고개를 갸웃했지만 어쨌든 일본 고위 관료를 잔인하게 살해하고 막대한 재산을 몰수당한 뒤 오랜 옥고를 치렀다는 점에 고개를 끄덕였다. 만일 세주에 대한 기록을 조금만 더 뒤져보았더라면 그가 항일 운동과는 아무런 상관이 없다는 것을 알게 되었을 것이다. 하지만 관리는 그런 일을 처리하기에는 지나치게 성질이 급한 데다 무엇보다 허기를 참지 못하는 사람이었다. 그가 세주의 서류를 점심 식사 전이 아니라 식후에 검토했더라면 결과가 달랐을지 몰랐다. 관리는 별다른 고민 없이 세주의 서류에 '석방' 도장을 시원스레 찍어준 후 만족스러운 기분으로 점심을 먹으러 나갔다. 그 덕에 세주는 작은 보따리 하나를 옆구리에 낀 채 무덤에서 기어 나온 시체 같은 형상으로 형무소의 철문을 나올 수 있었다.

형무소 안에는 중범죄자들을 따로 수감하기 위해 지어진 지하 독방 시설이 있었다. 사람 몸 하나가 간신히 누울 수 있는 크기의 그곳에서는 여름의 구더기 떼와 겨울의 엄혹한 냉기가 사람의 살을 산 채로 파먹어 썩게 했다. 그 수감 동의 독방을 채운 죄수의 대부분이 항일운동을 하다 형을 받은 사람들이었다. 세주는 일본 고위 관리를 살해한 자로서 무기징역을 언도받은 터라 이유 불문, 그 지하 감옥에 갇혀 있었다. 수련이 너무 어려 영혼의 활달함을 제어하지 못했던 시절, 그곳에서 행해진 끔찍하고 잔인한 폭력과 고문을 가능케 한 인간의 어떤 면이 그녀의 꿈자리에 무시로 찾아와 밤새도록 이유를 알 수 없는 진땀과 두려움에 젖게 했다. 수련은 매일 밤 세주의 정신에 커다란 상흔을 남긴 그 어둡고 차가운 수감 동을 쫓아 들어갔다, 그곳을 배회하는 악령에 겁을 집어먹고 여러 번 혼절했으며 귓가에 붙어 떨어지지 않는 원령들의 흐느낌 때문에 몇 날을 슬피 울기도 했다. 미희는 어린 딸의 영혼이 악령에 잡아먹히지 않도록 부적을 집 사방에 붙여두었다.

"이상한 일이구나. 아직 본 적도 없는 할아비를 그리 사랑하다니."

미희가 의아해하며 수련에게 말했다. 수련은 마치 태어나기 전부터 세주를 사랑하기로 마음먹은 듯 사랑했다. 미희는 어린 딸이 가족에 대해 이상할 정도로 깊은 애정을 보이자 근심했다. 그녀는 그러한 성향이 별로 바람직하지 못하다고 여겼으나 결국 수련의 험난한 앞길에 유일한 희망일지 모른다고 생각하게 되었다.

"장님이 되었군."

형무소 앞으로 마중을 나간 수환을 보고 세주가 탁한 목소리로 말했다. 수련은 실제로는 처음 보는 할아버지의 모습에서 눈을 떼지 못했다. 그는 수련이 막연히 짐작했던 것보다 훨씬 컸으며 기괴했고 늙어 있었다. 세주는 긴 옥고를 치르며 극심한 영양부족으로 치아 대부분을 잃어버렸으며 남은 평생 온몸에 지독한 통증을 달고 살아야 했다. 세주는 금잔의 어깨를 몇 번 두드렸지만 그녀가 눈물을 보이려고 하자 황급히 손을 거두면서 인상을 찌푸렸다. 금잔도 이 무슨 주책인가 싶은 표정으로 눈가에 맺힌 눈물을 얼른 닦아냈다. 세주는 이윽고 수련을 바라보았다. 그는 수련의 얼굴에서 한동안 시선을 떼지 못했다.

"네가 수련이냐?"

수련은 잠자코 고개를 끄덕였다.

"네 어미가 무당이라고?"

이번에는 수환이 인상을 찌푸렸다. 그는 다른 사람이 미희에 대해 그런 식으로 말하는 것을 극도로 싫어했다.

"더운물로 몸을 씻고 싶군."

세주는 그렇게 말한 뒤 집에 도착할 때까지 한마디도 하지 않았다.

마침 미희는 먼 지방으로 굿을 하러 떠나 있어 집에 없었다. 세주는 며칠을 죽은 듯이 잠을 잤으며, 형무소에 두고 나온 자신의 생기를 되찾으려는 듯 꿈속에서 그곳을 배회하였다. 왕진 온 의사는 세주를 진찰하더니 통증을 감소시키고 훼손된 건강을 약간이나마 회복시켜줄 약들을 줄줄이 일러주었다. 그는 세주가 그 약들을 평생 먹어야 할 것이라고 했다. 며칠 후 집으로 돌아온 미희는 세주를 정중히 대했으나 누가 보아도 며느리가 시아비를 대하는 태도로 볼 수는 없었다. 세주는 세주대로 금잔에게 "저년은 한군데 머무르며 자식 키우고 서방 돌볼 년이 아니야. 내 척 보면 알지. 너무 똑똑하고 지나치게 색기가 흐르는군. 수련이도 누구 씨인지 알게 뭐야"라고 했다. 금잔은 펄쩍 뛰며 그런 소리 말라고 했다.

"내 여러 해를 함께 지내 알 만큼 알아요. 겉으로는 무뚝뚝해 뵈고 잔정 없는 것 같아도 속이 깊고 성정이 맑은 사람이오. 수환이에게 저만한 여자가 없어요. 가볍고 천박하게 팔랑거리는 애가 아니니 그런 잡소릴랑 다신 하지 마요."

세주는 마침 수련이 지나가는 것을 발견하고는 입을 다물어버렸다. 수련의 용모는 미희보다는 수환을 닮았으며 조금 더 거슬러 올라가보자면 환영을 빼박았다. 세주는 수련을 보는 순간부터 손녀로 받아들이고 사랑했으며 수련도 그 사실을 알고 있었다. 세주가 미희를 싫어한 것은 세간의 입방아대로 그녀가 무당에 서방질을 해서가 아니었다. 그는 미희의 성정을 나름대로 정확하게 뚫어보았으므로 그녀를 가족으로 받아들일 생각이 없었다. 세주에게 미희는 잠깐 머물다 지나갈 타인에 불과했으며 이왕 떠날 사람이니 될 수 있는 대로 빨리 떠나는 것이 아들과 손녀에게 좋다고 나름대로 결론 내렸을 뿐이다.

수환은 세주가 돌아온 뒤 부쩍 더 말이 없어졌다. 어려서 헤어진 아버지를 어떻게 대해야 할지 몰라 불편해하는 것이었지만 사실 세주를 편히 대할 수 있는 사람은 얼마 없었다. 세주는 수환의 검은 안경과 지팡이를 뚱한 표정으로 노려보다가 이마를 문지르고 가래침을 뱉어내기는 했어도, 금잔의 말처럼 수환에 대해서는 제법 아버지처럼 굴었다. 수환이 지팡이를 짚고 혼자 나설라치면 세주는 어깨를 으쓱하며 위험하니 조심하라고 버럭 소리를 질렀다. 수련은 할아버지의 그런 모습을 좋아했지만 수환은 무척 곤혹스러워해서, 가급적이면 세주가 잠이 들었거나 변소에 가 있을 때 서둘러 집을 나서고는 했다.

금잔은 세주의 금덩어리를 상당량 남겨두었다. 원래 낭비하는 성격이 아니었고, 미희가 온 뒤로는 그녀의 벌이로 충분히 생활이 되어 금을 꺼내 쓸 필요가 없었던 것이다. 금잔이 금덩어리가 든 가방을 세주 앞에 내놓자 세주는 잔뜩 인상을 구긴 채 과거의 영화에서 떨어져 나온 조각들을 바라보았다. 세주는 남은 금을 정확히 반으로 나눈 뒤 금잔의 앞으로 내밀었고 나머지는 다시 가방에 집어넣었다.

"가고 싶은 곳이 있다면 가시게."

세주가 잠시 머뭇거리다 그렇게 말하자 금잔은 콧방귀를 뀌었다. 그녀는 금덩어리를 보자기에 싸서 자신의 방으로 가지고 갔다.

세주는 한 달 정도 집에서 쉬고 나자 바로 외출을 시작했다. 그는 새벽 일찍 나갔다가 밤늦게나 돌아왔으며 적게 먹고 짧게 잠을 잤다. 그는 잠시도 가만있지 못하는 사람이었고, 형무소에서 긴 시간을 가만히만 있다 보니 오히려 그런 성향이 더욱 강화된 게 분명했다. 그는 하루라도 게으름을 부리게 되면 자신의 삶이 그대로 폭삭 주저앉을 것처럼 굴었다. 늘 본능적으로 자신의 삶을 끌고 왔던 사람인지라 이번에도 그러했다. 그는 자신의 많은 부분이 허물어졌음을 알았고 예전의 자신을 일부라도 찾아내지 못하면 더 이상 살아갈 수 없음 또한 직감했다. 그는 형무소에서 다르게 사는 법을 배운 것이 아니라 자신이 살아가기 위해서는 그럴 수밖에 없었다는 불가피성을 살과 뼈에 새겼을 뿐이다. 온갖 곳을 다 쑤시고 돌아다니던 그는 제조업이 새로운 시대의 물결을 타게 될 것이라고 결론을 내렸다. 세주는 식구들을 모아놓고 '뽀쁘린 공장'을 열겠노라고 했다. 그는 점잖은 태도로 "일본 놈들이 꽉 잡고 있던 나염이 앞으로는 돈이 될 것이야. 아무리 못 먹고 못살아도 옷은 해 입고 이불은 덮기 마련이지. 이제 우리가 일본 놈들 엉덩이를 걷어찼으니 그 빈자리를 재빨리 낚아채는 놈이 돈도 낚아챌 수 있을 거야"라고 했다. 비록 세주가 일본인들의 엉덩이를 걷어찬 것은 아니었지만 부유한 일본인들이 차지했던 자리가 비게 된 것은 사실이었다. 그는 벌써 공장을 인수했고 이사할 집도 미리 봐둔 상태였다. 그곳은 바다에 인접해 있는 항구도시였다. 세주는 수환의 옆에 말없이 앉아 있던 미희를 흘긋 보았다.

"우리가 거기서 흥하겠느냐?"

미희가 짤막하게 대답했다.

"공장은 잘될 것입니다."

얼마 후 세주의 가족은 터전을 옮겼다. 수환은 바다 냄새가 물씬 풍겨 나오는 그곳을 마음에 들어 했지만 미희는 아무런 감정도 내비치지 않았다. 수련은 어머니처럼 분명하고 확실한 것을 보지 못하는 대신 그에 따르는 감정이 밀려들어와 알 수 없는 슬픔에 젖어 몸과 마음이 지쳐 있었다. 미희와 수련은 바닷가에 나란히 서서 수환과 금잔이 철썩이는 파도에 발을 담그며 아이처럼 즐거워하는 모습을 지켜보았다. 오전까지 맑던 하늘에 서서히 구름이 몰려들어 미희의 아름다운 얼굴에 그늘이 드리웠다.

"바람이 좋구나."

미희가 자신의 감정을 숨긴 채 그렇게 말했고 수련은 그저 고개를 끄덕였다.

미희에게는 많은 남자가 있었다. 그녀는 원할 때면 언제나 남자를 가졌고 그 일로 수환에게 미안해하지 않았다. 수환도 어렴풋이는 알았다. 아니, 누구보다 확실히 알았다. 하지만 그는 거기에서 관심을 거두었다. 그는 지극히 게으른 사람이었고, 그 게으름은 자신의 감정에도 예외 없이 영향을 미쳐 쓸모없는 감정의 낭비가 생길 일에서는 한없이 둔하고 느릿하게 굴었다. 그는 자신이 미희를 절대 포기할 수 없음을 알았으며 그것으로 충분했다. 하지만 모두가 수환을 비웃었다. 무녀에게 얹혀사는 무능력한 장님, 색기를 흘리고 다니며 마음에 드는 사내들과 살을 섞는 헤픈 여자. 그것이

남들의 눈에 비치는 미희와 수환이었다. 미희는 자신이 언제까지나 가족과 함께 지낼 수 없다는 것을 알았고 그것이 자신의 운이라는 것도 인정했지만, 감정은 또 다른 문제였다. 그녀는 가족들을 사랑했으며 될 수 있는 한 하루라도 더 곁에 머무르고 싶어 했다. 미희는 점차 점을 치지 않게 되었다. 문턱이 닳도록 드나들던 사람들의 발길이 점점 줄어들고, 나중에는 그녀의 능력이 절실한 사람들이 끈질기게 버티며 대문 앞에 며칠 동안 진을 쳐도 미희는 그들을 만나지 않고 돌려보냈다.

"왜 그냥 돌려보내세요? 간단한 축복의 말 한두 마디면 그들 마음이 편해질 텐데."

수련이 묻자 미희는 씁쓸하게 웃었다.

"짧은 인생에 점술과 부적이 정말로 필요한 일이 몇 가지나 되겠느냐. 내 하느님은 만물의 하느님. 모두가 살아갈 만큼의 힘과 요량은 갖고 태어난다. 내가 예서 할 일은 다하였으니 이제 충분하다."

"여길 떠나시는 건가요?"

"내 스스로 떠난다면 네 아비가 너무 상처받을 터. 기다릴 것이다."

그 일은 불시에 찾아왔다. 미희를 쫓아다니며, 오매불망하던 한 사내가 스스로 목숨을 끊은 것이다. 그는 미희를 갖겠노라고 모두에게 공언하고 다닐 만큼 어리석었으며, 그녀를 끝내 가지지 못했을 때 삶의 모든 것을 잃은 듯한 착각에 빠졌다. 그는 미희에게 가장 요란하고 효과적인 방법으로 복수하고 싶었겠지만 정작 그녀가 수치를 당하는 모습은 꽉 막힌 관 속에 들어가 있느라 지켜볼 수 없었다. 그의 어머니가 집 안에 들이닥쳐서 미희의 머리채를 잡아당기고, 그의 친척들은 세간을 마구 때려 부쉈다. 수환의 멱살을 잡으며 침을 뱉는 사람들과 금잔을 향해 쌍욕을 퍼붓는 사람들로 집 안이 가득 찼다. 올 만한 사람들은 모두 와서 그 재미난 난장을 구경했다. 공장의 세주에게도 그 소식이 화살처럼 빠르게 날아갔지만 그는 일부러 늦장을 부리며 미희가 충분한 모욕을 당하도록 내버려두었다. 마침내 그가 힘깨나 쓰는 직공들과 나타났을 때는 넓디넓은 집 전체가 쑥대밭이 되어 있었다.

"잔망스러운 것! 화냥년 같은 지어미를 닮아 저리 뻔뻔히 고개를 쳐들고 앉아 있지!"

세주가 막 마당에 들어섰을 때 사내의 어머니가 수련을 향해 손가락질 하며 악다구니를 쓰고 있었다. 세주가 직공을 시킬 필요도 없이 여자의 머리채를 잡아 마당에 패대기쳤다. 성난 친척들이 곡괭이와 낫을 휘두르며 아우성을 쳐댔지만 세주가 더 큰 소리로 고함을 질렀다.

"이년은 우리 집과 아무 연이 없는 년이야! 설사 연이 있다 하더라도 이만한 일이면 부처님도 돌아앉을 터! 이년을 내어줄 테니 갈아 먹든 잡아먹든 마음대로 하시게. 대신 지금부터 우리 가족이나 세간에 손가락 하나라도 대는 연놈들은 사지를 절단하고 창자를 씹어 먹어줄 것이야!"

집 안이 일시에 조용해졌다. 미희를 끌어안고 있던 금잔의 입이

떡 벌어졌고 보일 리 없는 수환의 두 눈이 크게 열렸다. 사내의 어머니가 무언가 말하려고 입을 열었다 그대로 닫았다. 잠시 후에 친척들이 미희에게 우르르 달려들었다. 수련은 귀를 틀어막고 비명을 질렀다.

"그만들 두거라! 이 천하에 벼락 맞아 죽을 것들!"

금잔이 부르짖었다. 그녀는 벌떡 일어나더니 자신의 방으로 쏜살같이 달려갔다. 금잔은 옆구리에 보따리를 끼고 나와 마당에 풀어 헤쳐 놓았다. 누런 금덩어리가 우르르 쏟아져 나왔다. 모두들 주춤거리다가 조용히 하나씩 금덩어리를 집어 들기 시작했다. 처음에는 흘긋거리며, 나중에는 당당하게, 미희에게 여전히 욕을 퍼부어대면서도 그들은 금덩이를 가슴에 소중히 품고 하나둘 사라졌다. 잠시 후 조금 전까지의 소동이 거짓말인 양 적막만이 남았다. 미희가 천천히 일어나 찢겨나간 옷매무새를 고치고 헝클어진 머리를 매만졌다. 할퀴어진 얼굴의 상처와 터진 입에서 피가 흐르고 있었다.

"나는 저이의 아내입니다. 저이가 하라는 대로 할 거예요."

미희가 입술을 파르르 떨며 말했다. 모두 수환을 보았다. 그의 마음속에서 일어나고 있는 격렬한 혼란과 감정의 소용돌이가 얼굴에 적나라했다. 그는 미희에 대한 사랑과 세속적인 가치 사이에서 허둥거렸다. 그의 마음 깊은 곳에서 누구보다 그녀의 본질을 잘 안다는 속삭임이 들려왔지만 그런 자신을 비웃고 손가락질할 세상의 눈이 몹시도 두려웠다. 그는 자신다운 자신과 세상의 이목이 만들어낸 자신 사이에서 갈 바를 몰라 고통스러웠다. 미희에 대한 세주의 비난이 말도 안 되는 엉터리라는 것을 알면서도, 그 목소리에 동조하는 자신을 보았다. 아내와 남편이라는 관계에 따르는 수많은 규율들이 그의 맑은 심기를 혼탁하게 어지럽혔다. 그런 자신에게 실망했지만 한편으로 그는 이런 상황을 만든 미희에게 복수를 하고 싶었다. 자신은 화냥기 있는 아내에게 농락당한 멍청한 청맹과니, 하지만 동시에 그런 아내를 잔인하게 벌줄 수 있는 권력자였다. 수환이 더듬거리며 입을 열었다.

"나는…… 나는, 당신이 이곳에서 떠나기를 바라오."

그 순간 세주가 웃음을 터뜨렸다. 수련이 처음이자 마지막으로 본 그의 웃음은 금잔의 말처럼 기괴하고 끔찍했다. 수련은 미희의 얼굴에 번지는 큰 슬픔을 보았다. 그녀는 그길로 가족을 떠났으며 단 한 번도 뒤를 돌아보지 않았다.

그 일로 금잔의 상심이 매우 컸다. 그녀는 며칠 새에 갑자기 늙어버렸으며 표정에는 시름 가득한 세월이 묻어났다. 금잔은 이 모든 일이 세주의 탓이라고 여겨 "귀신들도 무심하지. 저 양반은 벌써 황천 갔어도 갔어야 할 양반인데"라고 한탄했다. 금잔은 난장판이 된 집을 내버려둔 채 여러 날 드러누웠고 수환의 침묵은 더없이 무거워졌다. 늘 참새처럼 재잘거리던 수련도 입을 다물어 그 커다란 집은 버려진 폐가처럼 우울한 분위기가 감돌았다. 오직 세주만이 아무 일도 없었다는 듯, 감옥에서 얻은 만성 기관지염으로 인한 쇠기침과 함께 새벽 일찍 일어나 여느 때처럼 조반을 들고 절뚝거리며 부지런히 공장으로 갔다.

　세주의 공장은 일본인 주인이 본국으로 쫓겨 가며 헐값에 넘긴 것이었다. 세주는 공장 값을 당장 금으로 치러 경쟁자들을 쉽사리 제치고 손에 넣었다. 해방을 맞아 어수선하기 짝이 없는 상황이었던지라 소유권 이전에 따른 복잡한 절차나 서류 같은 문제도 돈 몇 푼에 금방 해결되었다. 세주는 일본인이 고용했던 직공들 중 날염 기술자 몇 명만 제외하고 나머지는 모조리 해고했다. 더 싼값에라도 일할 사람들이 넘쳐났던 것이다. 그 과정에서 스스로 몸값을 낮추는 직공에게는 일할 기회를 다시 주었으므로 결국 직공들의 생활은 이전보다 더 열악해지고 말았다. 허약한 기반 시설과 사회구조는 혼란을 타고 대량 실업으로 이어지고 있었지만 세주는 오히려 이런 혼란에 도취되었다. 그는 날염 기술자들과 의논한 끝에 공장을 현대화하기로 결정했다.

　"이럴 때 치고 나가면 다들 나가떨어지게 되는 게지! 누구보다 빠르게 많이 찍어낸다면 우리가 이 판을 다 먹을 수 있어."

　그는 가장 고분고분한 기술자 하나를 뽑아 공장장으로 앉힌 뒤 그와 함께 직접 배를 타고 일본으로 건너갔다. 그는 거기에서 날염 공장의 최신 설비를 둘러보았으며 밀고 당기는 흥정 끝에 그것들을 원하던 가격으로 구입했다. 그들도 패전으로 상황이 어렵기는 마찬가지였던 것이다. 세주는 돌아오는 배를 타기 위해 항구에서 기다리다가 마지막으로 그곳을 둘러보며 바닥에 가래침을 뱉었다. 그는 자신을 감옥에 잡아넣어 썩게 만든 일본인들에 대한 원한을 잊지 않고 있었다. 세주는 일본에서 공수해 온 기계를 들이기 위해 공장을 증축했다. 그는 싼값에 마음껏 부릴 수 있는 인력을 쉽게 찾아냈으며 사양하지 않고 그들을 쥐어짰다. 여자들은 쌀 한 되만 주면 하루 종일 개울가에서 팔이 휘어지도록 광목천을 두드렸다. 개울가에 세워진 거대한 바지랑대에는 여자들의 방망이질로 눈처럼 새하얘진 광목천들이 줄에 걸린 채 바람과 햇볕에 말라갔다. 그 천들은 공장 천장까지 솟은 벨트컨베이어를 따라 돌며 각색의 꽃무늬가 찍혀서 여공들의 재봉질로 마감되어 깔끔하게 포장되었다.

세주는 판매량을 늘리기 위해 활동사진을 이용하기로 마음먹었다. 그는 극장에서 영화 시작 전 상영되는 뉴스에 자신의 공장이 나온다면 몇 배의 이득을 볼 수 있을 것이라 생각했다. 세주는 손을 써 몇 명의 고위직 관리를 만났으며, 그들 앞에서 자신의 '현대적인' 공장이야말로 이승만 체제가 김일성 체제보다 우수하다는 것을 보여주는 살아 있는 증거라고 열변을 토했다. 삼팔선 이남은 미군정의 위세를 업은 이승만이, 이북은 소련 군정의 후광으로 김일성이 각자 단독정부를 세우고 각기 정당성을 주장하던 때였으므로 세주의 열변은 관리들에게 먹혀들어갔다. 얼마 후 세주의 공장은 정성껏 촬영되어 모든 영화 상영 전에 반복적으로 소개되었다.

수련은 첫 상영일에 가장 좋은 원피스를 입고 세주와 금잔과 함께 극장에 가서 관람을 했다. 활동사진 속 세주의 공장은 '현대적인' 것의 총화처럼 보였다. 유령처럼 창백한 흑백 영상으로 움직이는 세주와 직공들은 바로 그 '현대성'을 위해서만 존재하는 것 같았다. 다른 이들에겐 그래서 감탄스러웠지만 수련은 그렇기 때문에 끔찍했다. 공장이 정말 멋지게 나오지 않았느냐고 금잔이 감탄을 하며 말하자 수련은 마지못해 고개를 두어번 끄덕거렸다.

당시에 집집마다 한 가지쯤은 세주의 공장에서 나온 천으로 만들어진 물건을 가지고 있었다. 세주는 돈이 굴러들어 오자 그것으로 정부가 농지개혁을 단행하면서 발행한 지가증권을 매입했다. 그는 끼니도 잇기 어려운 가난한 사람들을 찾아내 지가증권의 액면가보다 훨씬 싼 가격을 불렀고, 당장 살길이 막막한 그들은 울며 겨자 먹기로 세주에게 그것을 넘길 수밖에 없었다. 그들은 세주에게 받은 몇 푼의 돈을 손에 쥔 채 뒤돌아서서 침을 뱉고 입술을 깨물며 울음을 터뜨렸다. 세주는 해방 후 사 년 만에 막대한 부를 가지게 되었다.

수련은 학교가 끝나면 언제나 공장에 들러 세주를 찾았다. 수련은 거기에서 자기 또래의 여공들에게서 느껴지는 진한 피로감과 체념과도 같은 우울한 감정을 보았으며, 공장 전체를 감도는 세주에 대한 두려움과 가슴 밑바닥에 숨겨진 분노를 느꼈다. 또한 수련은 그들에 대한 무관심, 조소, 그리고 어쩔 수 없이 고용주에게 복종할 수밖에 없는 형편에 대한 냉정한 이해를 할아버지에게서 읽어냈다. 수련은 할아버지를 볼 때마다 세상에 대한 이해와 세상에 대한 공감이 얼마나 다른지를 깨달으며 전율했다. 세주는 가끔씩 수련의 얼굴을 뚫어지게 바라보았고, 수련은 세주의 얼굴에 자리

잡은 굵직한 주름과 음영 짙은 이목구비 사이로 배어나는 어떤 것을 보았다. 무엇을 보냐고 세주가 물었을 때 수련은 "할아버지 안에 있는 것을 봐요"라고 대답했다. 세주는 입술을 실룩이면서 자기 안에 무엇이 있느냐고 물었다.

"할아버지 자신이 생각하는 것보다는 훌륭하고, 다른 훌륭한 이들에 비하면 형편없는 것이지요."

세주가 웃을 줄만 알았다면 크게 웃음을 터뜨렸을 테지만 그는 다만 얼굴을 일그러뜨렸을 뿐이다.

세주는 수련이 원하는 것이라면 무엇이든 들어주고 싶어 했다. 그래서 그녀는 일반적인 여자아이들에게 가해지는 여러 제약에서 자유로울 수 있었다. 수련은 밖을 쏘다니며 마음껏 바람을 맞았다. 그리고 가슴이 유달리 술렁일 때면 바다에 나가 해변을 거닐며 밤을 지새우고는 했다. 수환은 그런 딸이 걱정되어 가끔씩 밤 외출을 포기하고 동행할 때도 있었다. 그는 수련을 위해 색색의 조개껍질을 둥실 떠올려 아름다운 모양으로 율동하게 만들었고 수련은 바닷바람 불어오는 어두운 해변에서 지칠 때까지 노래를 부르거나 춤을 추었다. 밤 외출로 금잔이 기겁을 하며 수련에게 잔소리를 늘어놓을라치면 세주가 말을 막았다.

"그냥 두어. 지가 알아서 할 일이다."

세주는 수련을 위해 최고의 사치품들을 사들였다. 그녀는 일류 재단사가 마름질한 옷과 고급 가죽 구두와 가방, 그리고 미국에서 들여온 온갖 장난감과 인형 들에 둘러싸였다. 수련은 풍요가 자신에게 와 휘감는 것을 냉정한 심정으로 바라보았다. 그녀는 언젠가 그런 것들이 흔적도 없이 사라질 것을 알았지만 세주가 원하는 대로 하게 내버려두었다.

세주는 점점 더 성마르고 조급해졌다. 그는 오랜 옥고로 인해 몸 구석구석이 심한 통증에 시달렸으며 노화로 인해 허약해진 다리의 묵은 상처도 그를 괴롭혔다. 그는 날이 궂거나 몸이 피곤한 날이면 잠자리에 누운 채 입술 사이로 새어 나오는 신음을 참기 위해 안간힘을 써야 했다. 세주는 안고 잘 만한 여자를 찾아보면 어떨까도 생각해보았지만 감옥에 있는 동안 그토록 왕성하던 성욕을 잃어버려서 출소한 뒤에도 여자들을 안고 싶은 마음이 들지 않았다. 가끔 공장에서 솜털도 채 가시지 않은 젊은 여공의 발그레한 뺨과 토실한 엉덩이를 보고 있자면 발기가 되는 것이 아니라, 원하는 때면 언제나 발기되어 누구라도 덮칠 수 있었던 예전이 떠오를 뿐이었다. 홀로 고통스러운 불면의 밤을 보내는 동안 세주는 예전처럼 질펀하게 여자와 뒹군 뒤 편안하게 하룻밤 잘 수만 있다면 억만금을 주어도 아깝지 않을 것이라 생각했다. 그래서 세주는 불면의 밤이 깊어가고 고통이 심하면 심할수록 누군가에 대한 막연한 증오로 이를—엄밀하게 말하자면 틀니를—갈아붙였다. 그러다가도 그의 생각은 언제나 환영에게로 가닿았다. 그는 환영이 자신이 만든 모래성에서 신기루처럼 흩어진 것에 대해 생각했다. 감옥에서 오랜 시간 곱씹고 곱씹어 이제는 정말 하나의 환영이 되어버린 아내는 긴 시간 그의 고통 곁에 남은 단 하나의 위안, 유일한 아름다움이었다. 세주는 그녀가 실체도 없이 자신에게 영원히 남을 것을 알았으며, 그것이 바로 비참한 방식으로 자신의 곁을 떠나버렸기 때문에 가능하다는 역설에 대해 생각했다. 그는 자신이 어쩌면 환영을 영원히 남겨두고 싶어 그처럼 잔인하게 굴었을지 모른다고 생각해볼 때도 있었다. 만일 환영이 자신의 곁에서 매일 잠들고, 자신이 그녀의 다리를 벌려 정액을 쏟고, 그녀가 자신의 자식을 배안에 넣어 키우고, 얼굴에 주름이 하나둘 늘어가며 몸 선이 허물어지는 것을 세월과 함께 보았더라면 그녀는 진정한 의미에서 자신의 손안에 남아 있지 않았을 것이었다. 세주는 자신이 그렇게까지 낭만적인 사람이 아니라는 것을 알았으며 실제와 환상을 영원히 혼동할 만큼 자기기만적인 인간도 못 된다고 생각했다. 현실은 언제나 그보다 훨씬 비루하다는 것을 그는 너무도 잘 알았다. 그래서 세주에게 남은 것은 결코 손에 쥘 수 없는 환영에 불과했다.

*

수철이 집으로 돌아온 것은 해방 후 삼 년 만이었다. 만일 그가 여전히 누런 군복을 입고 있었더라면 마침내 세주가 자신의 오랜 바람대로 그를 때려죽였을지 모를 일이다. 하지만 수철은 암녹색의 국군 군복을 차려입고서 운전병이 모는 군용 지프를 타고 왔다.

"그래, 이 나라는 정말 배알이 없어도 더럽게 없구나!"

공장에서 돌아온 세주는 수철의 군복을 보자마자 그렇게 소리쳤다. 수철은 얼굴을 붉히며 화내던 옛날과 달리 미소를 지었다.

"아버지는 여전하시군요."

수철은 전쟁터에 나가 싸움하는 방법뿐 아니라 처신하는 법에 대해서도 새로이 배워 온 것이 분명했다. 수련은 세주와 놀랄 정도로 닮았지만 전혀 다른 느낌을 풍기는 큰아버지와 딱딱하고 어색한 첫인사를 나누었다. 수철도 수련의 얼굴을 보면서 내심 놀랐는데, 수환과 수련이 나란히 있는 모습은 환수와 환영이 함께 있던 옛날 한때의 그리운 풍경을 떠오르게 했다. 수철과 수환의 인사 역시 어색하기 그지없었다. 수환은 자신의 형을 무척 냉정하고 이기적인 사람으로 기억하고 있었다. 오랜만에 돌아온 군인과 그를 맞는 가족의 훈훈한 광경이 연출된 것은 금잔과의 인사가 유일했다. 금잔이 수철을 부둥켜안았을 때, 그는 가슴에 끓어오르는 금잔에 대한 애정에 놀라고 당황해 그녀를 성급히 밀쳐내고 말았다. 금잔은 앞치마에 눈물을 찍어내며 얼굴을 붉혔지만 감정에 서툰 수철의 거친 행동을 이해하고 서운한 마음을 다스렸다. 어색한 분위기를 조금이라도 부드럽게 바꿔보고 싶었던 금잔이 수련의 머리를 쓰다듬으며 큰아버지를 만나니 어떠하냐고 물었다.

"피 냄새가 고약해요."

금잔의 얼굴이 파랗게 질렸지만 정작 수철은 수련의 말을 무척 재미있어했다.

"그래, 내게서 무엇이 보이느냐?"

"수련아! 그만하거라!"

수환이 단호하게 말하자 수련은 입을 다물었다.

금잔이 갖은 솜씨를 부려 만든 저녁상을 앞에 두고 수철은 자신도 이 집에서 함께 지낼 것이라고 선언했다. 세주가 무슨 꿍꿍이냐고 불쾌한 어조로 물었지만 그는 무표정한 얼굴을 한 채 가족과 함께 지내는 것이 당연한 게 아니냐고 반문했다. 세주는 뭔가 한마디 더 하려 했지만 미희의 일로 내내 침울했던 금잔이 몹시 기뻐하자 인상을 찌푸리며 입을 다물어버렸다. 수철이 자신의 간단한 짐을 집으로 옮겨 와 가족과 함께 살기 시작한 것은 그 다음 주의 일이었다.

수철은 일본 제국이 패망했을 때 세계 자체가 끝나는 듯한 충격을 받았다. 점령지에서 그가 누리던 무소불위의 권력은 신기루처럼 사라졌고 자신의 앞날조차 불투명한 상태로 한반도 땅으로 돌아와야 했다. 아버지의 광산 천막에서 몸을 웅크리고 있던 어린 시절부터 그의 눈에 일본 제국은 영원의 가치를 지닌 무엇이었다. 자신이 제국을 사랑하는 만큼 제국도 자신을 사랑하고 보호해줄 것이라는 믿음은 부대 내에서의 은밀한 민족 차별에 대해 오히려 당당하게 맞서 싸울 수 있는 힘을 주었다. 그는 자신이 다른 일본 장교들보다 진급이 늦어진다는 생각이 들자 문제점을 조목조목 짚은 장문의 편지를 써서 상관에게 정식으로 항의했다. 수많은 역사가들의 주옥과도 같은 명문이 잔뜩 인용되어 있는 그 편지는 깊은 통찰력과 사려 깊음, 그리고 합리적인 판단으로 쓰여 있었다. 상관은 그의 지적을 납득했으며 수철의 문제를 직접 나서 처리해주었다. 수철은 몸을 돌보지 않고 전투에 뛰어들어 수많은 전공을 세웠다. 그는 영리하고 용감한 지휘관으로 알려졌으며, 미성숙의 때를 벗어가자 처세에서도 괄목한 성장을 이루었다. 마침내 원하는 바를 얻어내기 위해 스스로를 교묘히 위장할 수 있게 된 것이다. 그는 상황과 장소, 상대방에 따른 다양한 태도와 화술을 완벽하게 연기해낼 수 있었으며 그것들을 세세히 기억하고 되새기면서 허술하거나 서투른 부분을 좀 더 치밀하게 다듬어나갔다. 그는 군인이기 전에 노련한 배우였으며, 자신의 역할에 심취하다가 마침내 스스로의 진짜 모습은 새카맣게 잊어버린 어릿광대였다. 그는 제국주의자들을 흉내 내다가 진심으로 자신이 천황의 신민이요 제국의 일부라고 믿게 되었다. 그러한 진심은 누구에게나 전해지기 마련이어서, 그가 영악한 기회주의자에 불과하다고 비난하는 사람들조차 그의 충성심만큼은 의심하지 않았다.

  수철이 절대로 돌아오고 싶지 않았던 이 땅으로 서둘러 온 것은 미군정의 전범 재판을 피하기 위해서였다. 하지만 절망감을 가득 안고 온 이곳에서 그는 새로운 기회를 발견했다. 미국과 소련이 양분하여 통치하고 있는 한반도에는 새로운 신앙이 생겨나고 있었는데, 이남의 소련 공산주의에 대한 증오와 이북의 미국 자본주의에 대한 증오가 그것이었다. 새로운 증오의 대상으로 인해 무자비한 점령자였던 일본에 대한 증오는 저 멀리 망각의 늪에 던져진 상태였으므로 그는 이승만 주위의 인사들과 어렵지 않게 접촉할 수 있었다. 수철은 '천황의 신민'이라는 배역을 벗어버리고—물론 배

역과 함께 제국에 대한 믿음도 재빨리 내던져버렸다—'반공주의자'라는 배역을 받아들였다. 그는 예전 점령지에서 중국인들을 도륙했던 것처럼 빨갱이들을 색출해서 도륙했다. 수철에게는 그들이 진짜 빨갱이인지 아닌지는 중요하지 않았다. 중요한 것은 자신이 '얼마나 철저한 반공주의자인가'였다. 수철은 이승만 정권하의 군대에서 금세 두각을 나타냈다. 온갖 정치 모임은 기도로 시작되어 기도로 끝났으므로 수철도 재빨리 기독교를 받아들였다. 그는 교회에 열성적으로 출석했으며 웅변적인 기도문을 몇십 개씩 작성해두었다가 필요할 때마다 써먹었다. 문제는 성경만큼이나 가족이 중요하게 여겨지는 그곳에서, 수철이 적령기를 훨씬 넘긴 나이인데도 여전히 독신을 고집하고 있다는 점이었다. 그는 자신의 가정을 꾸릴 생각이 추호도 없었으며 아무리 출세에 지장이 있다 해도 그에 대한 본능적인 혐오감을 누를 수 없었다. 그는 할 수 없이 자신의 '가족'을 찾아갔으며 그들과 함께 지내기로 결정했다.

 수철의 밤놀이는 대전의 일 이후 조심스러워져서 군사학교에 다니던 시절에는 누가 보아도 흠잡을 수 없을 만큼 금욕적으로 지냈다. 대전의 비참한 죽음에 나름대로 충격을 받은 탓도 있지만 그녀로 인해 눈이 높아져 웬만하면 성에 차지 않기 때문이었다. 고급 게이샤들은 그에게 너무 비쌌으며 양갓집 아가씨들도 손에 넣기 어려운 것은 마찬가지였다. 수철의 숨겨진 욕망이 적절한 상황을 만나 자연스레 그 영역을 확대하기 시작한 것은 장교로 임관되어 첫 부임지인 만주에 나가 있을 때였다. 그는 거기에서 항일 세력을 소탕하는 임무를 맡아 마음껏 다뤄도 되는 젊고 아름다운 여자들을 얼마든지 손에 넣을 수 있게 되었다. 삶에 '만일'이란 없지만, 만일 수철이 전혀 다른 상황—이를테면 금욕적으로 처신해야 하는 형편—에 처했었다면 그의 변태적인 가학성 역시 다른 형태로 그 모습을 바꾸었을지 모른다. 어쩌면 훨씬 더 인간적인 모습으로. 하지만 수철은 여자들을 고문하고 강간할 수 있는 안전하고 은밀한 장소를 손에 넣었고 자신이 생각해오고 꿈꿔왔던 온갖 가학적인 짓을 모조리 행동에 옮기게 되었다. 여자들은 처음에 저항하고 소리 지르다가 나중에는 고통이 무언지조차 잊어버렸다. 하지만 처음의 흥분이 가시자 수철은 여자들이 그렇게 되어가는 과정에서 기쁨보다는 환멸을 느꼈다. 그는 자신이 막연하게 찾아 헤매던 게 이런 것은 아니라고 역시 막연하게 생각했다. 그래서인지 수철은 유달리 기개가 강한 여자들에게 집착했으며 끝까지 굴복하지 않고 저항하는 상대에게는 거의 애정을 느꼈다. 수철은 그런 여자들에게서 구원을 받는 듯한 느낌이었으며 허물어져가는 자신의 어떤 부분이 약간이나마 복구되는 것처럼 여겨졌다. 그중 대개의 여자들이 포기하고 살아 있는 시체가 되는 시점에도 여전히 소리 지르고 욕설을 퍼부으며 몸을 뒤틀던 한 여자를 수철은 오래도록 기억했다. 당시 대학생이던 그녀는 길고 검은 머리에 흰 피부를 지니고 있었다. 가냘파 보이는 인상과 달리 그녀는 누구보다 오래 싸웠다. 그는 변덕스러운 기분으로 그 여자를 죽이지 않고 그대로 풀어주었는데, 그곳에서 살아 나온 사람은 그녀가 유일했다. 그녀는 종전 후 자신과 여자들의 수난을 생생하게 증언하여 수철이 전범 재판에 회부되게 했다.

"그는 언제나 일정한 시간에 저를 불러냈어요. 그는…… 이것도 일이기 때문에 규칙이 중요하다고 설명해주었지요. 다른 고문관들은 우리를 암퇘지라거나 갈보라거나 걸레라고 부르며 모욕했지만 그는 전혀 그러지 않았어요. 그는 언제나 깍듯하게 내 이름을 부르면서 내가 알고 있는 이름을 모조리 알려주면 일이 훨씬 더 쉽게 풀릴 테지만 원하지 않으면 그냥 입 다물고 있어도 좋다고 했어요. 어차피 당신은 여기서 죽어야나 나갈 거요. 이름을 대면 살려준다는 건 다 거짓말이지. 그들의 말을 믿지 말아요. 그의 말투는 교육을 많이 받은 사람처럼 느껴졌고 어조는 마치 사랑하는 연인에게 속삭이는 듯했어요. 그가 그 말끝에 시작할 그…… 끔찍한 짓들과…… 온갖…… 가학적인 행위들이 그토록 예의 바른 사람에게서 나온다는 사실이…… 그가…… 우리와 다른 악마나 짐승이 아니라…… 그저 사람이라는 것이 내가 느낀 가장 큰 두려움이었어요. 그가 준 가장 큰 고통은 바로 그거예요. 그러한 공포가 어디 다른 세상에 있는 것이 아니라 지금 바로 여기에 도사리고 있다는 사실을 깨닫게 했다는 거요. 당신 안에 그리고 또 당신 안에도, 그리고 어쩌면 내게도. 나는 그곳에서 운 좋게 나왔지만 그곳과 이 세상은 크게 다르지 않아요. 아니요, 완전히 똑같아요. 나는 그래서 살아 있는 한 영원히 그곳을 빠져나오지 못 할 거예요. 너무 끔찍한 일이죠. ……당신들은 겪어보지 않았으니 내가 가진 공포가 정확히 무엇인지 알 수 없을 거예요. 그는 인간을, 세계를 파괴했어요. 그는 그 추악한 인간들 중에서 가장 악질이에요. 결코 용서할 수 없는."

그 여자로 인해 수철은 한 가지 중요한 교훈을 얻었다. '후환을 남기지 않으려면 모두 죽여라.' 하지만 동시에 자신이 더 이상 여자들을 강간하지 않을 것이며 그로 인해 즐거움을 느끼지도 않을 것이라는 사실에 안도감을 느꼈다.

수철이 밖으로 나가 빨치산을 도운 혐의로 산간 지역의 양민들을 마구잡이로 살해하는 동안 금잔은 그의 군화에 말라붙은 핏자국을 지우기 위해 애썼으며, 수환은 잠을 잤고, 세주는 밀려드는 주문량을 맞추기 위해 직공들을 몰아쳤다. 그의 공장에서는 계속되는 야간 작업으로 터무니없이 부족한 잠 때문에 일하던 중 깜빡 졸던 여공들이 자신의 손가락을 재봉틀로 박아버리는 사고가 빈번했다. 그러면 세주는 생산량에 지장을 준다며 그녀들의 월급을 깎았다. 수련은 세주가 사준 사치품에 둘러싸인 채 시시각각 다가오는 앞날의 불길한 기운으로 인해 점점 더 말을 잃고 우울해졌다. 수련의 외출은 점점 더 길어졌으며 학교에도 나가지 않는 날이 많았다.

수련은 그 기간동안 여러 환상을 보았으며 자신의 안에서 울리는 하늘의 목소리를 들었다. 하늘의 목소리는 곧 자신의 목소리였으며 그것은 곧장 하늘로 가닿았다. 수련은 자신과 사랑하는 이들, 동시대를 살아가는 동무들, 이전 시대의 인간들, 이후의 인간에 대해 보고 들었으며 그 모든 이들이 엮어내는 슬프도록 눈부신 종말과 부흥의 끝없는 연속에 동참했다. 자신이란 존재는 혼란과 불안과 모호함을 가진 의식의 한 조각에 불과하지만 돌아가야 할 곳이 분명한 신의 자식이기도 했다. 자신의 존재 자체가 가지는 어쩔 수 없는 초라함과 허무함에 절망하고, 그러한 자신이 그토록 영원의 가치를 원하고 바라는 것에 위로 받았다. 불빛을 향해 모여드는 나방이들처럼, 인간의 영혼이 바라고 모여드는 우주 삼라만상의 근원, 작은 씨주머니를 보았으며 그곳이 끝없이 폭발하고 팽창하며 늘어놓은 무수한 생명이 벌이는 허무한 잔치에 참여했다.

'삶을 찬미하는 즐겁고 신나는 춤과 노래가 죽음을 애도하는 곡소리와 처연한 몸부림으로 변하고 다시 개로운 기쁨과 슬픔으로 화하는 세상의 율동이여! 마치 물고기가 새로 변하고 그 새가 하늘이 되었다가 땅이 되는 아름다운 요지경 같구나.'

수련이 긴 외출을 끝내고 집으로 돌아가면 언제나 세주가 문 밖에서 서성이고 있었다. 그는 수련의 어깨에 잠깐 손을 얹은 뒤 환영을 그토록 닮은 그녀의 얼굴을 뚫어지게 바라보고는 방으로 돌아가 그간 잠들지 못한 불면의 밤들을 보상받기라도 하듯 잠에 빠져들었다.

수철이 밖에서 하고 있는 일은 소문을 타고 돌고 돌아 가족에게까지 들려왔다. 금잔은 몹시 혼란스럽기는 했지만 소문이 사실일 수는 있어도 전부는 될 수 없다고 굳게 믿은 뒤 한옆으로 밀쳐두었다. 수환도 어찌 됐든 사람들을 즉결로 총살한 뒤 쓰레기 버리듯

버리는 일이 끔찍하다고는 생각했다. 하지만 그에게 '억울한 죽음'이라든가 '무자비한 학살'은 그저 추상적인 언어일 뿐 전혀 현실감이 없었으므로 형도 언제나처럼 그저 형이었다. 단지 수련만이 수철의 그림자만 비쳐도 진저리를 치며 자신의 방으로 재빨리 숨어버렸다. 그들이 함께 사는 것은 여러 모로 어색한 일이었지만 마치 폭풍 전야의 고요함처럼 일상은 일상대로 평안하게 흘러갔다. 동트기 전 사방이 어둑할 때 금잔이 제일 먼저 일어나 부엌에서 달그락거리는 소리를 내는 것으로 하루가 시작되었다. 그 때문인지 수련은 나중까지도 부엌 쪽에서 그릇 달그락거리는 소리가 들려오면 그것이 아무 의미 없는 허깨비 같은 일상의 일부라는 것을 알면서도 아련한 기쁨과 그리움을 느꼈다. 수련의 새벽 기도가 끝날 때쯤이면 금잔의 아침 식사 준비도 끝나 있었다. 몸단장을 마친 세주와 수철이 상 앞에 마주 앉아 서로를 말없이 노려보며 수련과 금잔이 오기를 기다리는 험악한 시간이 하루의 일상 중 그래도 가장 진실에 가까웠다. 그때 수환은 언제나 세상모르고 깊이 잠들어 있었다. 수환은 세주와 수철이 외출을 한 후에야 겨우 편안한 기분을 느꼈으므로 간혹 일찍 잠이 깨는 날에는 다시 잠들기 위해 안간힘을 썼다. 그는 대개 금잔이 점심 식사를 준비하기 시작할 때쯤 깨어나 나른한 얼굴로 담배를 한 대 피워 물었다.

　수철이 며칠 만에 집으로 돌아온 날 밤이었다. 세주가 자지 않고 마당에서 그를 기다리고 있었다.

　"지금 네 녀석이 하고 있는 짓은 완전히 염병할 짓이야."

그는 수철을 보자마자 별렀다는 듯 가래 끓는 탁한 소리로 말했다. 수철은 그냥 무시해버리고 자신의 방으로 들어가려다가 생각을 바꾸었다.

"제가 지금 무슨 짓을 하는데요?"

"깡패 새끼들 뒤꽁무니를 쫓아다니고 있지. 그 새끼들은 그저 사람들이 무서워 벌벌 기는 것만 보면 만족하는 것들이야. 그런 새끼들 하라는 대로 하고 돌아다니다니, 이거야말로 집안의 수치 아니냐?"

수철은 어이가 없어 웃음을 터뜨렸다.

"다른 사람이라면 모를까, 당신이 할 말은 아니군요."

"너는 예전에도 그랬지만 지금도 동냥주머니 옆구리에 차고 다니는 거지새끼에 불과해. 변덕스러운 어르신네들이 손에 몇 푼 쥐여주면 못할 짓이 없는 가련한 녀석이지. 어르신들 마음이 바뀌어 널 걷어차버린 뒤 흙탕물에 구르는 양을 보고 배꼽을 잡아도 넌 그게 무슨 뜻인지도 모를 거야. 내 말 잘 들어. 누구 편에 붙어먹는 것처럼 수치스럽고 천박한 일은 없어. 사람은 그냥 자기편이면 돼. 누구 편들어 덕 좀 보려다 자기 대갈통을 흙탕물에 쑤셔 박는 녀석이 갈 곳은 하나밖에 없거든. 바로 돼지우리다."

"당신이 모르는 걸 하나 알려주죠. 이제 곧 우리 편이 세상을 다 먹을 거요. 그리고 난 그중 최고가 될 거고요. 그때 누가 흙탕물에 구르게 될지 어디 두고 봅시다."

"사람들이 널 스네이크라 부른다더군. 이거야말로 딱 맞는 별명 아닌가."

"사람들이 당신을 늙은 돼지라 부르는 건 모르나 보죠?"

두 사람은 한동안 서로를 노려보았다. 세주는 경멸스러운 태도로 어깨를 으쓱하고 나서 자신의 방으로 들어가버렸다.

다음 날 새벽 수철은 급작스러운 연락을 받고 잠에서 깨어났다. 인민군이 의정부까지 진격하고 있습니다! 전화기 너머 참모의 목소리가 떨리고 있었다. 드디어! 수철은 순간 환희를 느꼈다. 수철이 제일 먼저 달려간 곳은 형무소였다. 그는 거기에서 빨갱이로 분류된 좌파 인사와 정치범 들을 모조리 끌어냈다. 그들은 겁에 질리고 파리해진 얼굴로 대기하고 있던 군용 트럭에 올라탔다. 트럭은 교외로 달렸다. 황량한 벌판에 멈추어 서자 카빈 소총을 어깨에 멘 군인들이 먼저 내렸다. 곧이어 삼백 명에 달하는 수감자들이 줄줄이 내려섰다.

"구덩이를 팔까요?"

참모가 수철에게 물었다. 수철은 고개를 저었다. 시간 없으니 그냥 갈겨. 포승줄에 묶인 수감자들이 짚단처럼 쓰러지자 군인들이 다가가 일일이 확인 사살을 했다. 처형이 끝나자 수철과 군인들은 서둘러 부대로 귀환했다.

전쟁에 대한 소식은 항구도시에도 곧 날아들었으나 세주는 태연했다.

"이승만이가 지 떨거지들에게 늘 하는 말이 있지. 자기 손목만 붙드는 사람이 없으면 지금이라도 달려가 백두산 꼭대기에 태극기를 꽂을 수 있을 거라 했거든. 시궁창 쥐새끼 같은 늙은이가 헛소리나 씨불여댄 게 아니라면 뭔가 보여주기는 할 것이야."

"우리는 피란을 가야 해요."

수련이 불쑥 말하자 금잔의 얼굴색이 파랗게 질렸다.

"어째서?"

"전쟁은 이제 시작이고, 쉽게 끝나지 않을 거예요. 여기도 곧 전쟁터가 돼요."

세주가 인상을 썼다.

"이건 그저 깡패 새끼들 힘 싸움이야. 지들끼리 싸우다 알아서 그만둘 것이다. 우리와는 아무 상관 없어."

세주의 예상과는 달리 이승만이 세운 유일한 대책은 미국 대사에게 달려가 빨리 본국에 지원병을 요청하라고 떼를 쓰는 것이었다. 게다가 그는 자신의 안위는 곧 국가의 안위이니 그 날 밤으로 정부를 좀 더 남쪽으로 옮기겠다고 선언했다. 미국 대사가 "국민과 군인의 사기에 치명적이 될 것"이라 말렸음에도 이승만은 결국 다음 날 새벽으로 서울을 떠나버렸다. 별다른 대책이 없던 국군의 방어선은 신기할 정도로 빨리 무너졌으며 인민군에게 밀린 국군은 속절없이 퇴각해야 했다. 수철은 상급자들이 죽어나가는 대로 벼락 같은 진급을 하고 있었지만 빠른 출세에 기뻐할 새도 없이 부대원들을 수습해서 후퇴하느라 정신이 없었다. 그는 그 와중에도 잊지 않고 가는 곳마다 정치범들을 끌어내 모조리 처형시켰다. 항구 도시에도 인민군의 소련제 비행기가 투하하는 검은빛 폭탄이 새똥처럼 떨어졌다. 그와 함께 온갖 흉흉한 소문이 도시를 점령했다. 수련은 시도 때도 없이 덮쳐오는 세상의 어둡고 불길한 기운에 몸과 마음이 녹초가 될 지경이어서 하루 종일 수환의 곁을 떠나지 않았다. 그의 세상에 대한 둔감함과 무심함이 그녀에게는 피란처였다.

깊은 밤이면 터지는 포성에 장지문이 벌컥 열렸다가 닫혔다. 금잔은 덮고 있던 솜이불에서 재빨리 몸을 일으켜 문을 닫고는 다시 이불 속으로 들어가려 했다. 하지만 금잔이 이불 속으로 몸을 완전히 숨기기도 전에 연이어 포성이 터지면서 장지문이 다시 벌컥 열리고 말았다. 금잔은 어이구머니나 소리를 지르며 다시 이불 밖으로 나가 문고리를 잡았다. 금잔이 문을 닫으려는 순간 더욱 가까운 곳에서 천둥 치는 듯한 포성이 들리면서 집 전체가 크게 흔들리더니 문에 바른 창호지가 찢어졌다. 금잔은 그래도 포기하지 않고 다 찢어진 문을 반듯하게 닫은 후에 수련의 곁으로 돌아왔다.

"답답하고 더워."

수련이 세 겹이나 되는 솜이불을 들쳐 올리며 투덜거리자 금잔이 질색을 하며 다시 뒤집어씌웠다.

"제발 들치지 말고 가만 좀 있어! 어이구, 이게 대체 무슨 날벼락이냐! 내가 진즉에 피란을 가야 한다고 그렇게 말했건만!"

불길해서 긴 밤이 계속되었다. 금잔과 수련, 그리고 수환은 한밤에도 외출복을 갖춰 입은 채 함께 나란히 누워 멀리서 들려오는 총성과 포성에 잠들지 못하고 몸을 뒤척였다. 전투기가 낮게 날며 내는 소음에 이어 터지고 부서지는 소리가 들릴 때마다 집 전체가 진저리 치듯 부르르 떨렸다. 감히 아무도 불을 밝히지 못해 사방은 깊은 어둠에 잠겨 있었다. 금잔의 팔을 베고 누워 있던 수련은 몰려드는 소음에 속수무책이었다. 사람들의 고통스러운 비명과 급작스럽게 끊어지는 마지막 숨이 꼬리를 물었다. 너무 많은 목숨이 자연이 부여한 운명보다 일찍 끝나버렸으며 거대한 흐름에 흔적도 없이 자취를 감추어버렸다. 그것은 시대의 운이라고 말하기에는 하염없이 무가치해서 비참했다. 세주는 마당에서 뒷짐을 진 채 불빛이 어른거리는 밤하늘 저편을 보았다. 그는 자신의 손녀를 피란시키기로 결정했다.

*

 수련과 수환이 탄 배가 떠나고 마지막 피란선도 부두를 출발했지만 미련을 버리지 못한 피란민들이 아직 많이 남아 있었다. 금잔도 눈물을 훔치며 자리를 뜨지 못하고 서성이자 세주는 그녀의 팔을 잡아끌며 호통을 쳤다.
 "저것들이 우리 사정 챙길 줄 아니? 얼른 달려, 이 여자야!"
 세주는 금잔의 팔을 붙든 채 불편한 다리를 절룩거리며 피란민들을 헤치고 부두 반대 방향으로 달렸다. 금잔은 영문을 모르면서도 세주가 사나운 표정으로 잡아끌자 말없이 따랐다. 두 사람이 부두에서 벗어나 근처의 창고에 다다랐을 때 폭파가 시작되었다. 세주와 금잔은 건물 뒤편으로 뛰어들어 납죽 엎드렸다. 금잔은 머리를 감싸 쥐고 있다가 살짝 눈을 떠보았다. 폭파가 한 번 있을 때마다 사람들의 팔다리가 붕 날아 털썩 떨어졌다. 허리 아래가 찢겨나갔지만 숨이 끊어지지 않은 아이가 기어가며 엄마를 외쳐 부르는 것이 보였다. 자욱한 연기와 함께 붉은 피가 사방으로 흩어졌다. 금잔은 더 이상 볼 수가 없어 두 눈을 가려버렸다. 세주가 잇새로 욕설을 내뱉었다.

정오 무렵 간신히 부두에서 돌아온 세주와 금잔은 자신들의 집이 좀 전의 폭격으로 쑥대밭이 되어 있는 것을 발견했다.

"하마터면 그대로 황천 갈 뻔했구려."

금잔이 가슴을 쓸어내리며 말했지만 세주는 태연했다.

"폭탄 떨어진다고 다 죽는가."

금잔이 잿더미에서 쓸 만한 물건이 남아 있나 뒤져내는 동안 세주는 공장으로 가보았다. 민가가 그 모양이니 공장은 흔적도 없을 것이라 생각했지만 벽돌로 쌓아 올린 튼튼한 공장 건물은 한쪽 벽면이 부서졌을 뿐이었다.

"육시랄 것들! 후퇴하면서 공장은 멀쩡히 놔두고 집들만 개박살을 내놓다니. 차라리 수환이가 입대해서 비행기를 모는 게 낫겠구먼."

세주는 그렇게 투덜거리면서도 공장 설비에 별다른 피해가 없는지를 꼼꼼히 살폈다. 금잔은 찌그러지고 부서진 냄비 몇 개와 소반 같은 것을 건져내어 머리에 인 채 공장으로 왔다. 그것들이 장독도 죄다 부숴놔 당장 찍어 먹을 것도 없소. 대체 장독이 무슨 죄라고! 금잔이 성을 참지 못하고 소리쳤다. 세주가 공장 한편에 있는 사무실에 살림을 부리는 동안 금잔은 밖으로 나가보았다. 거리에는 폭격을 피해 숨어 있던 사람들이 하나둘 나와 주변을 둘러보고 있었다. 그들은 신기해하는 얼굴로 큰길에 폭탄이 떨어져 생긴 커다란 구덩이 주위에 몰려들었다. 조금 전까지의 굉음이 거짓말인 것처럼 사방이 고요했다. 화창한 여름 햇살이 부서진 거리에 쏟아져 폐허가 된 그곳을 낱낱이 드러냈다. 사람들은 다가올 무언가에 대한 막연한 두려움으로 입을 굳게 다물었다. 금잔은 거리 저편에서 소총을 어깨에 메고 열을 맞추어 도시로 입성하고 있는 인민군 부대를 보았다. 그 뒤로 천지를 진동케 하는 소음을 내며 탱크 부대가 뒤따랐다. 금잔도 잘 알고 지내던 공장장 박 씨의 아들이 희색이 만면한 얼굴로 인공기를 흔들며 그들 앞에 서서 함께 행진했다. 인민군들은 그 청년을 가리키며 미소를 지었다. 누군가 내건 인공기가 폭격에 살아남은 건물 전면에 걸려 있었다.

세주와 금잔은 공장 사무실 한편에 나란히 누워 하룻밤을 지새웠다. 금잔은 붉은 완장을 찬, 솜털도 채 가시지 않은 어린 여자와 젊은 남자가 사람들을 모이게 한 뒤 늘어놓은 연설에 대해 세주에게 말해주었다.

"그 애들 말이 새 세상이 시작되었다고 합니다. 이제 모두가 평등해지고 노동자가 세상의 주인이 될 것이라던데요? 그래서 이제 서로를 '동무'라 부르랍니다."

"지랄들 하고 있구먼. 그것들은 사람이 뭔지도 모르고 씨불여대는 거야. 세상이 몇 번을 뒤집혀봐라. 모두가 평등해지나. 노동자가 주인이 되면 주인이 노동자가 되긴 하겠지."

금잔은 몸을 돌려 세주의 얼굴을 바라보았다. 그는 틀니를 빼놓고 있어 입 주위가 주름으로 자글거렸으며 말도 잇새로 새어 나왔다. 금잔은 세주가 자신을 처음으로 안았던 날 밤을 기억했다. 그의 팔은 단단하게 근육이 잡혀 있었으며 기운은 황소 같았다. 금잔은 그때 세주가 이빨로 쇳조각도 씹어 먹을 수 있을 것이라 생각했으며 자신도 그렇게 잡아먹힐 것만 같아 무서웠다. 금잔은 갑자기 울음이 터지려는 것을 간신히 참았다.

"주인어른은 그간 주인 행세만 하던 사람 아니오? 이제 어찌 되는 겁니까?"

"미국 놈들이 얼른 다시 돌아온다면 별일 없겠지만 오늘 도망가는 모양새를 보아하니 그러지 못할 것 같구먼. 내게 계획이 있어. 다행히 공장이 멀쩡하고 자재도 창고에 그대로 있으니 이곳에서 군수품을 만들어내는 거야. 내가 내일 그것들 대장을 만나 담판을 지을 것이야. 자네도 함께 가지."

"나는 왜요?"

"자네야말로 새 세상의 주인 아닌가."

세주가 생각에 잠긴 표정으로 그렇게 대답했다.

다음 날 세주는 날이 밝기도 전에 일어나 준비를 서둘렀다. 금잔은 세수를 하고 머리를 단정하게 빗은 다음 세주를 따라나섰다. 곳곳에 인공기가 걸려 있는 거리를 지나 두 사람은 대형 인공기가 전면에 내걸린 시내의 건물로 갔다. 거기에 인민군의 임시 사령부가 마련되어 있었다. 세주는 한동안 건물 주위를 절뚝거리며 돌아다니다가 결심한 듯 입구에서 보초를 서고 있는 군인에게 다가갔다.

"안녕하시오, 동무 나으리."

이제 겨우 열댓 살 정도 되어 보이는 어린 군인은 세주를 위아래로 훑어보면서 무슨 일이냐고 물었다. 세주는 그에게 바싹 다가가 금붙이를 하나 쥐여주었다.

"먼 길에 노고가 많으셨지요. 내가 대장 동무께 긴히 드릴 말씀이 있어 왔소이다. 인민군 동무들을 위한 일이니 특별히 부탁 좀 하십시다."

소년병은 금붙이를 들어 올려 자세히 살펴보았다.

"좀 더 없어?"

그가 세주에게 아랫사람 대하듯 물었다. 세주는 굽실거리며 품 안에서 금붙이를 한 개 더 꺼내 그에게 건넸다.

"일이 잘되면 나올 때 한 개 더 드립지요."

세주가 속삭이듯 말했다. 소년병은 세주더러 팔을 들어 올리라고 한 뒤 샅샅이 몸을 뒤져 나머지 금붙이를 찾아냈다. 그러고는 바닥에 침을 뱉었다. 세주는 얼굴 표정 하나 변하지 않고 허리를 굽혀 인사를 하면서 그곳을 나왔다. 금잔도 말없이 그의 뒤를 따랐다. 건물에서 멀찍이 떨어지자 금잔이 입을 열었다.

"주인어른, 이러다가 대장 '동무'는 만나지도 못하고 금붙이만 날리겠네요."

세주가 골똘히 생각에 잠겨서 턱을 긁적거렸다.

"분명히 방법이 있을 텐데 시간이 없구먼. 저것들 하는 양을 보니 선수를 치지 않으면 내가 당할 것인데 말이다."

방법은 그날 저녁에 찾아졌다. 한 집에 한 명씩 강제적으로 모이게 한 집회에 참석한 금잔이 공장장 박 씨를 만난 것이다. 그의 팔에는 붉은 완장이 둘러 있었다. 그는 세주가 해방 후 공장을 인수하면서 공장장 자리에 앉힌 이래, 주인이 무슨 짓을 하든 말없이 따르고 순종했다. 그와 금잔은 평소에도 무척 잘 지냈으며 서로를 좋은 사람이라 생각했다.

"박 씨가 그, 뭣이냐, 빨갱이 동무인 줄은 몰랐네요."

금잔이 주위를 둘러보며 작은 목소리로 그렇게 말하자 박 씨가 뒷머리를 긁적거렸다.

"내가 아니라 아들 녀석이 그렇소. 내야 뭘 아는가."

금잔은 그를 붙들고 사정을 이야기했다. 박 씨는 고개를 끄덕이면서 세주의 계획이 그럴싸하다고 말했다.

"아들 녀석 말로는 여기 대장 동무가 무척 훌륭한 분이라더군요. 공부도 많이 하고 인품이 훌륭해 소문처럼 사람들을 마구잡이로 죽이지는 않는다고 했소. 내 일단 아들 녀석에게 말이나 해보리다."

금잔은 그의 손을 덥석 붙들고 연신 고맙다고 인사했다. 박 씨는 다음 날 아침 일찍 공장으로 세주를 찾아와 만남이 정해졌으니 사령부로 가보라는 아들의 말을 전했다. 세주는 몇 년 동안 자신의 밑에서 충성을 다한 사내를 물끄러미 보다가 금붙이를 꺼내 쥐여주었다. 박 씨는 펄쩍 뛰면서 몇 번 사양했지만 세주가 억지로 품 안에 욱여넣자 결국 받아들였다. 금잔은 세주가 하는 양을 보면서 속으로 혀를 찼다. 자기가 부리던 사람에게 빚지는 것이 싫은 세주의 속이 뻔히 보였다. 그날 오후 금잔과 세주는 사령부에 다시 찾아갔다. 정문에는 예의 소년병이 보초를 서고 있었다. 세주가 그에게로 다가갔다.

"나는 지금 대장 동무를 만나러 간다, 이 불알에 털도 안 난 녀석아. 가서 네 녀석이 내 금붙이를 꿀꺽해버렸다고 낱낱이 고할 것이야. 그러고 나서 네 녀석에게 무슨 일이 생기나 지켜봐야지, 응?"

소년병은 얼굴이 파랗게 질린 채로 군화 속에 감춰둔 세주의 금붙이를 돌려주었다. 세주는 건물 안으로 들어가며 금잔에게 "저 녀석 하는 양을 보니 대장이라는 작자가 꽤나 엄격한 모양이야"라고 속삭였다. 장교의 사무실은 삼 층에 있었다. 두 사람은 사무실 입구에서 업무를 보고 있는 하급 군인에게 각자의 이름을 댔다. 그러고는 한참을 기다렸지만 안에서 들어오라는 소리가 없었다. 불편한 다리 때문에 오래 서 있는 것이 힘겨운 세주는 진땀을 비 오듯 흘렸지만 바삐 오가는 군인들 중 자리를 권하는 사람은 없었다. 한낮 무더위가 복도를 달구었다. 열린 창으로 들어온 파리 한 마리가 붕붕거리며 세주의 얼굴 주변을 날아다녔다. 세주는 파리를 쫓기 위해 몇 번 손을 휘두르다가 그마저도 힘겨워지자 힘없이 양팔을 늘어뜨렸다. 세주의 몸이 휘청이자 금잔이 부축해주려다가 그의 얼굴 표정을 보고는 슬그머니 손을 내렸다. 마침내 사무실 안쪽에서 군인 한 명이 나오며 두 사람의 이름을 불렀다. 세주는 자세를 바로 하고 얼굴의 땀을 닦은 뒤 절룩거리며 들어갔고 금잔도 그의 옆에 나란히 서서 걸었다.

사무실은 다섯 평 남짓 되어 보였다. 이름을 부른 군인이 두 사람을 창 앞에 놓인 장교의 책상으로 안내했다. 장교는 책상 위에 산더미처럼 쌓인 서류를 읽느라 고개를 숙인 채였다. 그의 뒤로 부서진 건물마다 걸려 있는 붉은 인공기가 바람에 펄럭이는 풍경이 창을 통해 보였다. 군인은 문 앞에 놓인 자신의 책상으로 조용히 돌아갔다. 장교가 두 사람을 세워둔 채 한동안 서류를 뒤적거리자 금잔은 작게 헛기침을 하고 단정히 빗어 올린 머리를 매만졌다. 마침내 중년의 장교가 고개를 들었다. 그의 시선과 금잔의 시선이 마주쳤다. 그는 한참 동안 그녀의 얼굴을 바라보았다. 장교의 시선이 금잔 옆에 서있는 세주에게로 천천히 옮겨 갔다. 세주의 입에서 작은 신음소리가 흘러나왔다.

"오라버니!"

금잔이 울먹이면서 소리쳤다. 환수가 보일 듯 말 듯 미소를 지었다. 그가 두 사람에게 자리를 권하자 세주는 무너지듯 의자에 주저앉았다. 세주는 그가 이미 죽었다고 생각해왔으며 눈으로 보고 있는 지금도 별로 현실감이 없었다. 그것은 금잔도 마찬가지여서 더 듬거리는 말투로 정말 오라버니가 맞느냐는 소리만 세 번이나 되풀이했다. 그러고는 세 사람 사이에 침묵이 흘렀다. 세주가 쥐어짜

듯 간신히 말을 꺼냈다.

"환영이는…… 아이를 낳다 죽었소."

"알고 있어요."

"아이는 살았소."

"……당신도 많이 늙었소이다."

환수가 담담히 말했다.

"내게 원하는 게 뭐지요?"

세주는 입을 꾹 다문 채 창밖만 바라보았다. 금잔이 오랜만에 말문이 막힌 세주를 신기한 기분으로 바라보는 동안, 환수는 손가락으로 책상을 톡톡 두드리다 작은 종이에 자신이 묵고 있는 곳의 주소를 적었다. 그는 그것을 금잔에게 건넸다.

"오늘 저녁에 이곳으로 오도록 해요."

금잔은 그것을 받아 가방에 넣었다. 환수가 다시 서류 더미에 시선을 돌리자 군인이 일어나 다가왔다. 두 사람이 그의 안내로 사무실을 나오는 동안 환수는 다시 고개를 들지 않았.

환수는 전쟁 막바지에 포로로 잡혀 수용소 생활을 하다 종전 후 자유의 몸이 되었다. 그는 한반도로 돌아오는 대신 소련으로 갔다. 그는 전쟁터에서 쉽게 죽어버리는 것이야말로 인간성에 대한 모욕임을 배웠으며 죽지 않고 살기 위해서는 무엇이든 붙잡을 것이 필요했다. 곱디곱던 그의 흰 얼굴은 흉터와 생채기로 가득해 이전 모습을 찾을 수 없었다. 그는 냉정해졌으며 무뎌졌다. 세상의 부조리와 불평등을 없애기 위해서는 혁명이 필요하지만 자신들은 이미 더럽혀진 세대, 지치고 타락한 퇴물들이니 다음 세대를 위해 종국에는 모두 죽어 없어져야 할 것이라고 생각했다. 그래서 환수는 그곳에서 대규모로 벌어지고 있는 인간 청소를 ─이렇게도 표현할 수 있다면─ '기쁜 절망'에 빠져 지켜보았다.

  환수가 스탈린의 숙청 작업에 대해 진지하게 고민하기 시작한 것은 자신의 아파트 건물을 청소하던 폴란드계 러시아인이 스파이 혐의로 체포되면서였다. 환수가 그 소식을 들은 것은 그가 이미 혐의를 인정하고 이십 년 형을 언도받아 시베리아의 수용소에 끌려간 뒤였다. 그가 당에 대해 비판과 불만을 일삼으며 적에게 기밀을 누설했다는 죄목에 환수는 의구심이 들었다. 청소부는 아내와의 사이에 십 대 아들을 두고 있는 중년 사내로 환수와 마주치면 늘 사람 좋은 웃음을 지으며 밝은 목소리로 인사를 건네곤 했다. 어떻게 봐도 그가 당이나 사상에 대해 난간에 쌓인 먼지보다 관심을 기울였다고는 생각하기 어려웠다. 환수는 그의 가족을 찾아가 보았지만 집은 텅 빈 채 아무도 없었다. 그는 자리를 뜨지 못하고 낡은 공동주택의 쓸쓸하고 어둑한 복도에서 한참을 서성거렸다. 청소부의 부인이 고문을 이기지 못하고 죽어버렸다는 것과 아들은 실종된 상태임을 어렵사리 알아낸 건 자학적인 호기심 때문이었다. 그는 어차피 벌어지는 파괴와 학살이라면 조금이라도 나은 세상을 위해 벌어지는 것이 옳다고 믿음으로써 현실과 그로 인한 절망에 눈감아버렸다. 고국에서 전쟁이 터지자 이곳과의 연결책이 필요한 당에서 그를 돌려보냈다. 고국에서 벌어지는 일들은 그간 자신이 겪어온 일들과 다를 바가 없었으며 언제 끝날지도 알 수 없었다. 전진하는 게 아니라 돌고 도는 세상에서, 그는 방향을 잃고 어지러웠다.

환수는 될 수 있는 대로 일을 빨리 마무리 지으려 했으나 생각처럼 쉽지 않았다. 거처로 돌아가 금잔을 다시 만날 생각을 하니 마음이 무거웠다. 과거의 환영과 마주한다는 것은 곱씹고 곱씹어서 완전히 소화가 돼버린 지난날의 과오가 다시 덩어리째 역류하는 것이었다. 환수는 몇 번이나 이대로 피해버릴까 생각하다 결국 마음을 바꾸었다. 그는 그로 인한 고통이 괴롭기보다는 달콤했으며 흐르는 세월이 가져다준 허깨비 같은 추억일 망정 놓고 싶지 않았다. 환수는 정해진 시간이 되자 자리에서 일어나 대기하고 있던 지프에 올라탔다.

환수가 머물고 있는 곳은 시장이 살던 사택으로 그와 가족들은 피란을 가버렸지만 집은 폭격을 피해 멀쩡했다. 멀리 붉은 지붕을 이고 있는 서양식 가옥이 모습을 드러내자 그 앞에 꼿꼿한 자세로 서 있는 중년 여인이 보였다. 그녀는 비록 한때의 아름다움은 잃었으나 품위 있어 보였고, 건강한 정신은 나이에 상관없이 빛나고 있어 보는 이들에게 자연스레 호감을 주었다. 그녀는 환수의 첫 여자이자 무시로 떠올랐던 과거의 모든 것, 그 안의 유일한 위로였다. 환수는 그녀의 모습을 보자 안도감이 들면서 자신도 모르게 눈시울이 붉어졌다. 금잔도 지프에서 내리는 환수를 보았다. 그녀의 기억 속에 마지막으로 남아 있는 그는 상처받고 쫓겨나던 순수한 시절, 슬픔에 잠긴 청년이었다. 금잔에게 그 모습은 오랜 세월 하나의 낭만성으로 굳어져갔다. 금잔은 환수의 인간적인 면들, 식성이라든가 음성, 몸짓, 이목구비, 걸을 때의 자세 같은 것들을 서서히 잊어갔다. 대신 환수라는 인간에게서 느껴졌던 어떤 느낌들만이 그녀의 곁에 남아 농축되었다. 금잔은 나이가 들어버린 환수에게 자신이 간직해왔던 느낌을 투사했으며, 그것은 주인을 잃어버렸던 옷이 마침내 제 주인을 찾은 것처럼 꼭 들어맞았다. 환수는 여전히 금잔의 기억을 걸칠 만한 체형을 간직하고 있었고, 그것이 그녀를 기쁘게 했다.

실내는 아직 정리가 되지 않아 어수선했다. 부엌일을 하기 위해 뽑혀 온 여자가 약간 겁에 질린 표정으로 주춤거리며 두 사람을 맞았다. 환수는 그녀에게 저녁상을 부탁했다. 잠시 후 여자가 내온 닭고기 요리와 생선찜은 간이 너무 짰으나 환수와 금잔은 말없이 살점을 발라 부지런히 입에 넣었다. 금잔은 음식을 먹는 중간 중간 이런저런 이야기를 두서없이 늘어놓았다. 주로 환수의 부모와 수환, 미희, 그리고 수련에 대한 것이었다. 환수는 나직하게 대답하거나 고개를 끄덕이며 주의 깊게 이야기를 들었다.

"오라버니가 수련이를 보면 무척 예뻐하실 거예요. 아이가 환영이를 어찌나 빼박았는지 주인어른도 수련이라면 사족을 못 쓰지요."

금잔은 말을 해놓고 아차 싶어 환수의 얼굴을 살폈으나 그는 별다른 감정을 비치지 않았다. 환수는 자신이 그들에 대해 전혀 애틋한 기분이 들지 않는 것이 이상했을 뿐이다. 하지만 그것조차 한

발 물러난 자리에서 잠깐 생각해본 것이었다. 환수는 금잔과 건배를 한 후 술잔을 비웠다.

"난 과거를 잊기 위해 버둥거렸지만 동시에 잃어버릴까 봐 안타까워했어요. 왜냐하면 그것만이 내가 다른 이들과 다른 유일한 증거 같아서였지요. 한 사람을 다른 사람과 다르게 만드는 건 과오와 상처일지도 모르겠소."

금잔은 그의 말을 듣고 울었다. 왠지 눈물이 멈춰지지 않아 그녀는 그만해야 한다고 생각하면서도 그럴 수가 없었다. 너무 긴장한 탓에 계속해서 들이킨 술과 씹어삼킨 고깃점이 그녀의 목을 꽉 메워 가슴을 답답하게 했다. 그녀는 그 순간 뒤틀린 운명과 놓쳐버린 소중한 것들에 대해서 울었다. 타보지 못한 그 많은 기차와 가보지 못한 숱한 길들에 대해 울었다. 자신의 실수로 벌어진 안타까운 일과 그로 인한 상심에 대해 울었으며 끝도 없이 쏟아지는 자신의 눈물에 대해서도 울었다. 환수가 몸을 일으켰다. 그러고는 금잔에게 손을 내밀었다. 금잔은 눈물을 훔치며 그의 손을 잡았다. 환수가 다른 손을 금잔의 허리에 감은 뒤 빙글빙글 돌며 천천히 춤을 추었다. 금잔은 취기 때문인지 잔잔하고 아름다운 선율이 귓가에 들려오는 듯 했다. 금잔과 환수는 여러 번 한숨을 내쉬었으며 우연히 눈이 마주치면 쑥스러운 웃음을 짓기도 했다.

"난 해본 지가 너무 오래됐어요. 이런 일을 하기엔 늙었고요."

금잔이 수줍어하며 말했다.

"늙어서 못 할 일은 없어요. 당신은 그렇게 늙지도 않았고."

환수가 웃으며 대답했다. 환수와 금잔은 서로의 나이 먹은 육체와 주름을 쓰다듬었으며 조심스럽고 신중하게 자신들이 알고 있는 수많은 즐거움을 찾아냈다. 그들은 서로의 체취를 맡으며 흘러가버린 시간의 묵은내 나는 향기를 느꼈다. 그것은 불타오르는 한때의 추억으로 이루어진 잿빛 그림자 같은 정사가 아니라 은밀하고 은은하게 켜진 촛불처럼 전혀 다른 종류의 불을 지피는 것이었다. 밤이 이슥해졌을 때 두 사람은 피곤하기는 했으나 만족스러운 기분으로 잠이 들었다. 다음 날 금잔은 세주에게 돌아가 자신이 환수의 숙소에서 일을 거들기로 했다고 알렸다. 세주는 금잔의 환해진 안색이며 온몸에 감도는 기쁨과 행복을 보았다.

"자네는 조심하지 않으면 이제 곧 수환이가 없이도 허공으로 둥둥 떠다니겠구먼."

세주는 그렇게 툭 내뱉었을 뿐 별다른 말은 하지 않았다.

세주의 공장에서 군수용품을 만들어내기 시작했다. 창고에 쌓아두었던 천들이 풀려나와 염색되었고, 동원된 여공들이 그것을 마름질해 군복이나 군용 내의 같은 것으로 만들었다. 세주는 이제 공장의 주인이 아니라 전체 생산량을 책임지는 일개 '노동자 동무'여서 같은 노동자 동무들에게 소리를 지르거나 욕설을 내뱉거나 쫓아내겠다고 협박하거나 할 수 없었다. 환수가 그 도시의 전체 행정을 책임지고는 있었지만 정치적인 문제는 인민위원회 위원장의 소관이었다. 그는 다른 도시에서처럼 이곳에서도 인민재판을 열어

반동분자들을 처형해야 한다고 주장했고, 환수는 그때마다 혁명극의 대사를 외우듯 "동무, 공연히 계급 간의 증오와 반목을 부채질할 필요는 없소. 누군가를 반드시 처형해야 한다면 그것은 소리 높여 외치는 군중들의 함성에 의해서가 아니라 보다 합리적인 과정을 통해야 하오"라고 대꾸했다. 환수는 위원장을 대할 때면 그 이상의 성의 있는 대꾸는 자신의 성대와 혀에 대한 모독인 것처럼 굴었다. 위원장은 둔감한 사람이었지만 자신의 상관이 자신을 사무실에 날아다니는 똥파리쯤으로 여기고 있다는 것만큼은 재빨리 알아챘다. 위원장이 환수에 대한 불만을 노골적으로 당에 건의하자 마침 환수를 마뜩잖아하던 그들은 간단하지만 단호한 지시를 내려보냈다. 대표적인 악질 부르주아 착취 계급과 악질 반동분자를 선별해 공개 처형시켜 인민의 사상을 고취시키라, 하는 것이었다.

 환수는 갈등에 휩싸였다. 그의 책상에는 이미 '이세주'의 악행을 고발하는 온갖 고발장이 산처럼 쌓여 있었다. 그에게 몸이 굼뜨다고 매를 맞았던 여공과 몸이 아파 하루 결근을 했다고 한 달 치 월급을 받지 못한 직공, 말대꾸를 했다고 뺨을 맞은 초로의 기술자, 그리고 공무원들과 거래처를 관리하느라 그들에게 퍼먹인 술값이 직공들의 쥐꼬리만 한 월급 몇 년 치를 웃돌았다는 전직 경리의 생생한 증언 같은 것이 주를 이루었다. 만일 세주를 제쳐두고 다른 사람을 처형시킨다면 환수 자신은 물론이고 다른 어느 누구도 납득할 수 없을 것이었다. 고민 끝에 환수는 세주의 공장으로 그를 찾아갔다.

"적어도 내가 책임을 지고 있는 이곳에서 즉결 처형은 없을 거예요."

세주가 무표정한 얼굴로 환수를 보았다.

"그럼 어떻게 죽이시려고?"

"공개 재판을 통합니다. 공정한 검사를 선별해 당신의 죄목을 고하고 증인들의 증언이 있은 다음 인민에게 판결을 맡기는 거죠."

"결국 맞아 죽으라는 소리군."

"당신은 충분히 그럴 만한 일을 저질렀소."

세주가 콧방귀를 뀌었다.

"그럼 당신은?"

환수는 그를 노려보았다.

"난 당신 덕분에 충분히 죗값을 치렀어요."

"이보시오, 대장 동무, 사는 게 다들 거기서 거기요. 당신은 당신이 치를 만한 것을 치렀고 나도 내가 치를 만한 것을 치르고 살았소. 당신 아들을 죽이지 않고 잘 거두어 손녀까지 보게 해주었는데, 이제 와 나를 돌로 쳐 죽일 놈이라 쉽게도 말하는구먼. 예나 지금이나 당신은 변한 게 없어. 그렇다고 나는 당신을 때려죽일 놈이라 생각하진 않거든."

환수는 대꾸할 말이 없었으므로 그곳을 말없이 물러 나왔다.

환수가 숙소로 돌아오자 부엌에서 요리를 하고 있던 금잔이 뛰어나왔다. 금잔의 몸짓이나 표정은 소녀처럼 가볍고 명랑해서 세주 곁에 있거나 아이들을 돌보던 때의 그녀와는 완전히 다르게 보였다. 환수는 오랜 독신 생활로 혼자 지내는 것이 익숙해 있어 누군가와 함께하는 생활이 몹시 어색했다. 하지만 그는 금잔이 잠자면서 입을 약간 벌리는 모습이나 부엌 한옆에서 몸을 닦는 모습, 그리고 느긋하게 앉아 쉴 때의 무방비한 모습 같은 것들이 그녀의 추상적인 이미지를 구체적으로 채워가고 있음을 느꼈다. 환수는 금잔에게 솔직하게 털어놓기로 결심했다.

"임시 감옥으로 쓰이고 있는 목재 창고에는 우익 단체에 가입했던 사람들이나 그들을 도왔다는 혐의로 감금되어 있는 사람들이 있어요. 그들에 대한 처형을 차일피일 미루고 있었지만 더 이상 미적거릴 수가 없게 되었소. …… 그 사람도 처형을 면하기 어려워요. 그건 형평성의 문제요."

"난 무식한 여자지만 다른 건 몰라도 그 양반이 오라버니 손에 죽어서는 안 돼요. 그건 절대 있어서는 안 될 일이고말고요."

금잔이 단호하게 말했지만 환수는 고집스레 되풀이했다.

"그를 빼고 다른 사람들만 처형할 순 없어요."

"아, 그래요?"

금잔은 더 이상 아무 말도 하지 않았다. 그녀가 환수의 집에서 돌아왔을 때 세주는 공장 사무실 한편에 웅크린 채 누워 있었다. 금잔은 환수의 집에서 싸가지고 온 고기와 밑반찬, 그리고 술 같은 것들을 차려 그에게 가져갔다. 세주는 아무 생각 없으니 자네나 먹으라고 귀찮다는 듯 말했다.

"잔말 말고 먹어둬요, 이 양반아."

금잔이 강한 어조로 말하자 세주는 투덜대면서도 마지못해 자리에서 일어났다. 금잔은 세주가 먹고 마시는 것을 가만히 지켜보았다. 세주가 상을 물리고 다시 자리에 눕자 금잔은 그가 불편하지 않도록 이부자리를 봐주었다. 세주가 뒤척이다 잠이 드는 것을 보고 금잔은 조용히 공장을 빠져나왔다.
　금잔은 그길로 부두 근처에 있는 목재 창고로 갔다. 넓기는 하지만 허름한 벽돌 건물인 그곳은 문과 벽과 지붕이 멀쩡한 몇 안 되는 건물 중 하나라 감옥으로 선택되었다. 형 집행을 기다리던 서른두 명의 혐의자들은 남녀 구분 없이 한꺼번에 수용되어 있었으며 그들을 지키는 것은 군인 서너 명에 불과했다. 인민군 점령하의 도시에서 감히 그들을 도와주려는 사람은 없었으므로 경비가 느슨했던 것이다. 금잔이 가까이 다가가자 보초병들이 총을 들이대며 소리를 질렀다. 금잔은 양팔을 번쩍 들었다.
　"나는 사실 서부우익청년단체의 부역자라오! 내가 은밀히 그니들 밥을 해주었지. 그러니 나도 저 안에 가둬주시오!"
　보초병들은 어리둥절해하면서도 곧 욕설을 퍼부으며 금잔을 창고 안으로 집어넣었다. 창고에 있던 서른두 명의 혐의자들은 금잔이 들어오자 열렬하게 박수를 쳤다. 중년의 한 사내가 외쳤다.
　"아주머니야말로 진정한 반공 애국지사이십니다그려!"
　금잔이 '서부우익청년단체'라는 단어를 알게 된 것은 집회에 참가해서였다. 그녀는 그것이 정확히 무언지를 끝까지 몰랐다.
　환수는 다음 날 아침 사령부에 나가자마자 그 사실을 보고받았다. 그는 한동안 말을 잃었으며 자신이 더 이상 도망갈 곳이 없음을 깨달았다. 자신이 어떤 인간인지 스스로에게 입증할 때가 되었다, 하고 환수는 생각했다. 그는 하급 장교 한 명을 불러 창고에 갇혀 있는 반혁명 혐의자들을 모조리 석방하라고 지시했다. 잠시 후 문이 벌컥 열리면서 위원장이 사무실로 뛰어들었다. 그의 넓적한 얼굴은 분노와 충격으로 새파랗게 질려 있었다.

"나는 동무의 이번 지시를 당에 엄중 고발할 것이오. 동무는 이런 반혁명적 지시를 내린 이유에 대해 적극적으로 해명해야 할 것이외다!"

위원장의 얼굴은 이른 아침인데도 벌써 기름기로 번들거렸다. 환수는 파랬던 그의 얼굴이 기름에 젖은 성냥갑처럼 분을 이기지 못하고 확 불타오르는 것을 재밌어하며 지켜보았다. 위원장의 얼굴 피부는 무척 민감한 모양인지 기분에 따라 안색이 수시로 바뀌었다. 환수는 어깨를 으쓱하고는 귀찮은 파리 내쫓듯 그를 사무실에서 내보냈다. 환수는 차를 한잔 마신 뒤 자리에서 일어나 사령부 건물을 나왔다. 그는 지프를 타지 않고 내리는 비를 맞으며 천천히 거리를 걸어 세주의 공장으로 갔다. 공장 안은 시끄러운 기계음과 재봉틀 돌아가는 소리로 요란했다. 세주는 공장 안을 돌아다니며 작업 지시를 내리다가 환수를 발견하자 절룩거리면서 다가왔다.

"날 잡으러 대장 동무가 직접 온 모양이구먼!"

세주가 소리쳤다. 그의 당당한 태도 때문에 환수는 웃음이 나왔다.

"사무실로 가십시다!"

환수가 유쾌한 목소리로 외쳤다. 그가 그토록 즐거운 기분이 든 것은 아주 오랜만의 일이었다. 환수는 사무실 한편에 마련해둔 세주의 옹색한 잠자리를 보았다. 세주가 언제나 스스로에게 무관심했다는 사실이 환수의 머릿속에 떠올랐다. 순간 환수는 자신이 이 세주라는 인간을 싫어할 수 없었던 이유를 깨달았다. 세주의 '욕망'에는 언제나 자기애가 결여돼 있었고 그것이 그의 모든 행동에 어떤 순수성을 부여했다. 비록 '죽어 마땅한' 악당일지라도 세주는 환수의 마음을 여전히 잡아끌었다. 환수는 세주에게 공민증 두 장을 건넸다.

"금잔이 오는 대로 짐을 꾸려서 도시를 떠나요. 빠르면 빠를수록 좋소."

세주는 그가 내민 종잇조각을 물끄러미 보다가 인상을 찌푸렸다.

"이보시오, 대장 동무, 대체 무슨 꿍꿍이요?"

"아무것도."

환수가 가볍게 대꾸했다. 세주는 공민증을 그에게 돌려주었다.

"난 도망가는 게 싫소. 언젠가 무슨 일이 있어도 다시는 도망가지 않을 거라 마음먹었더랬지. 난 도망가는 것만 아니라면 무슨 짓이든 다 할 수 있소. 그러니 이 나이 먹어서 다시 볼썽사나운 애송이 시절처럼 도망다녀야 한다면 차라리 죽는 게 낫소. 대장 동무는 어떻소?"

"나도 그럴 수는 없어요."

"어째서?"

"그러기에는 너무 늦었어요."

"그렇다면 그 미련한 여자도 도망가지 않겠구먼."

"그럴 테지요."

환수는 공민증을 그 자리에서 찢어버렸다. 두 사람은 입을 다문 채 서로를 바라보았다. 이제 서로의 속을 훤히 넘겨짚을 수 있게 된 두 남자는 이것이 서로를 보는 마지막일지도 모른다는 것을 알고 있었다. 세주는 자신이 여전히 환수를 좋아하고 있음을 깨닫고는 조금 놀랐다. 세주는 시선을 거둔 뒤 절룩거리며 작업장으로 내려갔다.

환수는 공장을 나와 비가 그친 거리를 한동안 걸었다. 자신들이 이곳을 점령한 지 한 달이라는 시간이 흘렀지만 도시는 여전히 반파되고 부서진 채였다. 어지러이 쌓여 있는 돌무덤 사이에 여기저기 솟아오른 기둥과 굴뚝 들이 건물이 있던 자리임을 알려주고 있을 뿐 제대로 남아 있는 건 거의 없었다. 환수는 폐허가 된 거리 곳곳에 내걸린 인공기의 물결과 김일성의 대형 초상화를 쳐다보았다. 환수는 소련의 한 정치집회에서 김일성을 처음 만났을 때 그가 이토록 정치적으로 중요한 인물이 될지는 꿈에도 몰랐었다. 김일성은 흥분된 표정으로 여러번 건배를 제안했으며 주위에 늘어선 주요 인사들과 손을 잡고 만세삼창을 했다. 하지만 그가 정작 연설을 시작하자 대중을 휘어잡는 언변이나 빛나는 기지 같은, 뛰어난 지도자로서의 매력은 그 어디에서도 찾을 수 없었다.

"저자는 저 촌티부터 좀 어떻게 해야되겠군."

옆에 있던 당의 동지가 못마땅하다는 듯 환수에게 귓속말을 했다. 환수도 김일성의 투박하고 어설픈 연설에서 신경을 거두었다. 환수에게 김일성은 그간의 정치적 이력도 주목할 점이 별로 없는, 비만기가 보이는 투박하고 촌스러운 젊은이에 불과했다. 거기에 세속적인 욕심이 많아 천박하다는 느낌이 전부였다. 환수는 코웃음을 친 뒤 "전쟁이란 결국 욕심의 다른 이름이지"라고 중얼거렸다. 저녁이 다 되어 환수가 자신의 숙소로 돌아오자 대문 앞에 군인들이 진을 치고 있었다. 환수는 생각보다는 빠르지만 드디어 올 것이 왔다고 생각하며 마음을 다잡았다. 장교 하나가 환수를 발견하자 헐레벌떡 뛰어왔다.

"미 제국주의자들이 국군과 함께 서울로 진격하고 있다는 소식입니다. 우리 부대도 전선에 합류해서 서울을 사수하라는 지시가 내려왔습니다."

환수는 일순 놀랐지만 굳은 표정으로 고개를 끄덕였다. 국군과 미군이 서울을 수복한 뒤 그 도시를 탈환한 것은 그로부터 두 달 후였다.

*

무자비한 색출이 시작되었다. 사람들은 숨을 죽이고 어딘가로 숨어들었다. 모두들 매일 열리는 집회에 참석했었고 구호를 외치며 박수를 쳤었다. 인민군을 위한 부역에 동원되었으며 행사 때마다 인공기를 흔들고 혁명가를 부르기도 했다. 헌병대와 경찰은 부역 용의자, 단순 가담자, 적극 협조자, 공산주의자 등을 가려내어 모조리 잡아넣었다. 용의자들이 넘쳐나 목재 창고만으로는 모자라서 세주의 공장 건물도 감옥으로 사용되었다. 세주는 제일 먼저 잡혀 들어간 사람들 중 하나였지만 금잔은 서부우익청년단체를 도운 전적이 있으므로—인민군 치하에서 목재 창고에 함께 갇혔던 서른두 명의 증언 덕분에 누구나 그렇게 알았다—무사했다. 도시에는 색출 작업이 끝나는 대로 그들을 모두 죽여버릴 것이라는 흉흉한 소문이 돌았다. 애가 탄 금잔은 세주에게 틀니라도 전해주고 싶었으나 그마저도 여의치 않았다. 세주는 자다가 붙잡혀 가는 바람에 틀니를 끼울 새도 없었던 것이다. 그래서 그는 공장 한편에서 조글조글한 입을 꽉 다문 채 지독한 통증과 불면증에 시달리고 있었다. 그는 배급되는 얼마 안 되는 음식도 씹을 수가 없어 그대로 남겨야 했으며 허기에 지쳐 억지로 삼키다 보면 소화가 전혀 되지 않았다. 세주의 몸피는 바람 빠진 풍선처럼 쪼그라들었다. 공장 안에는 공장장 박 씨도 그 아들과 함께 붙들려 와 있었다. 박 씨의 아들은 국군과 미군이 도착하기 전 서둘러 몸을 피한 다른 공산주의자들처럼 아버지를 모시고 도시를 떠나려고 했다. 하지만 박 씨는 "설마 같은 동포끼리 뭘 어쩌겠니"라는 말과 함께 꼼짝하려들지 않았다. 박 씨의 아들은 아내를 병으로 잃고 나서 외아들인 자신을 지극정성으로 키워준 아버지를 두고 혼자 떠날 수 없었다. 그가 아버지에게 "그럼 죽더라도 함께 죽읍시다"라고 하자 박 씨는 도무지 이해할 수 없다는 듯 머리를 흔들었을 뿐이다.

박 씨는 자신의 주인이 서서히 죽어가는 꼴을 보자 안된 마음에 그의 곁에서 팔다리를 주무르거나 음식을 숟가락으로 짓이겨 조금이라도 먹기 편하게 해주려고 애썼다. 그래도 세주가 도통 먹지를 못하자 그는 자신이 먼저 음식을 씹은 후 세주의 입에 넣어주었다. 세주는 처음엔 질색했지만 결국 나중에는 얌전히 받아먹었다. 그는 예전 어느 날 다시는 도망가지 않겠다고 결심한 것처럼, 그 옛날 고픈 배를 부여잡고 절대로 굶어 죽지는 않겠다고 맹세했던 것이다. 박 씨의 아들은 아버지가 세주를 '사장님'이라 부르며 살뜰하게 보살피는 것을 눈앞에서 보자 절망감을 느꼈다. 인민의 부르주아 계급에 대한 굴종과 복종은 마치 그들의 혈관 속을 피처럼 도는 것 같았다. 박 씨는 여전히 세주 덕분에 자신이 안정된 직장을 가지고 아들을 잘 키울 수 있었다 믿었고 사람인 이상 그 은혜를 잊어버리면 안 된다고 생각했다.

군인들은 밤낮없이 공장으로 들어와 사람들의 옷을 몽땅 벗긴 뒤 몽둥이로 몸을 마구 두드렸다. 사람들이 기진해 똥을 지리며 차라리 죽는 게 낫다고 생각할 때쯤 그들은 각자의 눈앞에 자술서를 내밀고 서명하라며 호통을 쳤다. 세주가 자술서에 서명하는 대신 침을 뱉자 침 대신 그의 입안에 고여 있던 피가 튀었고, 성이 난 군인은 그의 머리를 축구공처럼 군홧발로 갈겼다. 세주가 기절한 사이 군인이 그의 손가락에 인주를 묻혀 지장을 찍어버렸다.

"동무가 죽기 전에 알아야 할 것이 있소."

박 씨의 아들이 어느 날 세주에게 퉁명스럽게 말했다.

"이 도시를 점령한 국군 사령관은 이미 그 악명이 높소. 전쟁이 나기도 전에 빨갱이의 '빨'자만 나와도 진저리를 쳐대 죄 없는 양민을 도륙한 그야말로 악질 중의 최고 악질이오. 그 악질 반동은 그저 남의 밑이나 닦던 하찮은 놈이었는데 전쟁 통에 벼락출세를 했지. 그 뱀 같은 녀석이 지난달 서울에서 한 짓을 내 다 들었소. 정식 재판도 없이 우리 같은 이들을 모조리 처형시켰다더군. 그러니 여기 있는 이들이 어떻게 될지는 뻔한 일이지. 그 악질을 두고 사람들이 '스네이크'라고 한다던데, 그야말로 딱 맞는 별명이라 생각지 않소?"

세주는 웃음을 터뜨렸다. 공장 안에 쩌렁쩌렁 울려 퍼지는 그의 웃음은 기괴하고 끔찍한 느낌이었으며 듣는 사람의 비위를 긁었다.

그 시간 수철은 야전 사령부에서 자신에게 온 보고서를 대충 훑어보고 있었다. 그것은 항구도시의 배신자 색출에 대한 문건이었다. 거기에는 점령지의 헌병대와 수색대, 그리고 경찰 및 각종 우익 단체에서 체포한 자들의 이름과 체포 사유가 빼곡히 적혀 있었다. 수철에게 그 이름들은 무의미한 나열에 불과했다. 그는 참모를 통해 세주가 승선증을 구한 사실에 대해 들었으며 막연하게 자신의 가족들이 모두 피란을 갔을 것이라고만 생각했다. 수철은 가족의 안위에 대해서는 그대로 까맣게 잊어버렸다. 그는 보고서를 획 집어 내던지며 지시를 기다리고 있던 장교에게 '처리하라'고 했다. 수철이 집어 던진 보고서가 잠시 허공에 머물다 책상 위로 내려오는 그 시간에 수환은 곡마단의 천막에서 분홍빛 공연복을 입은 어린 수습 곡예사 소녀를 들어올리기 위해 정신을 집중하고 있었다.

공장 문이 열리면서 소총을 멘 군인들이 들어왔다. 그들은 총을 휘두르며 고함을 질러 사람들을 잔뜩 겁에 질리게 한 후 포승줄에 굴비 엮듯 묶어 밖으로 끌고 나갔다. 세주는 최대한 몸을 곧게 펴고 절룩거리는 다리로 다른 사람들과 열을 맞추기 위해 애썼다. 공장 밖에서 기다리고 있던 가족들은 그들의 모습이 보이자 동시에 울음을 터뜨리며 안타깝게 이름을 불렀다. 세주는 고개를 빼들고 그들 중 아는 얼굴을 찾아보았지만 모두 모르는 이들이었다. 대기하고 있던 트럭에 올라타기 직전 마침내 세주는 금잔과 눈이 마주쳤다. 금잔은 손에 그의 틀니를 꼭 쥔 채로 눈물 콧물을 짜내며 트럭 근처에 서 있었다. 세주는 금잔을 보면서 고개를 끄덕이고 슬쩍 웃었다. 그가 웃자 숭숭 빠진 잇속이 드러났다. 가슴이 찢어지는 것만 같아서 금잔은 소리를 내 울기 시작했다. 수감자들을 따라 트럭에 올라탄 군인들은 만일 고개를 들면 그 자리에서 죽이겠다고 소리 질렀다. 수감자들은 모두 시키는 대로 앞사람 등에 고개를 묻었다. 트럭이 출발을 하자 가족들이 그 뒤를 쫓아 달리며 슬피 울었다. 금잔도 그들 틈에 끼어 함께 통곡했다.

트럭이 도착한 곳은 도시 밖에 있는 벌판이었다. 벌판에는 처형을 위해 수백 개의 말뚝을 박아놓아 멀리서 보면 일렬로 비석을 세워놓은 공동묘지처럼 보였다. 군인들이 사람들을 트럭에서 내리게 하고는 말뚝으로 끌고 갔다. 세주는 대열에서 낙오되지 않기 위해 안간힘을 썼다. 죽으러 가는 길에 엎어져서 부축이라도 받게 되면 그처럼 꼴사나운 것도 없으리라는 생각에서였다. 그가 묶인 말뚝은 정 가운데에 있어 벌판의 모습이 한눈에 들어왔다. 세주는 눈을 들어 잠시 맑은 가을 하늘을 올려다보았으며 저 앞에서 구령과 함께 총을 들고 준비하는 군인들의 대열을 보았다. 세주는 잠깐 수련을 떠올렸으며 그녀의 얼굴을 통해 환영의 모습을 기억했다. 하지만 총성이 터지자 세주는 금잔의 마지막 얼굴이 자연스레 떠올랐다. 그는 금잔의 눈물 콧물 짜내며 우는 모습이 항상 웃기다고 생각해왔으며 지금도 역시 어딘지 모르게 우스웠다. 그는 자신의 일생이 하찮으면서도 가벼운 웃음 하나로 전부 정리되는 것에 놀라움을 느꼈다.

　총알이 세주의 얼굴을 향해 날아오는 동안 수환은 추락하는 마담의 몸을 억지로 붙잡아 허공에 띄우고 있었고 수련은 세주에게 죽음이 임박했음을 깨달았다. 세주에게 날아오던 총알이 잠시 허공에 머물다가 그대로 땅에 떨어지는 순간 마담의 몸도 그물 밖으로 털썩 떨어졌다. 수련이 비명을 질렀으며 세주는 자신이 아직도 살아 있다는 사실에 어리둥절했다. 시신을 확인하러 왔던 군인이 세주가 눈을 빤히 뜨고 자신을 노려보자 흠칫 놀라며 뒤로 한 발 물러섰다. 그는 다시 총을 겨누고 정면에서 세주의 눈을 쏘았다. 세주의 머리에 커다란 구멍이 뻥 뚫리며 뇌수가 쏟아지는 동안 금잔과 수련, 그리고 수환은 모두 울고 있었다.

허공

"눈이 오네요."

　수련의 말에 수환이 고개를 들어 보일 리 없는 하늘을 쳐다보았다. 유달리 눈이 많고 추운 겨울이었다. 이제는 한뎃잠을 잘 수 없으므로 수련은 어떻게 해서든 추위를 피할 곳을 찾아야 했다. 두 사람이 다시 길에 나선 지 보름이 지났지만 상황은 점점 더 어려워졌다. 보통 밤에는 군대가 이동하지 않지만 중공군의 이동은 밤과 낮이 따로 없었다. 그들은 아주 깊숙이 참호를 파는 데다 쉬지 않고 먼 거리를 이동하며 적은 양식으로 많은 날들을 버틸 수 있었다. 곡마단을 나온 이후 수환은 말을 잃었다. 그는 이제 장님일 뿐 아니라 벙어리이기도 했다. 그의 마음과 기억은 굳게 닫혀 있어 더 이상 어떤 것도 받아들이지 않았다. 그러므로 그는 귀머거리

이기도 했다. 수련은 자주 수환의 마음으로 비집고 들어가 그의 깊은 곳에서 일렁이는 것들을 읽기 위해 애썼다. 하지만 그것은 그의 고통과 슬픔, 혼란에 감염되는 일이어서 차츰 그의 마음에 접근하는 일을 조심스러워하게 되었다. 그래서 수련은 더욱 미희가 간절했다. 수련은 미희라면 수환의 마음 깊은 곳에 들어가 그의 상처를 만져줄 수 있을지 모른다고 기대했다. 찾아질 듯 자취를 감춰버린 미희의 행방은 여전히 묘연했다. 그녀는 일부러 자신의 기색을 지우고 있었다. 가족을 전혀 그리워하지 않는다는 점에서, 정말로 가족을 버린 것은 그녀였다. 미희를 찾는 수련의 점괘는 겨울이 시작되면서 북쪽을 가리키고 있었다. 하지만 수련의 다른 점괘는 가급적이면 북쪽을 피해야 한다고 일러주었다.

중공군의 대공세가 펼쳐지면서 북쪽으로 쫓기듯 후퇴하던 인민군은 다시 서울을 점령하고 남쪽으로 국군과 미군을 밀어내고 있었다. 인민군의 일 차 공세 때 피란을 가지 않았던 사람들도 이번에는 모두들 보따리를 이고 지고 집을 떠났다. 그대로 남아 있다가는 무슨 꼴을 당하게 되는지 그간의 경험으로 알게 된 탓이었다. 수련은 아버지와 함께 나선 길에서 피란민들의 행렬과 자주 마주쳤다. 그들은 배가 고파지면 걸음을 멈추고 군불을 때 구할 수 있는 재료를 모두 집어넣은 정체 모를 죽을 쑤어 먹었고 추위를 견디지 못해 죽어버린 가족을 길에 둔 채 떠났다. 빈집 어디에나 피란민들이 득실거려 하룻밤 잘 곳을 구하는 게 이전보다 더욱 어려워지자, 수련은 민가 찾는 일을 포기하고 추위를 피할 만한 동굴이나 군인들이 파놓고 버려둔 참호 같은 곳에서 밤을 넘겼다.
 하늘 전체가 흐릿한 잿빛이었다. 그곳으로부터 쏟아지는 선명한 흰빛 눈은 대기에 떠도는 우울함과 대지의 핏자국을 모두 지워버렸다. 눈발이 점차 드세져 사방 천지 어디가 어디인지 분간이 되질 않았다. 수환은 쌓이는 눈 때문에 발을 헛디뎌 몇 번이나 나뒹굴었다. 그는 그때마다 일어나서 무표정한 얼굴로 몸을 툭툭 털어내고는 다시 더듬더듬 발걸음을 옮겼다. 겨울 해는 짧지만 눈발은 길었다. 수련은 걸음을 멈추고 주위를 둘러보았지만 매서운 눈발에 눈을 뜨는 것조차 버거웠다. 망설일 여유가 없음을 깨닫자 수련은 결정을 내리고 수환의 손을 잡은 뒤 길을 벗어났다. 황량한 벌판을 아무리 걸어가도 수련이 기대한 민가의 불빛은 보이지 않았다. 빠르게 해가 지고 있었고 칼처럼 날카로운 바람이 음산하게 울부짖었다. 수련은 추위 때문에 입술이 떨려와 절로 이빨이 마주치며 딱딱거렸다. 수환이 넘어져 한동안 몸을 일으키지 못하자 수련은 난생처음으로 깊은 절망에 빠져 눈물을 흘렸다. 수련은 아버지가 몸을 일으키는 것을 돕기 위해 무릎을 꿇었다. 수환이 지친 목소리로 수련을 불렀다. 그의 공허가 수련의 가슴에 냉기처럼 스몄다. 수련은 수환을 부둥켜안았다. 그가 떨리는 손으로 수련의 머리를 쓰다듬었다. 수련은 터져 나올 것 같은 울음을 필사적으로 참았다. 만일 자신이 자제심을 잃고 울어버린다면 아이 같은 수환의 절망은 더욱 깊어질 것이기 때문이다. 그때 수환의 어깨 너머로 희미한 불빛이 깜빡였다. 수련은 눈을 가늘게 뜨고 한동안 그 불빛을 바라보았다. 그 불빛에는 민가의 훈기가 묻어 나오고 있었다. 기운이 솟아난 수련은 팔에 힘을 주어 수환을 일으켰다.

"아버지! 마을이에요!"

수련은 수환의 손을 잡은 뒤 정면으로 불어오는 눈보라를 뚫고 불빛을 향하여 걸음을 옮겼다. 불빛은 폭풍우가 휘몰아치는 검은 바다 위에 외로이 떠 있는 부표처럼 보였다. 이제 지척이었다. 하지만 갑자기 환하던 불빛이 훅, 꺼지듯 사라져버렸다. 수련이 걸음을 멈추자 수환의 걸음도 멈췄다. 그는 영문을 몰라 하며 딸 쪽을 보았다. 당황한 수련은 사방을 둘러보았지만 어디에도 불빛은 보이지 않았다. 대신 검은 형체가 수련의 시야에 불쑥 뛰어들었다.

"거기 두 사람! 꼼짝 말고 있어!"

눈보라를 뚫고 거친 목소리가 들려왔다. 수련은 그토록 피하고 싶던 일에 스스로 뛰어든 꼴이 되었다는 것을 깨달았다. 그들을 향해 소총을 겨누고 있는 국군이 눈보라와 희미한 어둠 사이에서 모습을 드러냈다.

"들짐승도 제 굴에 숨는 이런 밤에 어딜 그리 바삐 가시나? 응?"

"우리는 그저 피란민이에요."

수련이 다급하게 소리쳤다.

"친척 집을 찾아가는 길인데 눈에 갇혀버렸어요. 불빛을 보고 민가인 줄 알았고요."

"불빛? 점점 더 수상쩍은 소리만 하는군."

수련은 그가 시킨 대로 머리에 손을 올렸다.

"아버지는 보지 못하세요. 누군가 손을 잡아줘야 합니다."

군인은 잠시 망설이는가 싶더니 한 손을 내리도록 허락했다. 그는 뒤에서 총을 겨눈 채 두 사람을 먼저 걷게 했다. 눈앞에 소나무가 군락을 이루고 있는 얕은 둔덕이 나타나자 군인이 멈추라고 명령했다. 부대가 참호를 깊숙이 파고 숨어 있는 그곳 어디에도 수련이 쫓아온 불빛 같은 것은 보이지 않았다. 그는 총부리로 참호 안쪽을 가리켰다. 수련은 먼저 내려선 뒤 수환을 도왔다. 군인도 뒤따라 내려왔다. 참호는 소나무들 사이에 기다란 띠 모양으로 깊숙이 만들어져 있었다. 젊다 못해 어려 보이는 군인들이 일정한 간격으로 삼삼오오 모여 앉아서 총을 어깨에 기대 놓은 채 꾸벅꾸벅 졸거나 낮은 목소리로 이야기를 나누고 있었다. 수련과 수환은 시키는 대로 허리를 굽힌 채 한동안 참호를 따라 걸었다. 군인들은 호기심에 찬 눈으로 지나가는 그들을 지켜보았다. 그렇게 얼마를 걷다 보니 넓게 파인 공간이 급작스레 나타났다. 그곳에는 세 명의 군인이 앉아서 지도를 펴놓고 이야기 중이었다.

"소위님! 수상한 놈들이 있기에 잡아 왔습니다."

군인이 총부리로 수련의 등을 툭 밀쳤다.

"피란민이라는데, 미치지 않고서야 이런 밤에 나대어 다닐 리는 없지 않겠습니까. 불빛을 보고 왔네 어쩌네 하면서 횡설수설하던데, 혹 놈들이 보낸 첩자일지도 모릅니다."

가운데에 앉아 있는 군인이 고개를 들어 수련을 쳐다보았다. 깊게 눌러쓴 철모 밑으로 이제 겨우 이십 대 중반이 될까 말까 한 젊은 얼굴이 보였다. 그는 각진 턱에 작은 눈을 가졌으며 성질이 급한 기운이 느껴졌다. 수련은 가능한 빨리 그의 의심을 풀어주지 않으면 시체가 되어 참호 밖으로 던져질 것을 알았다.

"우리는 이수철 사단장의 가족이에요. 피란을 갔다가 그가 북쪽 진지에 있다는 연락을 받고 찾아가는 길이었습니다."

소위는 작은 눈으로 수련을 날카롭게 노려보았다.

"당신이 그분의 아내라는 말인가?"

"당신도 그분이 독신이라는 걸 알잖아요. 그분은 제 큰아버지십니다. 여기 이분은 그분의 친동생이고요."

소위는 이런 우연이 과연 있을 수 있는가를 잠깐 의심했지만 피아 가림이 없는 전란의 와중이니 그럴 수도 있으리라는 쪽으로 결론을 내렸다.

"기가 막히는군. 장군의 가족들이 이런 거지꼴로 벌판을 헤매고 있으니. 이봐요, 지금 당신들은 대치 중인 두 부대 사이에 뛰어든 꼴이란 말이오."

"보내주시면 조심해서 가던 길을 가겠습니다."

수련의 말에 젊은 소위는 어이가 없다는 듯 웃음을 터뜨렸다.

"이 밤에 벌판으로 나갔다가는 놈들에게 벌집이 되거나 얼어 죽기 십상이오. 눈앞의 고지에 새카맣게들 앉아서 이쪽을 노려보고 있단 말이오. 우리는 저 빌어먹을 고지를 점령하려고 사흘째 진을 치고 있지만 단 한 뼘도 전진을 못 하고 있소."

소위는 옆에 있던 중년의 하사에게 작은 소리로 지시를 내렸다.

하사는 곧 일어나서 안쪽에 쌓아둔 군용 상자를 뒤졌다. 그는 침낭 두 개를 찾아 두 사람에게 내줬다.

"일단 오늘은 여기 있어요. 그리고 내일 상황을 봅시다."

소위는 그들을 데려온 보초병에게 적당히 자리를 만들어주라고 지시했다. 보초병의 안내를 받아 자리를 잡은 두 사람은 흙벽에 등을 기대고 침낭으로 몸을 감쌌다. 깊이 판 굴 안으로 드문드문 눈송이가 날아들었지만 확실히 벌판보다는 한결 나았다. 수련은 수환의 어깨에 머리를 기댔다.

"도깨비불을 봤나 봐요."

수련이 작은 목소리로 중얼거렸다. 수환이 수련의 손을 잡아 쥐었다. 수련은 잠시 잠을 자다가 곧 깨어났지만 수환은 깊이 잠들었다. 먼동이 터오고 있었으며 언덕 위에서 불길한 나팔 소리와 북소리가 들려왔다. 군인들은 그 음산한 소음에 면역이 되었는지 별다른 동요가 없었다. 수련은 한동안 언덕을 지긋이 바라보다가 몸을 일으켜 소위가 있는 곳으로 조심스레 걸었다. 소위도 다른 군인들처럼 철모를 눌러쓴 채 얕은 잠에 빠져 있었다. 수련이 가만히 부르자 소위는 흠칫 놀라며 재빨리 눈을 떴다.

"바라던 항공 지원은 당분간 없을 거예요. 저 위의 군인들은 충분한 탄약이 있고요. 작전을 중지하고 돌아가 후일을 도모하시면 당신 자신은 물론이고 많은 사람이 목숨을 건질 겁니다."

아직 잠에서 덜 깨어난 소위는 그녀가 하는 말의 의미를 이해하지 못하다가 불현듯 충격을 받았다.

"당신 첩자요?"

"무녀입니다."

"무녀? 그래도 이해가 가질 않는군."

그가 점점 더 커지는 북소리와 나팔 소리에 눈살을 찌푸리며 말했다.

"그런 것과 이런 것은 별개요."

"세상의 모든 것은 다 관계를 맺고 있어요. 별개란 있을 수 없지요."

그는 잠기운에서 완전히 빠져나와 수련의 말을 곱씹었다.

"당신 말이 맞다 해도 그럴 순 없소. 난 군인이고 이건 전투니까."

"허무하게 죽게 돼요."

"이상한 소리를 하는군. 이 판국에 그런 걸 따지다니."

"그럼 오늘도 저 언덕을 오를 건가요?"

소위가 고개를 끄덕였다. 수련은 눈앞에 있는 언덕을 쳐다보았다. 언덕은 경사가 급했고, 그 위를 단단한 바위들이 감싸고 있었다. 아래쪽에서는 위쪽의 저격수를 볼 수 없지만 위쪽에서는 사방 어디든 볼 수가 있었다. 소위는 이미 부하 절반을 잃은 상태였다. 오십여 명 남짓이던 소대원이 절반으로 줄어 지금은 겨우 스물두어 명 밖에는 되지 않았다. 수련은 언덕의 병사들이 적어도 두 개 소대는 될 것이라 짐작했다.

"그렇다면 세 시 이후에 공격하세요."

"그건 또 왜?"

"그때가 더 길합니다."

소위는 황당해하며 입을 다물어버렸다. 수련은 할 수 없이 그대로 물러났다. 아침 해가 서서히 떠오르고 있었다. 간밤의 눈보라가 덮고 있던 울퉁불퉁한 지면이 햇빛에 모습을 드러냈다. 수련은 눈 속에 묻혀 있는 수많은 시체와 그 위를 배회하는 혼들을 보았다. 북소리와 나팔 소리는 대기의 기운을 더욱 혼란스럽고 불길하게 만들었다. 군인 한 명이 다가와 수련의 손에 차갑게 굳은 주먹밥 두 개를 쥐여주었다.

"박격포만 있어도 작전이 훨씬 쉬울 겁니다."

중년의 하사가 소위에게 하는 말이 수련에게 들려왔다.

"바로 저기서부터 저기까지의 거리가 사 킬로미터가 채 안 돼요. 저기까지만 가면 충분히 저 새끼들의 곡사포를 박살 낼 수 있어요."

"그거야 우리가 제대로 조준할 시간이나 있을 때 하는 말이지."

다른 분대장이 피곤한 목소리로 말을 받았다.

"우리가 번뜩이기만 해도 바로 포탄을 갈겨대고 있잖아. 유일한 방법은 위에서 날려버리는 거야."

"기다리라고 했으니 조만간 답신이 오겠지."

소위가 끼어들었다.

"누가 물 남았으면 좀 줘."

하사가 자신의 수통을 꺼내 소위에게 건넸다.

"지원병은 언제 온답니까?"

소위는 말없이 물을 마셨다.

"저놈들도 굶주리고 있는 게 분명해요. 내가 지난번에 죽인 중국 놈은 신발도 없이 발에 헝겊을 감고 품에는 밀가루 한 줌밖에 없었소. 난 자동소총만으로 이제껏 스물다섯 명이나 되는 중국 놈들을 죽였어요. 그러니 박격포만 있으면 이 지긋지긋한 전투도 끝낼 수 있을 거요."

하사가 다시 박격포 얘기를 꺼내며 침묵을 깼다. 기다려, 기다리라고. 소위가 반복해서 말했다. 주먹밥은 눈덩이와 별다를 것이 없었다. 어느새 잠에서 깨어난 수환이 창백하게 굳은 얼굴로 흐릿한 눈을 깜빡였다. 수련은 수환의 손에 주먹밥을 쥐여주었지만 그것은 수환의 손에서 맥없이 떨어져버렸다. 수련은 주먹밥을 주워 흙을 털어낸 뒤 다시 그의 손에 쥐여주었다. 하지만 수환은 가만히 쥐고만 있을 뿐 입에 대지 않았다. 소위는 무전병을 불러 다시 지원을 요청하게 했다. 치직거리는 소음과 함께 상황이 여의치 않으니 어떻게 해서든 고지를 탈환하라는 명령이 들려왔다. 모두들 군장을 챙기고 총기를 점검했다. 분대장들이 돌아다니며 부대원의 어깨를 두드리고 고함을 질러댔다. 총을 쥔 군인들의 손이 덜덜 떨리고 있었다. 소위가 수련을 흘긋 보았다. 그리고 돌격 명령을 내렸다. 군인들이 일제히 참호 밖으로 뛰어나갔다. 그들이 허리를 굽힌 채 눈앞의 언덕을 향해 뛰기 시작하자 기다렸다는 듯 총성이 터졌다. 기관총과 자동소총이 발사되는 소리가 들리자마자 앞서 나가던 군인의 이마에 총탄이 박혔다. 그가 맥없이 쓰러지자 뒤를 따르던 군인이 그의 시체를 타 넘었다. 총알 세례에서 살아남은 군인들이 경사면에 도착하자마자 포탄이 떨어졌다. 지반이 흔들리면서 눈과 함께 달려가던 군인들이 동시에 튀어 올랐다. 팔다리가 찢어지면서 사방으로 흩어지는 것이 수련에게도 똑똑히 보였다. 폭발로 배가 터진 군인의 창자가 흘러나오면서 흰 눈을 붉게 물들였다. 거기에 다시 폭탄이 터지자 그의 몸이 몇 조각으로 나뉘어 흩어졌다. 기를 쓰고 언덕을 기어오르던 군인들은 이제 너 나 할 것 없이 납죽 엎드린 채 머리를 감싸 쥐었다. 나팔 소리와 폭음을 뚫고 후퇴하라는 고함이 불분명하게 들려왔다. 군인들은 엉금엉금 몸을 돌려 참호를 향해 기기 시작했다. 벌 떼 같은 총탄이 그들의 뒤통수를 꿰뚫었다. 겨우 살아 돌아온 군인들 중에는 손가락이 잘렸거나 넓적다리에 총알이 박히고 팔다리가 부러진 채 기어온 이도 있었다. 그들은 혁대를 끄르고 내의를 찢어 상처에 둘렀다. 수련도 그들에게로 가 부러진 뼈를 맞추어 혁대로 고정시키고 지혈하는 것을 도왔다. 소위는 머리 한쪽에 총알이 스쳐 피를 흘리고는 있었지만 큰 부상은 없었다. 철모를 잃어버린 중년의 하사는 부지런히 돌아다니며 부대원의 상태를 살폈다. 그가 소매로 이마의 식은 땀을 닦으며 전투가 가능한 자는 열 명밖에 안 된다고 보고하자, 소위는 아직 숨이 붙어 있는 녀석들을 데리고 돌아와야 한다고 했다.

"나랑 함께 가세."

"소위님은 그냥 계시죠. 제가 부대원 둘을 데리고 다녀오겠습니다."

하사는 가까이에 있던 일병을 불렀지만 그는 멍하니 벌판을 보고 있었다.

"그는 귀를 다쳤어요."

수련이 말했다.

"벌판에 숨이 붙어 있는 병사는 모두 셋입니다. 하지만 구해낸다 한들 모두 오늘 중으로 죽을 거예요. 그래도 가시겠어요?"

주변에 있던 하사와 군인들이 놀란 표정으로 수련을 보았다. 소위는 인상을 썼다.

"당신이 그런 것까지 안단 말이오?"

"압니다."

"설사 그렇다 해도 당신 말만 믿고 부하들을 내버려둘 수는 없소."

"다른 부하들만 잃을 뿐이에요."

소위가 아무 대답도 하지 않자 수련은 한숨을 쉬며 비켜섰다. 가서 숨이 붙어 있는 애들 데려와. 소위가 하사에게 명령했다. 하사가 귀먹은 일병의 등을 두드렸다. 일병은 멍한 표정으로 고개를 끄덕였다. 하사는 앉아 쉬고 있는 이병 하나를 불렀다. 세 사람은 소총을 둘러멘 뒤 참호 밖으로 기어나갔다. 탕! 탕! 탕! 탕! 겁을 집어먹은 일병이 기어가던 동작을 멈추고 머리를 감싼 뒤 납작하게 엎드렸다. 하사가 얼른 움직이라고 소리를 질렀다. 하지만 고막을 다친 병사의 귀에는 아무 소리도 들리지 않았다. 하사는 좀 더 큰 소리로 외치기 위해 고개를 쳐들었다. 기관총 소리가 들려왔다. 타타타타타타타타타! 하사의 얼굴이 그대로 박살이 나면서 그의 골수가 터졌다. 그 모양을 본 일병이 괴성을 지르며 벌떡 일어났다.

그는 방향감각을 잃은 듯 참호 쪽이 아니라 고지를 향하여 달려갔다. 총성이 울리면서 그도 쓰러져 움직이지 않았다. 남은 이병이 몸을 일으키더니 전혀 엉뚱한 방향으로 달아나기 시작했다. 하지만 그도 몇 발자국 가지 않아 등에 총탄 세례를 받고 쓰러졌다. 지켜보던 소위의 이마에 핏줄이 불거졌다. 계속 말이 없던 수환이 조용히 입을 열었다.

"어리석은 사람 같으니."

소위는 한구석에 웅크리고 있는 수환을 노려봤다.

"난 그렇게 해야만 하오, 봉사 양반."

"반드시 해야만 하는 일이란 없소."

"봉사에게나 그렇겠지."

소위는 경멸 어린 어조로 내뱉었다. 지원부대가 곧 도착할 것이라는 소식이 무전을 통해 왔다. 남아 있는 군인들의 얼굴에 희미한 희망의 빛이 보였다. 지원부대가 도착한 것은 정확히 오후 세 시였다. 그들은 징병된 지 만 하루가 되었을 뿐인 농사꾼, 장사치, 그리고 학생 들이었다. 소대를 이끌고 오던 중위가 도중의 돌파전에서 전사하는 바람에 대신 전투 경험이 별로 없는 분대장이 그들을 이끌고 와야 했다. 그 전투에서 중위와 함께 여섯 명이 죽었으며 심각한 부상을 입은 다섯 명의 병사는 그대로 남겨둘 수밖에 없었다. 소위는 보고를 듣다가 육십은 되어 보이는 노인이 끼어 있는 것을 발견하고 의아한 표정을 지었다.

"어떻게 된 일이오?"

그가 앞으로 나섰다.

"세 아들이 죽고 막내 녀석만 남았습니다. 저 녀석은 살려야 되겠기에 같이 왔지요. 이래 봬도 아직 팔팔하니 저도 끼워 주십시오."

"말이 되는 소리를 해요!"

소대장이 퉁명스럽게 말하며 노인 옆에 서 있는 앳된 얼굴의 소년병을 보았다.

"아비가 아니라 뭐라도 날아오는 총알을 피하게 할 재주는 없소."

하지만 노인은 입을 굳게 다물고 꼼짝도 하지 않았다. 소위는 어쩔 수 없다는 듯 어깨를 으쓱했다.

"너무 위험하니 돌려보내지는 않겠소. 하지만 노인장을 전투에 참여시킬 수는 없어요. 노인장은 병사들을 돕도록 하시오."

아들과 떨어질 것을 염려하여 내내 긴장하고 있던 노인은 고맙다며 젊은 소대장의 손을 덥석 잡았다. 소위의 무표정한 얼굴에 처음으로 감정이 스쳤다. 소위는 부상병들을 후송해달라는 무전을 보냈다. 저녁때가 되자 그들을 데려가기 위해 적십자 마크를 단 미군 트럭 한 대가 도착했다. 거기에는 자동소총을 들고 호위하러 온 다섯 명의 미군이 타고 있었다. 중대 본부에서 파견된 그들은 부상병들을 싣고 의약품과 군용 식량을 내려놓았다. 소위는 지도를 꺼내 서툰 영어로 잔류된 부상병들의 위치를 알려주었다. 그들은 고개를 끄덕이며 최선을 다하겠지만 장담할 수는 없다고 했다. 소위가 수련을 불렀다.

"이들과 함께 가요. 이곳을 벗어날 수 있는 마지막 기회요. 이들

말로는 여기까지 오면서 중공군 부대가 이동하는 것을 봤다고 하는군. 곧 길이 막히게 될지도 몰라요."

수련은 호기심 어린 시선으로 자신을 보고 있는 파란색과 갈색, 녹색의 눈동자들을 둘러보았다. 그들은 느긋하게 담배를 피워 문 채 서로의 보온병에서 커피를 나눠 마시고 있었다.

"이들에게 여기 남으라고 하세요. 길은 벌써 막혔습니다. 지금 떠나면 죽거나 포로가 될 것입니다."

소위는 당황한 표정으로 그들을 훌긋 보았다. 그러고는 수련에게 작은 소리로 말했다.

"설사 그게 사실이래도 저들에게 그렇게 말할 수는 없소. 저들은 부상병을 싣고 가야 해요. 그게 저들 임무요."

"저와 아버지는 여기 남겠어요."

소위는 잠시 망설였다.

"……마음대로 해요."

그는 미군에게 다가가 "저들은 여기에서 병사들을 돕게 될 것"이라고 한 뒤 조심하라는 말을 덧붙였다.

"알았어. 너도 조심해."

초록 눈을 가진 젊은 병사가 서글서글하게 웃으며 대답했다. 잠시 후 트럭이 출발했다. 그들은 여전히 담배를 입에 물고 농담을 주고받으며 간혹 웃음을 터뜨리기도 했다. 부상병들은 모르핀을 맞아 몽롱한 상태에서 얄팍한 잠이 들었다가 다시 깨어나기를 반복했다. 그들은 소위가 일러준 대로 낙오된 부상병을 찾으러 가는 길이었다. 지도에 표시된 위치에 도착하자 트럭을 천천히 몰며 주변을 살펴보았지만 한 사람도 발견할 수 없었다. 그들은 더 이상 시간을 지체하는 것은 위험하다는 판단하에 귀대하기로 했다. 트럭을 돌리는 순간 매복하고 있던 중공군의 공격을 받았다. 그들은 대응사격을 했지만 트럭에 총탄이 쏟아지면서 누워 있던 부상병들과 운전병이 먼저 죽었다. 초록 눈의 병사는 목에 총알을 맞아 피를 쏟으며 그대로 엎어졌고, 그 옆의 병사는 항복하기 위해 손을 들어 올렸으나 온몸에 충격을 받고 즉사했다. 살아남은 세 명의 병사들은 그 자리에서 포로가 되었으며, 몇 달 뒤 수용소에서 굶주림과 전염병을 이기지 못하고 모두 죽었다. 그들이 머리에 손을 얹은 채 중공군에게 끌려가는 동안 수련은 가만히 머리를 흔들며 땅이 꺼지는 듯한 한숨을 쉬었다. 그녀의 창백한 이마와 뺨에는 방금까지 찾아볼 수 없던 뚜렷한 주름이 생겨 있었다.

"이것 좀 먹어봐라."

노인이 수련과 수환에게 다가와 삶은 감자 두 개를 불쑥 내밀었다.

"어젯밤에 쪄낸 것이니 저 얼음덩이보다 못한 주먹밥보다는 먹을 만할 거다. 내일부터는 내가 솥을 내걸고 밥을 지을 거야. 우리가 올 때 곡식도 가지고 왔거든."

수련은 고맙다고 인사한 뒤 감자를 받아 들었다.

"어린 여자가 무슨 사연이 있어 여기까지 왔니? 응?"

노인은 수환의 움푹 꺼진 눈매를 흘긋 본 후 그의 손에도 감자를 쥐여주었다.

"피란민인데, 길을 잘못 들었어요."

노인이 고개를 흔들었다.

"길을 잘못 들긴. 죽지 않고 이곳에 있는 것만 해도 제대로 온 거라 할 수 있다. 여기까지 오면서 본 시체만 몇 구인지. 적당한 때를 봐서 도망쳐라."

"……정말로 아들이 죽는 것을 직접 보실 생각인 건가요?"

"무슨 일이 있어도 죽지 않게 하려고 왔다."

"당신은 아들이 죽는 것을 직접 보기 위해 왔어요."

그는 웅크리고 앉아 감자를 먹고 있는 자신의 막내아들을 힐끔 보았다.

"네 말이 맞다. 그래도 나는 봐야만 해. 직접, 꼭 봐야 해."

그는 감자 자루를 들고 다른 군인에게로 갔다. 수련은 어젯밤으로 돌아간 듯한 착각에 빠졌다. 같은 군복, 같은 철모를 쓰고 같은 표정으로 앉아 꾸벅꾸벅 조는 군인들이 참호를 메우고, 흰 눈이 벌판의 시체와 어우러졌다.

"잠이 들었소?"

소위의 목소리가 들려오자 수련은 눈을 떴다. 그의 피곤한 얼굴이 가까이에 있었다.

"물어볼 것이 있소."

그가 망설이는 투로 말했다.

"그들에게는 아직 충분한 탄약이 있습니다. 가뜩이나 병력 차가 심한 터에 사람 머릿수가 총알 수보다 많을 수는 없어요."

"방법이 없다는 말인가?"

"부하들과 함께 뒤도 돌아보지 말고 달아나요."

그가 쓴웃음을 지었다.

"하여간에 무당이란."

수련도 씁쓸하게 웃었다. 피곤에 깊이 취하는 밤은 빨리 지나가 버렸다. 나팔 소리와 함께 동이 터왔다. 노인은 자신의 말대로 커다란 솥단지를 내걸고 불을 피운 뒤 눈을 녹여 밥을 지었다. 갓 지은 따끈한 밥을 먹고 나자마자 다시 악몽이 되풀이됐다. 언덕 아래의 젊은이들이 언덕을 기어오르기 위해 애를 쓰면, 언덕 위의 젊은이들은 그들이 올라오지 못하게 총의 쇠가 열에 녹아 이겨 붙도록 총탄을 뿌렸다. 죽기 위해 행군하는 이들처럼 하나둘 찢기고 터진 채 죽어나가고, 눈 쌓인 벌판에는 시체가 쌓여갔다. 노인은 살아 돌아올 이들을 위해 솥을 휘저으면서 아들 걱정에 잠시도 가만 있을 수가 없어 발을 굴렀다. 그의 아들은 전진을 포기한 채 납죽 엎드려 있어 아직 목숨이 붙어 있었다. 소위의 인내력은 이제 닳을 만큼 닳아 너덜거리는 깃발 같았다. 하지만 그는 아슬아슬한 순간 후퇴를 명령했다. 몇 발자국 가보지도 못한 군인들이 몸을 돌려 엉금엉금 기어 참호로 돌아왔다. 소위는 분대장들과 오늘 작전을 어찌해야 하나 의논한 뒤 다시 무전기를 돌려 항공 지원을 요청해보았다. 대답은 속히 작전을 수행하라는 것이었다.

"불가능해요."

새로 도착한 분대장이 분통을 터뜨리며 외쳤다.

"우리는 후퇴해야 합니다."

"저 새끼들 앞에서 엉덩이를 돌릴 수는 없어."

소위가 말했다.

"이러다가는 전멸입니다. 방법을 찾아야 해요. 쓸데없이 죽지는 말아야죠."

다른 분대장이 끼어들었다.

"여기서 물러나면 우리 모두 끝이야."

분대장들은 그가 절대로 후퇴할 생각이 없다는 것을 깨달았다.

"그럼 기다립시다. 폭격기가 올지도 몰라요."

"대답이 없었어."

소위가 고집스럽게 말했다.

"그러다 모두 죽어요!"

먼저의 분대장이 화를 억누르는 목소리로 말했다. 소위가 권총을 빼들었다.

"계속 항명하면 경고 없이 바로 쏠 거요."

분대장은 입술을 꽉 깨물더니 뒤로 한 걸음 물러섰다.

"모두 잠깐씩 눈을 붙이게 하도록. 한 차례 쉬고 난 후 다시 공격할 거요."

소위가 권총을 집어넣으며 명령했다. 분대장들이 부대원에게로 흩어졌다. 소위는 잠시 앉아 쉬다가 실신한 듯 잠이 들었다.

"답답한 사람이다. 부하들을 모조리 죽일 생각이구나."

수환이 수련에게 말했다.

"어쩔 수 없는 일일 뿐이에요. 저 사람의 본성과는 상관없어요."

수련이 자고 있는 그를 보며 조용히 대답했다. 수환은 가볍게 한숨을 쉬었다. 어느새 수련도 까무룩 잠들었다. 나팔 소리에 그녀는 모든 것이 부서진 듯한 꿈에서 간신히 빠져나왔다. 수환이 그녀의 어깨를 흔들고 있었다.

"괜찮니?"

그가 걱정스레 물었다. 수련은 괜찮다고 대답하려다 목이 잠겨 있는 것을 깨달았다. 그녀는 슬픈 감정이 복받쳐 한동안 말을 잇지 못했다.

"무슨 꿈을 꾸었니?"

"기억나지 않아요."

수련은 거짓말을 했다. 고지에서 울려 퍼지는 나팔 소리와 북소리가 고요한 벌판을 뒤흔들고 있었다. 하늘에서는 다시 눈이 흩날렸다. 눈이 붉게 충혈된 소위가 수련에게 다가왔다.

"만일 우리가 오늘 모두 전멸하거든 아비를 데리고 뒤도 돌아보지 말고 뛰어가시오."

그는 사령부에서 항공 지원에 대한 확답을 듣지 못했다.

"말해보시오. 우리가 오늘 살겠소?"

"살고 싶어 한다면."

소위는 눈살을 찌푸렸지만 별말 없이 몸을 돌렸다. 돌격! 돌격! 군인들이 함성을 지르며 참호 밖으로 뛰어나갔다. 그들은 죽은 이들의 시체를 타 넘고 달렸다. 그들 중 어떤 이는 달리다가 두려움에 제풀에 쓰러졌다. 총성과 폭음이 연이어 터졌다. 폭탄이 터진 곳에 널브러져 있던 시신들이 붕 떠올라 눈과 함께 털썩 떨어졌다. 폭탄에 다리가 잘린 병사가 엎드려서 기다가 머리에 총알을 맞고 숨이 끊어졌다. 수련의 옆에서 그 모든 것을 지켜보던 노인이 외마디 비명을 질렀다. 그의 아들이 어디에 있는지 보이지 않았다. 그는 참호 밖으로 뛰어나가려 했지만 기미를 눈치챈 수환이 옷자락을 움켜잡았다.

"기다려요!"
"어쩔 거나! 이를 어쩔 거나!"

노인이 몸을 떨며 울부짖었다. 벌판의 눈이 뜨거운 피에 녹아 강처럼 흘렀고 죽음의 영들은 벌판을 휘저으며 날아다녔다. 해는 중천에 떠 있을 터이지만 쏟아지는 눈과 피가 햇살을 부옇게 가로막았다. 제대로 진격할 수 있는 상황이 아닌데도 소위는 후퇴 명령을 내리지 않았다. 악에 받친 그는 계속해서 고지를 향해 기어가고 있었다. 고지를 점령해야 한다. 고지를 점령해야 한다. 고지를 점령해야 한다. 그의 머릿속에서는 비명 같은 외침이 끝없이 되풀이되었다. 그의 바로 옆에서 폭탄이 터졌다. 눈과 흙, 사람의 몸이 허공으로 함께 떠올랐다.

"저걸! 저걸!"

노인이 소리를 지르며 말릴 새도 없이 참호 밖으로 뛰어나갔다. 그는 군인들이 쓰러져 있는 곳을 향해 기어갔다. 총탄이 그의 귓가를 스칠 정도로 가까이 지나가자 잠시 멈추었다가 다시 기기 시작했다.

"어찌 되었느냐? 모두 죽었니?"

수환이 떨리는 목소리로 물었다.

"아직…… 아직은 아니에요."

노인은 기다 서다를 반복하며 쓰러져 있는 군인들에게로 갔다. 그는 그들을 만져보고 흔들었다. 그의 아들은 이미 숨이 끊어져 있었다. 삼대독자인 노인은 네 명의 아들을 낳는 기쁨을 누렸으나 모두 자신보다 앞서 보냄으로 자기 대에서 손이 끊기고 말았다. 아들의 시신을 안고 터뜨리는 그의 오열은 총성 끊이지 않는 벌판에서 심상했다. 노인은 여전히 흐느끼면서도 유일하게 숨이 붙어 있는 소위의 팔을 붙잡아 끌었다. 노인은 엎드린 채로 그를 끌고 오는 것이 쉽지 않자 벌떡 일어나 들쳐 업었다. 기다렸다는 듯 총성이 터졌지만 모두 빗나갔다. 노인이 초인적인 힘을 내서 달리기 시작했다. 다시 기관총의 총구에서 뿜어져 나오는 연속된 폭음이 들렸다. 그러나 노인은 빠른 속도로 뛰어오고 있었다. 무언가 이상한 느낌에 수련은 수환을 보았다. 그의 안색은 백지장처럼 하얗고 얼굴에는 식은땀이 번들거렸다. 노인이 소대장을 업은 채 참호로 뛰어드는 동시에 수환의 몸이 무너지듯 쓰러졌다. 수련이 그를 부축했다.

"아버지!"

노인의 얼굴도 눈물과 땀으로 뒤범벅되어 있었다. 수련은 수환의 손을 놓고 노인이 소위를 내리도록 도왔다. 소위가 피투성이 손으로 수련의 옷깃을 움켜잡았다.

"무전을…… 무전을 해서……."

그가 토막토막 말들을 뱉어냈다.

"저 새끼들을 모조리…… 폭격기가……."

"쉿! 더 이상 말하면 안 돼요."

소위가 엎드린 채로 울컥 피를 토했다. 수련은 그의 상처 부위에 손을 올리고 진기를 불어넣기 위해 애썼다. 그가 그녀의 손을 거칠게 뿌리쳤다. 수련은 그의 손을 잡았다. 소위의 시선이 수련의 눈 주위를 헤맸다. 가쁜 호흡이 한동안 힘겹게 이어졌다. 그의 동공이 점차 흐려지더니 빛이 사라졌다. 수련이 그의 눈을 감겨주었다. 수련은 몸을 일으켜 고지를 바라보았다. 땅거미가 질 때까지 다른 부대가 오지 않는다면 그들은 포로를 사로잡고 남은 무기를 노획하러 내려올 것이다. 어두워지기 전에 이곳을 빠져나가야 했다.

"부대가 또 올 테지. 여기 부대는 전멸을 했는데."

수련의 말에 넋을 놓고 있던 노인이 중얼거렸다.

"본부에서 충원을 하고 싶어도 오늘 안에 도착할 수 있는 부대가 내 알기로 인근에는 남아 있지 않아요."

노인은 수련의 말을 듣지 않고 소대장의 총을 만지작거렸다.

"헛된 짓 말아요. 저들도 이들처럼 그저 제 할 일 한 거예요. 당신이 총 들고 뛰어나간다 한들 아들의 복수가 되는 것도 아니고 그저 개죽음당할 뿐입니다. 제발……."

노인은 수련의 말이 끝나기 전에 총을 쥐고 참호 밖으로 뛰어나갔다. 그가 괴성을 지르며 고지를 향해 달려갔다. 군복을 입지도 않은 초로의 농부는 그 어느 군인보다 고지에 가깝게 접근했다. 그가 고지를 향해 총을 두어 번 쏘았다. 고지에서 기관총 소리가 불처럼 뿜어져 나왔다. 노인은 온몸에 구멍이 뚫린 채 비명도 없이 뒤로 넘어졌다. 수련은 터져 나오는 울음을 막기 위해 입을 틀어막았다. 성급한 겨울 해가 지고 있었다. 벌판에 진동하는 피비린내와 화약 냄새 너머로 섬뜩하고 불길한 기운이 감지되었다. 수련이 수환을 부축해 일으키는 사이 고지에서 눈사태가 일어난 것처럼 보였다. 눈이 굴러떨어지듯 방한복을 입은 중공군들이 나팔을 불며 달려 내려오고 있었다.

"지금 도망쳐야 해요. 빨리 일어나세요."

수환이 수련의 손을 힘 있게 붙잡았다. 그의 손은 열이 펄펄 끓는 것처럼 뜨거웠다.

"좀 전에 기운을 너무 쓰셨지만 뛸 수 있을 거예요."

"수련아!"

수환이 수련의 얼굴을 양손으로 감싸 쥐었다.

"난 뛸 수도 없고 금세 발이 걸려 넘어질 것이다."

"죽어도 나 혼자는 가지 않아요!"

"함께 갔다가는 너도 죽어."

"그럼 그냥 죽을 거예요!"

"어리석은 녀석!"

수환이 고함을 질렀다. 그는 몸을 벌떡 일으켰다.

"내가 딸마저 죽여야 네 속이 시원하겠니?"

수련의 몸이 둥실 떠올라 참호 밖으로 사뿐히 내려앉았다. 수환은 마치 그 모든 것을 선명히 보고 있는 것처럼 딸 쪽을 똑바로 쳐다보았다.

"뒤도 돌아보지 말고 가. 가서……."

수환이 말을 삼켰다. 수련은 몸을 돌려 고지의 반대 방향으로 뛰기 시작했다. 총알이 그녀를 스쳐 지나갔다. 수련을 뒤쫓는 군인들이 알아들을 수 없는 언어로 무어라 고함을 질러댔다. 그들은 군침 도는 사냥감을 발견한 사냥꾼들처럼 신이 나서 쫓아왔다. 절망과 피로, 슬픔이 수련을 사로잡았다. 수련은 몇 걸음 뛰지 못하고 넘어졌다. 군인 몇이 그녀를 에워싸고 어깨를 잡으려는 순간 멀리에서 익숙한 굉음이 들려왔다. 그녀는 하늘을 올려다보았다. 소리가 점차 사나워지자 군인들도 고개를 들고 하늘을 보았다. B-29 폭격기의 기다란 양 날개에 달린 네 개의 프로펠러에서 공기를 가르는 돌풍이 일고 있었다. 천천히 폭격기의 포문이 열리면서 폭탄이 투하되었다. 폭탄들이 고지 저 너머에서 터지자 엄청난 폭발음과 함께 붉은 화염이 솟아올랐다. 대지가 흔들리는 것이 느껴졌다. 중공군들이 비명을 지르며 이리저리 달아나기 시작했다. 폭격기가 고지로 가까이 접근하며 중공군 머리 위로 정확하게 폭탄을 뿌린 뒤 하늘 저 멀리로 사라져갔다. 수련은 주저앉은 채 폭탄이 자기에게로 곧장 떨어지는 것을 망연히 보고 있었다. 갑자기 모든 것이 멈추었다.

허공에 검은빛 폭탄이 둥실거리며 떠 있었다. 그것들은 허공에 뜬 채여서인지 무척 가벼워 보였다. 정신없이 달아나던 중공군들이 그 자리에 선 채로 입을 벌리고 하늘을 올려다보았다. 그들의 손에서 총들이 붕 날아올랐다. 검은 쇠총들은 어느 지점에 도달하자 그대로 멈췄다. 허공에는 그들의 총뿐 아니라 벌판과 고지 위의 무기들까지 몽땅 떠올라 둥실거렸다. 군인들은 서로의 얼굴을 바라보았다. 정확히 무슨 일이 일어나고 있는지 그들은 전혀 이해하지 못했다. 몇몇 군인이 아이처럼 폴짝폴짝 뛰면서 둥실 떠오르는 총을 잡아보려고 애쓰자 정말 손에 잡혔다. 군인들의 몸도 함께 떠오르고 있었다. 그들은 발을 구르며 땅으로 돌아오기 위해 허둥거렸다. 벌판의 겹겹이 쌓인 시신들도 함께 떠올랐다. 그들과 함께 흰색 방한복을 입은 중공군들이 거대한 눈송이처럼 둥실거리며 허공을 떠돌았다. 점차 폭탄끼리 둥그런 모양을 만들고 군인들이 그 폭탄을 에워쌌다. 검은빛과 흰빛의 원 주위로 붉은 피, 시신과 창자, 찢겨나간 팔과 다리, 살 조각이 혹성을 감싸는 고리처럼 둘러졌다. 그 거대한 혹성은 계속해서 위로 올라갔다. 하늘에서 쏟아지는 눈들도 땅에 닿지 못하고 허공에 그대로 머물러 있다가 수환이 만들어낸 창조물과 함께 상승했다. 그것은 하늘에서 쏟아진 것들을 하늘이 다시 불러들이는 것처럼 보였다. 다시 하늘에서 눈이 내리기 시작했다. 이제 벌판에는 아무것도 남지 않았다. 언덕은 그저 언덕이며, 벌판도 그저 벌판일 뿐이었다. 폭탄과 군인들이 낙하를 시작했다. 수련은 먼 하늘 저편으로 점점이 떨어져 내리는 그들을 보았다. 폭탄이 한 개씩 떨어질 때마다 화염이 발하며 사방이 울부짖었다. 군인들이 불덩이 속에 스스로 뛰어드는 것처럼 보였다. 그것은 잔인하고 끔찍했지만 곡마단 단장이 늘 부르짖던 것처럼 지상 최고의 퍼포먼스로 손색이 없는 광경이었다.

수련은 참호를 향해 달려가 구덩이 아래로 미끄러지듯 뛰어내렸다. 수환은 쓰러진 채였다. 수련은 그를 안아 일으켰다. 수환의 머리카락은 백발로 변해 있었고 피부는 바싹 말라 나무껍질처럼 검고 거칠었다. 수련은 그의 가슴에 얼굴을 묻었다. 깊은 곳에서부터 오열이 흘러나와 그녀는 울음을 멈출 수가 없었다.

수환이 폭탄의 낙하를 멈추고 허공에 띄우는 동안 환수는 거의 피를 흘리지 않고 항구도시에 입성하고 있었다. 한미 연합군은 인민군의 이 차 공세에서 무기와 군인들을 챙겨 전략적으로 후퇴하였기 때문에 별다른 저항 없이 그곳을 재점령했던 것이다. 환수는 시들고 썩어가는 도시를 둘러보았다. 모두 피란을 떠나버려 텅 빈 그곳은 아무 가질 것 없는 점령자의 입성을 소리 없이 비웃는 유령의 입술과도 같았다. 수환은 내내 차갑고 섬뜩한 손가락이 자신들의 목덜미에 놓여 있는 듯한 느낌을 받았으며 자신들도 이제 곧 그 도시 전체를 음울하게 뒤덮고 있는 악령의 일부가 될 것이라 생각했다. 환수는 그길로 금잔을 찾아갔다. 그는 금잔이 이 도시에서 자신을 기다리고 있을 것이라 믿었으며 그것은 자신에게 이 전쟁이 아무 가치도 없다는 것만큼이나 확실한 사실이었다. 환수의 지프가 대문 앞에 멈춰 섰을 때 금잔은 마침 마당에서 이불 빨래를 널고 있었다. 그 이불들은 피란을 떠난 사람들이 남겨두고 간 것이었다. 그녀는 그날 아침 이상하게 가슴이 술렁거리자 개울가로 산더미 같은 이불 홑청을 들고 나가 억척스럽게 빨아댔다. 금잔은 이불 홑청들 사이로 뚜벅뚜벅 걸어오는 환수를 보았고 그 역시 금잔을 보았다. 환수가 금잔에게 말했다.

"함께 갑시다."

금잔이 그가 내민 손을 붙잡았을 때 수환은 지상에서의 마지막 숨을 쉬고 있었다. 금잔은 환수의 지프에 올라타려는 순간 몸이 가볍게 붕 뜨는 것처럼 느껴졌으며, 환수는 그녀의 몸이 살짝 떠올랐다 자신의 품 안으로 가볍게 내려앉는 것을 유쾌한 기분으로 받아들였다.

*

수철은 부관에게서 전황에 대한 일상적인 보고를 받는 도중 고지에서 헤매다 얼어 죽을 뻔한 여자에 대해 들었다. 그는 첩자일지도 모를 수상쩍은 사람을 치료하고 후방 병원으로 보낸 것에 대해 불같이 화를 냈다.

"어리석은 놈들! 심문이 아니라 치료를 했다니! 고지의 야전 본부가 적에게 알려지면 어떤 일이 벌어질지 정말 몰라 그랬단 말이야?"

당황한 부관은 보고서를 뒤적거리며 심각한 영양부족에 탈진 증상을 보이기는 했지만 별다른 이상한 점은 발견되지 않았다는 것과 얼마 전 아버지를 잃은 충격으로 계속해서 눈물을 흘렸다는 등의 자세한 이야기를 덧붙였다.

"이름은 이수련, 아비의 이름은 이수환이라고 합니다. 서울이 고향이고, 아직 어린 여자네요."

잠깐 동요하던 수철은 금세 평정을 되찾고 다른 보고를 계속해서 들었다. 그는 다음 날 아침 동이 트자마자 운전병만 데리고 병원으로 수련을 찾아갔다. 그는 파리한 안색으로 누워 있는 수련을 오래도록 보았다.

"수환이가 어떻게 죽었느냐?"

긴 침묵을 깨고 그가 차가운 어조로 물었다.

"남들처럼 죽었어요."

수련이 그의 시선을 외면하며 말했다. 수련은 수철이 아니라 그가 몰고 들어온 독특한 분위기를 보고 있었다. 수철의 주위를 감싸고 있는 어둡고 서늘하며 강한 기운은 그의 군복 위에 철갑처럼 덧씌워져 다른 이들에게 위압감과 두려움을 불러일으켰다. 수련의 상태에 대해 설명하던 담당의는 수철의 눈길을 견디지 못하고 결국 슬며시 눈을 내리깔았으며 자신이 왜 이렇게 기가 죽는지 그 이유를 몰라 당황했다. 수련은 큰아버지가 모든 것을 잊어버려 무엇이든 가능한 자가 되었다는 것을 알았다. 그녀에게는 수철이 맹수의 가죽과 피를 덧입어 그 영혼까지 받아들인 고대의 주술사처럼 보였다. 수련은 누운 채로 손을 휘저어 그의 기운이 사방에 흩뿌리는 불길하고 불안한 공기를 몰아냈다. 수철은 질녀의 단순하면서도 단호한 손짓을 말없이 지켜보다가 그 동작에 무언가 주술적인 의미가 있음을 깨달았다. 그녀의 우아한 손짓이 자신에 대한 말없는 거부임을 알아챈 그는 설명할 수 없는 감정의 동요를 느꼈다. 수철은 잠시 더 수련의 곁에 머물다가 말없이 병실을 나섰다. 병원은 밀려드는 부상병들로 인해 병실이 절대적으로 부족한 상황이었다. 그들은 수련을 그날 퇴원시킬 작정이었으므로 만일 수철이 찾아오지 않았더라면 수련은 그대로 거리에서 죽었을지도 몰랐다. 수철은 수련을 좀 더 깨끗한 병실로 옮기도록 지시한 후 전선으로 돌아갔다.

수철이 왔다 간 지 사흘째 되는 날 아침, 그가 보낸 군인 두 명이 수련을 데리러 왔다. 수련은 그들의 보호를 받으며 지프를 타고 하루 종일 이동했다. 해가 질 무렵 도착한 곳은 남쪽 피란지에 있는, 작지만 깨끗한 서양식 가옥이었다. 나이가 쉰 살 정도 되어 보이는 여인이 대문 앞에 서 있다 수련을 맞아주었다. 체구가 자그마한 데다 바싹 말라 마치 어린아이 같은 몸집이었고, 머리털을 한 올 흐트러짐 없이 단단히 잡아 묶어 얼굴 피부 전체가 팽팽히 당겨지는 바람에 몹시 날카롭고 성마르게 느껴졌다. 치아가 앞으로 돌출되어 수다스러워 보이는 인상과 달리, 그녀는 무뚝뚝한 데다 말이 없었다. 그녀는 수련을 해가 잘 드는 널찍한 방으로 안내해주었다. 색색의 비단으로 치장된 화려한 방은 그곳을 스쳐 지나간 수많은 여자들의 체취와 기억이 뒤엉켜 있었다. 수철이 그 저택을 소유하게 된 것은 전쟁 전부터였으며 그만큼 숱한 사연이 저택의 곳곳에

켜켜이 쌓여 있었다. 수련은 그곳에 머물다 간 여자들의 비참하고 공허한 삶 때문에 꿈자리까지 사나워지자 할 수 없이 부적을 써 사방에 붙여두었다.

  수련은 남은 겨울을 저택에서 편히 보냈다. 기름진 식사와 편안한 잠자리가 주는 안락함을 오랜만에 맛보게 되자 스스로 닫아둘 필요 없이 모든 감각이 무뎌져 갔다. 수련은 여러 고통에서 잠깐 비켜나게 된 것을 감사하게 생각했다. 이 여사—자신을 그렇게 불러달라고 했다—는 할 일을 시계처럼 정확하게 하는 사람이었다. 그녀의 정확하고 효율적인 관리 덕분에, 수련은 저택에서 지낸 지 얼마 지나지 않아 곧 사람 꼴을 되찾게 되었다. 숯덩이 같던 머리카락은 차분해졌으며 하얗게 트거나 갈라진 피부도 윤기가 돌게 되었다. 양 볼에도 조금씩 살이 오르자 수련은 겨우 제 나이의 여자처럼 보였다. 이 여사도 수련이 숙녀다운 청결과 아름다움을 지니게 되자 한결 조심하는 태도로 대해주었다.

  몸이 건강해지자 수련은 차츰 이 여사와 단둘이만 지내는 것이 답답하게 느껴졌다. 그녀에게 몇 마디 말을 건네보았으나 돌아온 건 둔하고 어리석은 대답뿐이었다. 수련은 열렬한 기독교 신자인 이 여사가 식사 전과 자기 전에 하는 기도를 들어본 적이 있지만 그 말들은 그저 남들에게 얻어들은 틀에 박힌 인용구를 줄줄이 외우는 것에 불과했으며 그러는 동안에도 정신은 여전히 시장통의 건어물이라던가, 주문한 달걀 꾸러미에 가 있었다. 이 여사라고 인생에 고통이나 슬픔이 없을 리 없지만, 그녀는 그런 것들을 무심히 흘려보내고 재빨리 잊어 자신에게 아무런 흔적도 남기지 않도록 하는 그런 종류의 사람이었다. 타인으로 인한 정신적인 자극과 정서적 교감이 절대적으로 부족한 상황이어서, 겨울이 끝나갈 때쯤 수철이 들렀을 때 수련은 반가움을 느꼈다. 그는 이동 중에 잠깐 짬을 내 일부러 찾아온 것이었다.

수철은 파리한 안색으로 병원 침대에 누워 있는 수련을 보는 순간 마치 시간을 거슬러 올라가 환영을 보고 있는 듯했다. 그는 자신도 어쩔 수 없는 지난날에 대한 향수와 증오, 간절해서 안타까웠던 그때의 희망 같은 것들이 밀물처럼 밀려드는 것을 느꼈다. 그는 저도 모르게 양손을 등 뒤로 감추었고, 그 사실을 깨닫자마자 걷잡을 수 없는 불쾌함과 초조함에 빠졌다. 그는 장교복을 갖춰 입게 되면서 손 감추는 버릇을 잊어버릴 수 있었다. 군복은 자신을 전혀 다른 사람인 것처럼 느끼게 했고 실제로 달라지게 했다. 그는 혼란스러웠으나 수련을 가까이에 두고 지켜보아야겠다고 결정했다.

그는 이 여사가 내놓은 식사를 들며 앞에 앉아 있는 수련을 천천히 감상하듯 훑어보았다. 수련은 '만일 환영이 건강했더라면 어땠을까?' 궁금했던 바로 그 모습이었으며 고개를 약간 숙이거나 미소를 짓거나 손가락을 꼼지락거리거나 앉아 있을 때의 어떤 동작들은 환영의 영혼이 그 안에 들어 있는 듯한 착각마저 들게 했다.

"넌 네 할머니를 많이 닮았다."

"알아요. 할머니 사진을 봤거든요."

"이목구비가 아니라, 뭔가 다른 게 닮았어."

수철은 손을 뻗어 수련의 길고 검은 머리를 만지작거렸다. 수련은 수저질을 멈춘 채 숨을 죽이고 가만히 있었다.

"너도 여자가 다 됐구나."

"……그를 이곳으로 보내세요."

수철의 손동작이 딱 멈추었다. 그는 놀란 눈빛으로 수련을 보았다.

"그게 무슨 소리지?"

"어쨌든 당신의 혈육이에요."

그는 한참 동안 수련을 노려보다가 묵묵히 식사를 끝낸 후 자리에서 일어나 그대로 나가버렸다. 잠시 후에 지프 바퀴가 마당의 자갈을 밟고 지나가는 소리가 창밖에서 들려왔다. 수련은 숨을 들이쉬며 좀 전에 수철이 만진 머리카락을 손가락으로 훑어보았다. 목구멍에 무언가 덩어리 같은 것이 치밀어 오르며 가슴이 서늘해졌다.

한미 연합군은 한반도의 허리에서 중공군 최대 규모의 공세를 간신히 막아냈다. 조금이라도 작전상 유리한 지역을 차지하려는 양측의 밀고 밀리는 소규모 전투가 치열하게 벌어지자 군인들은 물론이고 수많은 민간인 희생자가 생겨났다. 점령자가 바뀔 때마다 통치하는 정부도 바뀌었으며 그들은 이전 정부에 동조하거나 도왔다는 혐의로 사람들을 죽였다. 수철은 지프를 타고 수없이 흩어져 있는 소규모 부대들을 일일이 찾아다니며 전선을 관리했다. 그는 마치 총탄이 자신만을 피해 다니는 것처럼 굴었다. 지프에는 달랑 운전병과 참모 하나만을 태우고 전속력으로 차를 몰게 해 구불구불하고 협소한 산길을 위험한 곡예처럼 달려갔다. 그가 뒤에서 하도 "빨리, 더 빨리!"라고 정신없이 채근을 하자 가엾은 운전병은 폭격으로 생긴 커다란 구덩이를 미처 보지 못하고 말았다. 운전병이 핸들을 뒤늦게 꺾으며 급브레이크를 밟자 회전력을 견디지 못한 지프가 벌렁 뒤집히며 산 아래 비탈길로 하염없이 굴렀다. 운전병과 부관은 목이 부러져 즉사했고 수철은 차 밖으로 튕겨 나갔다. 그는 팔 한쪽이 골절되고 가벼운 뇌진탕을 일으켰을 뿐 다른 곳은 멀쩡했다. 수철은 팔에 깁스를 한 채 다시 지프를 타고 전선을 돌았다.

  수철의 삶에서 가장 깨끗하고 순정한 시기는 전쟁의 한가운데에 있을 때였다. 수철은 자신을 괴롭히고 비틀리게 하던 온갖 과거의 망령에서 빠져나와 완벽하고 우아하게 전쟁을 통제했다. 모두가 수철을 우러러보았다. 그는 미군 지휘관들이 가장 신뢰하고 존중하는 국군 장성 가운데 하나였으며 효과적인 전술로 수없이 많은 부하들의 목숨을 구했다. 그의 결정은 단호했고 태도에는 한 점 흔들림도 없었다. 그는 계급이 높아져가는 만큼 책임질 일이 많아지자 군인들의 신분을 이용한 횡포를 엄금했다. 군대의 합리적이지 못한 행동은 자신의 지휘 계통을 혼란스럽게 만들 수 있기 때문이었다. 수철은 자신의 지휘 아래에 있는 부대에서 부녀자 강간이나 민간인을 상대로 한 절도와 폭력 사건이 일어나면 지체 없이 엄한 징계를 내렸다. 수철에게 국군의 이미지는 그 자신의 이미지나

마찬가지였다. 수철은 자신이 만든 이미지가 곧 그 자신이라고 생각했으며 그 때문에 일종의 도취 상태에 빠져 있었다. 그는 뛰어난 군인이며 훌륭한 지휘관이었다.

수련이 작고 예쁜 새가 품 안으로 날아든 꿈을 꾼 것은 봄비가 밤새도록 창밖을 두드린 어느 밤이었다. 수련은 이 여사가 문을 두드리는 소리에 잠에서 깨어났다. 아직 동트기 전이라 사방이 어둑했다. 수련이 문을 열자 이 여사가 더운물이 담긴 대야를 들고 서 있었다. 수련이 받아 들려는데 이 여사가 "저기……"라고 말꼬리를 늘였다.

"어젯밤 늦게 누가 왔어요."

"누가요?"

"그게…… 사내 녀석인데, 데려온 사람 말이 장군께서 방을 하나 내주고 일을 시키라 했다더군요."

"새로운 일꾼이 왔다는 말인가요?"

"대체 보지도 듣지도 말하지도 못하는 병신이 무슨 일을 거들어요? 오히려 내가 그 애를 돌봐야 할 형편이라고요."

"그가 어디에 있어요?"

이 여사는 불만스러운 표정으로 어깨를 으쓱했다.

"다락방에 재웠어요. 치워놓은 방도 없고, 대체 어쩌라고……."

수련은 이 여사의 말이 끝나기 전에 그녀를 밀치고 방에서 뛰어나갔다. 이 집은 다락으로 통하는 문이 부엌에 있었다. 부뚜막에서는 이 여사가 아침 식사로 짓고 있는 고소한 밥 냄새가 풍기고 있었다. 수련은 부엌 한구석에 있는 다락문을 두드리다가 그가 아무것도 듣지 못한다는 사실을 떠올리고는 조심스레 문을 열었다. 부엌 창으로 드는 빛에 다락방의 계단이 드러났다. 수련은 더듬거리며 계단을 올라갔다. 빛이 들지 않아 어두컴컴한 그곳은 케케묵은 먼지 냄새와 아무렇게나 쌓여 있는 잡동사니로 가득 차 있었다. 수련은 천장에 달려 있는 전구를 발견하고 불을 켰다. 그는 한구석에 팔을 괸 채로 잠들어 있었다. 수련은 그의 곁에 쪼그려 앉았다. 그는 전체적으로 마른 몸집에 훌쩍 키가 컸다. 어딘지 모르게 세주의 분위기도 풍겼고 아비인 수철의 모습과도 닮았지만, 누가 미리 말해주지 않는다면 그의 자식임을 아무도 알지 못할 것이다. 두 사람은 사자와 물고기처럼 전혀 다른 존재였다. 그는 영문을 모른 채 갑자기 낯선 공기에 내던져져 여러 형태가 마구 뒤섞인 일그러진 공간 안에서 팔다리를 허우적거리며 헤엄을 치고 있었다. 그의 꿈에는 아무 소리가 없으며 정확한 형태도 없었다. 가끔씩 날카롭게 찌르는 듯한 불쾌한 감각이 일그러진 형태 안에서 불쑥 튀어나와 꿈속의 그를 괴롭힐 때마다, 현실의 그는 희미하게 신음하고 몸을 뒤쳤다. 그가 머리를 움직이는 바람에 수련은 그의 얼굴을 자세히 볼 수 있었다. 고요하고 맑은 얼굴이었다. 세주와 수철에게서 물려받은 이목구비로, 그는 숲 속 깊은 곳에서 은거하는 명상가 같은 표정을 짓고 있었다. 수련은 키득거리며 그의 눈과 코와 입술을 손가락으로 살짝 만졌다. 그가 흠칫 몸을 떨며 잠에서 깨어났다. 그의 초점 없이 푹 꺼진 눈, 훌쩍 큰 키, 독수리를 연상시키는 매부리코 모두가 수련에게는 너무도 익숙했다. 수련은 밀려드는 그리움에 충동적으로 그를 껴안았다. 그의 몸이 놀라움으로 경직되자 수련은 서둘러 몸을 뗐다. 그녀는 오른쪽 손바닥을 그의 뺨 위에 천천히 올렸다. 미안해요, 하지만 당신은 내게 특별한 사람이에요.

그의 정신은 혼란스러운 데다 마음은 굳게 닫혀 있었다. 그가 보지 못하는 것은 태어나면서부터이고, 그의 귀가 먹은 것은 일곱 살 때 앓은 열병 때문이었다. 그는 차츰 말하는 법을 잊어버려 벙어리가 되었다. 그는 뺨을 얻어맞는 것은 익숙하나 다정하게 어루만지는 손바닥의 온기를 느껴본 적은 없었다. 그의 손이 더듬거리며 수련의 손을 잡았다. 수련은 다시 한 번 천천히 그를 껴안았다. 그녀의 마음에서 흘러나온 따듯한 애정이 그의 마음으로 밀려들어 갔다. 수련은 그의 손바닥을 편 뒤 손가락으로 천천히 이름을 썼다. 수련. 그는 글자를 몰랐다. 하지만 수련은 반복해서 이름을 썼다. 그는 영문을 몰라 어리둥절해했다. 어딘가 멍청해 보이는 표정 때문에 수련은 깔깔거리고 웃었다. 그녀의 가슴이 웃느라 들썩이자 그는 이유도 모른 채 따라 웃었다. 수련은 그의 손이 계단을 짚어보게 했다. 그는 고개를 끄덕였다. 수련이 먼저 계단을 내려가자 그가 조심스레 따라왔다. 마지막 계단에서 바닥까지는 제법 높이가 있었다. 수련은 먼저 뛰어내린 뒤 그의 발을 잡았다. 순간, 그의 기억은 어린 시절의 어떤 날로 돌아가 있었다.

그가 살던 사창가의 골목 가까이에 개천이 있었다. 그는 그곳의 둔덕에서 또래 아이들에게 몇 번이나 떠밀려 굴러떨어졌다. 그가 심하게 다치고 아파할수록 아이들은 신나 했다. 그는 이런 장난이 자신이 살아 있는 한 끝나지 않을 것이라 생각했다. 희망을 가져본 적이 없으므로 절망이 무언지 모르는 그는 그런 생각이 무엇을 의미하는지 몰랐다. 그의 기억은 어젯밤 이 저택에 들어섰을 때로 돌아갔다. 그가 문턱에 걸려 비틀거리자 함께 온 사람이 그의 팔을 우악스럽게 잡았다. 어머니와 함께 수철에게 처음 찾아간 날도 그는 문턱에 걸려 비틀거렸다. 어머니는 늘 그랬듯 그가 그냥 넘어지도록 방관했다. 수련은 그의 다리가 안전하게 바닥에 닿을 때까지 손을 놓지 않았다. 그는 무사히 내려왔다.

밥솥에서는 김이 오르고 있었다. 그의 코가 벌름거렸다. 그가 마지막으로 식사를 한 것은 어제 아침이었다. 수련은 이 여사를 불렀다.

"아침 식사를 차려요. 밥을 잔뜩 푸고, 국도 한가득 주세요. 그리고 내 옆방을 깨끗이 치우세요. 그 방은 쓸모없는 물건도 없으니 앞이 보이지 않는 사람이 쓰기 좋을 거예요."

이 여사는 수련이 주제넘다고 생각해서 불만이 가득한 얼굴로 말이 없었다. 그녀는 턱짓으로 그를 가리켰다.

"난 저 사람을 위해 아무것도 하지 않을 거예요. 장군께서 그에게 일을 시키라 했지 돌보아주라고는 하지 않았거든요."

수철은 이곳에 아주 가끔씩만 들를 뿐이었으며 그가 데려다 놓은 여자들은 이 여사의 무시와 경멸에도 그다지 불쾌감을 느끼지 않았다. 이 여사는 수철의 방관을 호의로 착각하고 있었다. 또한 애초에 갈 곳 없는 가난한 과부로서 이곳에 고용된 자신의 불행한 입장도 깨끗이 잊어먹어서 그에게 함부로 굴어도 된다고 결정을 내린 상태였다.

"좋아요. 그는 내가 돌보아주겠어요. 식사도 내가 챙기고, 방도 내가 치우죠."

이 여사가 부엌에서 나가버렸다. 그도 이 상황을 알고 있었다. 보이지 않고 들리지 않는 그에게는 대신 다른 감각이 비정상적으로 발달되어 있었다. 그는 감각이 멀쩡한 이들은 놓치고 마는 공기의 미세한 파동이나 바람결에 묻어오는 다양한 냄새, 사람들이 지니고 있는 고유의 기운 같은 것으로 여러 가지 상황을 세밀히 분류해냈다. 그는 이 여사의 형태나 소리는 보고 듣지 못했지만 그녀의 마음과 정신이 이루는 기의 덩어리를 감지했고, 목소리가 발성되거나 몸이 움직일 때 울리는 공기의 느낌을 통해 그녀의 기분이나 생각의 방향을 미루어 짐작할 수 있었다. 그에게 사람이란 육체가 없는 혼령이며 기의 덩어리였고, 수련은 그런 그에게서 강한 동질감을 느꼈다. 수련이 그의 입술에 손가락을 댔다. 나는 당신의 이름을 모르네요. 당신의 이름. 그는 그저 이놈아, 하고 불렸다. 그의 또 다른 이름은 병신, 이다. 그에게도 어미가 지어준 이름이 있지만 그는 그것으로 불려본 적이 없었다. 수련은 눈을 감고 그에게 어울리는 소리를 찾았다. 수련은 구름 운 자와 새 조를 발음해보았다. 운조. 수련은 그의 손바닥을 펴고 손가락으로 거기에 '운조'라는 글자를 적었다. 운조. 수련은 그의 손바닥을 그의 가슴에 갖다 댔다. 운조. 그는 초점 없는 눈으로 수련을 보았다. 그의 머릿속에서 하나의 소리가 떠오르고, 그는 그것을 보았다.

그는 어젯밤 이곳에 오기까지 작고 더러운 시궁창에서 살았다. 자신의 육체가 항상 버거웠으며 그로 인한 여러 욕구는 결코 채워지지 못해 고통으로 변하여 그를 괴롭혔다. 그는 가장 극심한 고통의 순간에 문득 찾아오는 기분 좋은 감각이 어디에서 오는지를 몰랐다. 그는 어미가 젖을 물리지 않아 배고파 힘없이 울고 있을 때도 포근히 안겨 있는 듯한 느낌을 가끔씩 받았으며 이유 없이 매를 맞고 발길에 채여 이리저리 굴러다닐 때도 누군가 괜찮다고 속삭여주는 듯한 느낌을 받았다. 수련의 영혼은 태어나면서부터 그에게로 열려 있어 항상 그를 감지할 수 있었다. 그의 정신이 누군가를 소리쳐 부를 때 늘 그에게로 달려가 안아주었던 것이다. 매질로 인해 그가 거의 죽을 뻔했던 어느 밤, 수련은 그의 손을 잡아끌어 깊은 숲 속으로 도망시켰다. 그는 자신이 그곳으로 가는 동안 한 번도 넘어지거나 길을 헤매지 않은 것을 이상하게 생각했다. 숲 속의 향기로운 풀 냄새와 이끼의 부드러움이 그의 두려움과 슬픔을 달래주었다. 그는 아늑한 굴을 찾아내 지친 몸을 누이고 잠이 들었다. 그곳은 새끼를 밴 여우의 집이었다. 자신의 굴을 침범한 낯설고 예의 없는 침입자 때문에 신경이 곤두설 대로 곤두선 여우를 수련이 부드럽게 달랬다. 수련은 그가 잠이 든 후 여우를 타일러 그의 곁으로 가서 눕게 했다. 그는 자신의 피부에 와 닿는 온기와 보드라운 감촉이 무엇인지를 몰랐다. 그의 꿈은 여우의 털처럼 포근했지만 그 꿈속에서조차 그는 배고프고 아팠다.

운조에게 전쟁은 거대한 진동 그 자체였다. 그는 영문을 모른 채 하늘이 울부짖고 공기가 뒤집히는 것을 보았다. 그는 폭탄이 터지거나 총탄이 쏟아지는 것 때문이 아니라 그로 인한 사람들의 두려움과 공포, 고통 때문에 전쟁이 무엇인지를 알게 되었다. 그와 그의 어미가 살던 골목에 떨어진 폭탄은 순식간에 화염으로 변했다. 그때 그의 위에는 한 남자가 올라타 있었다. 남자는 운조를 어렸을 때부터 알아온 사람이어서 혼자 도망치는 대신 그가 화염에서 무사히 빠져나갈 수 있도록 도와주었다. 운조의 팔과 다리가 길어지고 어깨도 넓어져 제법 청년티가 나기 시작하자 이웃에 살던 한 퇴물 창녀가 제일 처음 그를 가졌다. 그는 곧 정사의 방법을 배웠으며 젊은 육체를 찾아오는 수많은 여자와 남자들을 받아들였다. 그에게 정사란 말이 필요 없는 대화이며 타인의 온기를 느낄 수 있는 유일한 방법이었다. 화대를 받지 않았으니 그를 남창이라고 할 수는 없었다. 하지만 한 번도 상대를 선택해보지 못한 채 자신의 성을 착취당했으므로 결국 자신의 어미와 크게 다르지 않았다. 그는 어미가 제때 빠져나오지 못해 불에 타 죽었다는 것을 나중에 알았다. 그는 슬프지 않았으나 그런 자신이 부끄러웠다.

"내가 당신을 사랑해줄게요."

수련은 그가 허겁지겁 배를 채우는 것을 보며 속삭이듯 말했다.

그날 밤 수련은 몸을 뒤척이다가 무언가 이상한 느낌을 받았다.

눈을 떠보니 운조가 옆에 누워 있었다. 그는 벌거벗은 채여서 완전히 발기된 성기가 그녀의 몸에 그대로 밀착되어 있었다. 그는 자신이 알고 있는 유일한 방법으로 감사 인사를 하려고 찾아온 것이다. 수련이 그의 팔을 잡아 물린 뒤 몸을 일으키자 그는 어리둥절해했다. 수련이 그의 양손을 머리에 대고 고개를 가로저었다. 그가 뜻을 알아채고 수련의 침상을 나가려 했다. 하지만 수련은 그의 어깨를 잡아 눕힌 후 그 옆에 다시 누웠다. 그러고는 그의 손바닥에 따듯해, 라고 썼다. 따듯해. 두 사람은 그대로 잠이 들었다. 다음 날 수련이 눈을 떴을 때, 이미 해는 높이 떠올라 아침 식사 시간마저 지나 있었다. 그녀의 옆에서 벌거벗은 운조가 세상모른 채 잠들어 있었고 침상 밑에는 이 여사가 놓고 간 대야가 있었다. 그 안의 물은 차갑게 식어 있었다.

  이 여사는 그날로 수철에게 두 사람의 수상쩍은 관계에 대해 전갈을 넣었다. 그런 후 지극히 은근한 태도로 자신이 두 사람의 관계에 대해 적절한 행동을 취했으며 곧 그에 상응한 조치가 내려질 것임을 수련에게 밝혔다. 이 여사는 당황해하는 수련의 모습을 여유롭게 즐기고 싶었지만 그녀가 태연히 받아들이자 대단히 실망했다. 수련은 가끔씩 이 여사의 편협하고 옹색한 만족감을 허물어뜨리는 것에서 작은 기쁨을 느꼈다. 이 여사의 그런 실망감은 전갈을 넣은 뒤 몇 달이 지나도록 수철에게서 아무런 소식이나 별다른 조치가 내려오지 않자 더욱 심해져서, 나중에는 하루 종일 우울한 기분에 시달리며 뿌루퉁한 얼굴로 저택을 돌아다니게 되었다. 전쟁이 다시 한 해를 넘기면서 쌀값이 폭등하고 물자가 더욱 귀해졌다. 길거리에 나서면 몇 발자국 떼기도 전에 전란으로 부모를 잃고 동냥질을 하는 고아들과 마주쳤다. 그 아이들의 눈빛은 몇십 년을 살아내야지만 눈동자에 고이게 되는 울울한 빛을 띠고 있어서 성장이 멈춘 상태에서 그대로 늙어버린 노인들처럼 보였다.

어느 날 밤이었다. 갑자기 잠에서 깨어난 수련이 울음을 터뜨렸다. 그녀는 밀려드는 슬픔을 감당하지 못하고 밤새도록 슬피 울었다. 수련은 날이 밝기를 기다렸다가 동이 터오자 운조의 방으로 건너갔다. 운조는 정신없이 자고 있었다. 수련이 이불 밖으로 드러난 그의 어깨를 살며시 흔들자 그가 재빨리 눈을 떴다. 수련의 슬픔을 감지한 그의 얼굴에는 곧바로 근심 어린 표정이 떠올랐다. 꿈을 꾸었어. 어머니가 죽었어. 나보다 훨씬 뛰어난 무녀였는데도 전쟁터 한가운데서 죽었어. 스스로 죽을 자리를 찾아간 거야. 그에게는 어머니의 죽음이 지극히 담담했으므로 수련의 감정이 어떤지를 알 수 없었다. 수련이 운조를 껴안자 그도 수련을 안아주었다. 운조의 머릿속은 몹시 복잡했지만 그 복잡한 머릿속이 고스란히 드러나는 얼굴 표정 때문에 결국은 단순해 보였다. 그는 지금이야말로 수련을 위로할 가장 좋은 때가 아닌지, 그러다 혹시 그녀의 기분을 상하게 하는 것은 아닌지를 부지런히 생각하고 있었다. 수련은 몸에 걸치고 있는 옷의 단추를 끌렀다. 수련이 운조를 다정하게 껴안자 운조는 이제 그녀를 위로하기 위해 무엇을 해야 하는지 확실히 알았으므로 안심했다. 수련은 처음이었으므로 어쩔 수 없이 수줍었으며, 운조는 운조대로 좋아하는 여자와 처음 관계를 해보는 것이므로 함께 수줍어했다. 운조는 수련을 기쁘게 해주고 싶은 마음이 너무 열렬하다 보니 오히려 뻣뻣하고 어색하게 굴었다. 자신이 지나치게 능숙하면 수련이 실망하게 될지도 모른다는 걱정 때문이었다. 너는 단지 운이 나빴을 뿐이야. 수련은 운조의 팔을 부드럽게 쓰다듬으며 말했다. 수련은 운조가 자신을 탓하기보다 자신이 처했던 상황을 이해하기를 바랐다. 우리는 불가피한 상황에서 만들어진 한 사람의 고통과 슬픔을 언제든 이해해야 하고, 그건 자신에게도 마찬가지야. 자기에게 한없이 너그럽게 구는 것은 꼴사나운 일이지만 그렇다고 인색하게 굴 필요도 없어. 운조는 수련의 어깨에 얼굴을 묻었다. 그가 조용히 흐느끼자 그의 눈에서 흘러나온 눈물이 수련의 어깨를 적셨다. 그는 처음으로 아파서가 아니라 슬퍼서 울었다. 수련은 그의 슬픔이 반갑고 고마웠다. 진정한 슬픔이란 진정한 이해에서 나온다고 믿었기 때문이다.

다음 날 아침 일찍 운조는 수련이 준비해놓은 거적과 삽, 곡괭이를 실은 지게를 어깨에 멘 후 지팡이를 들었다. 이 여사가 놀라며 어디를 가느냐고 물었다.

"어머니를 묻으러 가요."

수련과 운조는 손을 꼭 붙잡고 함께 길을 나섰다. 거리는 아침 일찍부터 하루 벌이를 위해 구두 통을 둘러메고 나온 구두닦이 소년들과 광주리를 머리에 이고 나온 여자들로 분주했다. 수련은 그녀들에게서 복숭아와 보리개떡 몇 개를 샀다. 운조에게 복숭아 한

개를 건넨 뒤 나머지는 잘 싸서 지게에 실었다. 길에는 곡식이나 과일, 생선 가게의 간판들이 다닥다닥 붙어 있는 단층 건물이 계속 이어졌다. 상인들은 벌써부터 가게 문을 열고 첫 손님을 맞을 채비를 하고 있었다. 대장간에서 망치질하는 소리가 땅땅, 울려 퍼졌다. 책 보따리를 진 채 학교에 가는 꼬마 아이들이 운조를 보면서 힐끔거렸다. 수련은 포목상에 들러 삼베를 샀다. 두 사람은 담에 둘러싸인 가옥이 모여 있는 구불구불한 골목을 한동안 걷다가 번화가에 이르렀다. 그곳에는 전쟁이 터지자마자 이곳으로 피란을 온 상류층과 부유층 들이 먹고 노는 유흥가가 밀집되어 있었다. 이제 막 간판 불빛이 꺼진 화려한 댄스홀과 주점, 요릿집에서는 간밤의 나른하고 흥청망청한 기운이 느껴졌다. 실컷 먹고 마신 어느 취객이 토해놓은 토사물을 굶주린 떠돌이 개가 핥아 먹고 있었다. 화장이 번진 채 옷매무새가 흐트러진 젊은 여자 한 명이 수련과 스치듯 지나쳤다. 그녀에게서 풍기는 짙은 향수 냄새 때문에 운조는 코를 벌름거리다 살짝 인상을 썼다. 부두에는 언제라도 떠날 수 있도록 만반의 준비를 갖춘 선박들이 몇백 척이나 정박되어 있었다. 그 배들은 만일의 경우 일본으로 도망가기 위해 상류층들이 준비해둔 것이었다. 배 안에 귀중품이나 재산 일부를 숨겨두기도 했으므로 도둑이 끊이질 않자 그들은 아무도 접근하지 못하도록 장정들을 고용해 경비를 세워두었다. 도심을 서서히 벗어나자 햇살을 받아 반짝이는 넓고 푸른 바다가 펼쳐졌다. 바다가 보이는 언덕배기의 밭에서는 초로의 농부가 소에 쟁기를 메고 땅을 갈고 있었다.

여자들이 샘물가에서 하루 동안 쓸 물을 퍼 담느라 분주했고 피부가 새카맣게 탄 꼬마들은 벌써부터 옷을 훌러덩 벗어 던진 채 바다에 뛰어들어 물장구를 쳤다. 길에는 장에 내다 팔 나뭇단을 한 아름 지게에 진 여자들이 걸음을 서둘고 있었다. 젊은 여선생의 인솔을 받아 야외 활동을 나온 국민학교 학생들이 재잘재잘 떠들어대며 그들을 지나갔다. 마침 시커먼 연기를 뿜어내며 화물 기차가 철길을 지나가자 아이들이 모두 펄쩍펄쩍 뛰며 손을 흔들었다. 화물칸에는 선명하고 굵은 고딕체로 'USA'라고 쓰여 있었다. 수련과 운조는 푸른 벼들이 바람에 흔들리는 논가에 앉아 점심으로 보리개떡을 먹고 물을 마신 뒤 복숭아를 베어 물었다. 저녁때쯤 두 사람은 돌담길을 따라 초가집들이 모여 있는 마을을 지나게 되었다. 수련은 그중 한 집에 들어가 하룻밤 잠자리를 청했고 그들은 기꺼이 소박한 저녁 밥상과 방 한 칸을 내주었다.

 수련과 운조는 그렇게 사흘 길을 걸었다. 민가가 차츰 없어지고 기름진 논과 밭이 버려진 황무지로 바뀌어가면서 잿더미와 버려진 시체들이 출몰하기 시작했다. 전투를 겪어보지 못한 운조는 자주 걸음을 멈추고 수련 쪽을 바라보았다. 그때마다 수련은 괜찮다고 그를 안심시켰다. 두 사람은 인적이 드문 산길로 접어들었다. 산세가 깊고 험했지만 사람들이 끊임없이 오간 흔적으로 가느다란 오솔길이 계속 이어졌다. 두 사람은 맑은 개울물이 흐르는 곳에 앉아 민가에서 얻은 찐 감자와 사과를 먹고 난 후 다시 오솔길을 따라 걸었다. 점차 경사가 심해지기는 했지만 길은 울창한 수풀 사이로 계속 이어졌다. 불어오는 바람에 하늘하늘 흔들리고 있는 대나무 숲이 바로 앞에 나타났다. 수련은 운조에게 대나무가 바람에 흔들리고 있는 시적인 고요함에 대해 설명해주었다. 대나무. 숲. 푸른색. 바람. 흔들다. 고요. 소리. 흔들다. 휘어지는. 다시. 고요. 운조가 고개를 끄덕였다. 수련은 자연의 거대한 흐름이 인간사에 얼마나 무관심하며 아무 상관없이 그 자체로 존재하는지에 대해 생각했다.

"이제 거의 다 왔어."

대나무 숲에 발을 딛자마자 코를 찌르는 악취가 맡아졌다. 수련은 그것이 사람의 살이 썩어갈 때 나는 특유의 냄새라는 것을 곧 알아챘다. 대숲에서 썩어가는 이들은 모두 여자였다. 그들은 군인들에게 끌려 나와 강간 당한 뒤 창에 찔려 죽임을 당했다. 그중에는 이제 대여섯 살 정도밖에 안 되어 보이는 작은 여자아이의 시신도 있었다. 난자당한 시신 여기저기에 남아 있는 흔적들이 가리키는 것은 기계적인 살인 의지가 아니라 군인들이 느끼던 즐겁고 흥분된 쾌락이었다. 수련은 운조를 한구석에 비켜서게 한 다음 이미 파리 떼가 알을 까서 구더기가 들끓는 시신들을 하나하나 살펴보았다. 미희는 거기에 없었다. 두 사람은 대숲을 지나 좀 더 안쪽으로 들어갔다.

아담한 산간 마을은 주민들이 가꾸던 화전으로 둘러싸여 있었다. 벌거벗겨진 채 성기가 잘려나간 남자들의 시신이 마을 곳곳에 버려져 있었다. 미희의 시신은 어느 집 방 안에 있었다. 그녀는 군인들이 들이닥치기 전 새벽에 스스로 손목을 끊어 자진했다. 미희의 평생을 가득 채웠던 외로움과 절망감, 그리고 할 수 있는 일은 다 했으니 이쯤에서 숨을 거두겠다는 초연함이 그곳에 남겨진 채였다. 미희가 이 마을에 찾아온 것은 (그녀 자신이 생각하기엔) 우연이었다. 그녀는 언제나 점을 치고 기운을 읽은 뒤 갈 곳을 정했지만 대개의 순간, 운명보다는 우연이라는 느낌을 받았다. 수환을 처음 만났을 때도 그러했다. 그녀는 그를 만나기 전에 꿈과 환시를 통해 수없이 암시를 받아왔고, 때문에 그의 용모와 인상 같은 것을 세세히 그려낼 수도 있었다. 하지만 수환과 마주친 순간 미희는 삶의 돌발적이고 충동적인 측면과 급작스레 조우한 것 같았다. 반복된 예지에도 불구하고 그의 사랑을 얻는 일은 여전히 어려웠으며, 마음을 아는 것은 불가능한 일처럼 여겨졌다. 가족의 곁을 떠나는 순간에도 미희는 자신이 아무 것도 알지 못했다고 생각했다. 삶을 관통하는 한 인간의 내면은 미지의 심연 깊숙이 숨겨져 있어 직접 닥쳐온 순간에도 희미하게 모습을 드러낼뿐이었다. 그녀는 '보는 자'였으며 그것이 그녀의 삶을 가능케 했다. 하지만 자신이 보는 것들이 외면에 불과하고 짐작은 한없이 가벼울 따름이라는 자각이 미희를 따라다녔다. 자신이 죽는 날까지 언저리만 맴돌다 가게 되는 것이 미희의 두려움이었다. 그녀는 점괘가 가리키는 대로 온 이 마을에서 자신이 죽게 될 것을 알지 못했다. 다만 마을에 덮칠 재앙을 '보았으므로' 그것을 피하기 위해 노력했다. 마을 주민들에게는 달리 갈 곳이 없었다. 고향과 삶의 터전을 잃게 되는 것이 그들의 가장 큰 두려움이었다. 미희의 경고에도 불구하고 주민들은 마을에 그대로 남았다. 그녀는 자신만 홀로 떠날 수도 있음을 알았지만 그냥 남을 것임 또한 알았다. 미희는 이곳에 오기까지 거쳐온 수많은 곳들과 스쳐간 사람들에 대해 생각했다. 태어나면서부터 눈을 감을때까지 그토록 서글픈 목숨들이 어디에나 뿌리를 내리고 힘겨운 삶을 이어갔다. 그녀는 슬펐지만 그렇다고 불행하진 않았다. 오히려 무거운 짐을 벗어던진 것처럼 홀가분했다. 미희는 해가 떠오르기 전 운명이야, 하고 중얼거렸다.

"어머니의 모습을 봐. 나는 이제껏 어머니처럼 자신에게 충실한 사람을 본 적이 없어. 하지만 그녀는 마지막까지 지독히도 외로웠어. 사람이란 결국 절망하거나 아프기 위해 이 세상에 태어나는 걸까? 어머니의 마지막 모습은 마치 이것이 삶의 전부다, 라고 말해주는 것처럼 보여."

수련은 미희의 머리를 가만히 쓰다듬으며 중얼거렸다. 수련의 눈물이 미희의 차갑게 굳은 얼굴 위로 떨어져 내렸다. 운조는 수련의 팔을 다정하게 쓸어주었다. 그 단순한 동작에 그녀는 커다란 위로를 받았다. 수련은 가져간 삼베를 꺼내 미희의 시신을 잘 감쌌다. 운조는 그 위에 거적을 두르고 시신을 들어 지게에 실었다. 두 사람은 대숲을 지나 산 위로 올라갔다. 운조는 땀을 비 오듯 흘렸지만 수련이 이끄는 대로 한 걸음씩 침착하게 걸음을 옮겼다. 수련은 터가 맑고 기운이 좋은 곳에 이르자 걸음을 멈췄다. 그녀는 운조와 함께 구덩이를 팠다. 거기에 미희의 시신을 누이고 흙을 덮은 뒤 돌을 주워 쌓았다.

"난 아버지도 내 손으로 묻었어. 내 시신은 네가 묻어 줬으면 좋겠어."

슬픔에 잠긴 수련이 운조에게 말했다. 들을수는 없어도 수련의 슬픔을 짐작한 운조가 더듬 더듬 수련의 몸을 끌어안았다. 수련과 운조는 마을로 다시 내려갔다. 수련이 떠나간 넋을 위로하는 굿을 하는 동안 운조는 가만히 앉아 대기가 정화되는 것을 지켜보았다. 두 사람이 산을 내려온 것은 한밤중이 되어서였다. 밤새도록 길을 걷던 그들은 부옇게 날이 밝아올 때쯤 피란지로 들어가는 트럭을 얻어 탈 수 있었다. 수련과 운조는 짐칸에 나란히 앉아 어두운 하늘 저편으로 떠오르는 희미한 여명을 보았다. 차갑고 상쾌한 새벽 공기가 그들의 마음을 어루만져주었다. 수련은 앞으로 닥칠 일들을 짚어보다가 가만히 고개를 가로저었다. 어머니처럼 미래에 사로잡히는 것은 서글픈 일이었다. 그들이 집에 도착한 것은 정오 무렵이었다. 여느 때처럼 무표정한 얼굴로 그들을 맞은 이 여사가 수철이 조만간 들를 것이라고 알려주었다.

수철은 해 질 녘에 갑자기 들이닥쳤다. 마침 수련이 운조에게 글자를 가르쳐주는 시간이었다. 마당의 자갈을 부수며 차바퀴 구르는 소리가 들리자 부지런히 움직이던 수련의 손가락이 그대로 멈추었다. 운조가 궁금해하는 표정을 짓자 수련은 그의 손바닥에 천천히 '아버지'라고 적었다. 운조의 단순하고 맑은 얼굴에는 무어라 딱 꼬집을 수 없는 복잡한 표정이 떠올랐다. 그는 수철을 두려워하는 한편 그리워했다. 운조는 수철을 처음 만났을 때부터 그의 강하고 난폭한 기운을 느꼈지만, 그 안에 있는 자신을 향한 무겁고 모호한 감정도 함께 느꼈던 것이다. 운조는 자신의 존재를 진지하게 받아들이는 사람 자체를 별로 만나본 적이 없으므로 그런 이들에게 쉽사리 애착을 느꼈다.

수철은 기억조차 희미한 창녀의 손에 이끌려 찾아온 운조를 처음 보았을 때, 두말할 것도 없이 그가 자신의 자식임을 대번에 알아챘다. 그의 깡마르고 볼품없는 몸피, 공허하여 슬픈 표정, 숱하게 매를 맞고 굶주리며 애정을 받아보지 못한 아이에게서 풍겨 나오는 진한 불행의 냄새가, 자신에게서가 아니면 대체 어디에서 만들어졌겠는가. 수철은 임신이 가능하리라 생각지 못해 방심해버린 늙은 창녀의 몸에서 잉태된 그를 통해 자신의 숱한 과오와 일그러진 삶 전체를 보았다. 만일 수철이 대전과 놀아나던 청년의 시기였더라면 무슨 짓을 해서라도 그와 그 어미를 죽였을 지도 몰랐다. 하지만 그는 그때보다 나이를 먹었다. 수철은 자신의 허물이 몽땅 집약되어 있는 그 가련한 목숨에 연민을 느꼈다. 그것은 한순간의 변덕이었지만 그 후로도 수철은 그의 어미에게 정기적으로 양육비를 보냈다. 수철은 가끔씩 그가 살고 있는 곳을 몰래 찾아가 그가 자라는 모습을 지켜보면서 더 이상 어쩔 수 없을 정도로 불쾌감을 느꼈지만 찾아가는 것을 그만둘 수 없었다.

수철은 나란히 서서 그를 맞는 두 사람의 모습을 훑어보았다. 그는 영문 모를 화가 치밀었으며 운조를 무시하지 못하고 이곳으로 보낸 자신에 대해 걷잡을 수 없을 만큼 짜증이 일었다.

"넌 저 병신이 꽤나 마음에 드는 모양이지? 응?"

수철이 치밀어 오르는 감정을 추스르지 못한 채 수련에게 내뱉듯 말했다. 수련이 입을 다물고 아무 대답도 하지 않자 수철은 옆에 있던 의자를 걷어찼다. 의자가 요란한 소리를 내며 구르자 운조의 몸이 움찔했다. 수련은 하얗게 질린 채로 그의 손을 잡았다. 수철은 소파와 테이블을 뒤집어엎었으며 화병을 창문으로 내던졌다. 유리가 깨지면서 파편이 사방으로 튀자 위험을 감지한 운조가 수련을 감싸 안았다. 그 모습을 보자 수철의 안에서 무언가가 툭, 하고 끊어졌다.

수철은 운조에게로 달려가 그의 머리에 주먹을 휘둘렀다. 운조가 휘청이면서 바닥에 쓰러지자 수철이 군홧발로 웅크린 그를 걷어찼다. 수련이 소리를 지르며 운조를 감쌌다. 수철의 몸에서 불길이 타올랐다. 그는 수련을 잡아 일으켜 그녀의 뺨을 힘껏 때렸다. 수련이 저만치 날아가 쓰러졌다. 수철은 운조의 입술에서 피가 흘러나오는 모양과 수련의 얼굴이 벌겋게 부어오르는 것을 냉정하게 지켜보았다. 수련이 시선을 피하지 않고 매서운 눈으로 그를 응시했다. 수철은 그녀에게 달려가 멱살을 틀어쥐고 주먹을 쳐들었다. 두 사람의 시선이 마주쳤다. 수철은 주먹을 내리고 멱살을 잡았던 손도 풀었다. 그는 엎드린 채 머리를 감싸 쥐고 있는 자신의 아들을 경멸스러운 눈초리로 힐긋 보았다.

"십 분 내로 짐 싸서 밖으로 나와."

"싫어요!"

수철의 이마에 핏줄이 불거졌다.

"고분고분하게 말을 듣지 않으면 저 병신을 들개 먹이로 던져 줄 테다."

수철은 문을 발로 걷어찬 뒤 밖으로 나가버렸다. 수련은 운조에게로 갔다. 운조가 고개를 들자 피가 흐르고 벌겋게 부어오른 얼굴이 드러났다. 수련은 흐느끼면서 그의 머리를 가슴에 안았다. 운조의 눈에 눈물이 고였다. 수련은 운조의 터진 입술에 입을 맞추고 손가락을 들어 그의 손바닥에 썼다. 우린, 지금, 헤어지게, 돼. 운조의 입술이 아무 소리도 내지 못하고 조용히 벌어졌다. 수련은 울음을 참느라 잠시 손가락을 멈추고 입술을 깨물었다. 우리는, 반드시, 다시, 만나게, 될 거야. 운조는 고개를 끄덕였다. 그러고는 몸을 일으켜 수련을 안았다. 이 여사가 문을 벌컥 열고 들어왔다. 그녀의 손에는 수련의 짐을 싼 가방이 들려 있었다. 수련은 이 여사가 벌써부터 그 가방을 챙겨놓았음을 알았다.

"장군께서 얼른 나오랍니다."

이 여사가 무뚝뚝하게 말했다. 수련은 운조의 어깨를 잡아 가만히 떼어놓고 자리에서 일어났다. 수련은 이 여사에게 다가가 그녀의 손을 꽉 잡았다. 이 여사는 깜짝 놀라며 뒤로 한 걸음 물러났다.

"당신과는 한동안 보지 못할 인연이니 점을 쳐드리죠."

이 여사는 이유도 모른 채 겁에 질려 수련의 손을 잡아 빼기 위해 안간힘을 썼다. 하지만 수련은 꿈쩍도 하지 않았다.

"당신은 생각과 그릇이 작아 평생 자기 한 몸 근근이 먹고사는 것만으로도 벅찬 사람이에요. 그러니 자식이 없고 서방이 없다고 한탄하지 말아요. 당신 팔자에 가족이 있었다면 신세는 더욱 신산하고 몸은 고달팠을 것입니다. 그렇다 해도 당신을 이만큼 키워준 부모가 있었고, 좁은 소견으로 의절하긴 했으나 자매도 있어요. 당신의 자매는 당신 곁에 남아 있을 유일한 친우이며 혈육이니 소중함을 깨닫고 먼저 화해의 손을 내민다면 힘든 시기에 큰 도움이 될 것입니다. 당신이 그토록 두려워하는, 쓸쓸히 홀로 죽게 될 당신의 머리맡을 당신의 자매가 지켜줄 거예요. 또한 당신의 손에 놓인 저이는 소중한 인연입니다. 저이를 어떻게 감당하느냐에 따라 당신의 남은 팔자가 바뀔 수 있음을 명심하세요. 무릇 선과 악의 경계가 모호하고 사람과 세상 안에 두 가지가 함께 하니 원래 세상사란 선한 일은 선으로 되갚아지고 악한 일은 악으로 되갚아지는 게 아니에요. 하지만 절대로 변하지 않는 한 가지 사실은 옳은 일은 옳은 것으로 되갚아진다는 거지요. 만일 당신이 옳게 행동한다면 당신 인생에 옳은 것들이 찾아오게 됩니다."

이 여사는 숨소리조차 내지 못하고 속사포같이 쏟아지는 수련의 말을 들었다. 수련이 손을 놓아주자 그녀는 잠시 머뭇거리다 운조를 힐끔 본 후 부엌 쪽으로 사라졌다. 운조는 우두커니 서서 수련이 붙잡아주길 바라며 허공을 향해 막연히 팔을 뻗고 있었다. 수련은 그 모습을 보다가 입술을 깨물고는 집을 나섰다. 마당의 지프는 시동이 걸린 채였다. 수련이 올라타자마자 지프가 출발했다.

수철은 휴전협상이 진행되면서 전투가 소강상태에 이르자 곧바로 환영의 집을 손에 넣었다. 그는 야전 막사에서 돌아올 때면 환수의 거처였던 별채를 썼고 안채는 그대로 비워두었다. 수련은 겁에 질린 데다 수철에 대한 혐오감 때문에 집에 도착할 때까지 한마디도 하지 않았다. 그녀는 지프에서 내리자마자 수철에게 머리채를 잡혀 별채로 끌려갔다. 수철은 수련의 저항이 거세자 그녀의 목을 움켜쥐면서 부드러운 목소리로 나직하게 말했다.

"네가 이러면 누가 울게 될지 한번 생각해보는 게 좋을 거야."

수철이 그녀의 몸 위에서 거칠게 움직이는 동안 수련은 온몸에 힘을 준 채 손가락 하나 까딱하지 않고 누워 있었다. 그녀는 자신이 당하는 끔찍한 짓과 알고 싶지 않음에도 저절로 알게 되는 수철의 어두운 혼란 때문에 생살이 찢기는 것처럼 고통스러웠다. 수련은 자신의 정액과 함께 영혼을 쓰레기처럼 버리는 큰아버지 때문에 울었다. 여자를, 세상을, 기억을, 자신을 온통 쓰레기장으로 만드는 그의 죄악 때문에 울었다. 누군가 필연적으로 저지르게 될 죄악을 큰아버지가 저지르게 된 것이 기막혀 울었다. 수철은 욕구를 채우고 나자 화가 가라앉았고 스스로에게 환멸을 느꼈다. 그는 여자를 다시는 강간하지 않겠다고 결심한 것을 까맣게 잊어버리고 있었지만 그 순간 다시 기억해냈다. 수철은 수련에게 다시는 손대지 않겠다고 결심했지만 곧 그 사실도 잊어버렸다.

수철은 전투 때문에 집을 비울 때면 철저하게 수련을 가둬두었다. 수련은 집 밖으로 한 발자국도 나올 수 없었으며 외부 세계와도 철저히 격리되었다. 수철은 수련에게 집착할수록 그녀가 자신의 손에서 모래알처럼 빠져나간다는 것을 알면서도 좀체 그만둘 수 없었다. 그는 항상 임신에 대한 혐오감과 두려움 때문에 철저한 주의를 기울였었다. 심지어는 만주에서 여자들을 강간할 때조차 그녀들이 어차피 죽을 것임을 알면서도 그러했다. 하지만 수련에게는 온갖 주의를 기울이던 조심성을 잃어버렸다. 수련을 임신시키고 싶었던 것이 아니라 자기학대에서 오는 고통을 즐겼던 것이다. 그는 여전히 자신의 몸에서 새로운 생명이 잉태될 수도 있다는 사실을 생각하면 욕지기가 치밀어 올랐다. 수철은 야전 막사에서 수련에 대한 생각을 할 때면 자신의 병신 아들을 마주 보고 있는 것처럼 환멸을 느꼈다. 하지만 그것이 전부였다. 그는 다른 식으로 살아본 적이 한 번도 없었다. 그의 삶에는 늘 감춰야만 할 치부가 있었고 지금도 역시 그러했다. 그에게는 자신의 존재가 늘 어둡고 음습하며 부끄러운 무엇이었다.

수련은 홀로 남겨진 시간에 어두운 방 한구석에 누워 수철이 돌아올 때를 점쳐보곤 했다. 수철의 발자국 소리만 나도 가슴이 철렁 내려앉으며 몸이 떨려와 멈추지 않았다. 그녀는 시시때때로 치밀어 오르는 구토를 참기 위해 이를 악물었으며 평생 알 리 없을 것만 같았던 타인에 대한 증오로 자신의 영혼이 불타버리는 것을 느꼈다. 수련은 수철의 모든 것에 침을 뱉고 저주했으며 결코 태어나지 말았어야 할 존재가 태어나 이 세상을 더럽히고 자신을 더럽히는 운명에 대해 절망했다. 하지만 그러다가도 수련의 정신은 어느새 수철의 가장 깊은 곳에 가닿았다. 수철을 증오하는 동안 그녀의 정신은 진정으로 수철의 정신과 하나가 될 수밖에 없었다. 수철에게 수련은 필요 불가결한 존재였다. 그는 타인에게 보이는 자신이 스스로 원하는 이미지에 가까워질수록 진정한 자신이 존재할 새로운 공간이 필요했다. 그는 지켜야 할 비밀과 은밀한 치부 없이는 살아갈 수 없었다. 수련은 자신이 환영의 집에 감금되어 있는 동안 수철의 비밀과 치부가 되어 그의 다른 자아, 보다 진실에 가까운 존재가 되었다는 것을 알았다. 하지만 수련은 자신이 보는 것에 무슨 의미가 있나 절망 한가운데서 생각했다. 수철은 이미 죽어버린 시신, 타버린 집, 그리고 악취를 풍기는 인간의 모든 악덕이 고여 있는 기괴한 쓰레기장, 너무 많은 것을 잊어버리다가 결국 자신까지 잊어버린 유령이었다. 수련은 자주 어머니의 말을 기억했다.

"인생에는 견뎌야 하는 시간이라는 게 있다. 아니, 인생 대부분이 견디는 것으로 흘러가버린다. 견디는 게 힘든 건 사는 게 힘들기 때문이다. 견디는 게 싫다면 사는 게 싫은 것이다."

수련은 몸을 웅크린 채 말없이 그 시간을 견뎠다.

확전을 두려워하던 미소 양국과 강대국으로서의 면모를 과시하면서 실속을 챙긴 중국의 협상으로 마침내 전쟁이 멈췄다. 그즈음 수철은 전쟁 전과는 비교도 할 수 없을 만큼 단단한 지위를 확보하고 있었다. 그는 자신의 발밑으로 절대 흔들리거나 무너지지 않는 토대를 쌓았다고 믿었으며 그 어느 때보다 자신감에 넘쳤다. 휴전 후에는 모든 것이 군을 통해 이루어졌다. 미국은 군을 통해 모든 물자를 원조했으며 군이 그것을 국민에게 배급했다. 전후 복구사업도 모두 군의 주관하에 이루어졌다. 군대가 움직이지 않으면 아무것도 이뤄지지 않았다. 학교도, 철도도, 병원도, 모두 군에 의해 다시 세워졌다. 군대 덕분에 정권을 유지하던 이승만은 경제 브리핑 자리에 주요 장성들을 불러 모아 같이 들었다. 군인이 모르는 일은 일어나서는 안 됐다. 온갖 비리가 군에서 일어났다. 하급 군인들은 미국에서 원조한 모포와 의류, 음식 같은 것을 암시장으로 빼돌렸다. 부대 밖으로 유출된 물자가 엄청나 민간인 누구나 군용 물품을 한 가지쯤은 가지고 있었다. 고급장교들은 조직적으로 비리를 저질렀다. 그들은 미국에서 원조한 생산재와 소비재들을 대량으로 빼돌렸다. 군인이 세상을 움켜쥐고 있었다.

수철이 전쟁 전 빨치산을 토벌할 때 자신을 보좌했던 부관을 다시 만난 것은 군의 조직적인 비리가 워싱턴에까지 알려져 정치적인 문제로 확대되었을 즈음이었다. 수철의 사무실로 찾아온 그는 정보장교 출신이었으며 민간인 사찰과 군대 내의 수사를 주로 맡아왔다. 전쟁 전의 그는 수철의 수족처럼 움직이며 수많은 용공 혐의자를 색출하고 고문했었다. 그 역시 전쟁 기간 동안 많은 전공을 세우면서 빠른 출세를 거듭해 지금은 대통령의 직접적인 지시를 받고 움직일 만큼 커져 있었다. 그는 수철과 마주 앉아 오랜 시간 이야기했다. 이야기가 계속될수록 수철의 얼굴은 점점 굳어졌고 그의 얼굴에는 여유로운 미소가 흘렀다. 그가 돌아간 후 수철은 오랜 시간 생각에 잠겼다.

그를 찾아온 박인태는 타고난 교활함과 영악함으로 군대 내에서 무소불위의 힘을 쥐게 된 인물이었다. 그의 계급은 대령에 불과했으나 이마에 찬란한 별을 달고 다니는 신 같은 존재들을 말 한마디로 움직일 수 있었다. 그가 빨갱이라고 지목한 군인은 곧바로 형장의 이슬로 사라졌으며 그가 밝혀낸 군 비리 연루자들은 그대로 옷을 벗어야 했다. 그는 자신의 권력을 이용해 군 인사에 개입했고 그 대가로 막대한 이익을 챙겼다. 군에서 어려운 일이 닥치면 누구나 그를 찾았으며 그는 그것을 해결해준 다음 미끼 삼아 목을 옥죄었다. 모두 그를 증오하는 한편 두려워했다. 수철은 그가 요구한 것들을 하나씩 짚어보다가 자신이 하찮게 여겼던 녀석이 고위 장교들의 '정보'를 손에 쥐고 특권 계급이 되어 있음을 깨달았다. 박인태는 자신이 손에 넣은 수철의 비리와 어두운 과거가 미국의 압력으로 군대 내를 개혁해야만 하는 정부에게 아주 유용할 것이라고 했다. 그는 명백히 수철을 협박하고 있었다.

"이런 건 네놈보다 내가 전문이지."

수철이 중얼거렸다. 그는 지난날 세주가 이런 문제를 직접 해결했다가 무슨 꼴을 당했는지 똑똑히 기억하고 있었다. 그는 조심스럽고 신중하게 자신처럼 약점을 잡힌 장교들을 탐문했다. 수철은 그들 중 지나치게 욕심 사납거나 겁이 많은 자들을 추려내고 입이 무거우며 의리를 중요시 여기는, 단순한 성격의 장교 세 명을 선택했다. 수철은 그들을 단골 요정으로 은밀하게 불렀다. 그는 장교들과 술잔을 기울이며 최근의 정세에 대해 이런저런 이야기를 주고받다 분위기가 무르익자 마침내 본론을 꺼냈다.

"박 대령 그 새끼, 아주 못쓰겠더군. 지휘 계통을 무시하고 월권 행사를 밥 먹듯 하고 있잖아. 이러다간 미꾸라지 하나 때문에 군대 내 기강이 개판 되겠어. 누가 그 새끼한테 자기 위치를 똑똑히 가르쳐주어야 다시는 이런 일이 없을 텐데 말이야."

수철의 말이 떨어지기 무섭게 독한 위스키로 술이 오른 장교들의 분노에 찬 성토가 밤새도록 이어졌다. 날이 부옇게 밝아올 때쯤, 그들은 이 문제를 어떻게 처리할 것인지에 대한 구체적인 계획을 세워놓고 있었다.

김 중사는 여느 때처럼 아침 일찍 일어나 냉수로 몸을 씻은 뒤 군복을 차려입고 아내가 차려준 아침상 앞에 앉았다. 국민학교에 다니는 아이 둘은 아버지가 수저 드는 것을 얌전히 기다리고 있었다. 반찬으로 묵은 김치와 간장 종지 하나만 덩그마니 놓여 있는 초라한 밥상이었다. 그는 밥그릇이 비어가자 거기에 숭늉을 부어 그릇에 붙어 있는 밥알을 깨끗이 긁어 먹었다. 그리고 아내와 아이들의 배웅을 받으며 집을 나섰다. 그는 저만치 와서야 자신의 집을 다시 한 번 돌아보았다. 이제 다시는 보지 못하게 될 아내와 아이들 생각이 그의 비장한 심정을 더욱 극적으로 몰아갔다. 김 중사는 며칠 전 미리 탐문해두었던 거리에서 두 다리를 벌리고 멈추어

섰다. 아침 햇살이 퍼지는 번화한 길에 비장한 표정으로 꼼짝 않고 서 있는 그를 지나가는 사람들이 흘긋거리며 보았다. 학교에 가던 국민학생 몇 명이 검은 선글라스 밑에 감춰진 김 중사의 눈빛을, 궁금했는지 가까이 다가와 쳐다보았다. 그는 위협적인 표정을 지어 철없는 꼬마들을 쫓아냈다. 해가 높이 떠오르자 그는 손목시계를 보았다. 이제 막 오전 열 시가 지나고 있었다. 귀대 시간은 벌써 지나 있었지만 그는 표적이 늘 느지막이 집을 나선다는 것을 알고 있었다. 표적은 전날 밤 거나하게 술을 마신 후라 오늘 더욱 늦어지는 것이리라. 이제 거리에는 집안일을 끝내놓은 주부들이 밖의 볼일을 보기 위해 하나둘 나오고 있었다. 그녀들은 길 한가운데에 장승처럼 버티고 선 김 중사를 발견하고서도 행여 눈이라도 마주칠까 봐 고개를 숙인 채 재빨리 곁을 스쳐 지나갔다. 군인들과는 될 수 있는 대로 부딪치지 않는 게 좋았다. 마침내 그가 기다리던 표적이 거리에 모습을 드러낸 것은 정오가 다 되어서였다. 그 역시 이제 막 아내와 자식들의 배웅을 받으며 집을 나선 참이었다. 박인태는 김 중사를 발견하고 의아한 표정을 지었다. 김 중사는 허리춤에서 권총을 빼 들었다. 이름을 남겨라. 김 중사는 그렇게 되뇌며 방아쇠를 당겼다.

백주 대낮에 장교가 거리에서 피살되었다. 그를 급습하여 총을 쏜 자도 군인이어서 이 사건은 군기 파동으로 세간의 주목을 끌었다. 현장에서 붙잡힌 군인은 전역이 얼마 남지 않은 가난한 중사였다. 그는 붙잡힌 순간부터 시종일관 "그자는 죽어 마땅한 놈이었습니다"라는 말만 되풀이했다. 군대 내의 비리로 가뜩이나 심기가 불편했던 이승만은 수족처럼 부리던 장교가 길거리에서 총을 맞아 죽자 대로했다. 그는 군대 내 사찰 기관인 특무대에게 "이 사건을 엄중 수사하라"는 특별 지시를 내렸다. 김 중사에게 혹독한 고문이 가해졌다.

그가 상관의 부름을 받은 것은 일주일 전의 일이었다. 그는 생전 처음 가보는 고급 요릿집에서 상관의 술잔을 받으며 자기와 같은 직급까지는 절대 내려오지 않을 군대 내의 기밀을 들었다. 그 순간 김 중사는 자신의 인생에서 가장 부족했던 한 가지가 마침내 채워지게 되었다는 생각을 했다. 가난한 소작농의 아들로 태어나 제대로 된 교육도 받아보지 못한 그가 선택의 여지 없이 직업군인이 된 이래, 그는 언제나 최선을 다해 임무를 수행했고 숱한 전투에서도 살아남았다. 하지만 전역이 얼마 남지 않은 지금 그에게 남은 것은 여전히 끼니를 잇기도 어려운 형편과 무명의 군인이라는 공허함뿐이었다. 그는 차라리 전쟁 중 빛나는 전공을 세우고 전사하고 싶다는 생각을 여러 번 해보았으나 그의 역할은 언제나 간신히 살아남아 비틀거리며 부대로 귀환하는 지쳐빠지고 볼품없는 무명의 군인이었다.

"한국군을 위해 이름을 남겨라."

상관이 술잔을 들며 그렇게 말했다.

"가족 걱정은 마라. 군대 전체가 그들을 보호해주고 돌봐줄 거야."

이름을 남겨라. 그 말은 처음 마셔보는 고급 양주와 함께 머릿속을 어지럽히고 피를 덥히며 몸을 뜨겁게 불태웠다. 이름을 남겨라. 공허한 삶에, 무명의 비석들 앞에 이름을 남겨라.

　김 중사는 굳게 입을 다물고 침묵을 지켰지만 이빨과 손발톱을 다 뽑히자 더이상 견디지 못하고 하급 장교 한 명의 이름을 댔다. 그는 잇몸에서 쉴 새 없이 뿜어져 나오는 비릿한 피 맛과 극심한 고통 속에 서서히 정신을 잃어가며 자신의 이름이 밀고자로 영원히 역사에 남게 될 것임을 깨달았다. 그가 이름을 댄 하급 장교가 즉시 붙들려 와 같은 방법으로 고문을 당했다. 그는 다시 자신의 상관 이름을 댔으며 그 상관은 자신의 상관 이름을 댔다. 그런 식으로 몇 바퀴를 돌고 나서야 특무대는 드디어 사건의 핵심인 고위 장교 하나에게 다가갈 수 있었다. 군사재판이 정식으로 열렸다. 재판장이 선임되고 수사는 더욱 치밀하고 면밀하게 진행되었다. 피살된 장교와 관련이 있는 모든 장교들이 차례로 불려 와 자신이 알고 있는 모든 것을 말해야 했으며 그들의 조각난 증언들이 점차 하나로 맞춰져갔다. 재판부는 군대 내의 거대한 비리와 배후에 있는 인물이 점차 모습을 드러내자 고민에 휩싸였다. 그는 존경받는 장군이자 전쟁 영웅이었으며 한국군의 상징이나 마찬가지였던 것이다. 보고를 받은 이승만도 충격을 받았으며 이 문제를 놓고 생각에 생각을 거듭했다.

　상황이 급박하게 돌아갔다. 수철은 자신이 잘해야 무기징역을 언도받아 아버지처럼 산 채로 묻혀서 남은 인생을 보내게 될 것임을 알았다. 수철은 자기 휘하의 장갑차와 탱크 부대를 점검하고 믿을 만하다고 생각되는 부하 장교들을 불러 모았다. 이승만에게 충성을 바치고 있는 장군들의 손에는 미국이 군대를 철수시키며 넘기고 간 최신 화기들이 있었다. 한때 자신의 상관이었고 지금은 동료 장성인 그들이 수철에게는 무엇보다 위협적이었다. 수철은 중국공산당의 마오쩌둥이 권력을 잡은 과정을 복기했다. 마오쩌둥은 미국의 막대한 원조를 등에 업었지만 부패할 대로 부패한 장제스 정권을 대다수 국민의 지지와 충성스럽고 용맹한 군대의 힘으로 물리쳤다. 수철은 국공 내전에서 보여준 마오쩌둥의 용병술과 게릴라전에 감탄해왔으며 자기라고 못할 것 없다고 생각했다. 수철은 자신이 미국의 편이라는 것만 분명히 알려주면 그들이 일을 확대시키지 않을 것이라 확신했다. 부하 장교들이 그 문제에 대해 겁을 내자 수철이 단호하게 말했다.

"그들은 우리가 사람을 얼마나 죽이느냐는 전혀 관심 없어 하오. 중요한 건 우리가 그들의 편이라는 사실이지."

수철은 자신과 비슷한 자들에게서 풍기는 냄새를 기막히게 맡아냈으며 그편에 서는 법도 잘 알았다. 그러므로 그는 자신이 여전히 가장 강한 편에 속해 있다고 믿었다. 수철은 거사 날을 정했다. 우연하게도 옛날 세주가 자신은 모든 책임으로부터 자유로워질 것이라 맹세했던 한봄 어느 날과 같은 날이었다.

그날 새벽, 동이 트기 전 수철은 잠에서 깨어나 안채에 머물고 있는 수련을 찾아갔다.

"점을 쳐다오."

수련은 아무 대꾸도 하지 않았다. 수철이 포기하고 일어서려는 순간 수련이 천천히 입을 열었다.

"점을 쳐드리죠."

수철은 신기한 기분으로 수련의 목소리를 들었다. 그녀가 이 집에 온 이후 처음으로 입을 열었던 것이다.

"당신의 운에 제왕의 자리는 없어요."

수철은 얼굴을 일그러뜨렸다. 그가 무언가 말하려고 입을 열자 수련이 마당 쪽을 흘긋 보았다.

"나가서 손님을 맞으세요."

수철은 무슨 뜻인지를 몰라 의아한 표정으로 방을 나섰다. 별채에는 자신을 찾아온 이승만의 측근 인사가 기다리고 있었다. 중절모를 손에 들고 빙글빙글 돌리던 그는 수철을 보자 깍듯하게 인사했다.

"단순 비리에 살인 교사 정도라면 무기징역으로 어떻게 무마할 수도 있소만, 반역 기도라면 이야기가 완전히 다르지요."

"무슨 얘기인지 알아들을 수가 없소만."

그가 수철을 안됐어 하는 표정으로 보았다.

"당신의 부하들은 당신이 미쳤다고 하더군. 당신더러 과대망상증 환자라고 한 이도 있었소. 우리 정부를 건드리는 건 결국 미국을 건드리는 것이니 말이오."

수철은 모든 게 틀어졌다는 것을 깨달았다. 그 옛날 자신이 그

자리에 없는 줄 알고 태연하게 헐뜯던 친우의 조롱 섞인 비웃음처럼, 함께 생사를 넘나들던 자신의 부하들도 등 뒤에서 태연히 자신을 비웃고 있었던 것이다. 그는 삶의 어떤 순간에 직면하게 되면 예외 없이 찾아오는 비참함이 다시 기어올라오는 것을 느꼈다. 그것은 수철이 삶을 돌고 돌아 어느 한 점에 멈춰서 있는 자신의 한심한 꼴과 마주하게 될 때마다 그러했다.

"……내게 뭘 원하시오?"

수철이 물었다.

"우리는 일을 확대시키지 않고 이쯤에서 마무리 짓고 싶소."

"혼자 다 뒤집어쓰라는 거군."

"좋게 말하면 희생이오. 장군 한 몸 희생해서 군대 전체가 산다면 그것만 한 애국이 어디 있겠소?"

수철은 웃음을 터뜨렸다.

"그럼 난 뭘 얻게 되는 거지?"

"당신이 은밀하게 숨겨놓은 사생아는 이미 우리가 안전하게 데리고 있어요. 질녀를 애지중지한다고 들었소. 깨끗이 혐의를 인정하고 시키는 대로만 하면 두 사람한테 피해는 없을 거요. 당신 가족의 재산도 손대지 않고 지켜드리지. 이만하면 충분히 거래할 만하지 않소?"

수철은 이렇게 될 것을 태어나면서부터 알고 있었던 것만 같았다. 이제 그는 평생을 그토록 두려워하던, 발밑에 아무것도 없이 허공에서 버둥댈 일만 남았다는 것을 깨달았다. 수철은 나란히 서서 자신을 맞이했던 아들과 수련의 모습을 떠올렸다. 그 모습을 본 순간 분노보다 먼저 찾아왔던 것은 질투였으며 그 질투는 평생 수철을 비참하게 만들고 괴롭혔던 고질적인 질병과 비슷했다. 수철은 그리 오래 생각지 않고 거래를 받아들였다. 그는 자신이 왜 그렇게 빨리 결정을 내렸나 그 이유를 알지 못했다. 단지 만주에서 중국인 여대생을 살려주었을 때처럼, 운조를 자신의 아들로 인정하고 가끔 찾아가보았을 때처럼, 수련에게 더 이상 손을 대서는 안 된다고 결심했을 때처럼 충동적이지만 진심에서 우러나온 것이었다. 손님이 돌아간 후 수철은 차려입은 군복을 벗고 평상복으로 갈아입었다. 그리고 하인을 불러 수련을 자유롭게 해주라 지시했다. 그는 위스키를 한 잔 따라 손에 쥔 채 한참을 무방비한 상태로 앉아 있었다.

"피곤하군."

그가 나직한 목소리로 중얼거렸다.

환영의 집으로 끌려온 이후 처음 집 밖으로 나온 수련은 한옥들이 줄지어 있는 고요하고 한적한 거리에 서서 아침 해를 쳐다보았다. 눈이 시려오며 눈물이 맺혔다. 수련은 한동안 그 자리에 선 채로 눈이 아파 우는지 아니면 가슴이 아파 우는지도 모르고 울었다. 그녀는 자주 금잔이 "그 일로 팍 늙어버린 것 같더구나"라고 말할 때마다 그게 정확히 무슨 뜻인지를 이해하지 못했다. 수련은 그날 아침 자신이 갑자기 늙어버렸다는 것을 깨달았으며 그것은 응축된 고통이 가슴을 꽉 채우고 있는 것임을 이해했다. 그녀는 어디로 가야 하는지도 모른 채 무작정 걸음을 옮기다가 서울역으로 향했다. 운조는 마치 고향처럼 그녀를 잡아당겼고 그 그리움이 그녀를 여태껏 지탱해주었다.

갑자기 찾아온 수련을 보고 이 여사는 서둘러 그간의 상황을 설명했다. 그녀는 자신이 그동안 운조를 찾기 위해 헤매고 다니지 않은 데가 없다고 하소연했으며 혹시 어디서 사고로 죽었나 싶어 경찰서마다 다니며 신원 미상의 변사체가 있나도 알아보았다는 것이다. 그녀의 말은 사실이었으며 아침부터 밤까지 헤매고 다니느라 발바닥이 다 부르터 있었다.

"기다려야 해요."

수련은 그렇게만 말하고 방으로 들어가 그대로 잠이 들었다. 이 여사는 수련이 며칠을 죽은 듯이 잠만 자자 혹시 어디가 잘못된 건가 싶어 가만히 들어가 그녀의 숨소리를 들어보곤 했다. 혹시라도 시체를 치우게 되는 일은 없길 바랐던 것이다. 수련은 잠에서 깨어나면 식사를 가져오게 해서 그것을 남김없이 먹었다. 그러고는 다시 잠이 들었다가 깨어나 잠깐 밥을 먹고 곧 다시 잠이 들었다. 그녀는 차츰 자는 시간이 줄어들었고 나중에는 평소처럼 밤에 잠자리에 들어 해 뜨는 시간에 일어나게 되었다. 이 여사는 새벽에 일어나 예전처럼 기도하는 수련의 모습을 보자 겨우 안심했다.

수철의 재판은 연일 신문에 오르내렸다. 그는 재판정에 첫 번째로 선 전쟁 영웅이었고 군대 내의 조직적인 비리와 살인 교사, 그리고 반역에 대한 책임자로서 사형을 언도받았다. 그는 자신이 친

일파이자 전쟁 전부터 북한과 내통한 빨갱이였으며 김일성의 사주를 받아 이 모든 국가 혼란을 주도했다는 혐의를 모두 인정했다. 주요 일간지들은 수철을 시작으로 하는 간첩 인맥도를 그려대며 대서특필했다. 그와 함께 경박할 정도로 단순한 반공 구호들이 전국을 휩쓸었다. 사람들의 생각도 그 구호들만큼이나 단순해져갔다. 수련이 기력을 회복하는 동안 수철은 형이 확정되어 형무소에 수감되었다. 그녀는 형 집행이 있기 전 면회를 해도 좋다는 전갈을 받고 하루 종일 금식하며 생각에 잠겼다. 수철을 다시 만난다는 생각만으로도 지나간 고통스러운 시간이 파도처럼 생생하게 덮쳐왔다. 그녀는 언젠가 이런 날이 올 것임을 알고 있었지만 막상 닥쳐오는 현실은 언제나 짐작보다 훨씬 더 무거웠다. 수련은 창밖으로 밤의 기운이 몰려오자 하루가 지나갔다는 것을 깨닫고 결정을 내린 뒤 이 여사를 불렀다.

"난 큰아버지 일로 당분간 서울에 있을 겁니다. 그동안 당신은 집을 치워놓고 음식을 장만해놓으세요. 조만간 운조가 돌아올 거예요."

"그건 그거고요. ……사람들 말로는 장군이 저, 빨갱이 간첩이어서 이 집도 몰수될 거라 하던데요."

"일이 마무리되면 서울로 당신과 운조를 부를 테니 걱정 마요."

이 여사는 여전히 못 믿겠다는 표정이긴 했지만 마지못해 고개를 끄덕였다. 수련은 다음 날 간단히 짐을 챙겨서 서울 환영의 집으로 돌아갔다.

그 큰 집은 텅 비어 있었다. 일꾼들은 주인이 없어지자 창고에 쌓여 있던 음식과 물건들을 마음껏 꺼내 먹고 썼으며 값이 나갈 만한 물건들을 모조리 내다 팔았다. 마당에서 음식 쓰레기가 그대로 썩고 있어 집 안에 온통 역겨운 냄새가 진동했고 흙발 자국이 어지러운 곳곳에 먼지가 굴러다녔다. 환영의 조부모 대로부터 내려오던 고풍스러운 가구들도 대부분 털린 상태라 집은 폐가처럼 흉한 몰골이었다. 비단으로 만들어진 침구들도 몽땅 팔려나간 뒤인지라 수련은 집 안 구석구석을 뒤져 간신히 낡은 광목 이불 한 채를 발견했다. 그녀는 방 하나를 대충 치운 뒤 자리에 누웠다. 수련은 계속해서 수철의 삶이 가지는 불가피성을 이해하려고 노력했으며 그에게 강간당한 자신의 삶 역시도 필연적이라 생각하려고 애썼다. 수철의 삶은 그만의 것이 아니었다. 세상은 수철이 그일 수밖에 없는 불가피함으로 가득했고 거기에는 수련이 사랑해 마지않던 세주도 한몫을 차지하고 있었다. 수련의 귓가에 누군가의 목소리가 속삭이듯 들려왔다.

"지금의 세상을 이룬 것이 모든 인간이라면 한 인간을 이루는 것은 세상이다. 그를 이해하는 것은 세계를 이해하는 것이며 그를 용서하는 것은 삶을 용서하는 것이다. 의미는 어디에도 없다. 그러니 네가 만들어야 해. 그것이 너를 구원한다."

수련은 그 목소리를 곰곰이 되새겼다.

"왜 왔니?"

수철이 무뚝뚝하게 물었다. 형무소로 찾아온 수련과 마주 앉았지만 두 사람 사이에는 쉽사리 깰 수 없는 침묵이 있었다. 그 침묵은 두 사람의 건널 수 없을 만큼 멀고 먼 거리를 역설적으로 말해 주었다.

"내가…… 당신 아들을 더 이상 아프거나 슬프지 않게 해줄 거예요."

수련이 나직하게 말했다. 그녀의 목소리는 작고 가냘팠으나 살풍경한 면회실에 또렷이 울려 퍼졌다. 수철의 얼굴에 처음으로 감정이 나타났다. 그는 복받치는 감정이 어디에서 나오는지를 몰라 어리둥절했다. 그는 자신이 깨닫기도 전에 흐느꼈으며 그 사실을 깨닫자마자 바로 울음을 멈췄다. 그래서 그의 눈에는 눈물이 고이지도 않았으며 가슴 깊숙한 곳에서부터 터져 나온 흐느낌은 그저 단말마의 비명처럼 사라져버렸다. 수철은 자신의 마지막 남은 힘을 쥐어짜서 간신히 평정을 되찾았다. 그는 미안하다고 하지 않았으며 수련도 그를 용서한다고 말하지 않았다.

수철이 형을 당한 것은 그로부터 일주일 뒤였다. 그는 아침부터 기분이 몹시 우울했다. 그것은 그가 바라던 일이 아니었다. 그는 자신이 죽을 때 적어도 수많은 전쟁터를 누빈 전쟁 영웅답기를 바랐다. 그러므로 일체의 희로애락 없이 담담하고 흔들림 없는 평정심을 유지할 수 있을 때 형 집행이 있기를 원했던 것이다. 형무소에서 형을 기다리는 동안 그의 기분은 그 자신도 제어할 수 없을 만큼 수시로 돌변하기 일쑤였다. 어떤 날은 몹시 담담했다가 어떤 날은 미치도록 불안했다. 어떤 날은 분노로 부글거리다가 어떤 날은 우울했다. 그는 간밤에 뒤숭숭한 꿈을 꾼 데다 몸도 마음도 지쳐 있었다. 죽는 날을 기다린다는 것은 죽을지도 모르는 전쟁터에서 싸우는 것과는 완전히 다른 일이었다. 간수 두 명이 그를 데리러 오자 그는 직감적으로 알아챘다. 그는 외풍을 막기 위해 비닐 막을 쳐놓은 창들이 죽 늘어서 있는 황량한 복도를 간수들과 함께 걸으며 담담해지려고 애썼다. 운동장의 담 벽을 끼고 걷다가 오른쪽 길목으로 접어들자 잿빛 돌벽에 쇠로 만들어진 작은 아치문이 나왔다. 양옆으로 키 작은 나무 두 그루가 문을 지키기라도 하듯 서 있었다. 수철은 그곳이 형장으로 들어가는 입구라는 것을 깨달았다. 입구를 들어서자 높다랗게 둘러싸인 돌담 안에 십오 평 남짓의 왜식 목조건물이 보였다. 형장 안에는 검시의와 참관인들이 기다리고 있었다. 그는 교수대에 마련된 나무 의자에 앉았다. 그의 양손은 등뒤에 감추어진 채였다. 모든 준비가 끝나자 그의 목에 포승줄이 걸리고 장막이 닫혔다. 덜커덕. 그의 지나온 생을 마감하는 소리와 함께 바닥이 열렸다. 그의 몸이 아래로 떨어지면서 발이 허공에 붕 떴다. 그는 목에 줄이 걸린 채 버둥거리며 목조건물의 네모진 천장과 거기 매달린 등을 쳐다보았다. 그것이 그가 본 마지막 광경이었다. 이제 그는 아비를 찾아 어디인지도 모르는 막연한 곳으로 기차를 타고 떠나던 헐벗은 아이로 돌아갔다.

수철의 몸이 허공에 매달린 채 이리저리 흔들리는 동안, 운조도 트럭에 올라탄 채로 이리저리 흔들리고 있었다. 그는 몇 달 전 이 여사가 장을 보러 나간 사이 집으로 들이닥친 사내 둘에 의해 억지로 차에 태워졌다. 그는 놀라고 당황하여 겁에 질렸으나 수련의 말을 떠올리며 뛰는 가슴을 진정시켰다. 그는 손발을 묶인 채 몇 시간 동안 차를 타고 이동했으며 가끔씩 차 밖으로 끌려 나갈 때마다 누군가 바지의 지퍼를 내리고 성기를 꺼내 쥐는 것을 느꼈다. 운조는 요의가 없을 때는 고개를 가로젓고 참을 수 없으면 소변을 보았다. 그는 냄새의 변화로 시간의 흐름을 알았다. 아침이면 상쾌하고 가벼운 느낌의 냄새가 맡아졌으며 정오가 될 때면 냄새는 짙어지고 걸쭉해졌다. 저녁에는 지치고 피곤하지만 어딘지 모르게 그리운 느낌의 냄새가 풍겨왔다. 두 번의 아침이 지나고 해가 기울어지는 저녁 시간에 그는 어딘가에 도착했다. 그는 자신이 침대와 의자 하나가 있는 작은 방에 와 있다는 것을 알았다. 납치된 이후 처음으로 보리밥과 멀건 뭇국과 혀가 델 듯 매운 콩나물무침과 비릿한 생선 한 토막으로 이루어진 식사가 주어졌다. 그는 그것을 허겁지겁 먹었다. 식사는 규칙적으로 나왔으나 양이 몹시 적었고 맛도 형편없었다. 침대에 누운 채로 그는 가끔 울었으며 영원히 이렇게 지내야 하는 건가, 하는 생각이 들 때면 밑도 끝도 없는 두려움에 휩싸였다. 운조는 잠이 들면 수련의 부드러운 팔과 음성, 가녀리지만 따뜻한 몸집에 푸욱 싸인 듯한 느낌을 받았으므로 할 수 있는 한 계속 잠을 자기 위해 애썼다. 그는 그 작은 방에서 석 달간을 갇혀 있었다. 그리고 수철의 몸이 추락하는 순간 방에서 끌려 나와 다시 트럭에 태워진 것이다. 운조는 그날 밤 늦게 환영의 집 마당에 부려졌다. 이 여사가 달려 나와 운조를 부축해주었고, 운조는 너무 안심되는 데다 뛸 듯이 기뻤으므로—이 여사임에도 불구하고—그녀를 와락 끌어안았다. 이 여사는 조금 당황하기는 했으나 자신도 운조가 돌아온 것이 나름대로 반갑고 고맙다는 것을 알려주기 위해 가만히 있었다. 그 시간 수련은 자신의 파랑새가 품 안으로 다시 돌아왔다는 것을 알았다.

  수련은 사람을 사서 환영의 집을 대청소했다. 처음에는 작은 집으로 이사를 갈까 했으나 결국 생각을 바꾸었다. 수련은 먼지를 털고 걸레질을 하고 쓰레기를 치우고 수철의 남은 짐들을 정리해 창고에 넣었다. 지붕을 수리하고 나무를 옮겨 심고 문종이를 새로 발랐다. 청소가 마무리되어 환영의 집이 옛날의 고즈넉하고 우아한 자태를 되찾자 수련은 부엌일을 하는 여자를 데리고 시장에 나갔다. 거리는 소란스럽고 활기에 넘쳤다. 전란에서 살아남은 사람들과 이후에 태어난 아이들이 손을 잡고 거리를 활보했으며 부서지고 무너진 건물들이 하나둘 세워져 도시의 빈틈을 메우고 있었다. 정부는 전후 복구 사업도 체제의 경쟁으로 받아들여 북쪽보다 빨리, 우수하게 진행하고 싶어 했다. 빨리, 빨리, 하는 속도전에 사람들은 많은 시간 일하고 적은 돈을 받아 뼈 빠지게 일하고도 먹고 살 것을 걱정해야 했다. 정부는 세주가 자신의 직공들에게 그랬던 것처럼 살아남을 수 있게 해준 것이 어디냐며 큰소리 쳤다. 모두들 말대꾸 한마디 못 하고 어떻게든 살아남기 위해 안간힘을 썼다. 시장은 그러한 사람들이 스스로 이루어낸 삶의 응집체였다. 상인들은 천막을 치고 건어물과 곡식과 생선과 쇠고기, 돼지고기와 사탕과자와 군대에서 흘러나온 군용품을 물들여 내놓았고 여자들은 들판에서 캐온 나물과 과일과 떡과 엿 같은 것을 팔고 있었다. 엄마의 손을 잡고 나온 아이들은 풀빵과 호떡을 구워 파는 천막 앞에서 침을 흘리며 달콤한 냄새를 맡았다. 뻥튀기를 튀기는 소리가 마치 폭탄 터지듯 터질 때면 아이들은 귀를 틀어막고 소리를 지르며 도망을 쳤다. 수련은 잡은 지 두어 시간밖에 안 되어 털에 윤기가 흐르고 있는 닭을 한 마리 사서 바구니에 집어넣은 뒤 사탕 과자 가게 앞에서 상인이 맛보라고 내놓은 알록달록한 사탕을 한 개 맛보았다. 그녀는 색색으로 물들인 달콤한 사탕을 한 봉지 샀으며 여자들이 파는 나물과 쑥떡도 샀다. 그리고 쇠고기와 말린 생선과 잘 익은 자두와 비누와 면 수건을 잔뜩 샀다. 시장바구니 하나 가득 사 들고 집으로 돌아와서 그녀는 그것들을 가지고 요리를 했다. 밥을 짓고 닭국을 끓이고 쇠고기를 재고 찜통에 고춧가루와 간장으로 양념한 생선을 쪄냈다. 요리가 끝나자 수련은 깨끗한 수건을 잘 개켜 쌓아두고 비누를 풀어 몸을 씻었다. 모든 준비를 마친 수련은 마루에 걸터앉아 이 여사와 함께 운조가 오기를 기다렸다. 그녀는 세주가 남긴 막대한 재산을 어떻게 처분해야 하나 막연하게 생각했다. 수련도 미희처럼 자신의 손에 머물 만한 것만이 머물게 된다고 믿었다. 할아버지가 모은 재산은 누구의 손을 통해서건 각자 합당한 곳으로 흩어지게 될 것이라고 수련은 생각했다. 자두를 먹으며 한가로이 하늘을 올려다보던 수련의 눈앞에 아름다운 환영이 나타났다.

마당에서 아이들이 뛰어놀고 있었다. 어떤 아이는 세주를 닮았으며 어떤 아이는 환수를 닮았다. 어떤 아이는 환영을 닮았으며 수련 같기도 했다. 운조를 닮은 아이와 수철을 닮은 아이가 얼싸안고 놀았다. 수환을 닮은 아이가 수련에게로 뛰어들었으며 미희를 닮은 아이가 운조의 손을 잡아끌었다. 수련은 그 모든 아이를 안아주었으며 운조는 그런 수련을 안아주었다. 그 모습은 점차 흐릿해지더니 하나의 덩어리가 되었고 나중에는 아주 작아져 수련의 손바닥 안으로 내려앉았다. 수련은 그것이 사라지기 전에 자신의 가슴에 갖다 댔다. 이제 자신을 통해서 또다시 새로운 삶이 잉태될 것이다.

대문이 열리더니 이 여사의 안내를 받으며 운조가 들어왔다. 수련은 미소를 지었다.

*

수련이 잠깐 외출했다 온 사이, 대문 앞에는 손님이 한 명 기다리고 있었다. 나이 든 중년 여인이었으나 몸에 잘 맞는 감색 투피스를 차려입은 세련된 멋쟁이였다. 그녀의 흠잡을 데 없는 옷차림은 예전 어느 한때 자리했던 아름다움이 그녀의 늙어가는 신체 밖으로 모조리 빠져나가는 것을 막아주는 것처럼 보였다.

"무녀 님을 뵙고자 청합니다."

여자가 공손하게 허리를 굽히며 말했다. 수련도 함께 인사했다.

"서로 간에 족히 한 시간은 나눠야 할 이야기입니다. 오늘은 늦었으니 내일 아침 다시 뵙지요."

여자는 수련의 다정한 목소리를 듣자 안색이 환해지며 시름의 무게를 다소나마 던 듯했다.

"그러겠습니다. 그런데…… 배 모양을 보아하니 따님인 듯합니다. 출산이 얼마 안 남았지요?"

여자가 수련의 불룩 나온 배를 보고 말했다. 수련은 자신의 배에 살짝 손을 얹으며 미소를 지었다. 손님은 작은 목소리로 내일 다시 찾아뵙겠다고 말한 뒤 다시 허리를 굽혀 공손하게 인사하고 몸을 돌렸다. 수련은 꼿꼿한 자세로 걸어가는 그녀의 뒷모습을 바라보았다. 수련은 유독 여자들의 시름과 슬픔에 대해 민감했으며 그들 모두에게 자매애를 느꼈다. 머리가 아니라 가슴으로 그녀들을 한 가족처럼 받아들였으므로 연대 의식과는 달랐다. 그래서인지 수련에게 찾아오는 손님은 대개가 여자였으며 모두들 커다란 슬픔과 고통으로 자신들의 작은 몸집을 가득 채우고 있었다.

일전에 운조가 수련에게 왜 손님을 받느냐고 궁금해하며 물었다. 수련은 "지금 당신이랑 함께 있는 이유와 마찬가지야. 난 그 일을 하기 위해 여기에 있는 거야"라고 대답했다. 수련은 임신 팔 개월째에 접어들고 있었다. 임신 초기에 입덧이 심해 거의 아무것도 먹지를 못했고, 입덧이 가라앉고 나서는 이미 배가 커져 소화가 잘 되지 않아 먹지를 못했다. 그래서 배만 불룩 나왔을 뿐 호리호리한 몸집은 이전과 똑같았다. 수련은 오는 길에 사 온 저녁 찬거리를 이 여사에게 건네준 뒤 그녀가 주는 우편물 하나를 받아 들었다. 보낸 사람의 이름이 없는 겉봉은 일반 편지 봉투보다 조금 더 컸다. 수련이 봉투를 뜯자 자신의 주소와 이름이 한자로 씌어 있는 봉투가 나왔다. 역시 보낸 사람의 이름이 없었고 안에는 겉봉에 싸인 편지가 들어 있었다. 거기에는 수련의 주소와 함께 생전 처음 보는 글자로 쓰인, 보낸 사람의 긴 주소도 적혀 있었다. 글자는 생소해도 글씨체는 수련에게 익숙했다. 수련은 서둘러 봉투를 뜯었다. 흰 갱지에 검은 펜으로 꼭꼭 눌러쓴 두툼한 편지가 나타났다.

그립고 보고 싶은 우리 아기씨에게.

잔뜩 별러서 책상 앞에 엎드려 있기는 한데, 대체 무슨 말부터 먼저 꺼내야 할지 난감하구나. 그간 잘 지냈지? 그 난리 통에 몸 상한 데는 없는지, 큰 사고는 없었는지 여간 걱정되는 게 아니다.

나는 지금 시베리아 한가운데의 작은 마을에 와 있어. 하여간에 이곳까지 오도록 어쩌나 질리게 기차를 탔는지 이제 평생 기차는 다시 타고 싶지 않을 것이야. 여기는 일 년 중 반 이상이 눈에 덮여 있는 정말 지독히도 추운 곳이야. 어이구, 어쩌나 추운지 아기씨는 아마 상상도 못할 것이야. 한겨울에 밖에 나가서 물을 휙 뿌리면 그대로 파사삭 얼어버려. 언 발에 오줌을 누기는커녕 싸는 즉시 오줌 구멍이 얼어붙어 막혀버리지. 눈이 한번 오면 많이도 오지만 녹지를 않아 치우지 않으면 지붕 꼭대기까지 눈이 쌓여버려. 그래서 여기는 일 년에 반을 눈 치우는 것으로 보내야 해. 그러니까 인생의 반이 눈 치우는 것으로 흘러가는 셈이다. 하지만 생각해보면 사는 게 다 그런 거 아니더냐. 일 년 중 나머지 반은 참으로 좋아. 초원이 끝도 없이 펼쳐져서 장관인 데다, 짐승들 사냥도 하고 농사도 짓고 벌목도 하지. 겨울에야 털가죽을 단단하게 뒤집어쓰지 않으면 문 밖 출입도 안 되는 판이어서 힘들기는 하다만—추위를 견디지 못하고 죽어나가는 이들도 많아—여기가 그래도 살 만한 건 징글징글한 사람보다 나무들이 훨씬 더 많다는 것이다. 그놈들이 우리를 먹여 살리는 것이나 마찬가지지. 여기는 나무들이 어찌나 크고 잘생겼는지 꼭대기를 보려면 머리통을 한껏 뒤로 젖혀야만 한단다. 어찌 된 영문인지 이곳은 하루 종일 해가 지지 않을 때도 있어. 그럴 때는 밤에 잠드는 게 여간 고역이 아니야. 살다 보니 세상엔 참말 별의별 일이 다 있지 뭐냐.

아기씨랑 부두에서 헤어진 뒤에 일이 참 많았어. 주인어른이 어찌 죽었는지는 아기씨도 알 것이고 내가 환수 오라버니를 만난 것도 아기씨라면 이미 알고 있을 테지. 그때부터 지금껏 오라버니와 줄곧 함께 지냈어. 난리 때 고생이야 뭐 우리만 한 것도 아니고, 그 일은 굳이 말하지 않아도 충분히 미루어 짐작할 수 있을 테지. 진짜 맘고생은 전쟁이 끝난 뒤부터 시작되었어. 우리는 변두리로 몇 번을 쫓겨나다가 결국에는 척박하기 그지없는 오지까지 쫓겨났단다. 마지막에 살았던 농장에는 다들 처지가 비슷한 이들이 모여 있었어. 오라버니는 우리가 계속 거기 있다가는 목숨 부지하기 어려울 것이라고 했어. 거기가 살기는 어려웠어도 국경이 가까워 들락거리는 장사치들이 꽤 있었단다. 어느 날 장사치 한 사람이 오라버니에게 편지를 전해주었는데, 소련에 있다는 오라버니 친구가 보낸 것이었어. 몇 사람 손을 건너서 그곳까지 온 것인지는 모르겠지만, 하여간에 그 친구라는 이가 편지를 보낸 건 거의 반년 전이더구나. 그니는 계속 오라버니의 소식을 수소문해오다가 그곳에 정착했다는 것을 알자마자 연락을 취한 것이었어. 이후로 오라버니와 그 친구가 어렵사리 소식을 주고받으며 도망갈 계획을 세웠지.

우리는 국경을 두 번이나 넘어야 했는데, 몇 번이나 죽을 고비를 넘겼나 모르겠어. 글로 쓰자면 한이 없으니 자세히는 말하지 못하겠지만서도, 가장 끔찍했던 건 트럭의 짐칸에 판자를 덧대어 아주 작은 틈을 만들고, 거기에 납작하게 누운 채로 이틀을 숨어 가야 했던 일이란다. 숨이 막혀 죽지 않은 것이야말로 천지신명이 보우하신 거지만 그 이후로 좁고 답답한 곳에만 있으면 가슴이 답답하고 식은땀이 줄줄 나고 사지가 떨린단다. 오라버니의 친구라는 이는 연해주에 가서야 만날 수 있었어. 그니는 거기서 노심초사 우리가 도착하기를 기다리고 있었지. 오라버니와 그니가 하는 말은 알아들을 수 없었지만 다정하게 껴안으며 어깨를 두드리고 웃다가 울다가 하는 양을 보니 보통 사이는 아닌 것 같았어. 사실 그리 다르게 생겼는데도 오라버니와 아주 비슷하게 느껴졌지 뭐냐. 오라버니의 친구가 마련해준 숙소에서 사흘을 편히 쉬고, 우리는 기차를 타러 '블라디' 뭐라는 항구도시로 갔어. 그니 말로는 우리가 시베리아 벌판의 작은 마을에 정착하게 될 것이고, 그곳이 버려진 땅이기는 해도 자유롭게 살 수 있을 것이라 했어. 우리는 그니에게서 정착증과 새로운 여권도 받아 줬었지. 그니는 그것이 자신의 최선이라면서도 무척 미안해하더구나. 오라버니는 아무리 몸이 힘들어도 마음만 편하면 그곳이 천국이라고 했어. 나도 그간 얼마나 마음고생을 했는지 오라버니 말에 천 번 만 번 동감했고말고.

우리는 다 같이 기차를 탔단다. 나는 언제나 기차를 타고 철길이 끝나는 데까지 한번 가보고 싶었지요. 오라버니가 내 말을 친구에게 전해주었어. 그니는 끝까지 가지 못하고 중간에 내리기는 하겠지만 질리게는 타게 될 것이라고 웃으며 말하더구나. 정말 그니 말이 딱 맞았지 뭐냐. 처음 정착할 때는 고생깨나 했지만 여기 주민들 모두가 힘이 되어주었다. 오라버니 말로는 그니들 모두 사정이 있어 이곳까지 오게 된 것이라더구나.

아기씨도 알다시피, 오라버니가 보통 고생을 하고 산 사람이 아닌 데다 나이도 많고 앓고 있는 병도 있었어. 오라버니는 이곳에 도착한 지 다섯 달 뒤에 돌아가셨어. 죽기 전에 통증이 심하기는 하셨지만 대체로 편안하셨지. 나는 마지막까지 손도 잡아드리고 계속 곁에 있었어. 이제 나도 얼마 안 있으면 오라버니의 뒤를 따라갈 테고, 여한도 없고 아쉬움도 없으니 더 이상 무엇을 바라겠니. 이제 내게 남아 있는 마지막 날까지 열심히 눈도 치우며 벌판에 곡식도 기르고 하며 살 것이야. 다만 한 가지, 아기씨를 죽기 전에 다시는 보지 못한다는 게 가슴이 미어지도록 안타깝구나. 언젠가 나라도 없고 국경도 없어져 모두가 자유로이 오가는 세상이 오면 다시 보게 되려나. 그때까지 이 늙은 아주머니가 살아 있다면 말이다. 부디 아기씨가 행복하게 지내는 것이 성 아주머니의 마지막 소망임을 잊지 말고, 내가 평안한 죽음을 맞을 수 있도록 축복의 기도 또한 잊지 말아주려무나.

오라버니가 살아 계실 때 집 앞에서 함께 찍은 사진이 있어. 동봉하니 보고플 때 꺼내 봐주렴. 이 편지는 아마 몇 손을 거쳐서야 아기씨에게 가게 될 테지. 방법이 있다 하여 제법 큰돈을 써서 보내기는 하지만 과연 제대로 갈 수 있는지 모르겠어. 주소는 일단 환영이의 집으로 보내. 수철이가 그 집을 손에 넣었다고 오라버니에게 들었거든.

제발 이 편지가 무사히 가닿기를 바라며, 성금잔이가.

수련은 책상 위에 올려둔 봉투를 들어 안을 살펴보았다. 사진이 한 장 들어 있었다. 그녀는 그것을 조심스레 꺼냈다. 머리끝부터 발끝까지 털가죽을 뒤집어쓴 두 사람이 전체가 다 얼어붙어 거대한 고드름 덩어리처럼 보이는 집 앞에서 천진한 표정으로 활짝 웃고 있었다. 아마도 무척이나 추운 어느 날, 밖에서 눈을 치우다가 이웃 사람이 찍어준 듯했다. 두 사람의 얼굴색은 추위와 들일로 인해 검붉었다. 환수의 얼굴은 이미 병색이 짙어 야위어 있었다. 수련은 금잔의 얼굴을 손가락으로 가만히 쓰다듬었다. 금잔은 그사이 더 늙었다. 수련은 사진을 가슴에 소중히 껴안았다. 그때 운조가 수련의 곁으로 왔다. 수련이 울고 있는 것을 알아챈 운조가 걱정스레 어깨를 흔들자 그녀는 그의 품에 안겼다.

　금잔의 죽음은 때 이르게 올 테지만 괴롭지는 않을 것이며, 그녀가 마지막 순간 보는 것은 자신이 사랑했고 자신을 사랑했던 사람들일 것이다. 그래서 그녀는 외롭게 죽어가면서도 불행하지는 않을 것이다. 다른 행복한 이들이 그랬던 것처럼. 그것이 수련이 본 금잔의 미래였다.

작가의 말

누구와도 상관없이, 그러므로 자신에게 상처 없이 살아가는 나른하고 무용한 인간인 내 곁에는 별로 남은 것이 없다. 소중한 것들을 제대로 간직하지 못하고 숱하게 잃어온 나이지만 신기하게도, 여전히 문학이 남아 있다. 아마도 문학 자체가 그런 것이기 때문이리라. 문학은 건강한 것, 행복한 것, 정상적인 것, 상식적인 것 대신 아픈 것, 불행한 것, 비정상적인 것, 비상식적인 것으로 조화를 이루는 기이한 존재다. 만일 누군가가 "저런, 당신은 뭘 잘못 알고 있군요. 문학이란 그런 게 아니에요"라고 말한다면, 지금 내 곁에 남은 것이 문학 아닌 전혀 다른 무엇이라고 단정 짓는 것이다. 이 소설을 이끌어가는 것은 그러한 문학에의 자기 확신이다. 내가 틀림없이 보고 느꼈다 믿는 숱한 아름다움들, 많은 위대한 선배와 동료들이 캐낸 '진실의 핵심' 언저리에라도 가닿고 싶어 발을 동동 굴렀다. 그 은밀하고 신비로운 곳에 닿을 수 있는 좀 더 확실한 길을 애타게 바랐건만, 잔인하게도 딱 살아온 만큼밖에는 보이지 않는다. 그리하여 또 다시 언젠가는, 이라 되뇌며 망연히 그곳을 바라만 보고 있다. 그럼에도,

가장 외로운 순간 내 손에 들려있던 어떤 책처럼, 이 소설이 누군가의 외로운 시간을 함께 한다면 무척 기쁠 것이다.

연재부터 단행본 출간까지 진심을 다해 도와준 나의 다정한 편집자 지희씨, 신인 작가에게 과감히 긴 지면을 허락하고 마음껏 쓰도록 배려해준 자음과모음에 많은 빚을 졌다. 정말 고마워요.

자음과모음의 문학

프랑켄슈타인 가족 | 강지영 장편소설

오만과 편견으로 직조된 단단한 갑옷 같은 세상, 마음의 병을 치료해주던 정신과 전문의 김 박사가 사라졌다! 세균강박증, 다중인격장애, 목욕탕공포증, 홀수트라우마, 섭식장애, 과대망상증에 시달리는 '아주 특별한' 사람들의 '아주 특별한' 상처극복법!

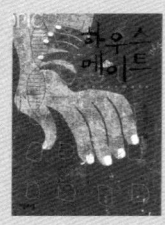

하우스 메이트 | 표명희 소설집

우리 사회의 마이너리티에 대한 예민한 시선을 토대로 독특한 리얼리즘을 보여온 작가 표명희의 두번째 소설집. 일상 속의 숨겨진 환상성을 끄집어내는 작가 특유의 필치로 그려낸 성스럽고 비천한 나와 내 이웃들의 모습을 담은 8편의 이야기.

고의는 아니지만 | 구병모 소설집

데뷔작이 베스트셀러가 된, 소설가로서는 흔치 않은 이력을 가진 구병모의 첫 소설집. 『위저드 베이커리』, 『아가미』 등 전작에서도 확인한 바 있는 독특한 상상력과 매력적인 서사, 현실과 환상성을 절묘하게 배합해내는 구병모 특유의 화법을 맛볼 수 있다.

환영 | 김이설 장편소설

자의든 타의든 삶의 벼랑 끝에 내몰려 가족을 위해 자신을 희생하고 타락시켜야만 했던 여자, 윤영. 그녀의 모습을 통해 불공평한 현대사회의 이면을 탄탄하고도 긴장감 넘치는 문체로 재현함으로써 우리가 눈감고 싶은 불편한 현실을 강렬하게 그려냈다.

동주 | 구효서 장편소설

윤동주에 대한 기억을 고스란히 간직한 당시 15세였던 교토의 소녀 요코의 기록을 통해 새롭게 밝혀지는 윤동주의 삶과 문학, 그리고 죽음. 유고(遺稿) 추적 미스터리 형식을 통해 작가는 '민족저항'의 상징을 벗겨내고 '시인' 윤동주를 다시 되살려낸다.

마리 오 정원 | 채현선 소설집

채현선 작가 첫 소설집. 문체나 기법에 있어서 판타지라는 장르에서 보이는 '환상'이나 '신비'의 내러티브가 아닌, 실재하는 현실 속에서 경험될 수 있는 고통이나 아픔을 채현선만의 독특한 시선으로 '환상적'이고 '신비주의'적인 방법을 통해 풀어내고 있다.

일곱 개의 고양이 눈 | 최제훈 장편소설

무한대로 뻗어가지만 결코 반복되지 않는, 단 한 편의 완벽한 미스터리를 꿈꾸다! 하나의 코드 혹은 전체의 서사를 엮어 계속해서 생성되고 소멸되는 이야기의 향연. 출구를 찾을 수 없는 미로 같은 이번 작품은 작가의 무한한 상상력의 결정판이다.

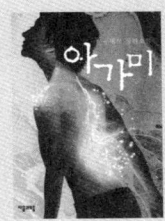

아가미 | 구병모 장편소설

죽음과 맞닥뜨린 순간, 생을 향한 몸부림으로 아가미를 갖게 된 남자와 그를 사랑한 이들의 가혹한 운명을 그린 소설. 작가 특유의 상상력과 개성 넘치는 서사로 절망적인 현실을 판타지적 요소로 반전시킨 참혹하면서도 아름답기 그지없는 작품이다.

꿈꾸는 밤

ⓒ 권하은, 2011

초판 1쇄 인쇄 2011년 11월 17일
초판 1쇄 발행 2011년 12월 2일

지은이	권하은
펴낸이	강병철
주간	정은영
책임편집	장지희
편집	한승희 박소이 신주식
제작	장성준 박이수
영업	조광진 안재임 강승덕
마케팅	박제연 전소연
E-사업부	정의범 한설희 이혜미

펴낸곳	자음과모음
출판등록	2001년 5월 8일 제20-222호
주소	121-753 서울시 마포구 동교동 165-1 미래프라자빌딩 7층
전화	편집부 02) 324-2347 경영지원부 02) 325-6047
팩스	편집부 02) 324-2348 경영지원부 02) 2648-1311
이메일	munhak@jamobook.com
홈페이지	www.jamo21.net

ISBN 978-89-5707-612-5 (03810)

잘못된 책은 교환해드립니다.
저자와의 협의하에 인지는 붙이지 않습니다.